赴你应许之约

何堪 著

湖南文艺出版社
HUNAN LITERATURE AND ART PUBLISHING HOUSE

图书在版编目（CIP）数据

赴你应许之约 / 何堪著. -- 长沙 : 湖南文艺出版社，2021.11
ISBN 978-7-5726-0215-3

Ⅰ. ①赴… Ⅱ. ①何… Ⅲ. ①长篇小说－中国－当代 Ⅳ. ①I247.5

中国版本图书馆CIP数据核字(2021)第104125号

赴你应许之约
FU NI YINGXU ZHI YUE

作　　者：何　堪
出 版 人：曾赛丰
责任编辑：李　阔
出版统筹：邓　理
特约策划：汪海英 徐建玲
策划编辑：杨　旋
封面设计：杨　平
封面绘制：陶　然
内文设计：谭琼玉
出版发行：湖南文艺出版社
（长沙市雨花区东二环一段508号　邮编：410014）
网　　址：www.hnwy.net
印　　刷：湖南天闻新华印务有限公司
经　　销：新华书店
开　　本：880mm×1230mm　1/32
字　　数：320千字
印　　张：11.5
版　　次：2021年11月第1版
印　　次：2021年11月第1次印刷
书　　号：ISBN 978-7-5726-0215-3
定　　价：42.00元

目录

楔子

— 遇险 —

“滑坡！滑坡了！快跑！”

第一声惊呼响起的时候，整个度假村还沉寂在一片沉睡之中。

这里依山傍水，前面一弯清河水，后面是连绵不绝的山脉。风里夹杂着鸟鸣，到处都是浓郁的桂花香。每到节假日，便住满了从全国各地赶来追求“返璞归真”生活的游人。

然而，这个凌晨，大自然露出了它狰狞的一面——陡峭雄伟的山体仿佛融化了一般，快速地碎裂、滚落。山石与断裂的树木夹杂着冲入村寨，转瞬之间就将一栋栋度假别墅吞噬。

不断有人从房屋内逃出，在昏暗的晨光里，像是一只只脆弱而渺小的蚂蚁。更多的人被直接困死在残垣断壁之内，甚至来不及睁开眼睛……

漫漫是被落到肚子上的碎石砸醒的。

她刚睁开眼睛，更大的石头已经自头顶的大窟窿滚落，“砰”的一声，擦着她的脸砸在耳朵边。

她惊呼一声，跳起来就往外跑——这是她人生的第一场独立旅行，也是告别初中踏入高中前的毕业“历险”。然而，现在闯入她耳畔的，是旅友们尖锐的呼救声和房屋颤动的轰鸣声。

电早就断了，手机也不知丢在了哪儿。楼板断裂的瞬间，她抓住了同样倾斜着下落的窗棂。碎玻璃扎入掌心，满目殷红。她却不敢松开，死死地抓住木制的窗框，整个人如断线的风筝一般往下落去……

剧烈的撞击让她昏了过去，又被剧痛唤醒，然后再次因为撞击而晕厥。那些惊呼声却从未离开，一声一声，凄厉而可怖。

再睁开眼睛时，眼前昏暗如同夜晚，她张了张口，嘴里全是泥土和鲜血的味道。左手手臂似乎脱臼了，右手和双腿也被卡住，胸口疼得似要裂开，恍惚间，意识到头被压在了房梁和碎石板之间。

她挣扎了一下，立刻因为胸口的剧痛而停下了动作。头顶簌簌地落下一些泥土，冰冷地洒在脸颊上。她却没空去顾及这些，更大、更深的恐惧俘虏了她，让她连哭都忘了。

自己，现在是被活埋了？！

她张嘴呼救，这才发现自己不但全身在战栗，连声音都是嘶哑的。

要冷静！要保存体力！

她咬住下唇，拼了命地安慰自己。安静下来之后，这小小的闭塞空间里，除了她的呼吸声，便只剩下无尽的黑暗。

她咬了下舌尖，努力保持清醒。也不知过了多久，头顶猛然响起一阵激烈的犬吠声，接着是人声，似乎还有救护车呜咽的鸣叫声。

“救……”她再一次尝试呼救，喉咙干涩而粗糙，发出的声音轻如蚊蚋。

那些人却如有心电感应一般没有离开，各种嘈杂的声响越来越大，也越来越近。

“哗啦——”头顶的碎石和断木终于被搬开了，突如其来的光亮刺得她眼泪直流。但她还是控制不住地仰起头，想要望见生的希望。

映入眼帘的，是一张非常年轻的脸庞和一只漆黑的狗头。狗长得器宇轩昂，两只黑色的大三角耳朵旗帜一般招展着。人就更惹眼了，长而锐利的眼睛，蹙起的眉头，高挺的鼻梁，紧抿的嘴巴翕动了一下，便将手朝着她伸了过来。

她连眨了好几下眼睛，才听清他的话："不要怕，我救你出来。"

许是因为他的声音太过笃定，她竟真的安静了下来。

狗被他一个指令喊走了，走前还大力地甩了下漆黑的尾巴。狗主人则又往下爬了一些，又搬开了一些杂物，终于看到了她胸口的伤——她也是循着他的视线，才发现胸口竟然流了那么多血。

原来，真的有东西扎进去了！

他的眉头蹙得更紧了，手掌小心翼翼地捧住那截尖锐的断梁，慢慢往上抬起——整片区域都因为他的动作而微微颤动，碎石落得更欢，简直像下雨一样。

他没敢再动，但也不曾将手抽走，只是维持着这个吃力的动作，扭头向上方喊道："这里还有人！需要生理盐水和挖掘机！"

断梁的重量被他分担了一半，那股剧痛也有所缓解，但"生理盐水"和"挖掘机"几个字，却让她陷入了另外一种忧虑。

自己很严重吗？需要紧急抢救？

直到微咸的清水被挤入口腔，她才大口大口地开始吞咽。上面的挖掘工作还在继续，那个高大的身影则像铁塔一样一直在她身边站着。

虽然他们挖掘得已经尽量小心了，但是横七竖八的房梁和水泥板还是开始晃动。她听到有人提醒他手掌被割破了，想要抬头看一看，却被他喝止："不要乱动！"

那声音严肃而冷冽，寒冰一样刺骨，她却在这冷漠里感受到了暖意。

从她的角度看去，天是那样蓝，头顶上的这个人是这样高大，亮黄色的马甲下摆随风猎猎作响，旗帜一般飘扬。虽然因为逆光而模糊了神情，甚至不时有混着泥沙的汗水滴落下来，他却可靠得像是棵耸立的参天大树。

在碎石和杂物一一被清理，大块的房梁和岩石也被挖掘机清理干净之前，有人爬下来替她的伤口做了简单的处理。还有更多穿着印有各种图案的“救援队”标志衣服的人出现在她眼前，甚至有人在撬山石的同时，因为怕她昏迷，而唱了首不算动听的老歌……

被抬上救护车的前一秒，她才终于看清这些救助她的人的模样。面色黑红的中年人、理着平头的壮汉、温柔地把她垂落的胳膊放回担架的小护士……

还有那个站得远远的，沉默而紧蹙着眉头的高大身影——他甚至没让护士帮忙，随便将手一冲洗，熟练地给自己裹上了绷带。

血浸透了他半件马甲，黄红交错，异常醒目。黑狗蹲在他身旁，拿爪子把玩着一个浅黄色的玩具球，他那黑色的背带上印着“野蜂救援”四个汉字。在他的身后，是一片狼藉的废墟，轰隆作业的挖掘机和湛蓝色的苍穹与蜿蜒绵长的河水。

车门“砰”的一声关上，车窗内外， 满是重获新生的喜悦。

无论是被挽救的生命，还是给予了帮助的生命，都不由自主地沉浸在巨大的喜悦之中。

▼

第1章

— 艰难的入队 —

“咔嚓！”许漫利索地把三比一重力提升系统[①]挂上主绳，将代表被救援人员的沉重假人微微升起，再将假人身上的手持上升器[②]解开。

接下来，她飞快地确认了假人身上的各处连接用的快挂[③]和绳索，打开下降器，握住手柄，速度适中地开始带着假人往下降落。

十米，九米，八米，七米……

将身上最后一件装备脱下归好位的瞬间，许漫听到了计时器被按下的声音。

那个姓宋的黑壮副队长拿着计时器，在不远处站了起来：“恭喜过关，到我这儿来登记！”

许漫扯着嘴角笑了下，一边擦汗一边往前走去。

在她身后的悬崖上，凌空挂着好几个还在努力把假人救下来的志愿者考生，而更远的山坡上，还跑着几个刚完成山地搜索项目的考生……

---

① 三比一重力提升系统：由绳索、滑轮组成的简易提拉系统，多用于绳索救援。

② 手持上升器：一端绑在安全带上，一端可以握在手上辅助在绳索上向上爬升的器具，只有单手大小，锁死时只能单向向上运动，不能向下，是攀岩、探洞、救援的重要工具。

③ 快挂：一种钩环类物品，又叫安全钩，常用于攀岩、探洞、救援等。

宋繁缕显然也注意到了这些，回头向身后道：“阿峤，你的考核要求是不是太难了？两年了，也就这么一个达标的。”

许漫这才注意到，终点附近不知什么时候多了个人。因为背光的缘故，那人又刚好穿了件深色的衣服，几乎完全被树荫遮蔽住了。

那是……她心里一动，一个名字跳了出来，心跳不由自主地加快，似有雀鸟在胸膛里扑腾。她加快脚步，迎面的山风吹落了她头上的帽子，满头长发一下子滑落下来。

她有些慌乱地想要绑回去，发圈却不争气地在这时候断裂，“啾”的一声弹飞，无影无踪。

“哟，还是个女孩！”宋繁缕吹了个响亮的口哨，“咱们野蜂队以后也有能上一线的妹子了，哈哈哈……”

他笑得十分爽朗，许漫看不清他表情。她只好眯着眼，仰头冲着他脸的方向咧嘴笑了笑，余光却一直在留意那个黑影。

藏青色的救援服，反白的黑蜂标志，绣着名字的小名牌……这些东西陌生而又熟悉，明明是第一次近距离接触，却仿佛多年未见的旧物。

那人始终一动也没动，更不要说一句夸赞，阳光刺目，许漫看不清他的模样，亦看不懂他的态度。但她还是认出来了，应该就是那个人没有错，虽然他看起来，似乎已经完全不记得她了。

宋副队却对这个等了两年才来的新队员十分欢迎，直接就翻起了身旁厚厚的报名册：“叫什么名字？”

“许漫，许仙的许，水漫金山的漫。”她报着名字，树荫下的人终于抬头看了过来。

脸庞更加坚毅了，线条也变得硬朗，嘴唇紧抿着，锐利的眼神和眉毛都藏在墨镜下面，看不到。

“水漫金山……”宋繁缕一边嘀咕，一边在报名表里翻找，“这个对吧，许漫，女……”他犹豫了下，问，“你今年满二十五周岁了？”

许漫点头。

他便将报名表抽出来，对照着往正式队员登记表上抄写个人信息，再让许漫确认签字。

她弯腰签字的时候，那个黑影总算起身，往这边走了过来。

“我是野蜂救援的队长应峤，”他摘了墨镜，露出那双有些过于冷厉的眼睛，“你的身份证呢？”

许漫的手顿了下，仰头冲他一笑：“没带来。”

应峤的嘴唇一下了抿紧了，半晌，伸手将她手里的笔夺了过去：“那就去取了再来登记。”

“阿峤——”宋繁缕试图打圆场，“下次再让她带也行吧。”

许漫也赶紧接腔道：“对啊，我家特别远……”

应峤直接把她的报名表和登记表都抽了过去，转身就往小山坡另一边走去：“我开车送你去取。”

送、送我去啊！许漫被这突如其来的“优待”砸得有点头晕，一咬牙跟上去。

“你、你送我，去……去我家？”

应峤头也不回，脚步又大又快，几步就下了山。

身后的宋繁缕不大甘心地站在那儿吼：“等等我啊！我这儿还有一堆设备……喂！阿峤，又有人快完成了，就超了几分钟而已啊……应峤！王八蛋！”

宋繁缕的吼声渐渐远了，应峤那辆黑色的吉普却越来越近。车门打开的一瞬间，一声狗叫响起。应峤冲着后座喝止：“Black，nein[①]！”

一只黑色的东德牧羊犬在两个座位间探出了脑袋，很快又气定神闲地缩了回去。

许漫愣了一下，被应峤催促了一声，才抓着车门爬上副驾驶座。她手指有些控制不住地颤抖，拉了两下才把安全带拉出来。

应峤瞥了她一眼，利索地发动车子。

许漫忍不住又回头看了一眼后座，Black坐在后座上，歪头，嘴里咬着根红色的磨牙棒。黑色、三角立耳……她抑制着内心的激动，两眼直

① nein：德语驯犬口令。不，禁止犬类的不良行为。

视前方，声音平稳地说：“应队长，我住鹿城……”

“报名表上有。”应峤干脆利落地打断她。

“哦。”许漫有些失望地闭上嘴，余光却仍旧控制不住地打量驾驶座上的人。

离得近了，她才留意到他右边耳朵上戴着个挺隐蔽的蓝牙耳机，蓝黑的颜色，小到几乎完全藏进了耳郭里。

队服上的黑蜂标志比当年更大了，显眼地加上了“野蜂救援”的反白汉字。蓝色的名牌上，用白线绣着“应峤”两个字。

五年过去了，人还是那个人，狗也还是那只狗。狗变沉稳了，人身上生人勿近的气场也更强烈了。说话的音调，眉毛的形状，有力的手掌……还有手掌上那两道明显的疤痕，无一不冷硬而拒人于千里之外。

车子拐出小路，汇入主干道，过了两个服务区，开向了高速出口。

“那个，”许漫犹豫着提醒，“这不是鹿城市的入口吧？”

“加油。”

许漫闭嘴。

应峤将车子开到自助加油机边上，正要下车，瞥见了一脸期待地看着他的许漫。他的手在车门上停顿了下：“有驾照？”

“有！”

应峤的手缩了回来，人也重新坐正：“那你帮我加吧。”

“啊？”许漫愣住。

应峤却已经把油卡掏出来递给她：“98号汽油，加八十升，密码是六个八。”

“哦，哦！”许漫接过油卡，有些无措地下了车。坦白说，她虽然有驾照，自己开车的机会却不多，对自助加油更是完全陌生的。

在她彷徨犹豫的当口，驾驶座的车窗降了下来，露出应峤肃然的脸：“有问题?”

“没！”许漫果断撒谎。

应峤将车熄火，开了油箱外盖，靠着座椅瞅着她。那眼神直接而严厉，甚至带点凶悍。

饶是许漫满心憧憬，也承受不住，错开眼神去看自助加油机上的使用说明。她按着提示摸了摸静电释放器，插卡、输密码、输升数……终于把油箱盖子拧开，插入油枪后，许漫在心里暗暗地舒了口气。

然而，时间一分一秒过去，她手里的油枪却冷静得一点儿声响也没有。不但油枪没有液体输出，显示器上的加油数字也毫无波动。

哪里操作错了？许漫更紧地扣住油枪扳机，仍旧没有什么变化。

今天的太阳很大，风也不小，吹得她那几根刘海疯了似的往前飘。

坐在车上等待的应峤，终于还是下来了。Black也狗模狗样地跳下车，保镖一般站在他身侧。

他手插着兜，班主任一般在许漫的身侧站了一小会儿，转身走到机器前，“咔嚓”一声将油枪托抬了起来。

封闭的油路终于被激活，许漫霎时感觉到掌心重重的油枪震动了一下，汩汩地开始往油箱里灌油。

“考得过野蜂队的一线队员测试，却不会自助加油？”应峤的声音听起来有点讽刺，还带点难以置信。

“我现在会了！”许漫双手握着油枪，试图积极自救。

应峤却明显失望了，还是那种救不回来的失望。两人一狗重新上了车，应峤的话更少了。

许漫心里有鬼，直到进了鹿城市区，才结结巴巴地想到一个借口：“我刚想起来，我身份证让我妈妈带去办保险了，忘了向她要回来。”

应峤皱眉：“那她人不在家？”

“出境了。”谎话说得多了，脸皮也越来越厚，许漫强调，“要挺久才回得来。”见应峤沉默，许漫忍不住道，“干吗非得看我身份证——我、我有哪儿不对？”

应峤没吭声，只是在心里将她从头到脚重新打量了一遍。他们队伍现在缺的是能上一线救援的队员，这女孩太瘦，看着年纪也太小了。就这模样，能有二十五岁？应峤自认看人眼光毒辣，失误极少。

“那驾照呢？”

许漫坐着没动，身侧的目光，便继续如火般炙烤着她。

“护照或市民卡也行。”

“都、都……”许漫舌头打结。

“要么拿证件登记，要么你直接放弃入队名额。”应峤直接打断她的话。

许漫无法，枯坐了一会儿，将裤兜里的市民卡拿了出来。

应峤只瞥了一眼，便抬头看她：“许漫漫？”

许漫干咳了一声：“这是我以前的名字，我正打算去改名，新名字就叫许漫。”

“还有年龄，”应峤没理她这个解释，反而直接指出了更严重的“谎言”，“我们报名通知上有写‘二十五周岁以上’的要求吧?”

“我是上半年的生日，”许漫赔笑，“还有……你别看我年纪不大，我发育得挺早的，身体素质好，绝对正当壮年！”

应峤的目光在她平坦如草坪的胸口扫了一下，直接落在了她努力强颜欢笑的脸上：“二十岁的小丫头片子，不是我打算招募的队员。”

“我……”

“下车。”应峤抬手揉了揉太阳穴。

许漫瞪大眼睛：“你不是说要送我回家？”

“我怎么知道你家的地址是真是假？”应峤毫不客气地反驳。

“可这是服务区啊，”许漫提高声音，“你怎么能把我一个二十岁的小丫头片子就这么扔这儿，多不安全！”

应峤沉默，半晌，重新发动了车子。

一路无言，只有黑狗咬动玩具的窸窣声断断续续地自后座传来。

直到车子进入了鹿城市区，许漫才再一次小心翼翼地试探：“应队，不能再考虑考虑？我考核表现不算差吧？”

应峤目视前方，仿佛什么也没听到。

许漫叹气：“二十岁和二十五岁，有那么大差距吗？你看那些运动健将，哪个不是越年轻越有希望？还有那些明星……”她絮絮叨叨了半路，也没撬开应峤的嘴。

车子终于稳稳地停在了她家小区的楼下，许漫还有些不甘心，赖在副驾驶座上做垂死挣扎：“我真的特别想加入野蜂队，我对公益救援特别崇拜，要不是有你们这样的人，我……我早就没命了……”

许漫看了眼他的手掌，话到了嘴边，又犹豫了。他这么古板，如果知道真相，是不是更加不愿意接纳她入队了呢？可自己努力了那么久，到底还是不行？她觉得鼻子发酸，只是固执地瞪着他。

应峤从没遇到过这种情况，无奈而又尴尬地坐在驾驶座上。她似乎是要哭了，哭……女人这种生物，真的是……他偏头去看窗外，窗玻璃却将女孩通红的眼眶映了出来。

野蜂救援队的入队考核，确实非常严格。按宋繁缕的说法，能进来的简直九死一生。但是……他看着不远处川流不息的车流，紧紧地抿住了嘴唇。

救援，本来就是充满危险的事。每一条生命都应该被珍重，他再希望帮助受困的人，也不想拿生命去救援生命。哪怕以一换十，都不是他做这个的初心。没有九死一生的能力，又怎么去承担这份责任呢？

许漫久久得不到回应，心里那点希冀终于慢慢熄灭了。她在衣袖底下握了下拳，有些难堪地说了句“对不起”，拉开车门下车。太难看了，估计也被讨厌了……她走出去半米多，车窗却再一次降了下来。

“后勤工作还缺志愿者，你愿意来？”

许漫惊喜地回过头：“愿意！”

应峤点了下头：“明天来报到吧，带身份证。”

“嗯！”许漫忍了许久的眼泪，这时终于没能憋住，笔直地滑过笑靥如花的脸庞，看着诡异而搞笑。

应峤瞥了眼她的头发，叮嘱：“下次把头发扎紧，长头发容易惹麻烦。”

许漫更用力地点头，恨不得把脑袋给他摘下来承诺：“队长放心！

我一会儿就去剪头发！”

应峤张了张嘴，到底还是把“不用剪”几个字咽了回去，再讲下去，还不知会不会惹出更大的误会。反正，自己是不会带她去那些危险区域的。

野蜂救援队算是蒲州市比较老牌的一个救援队了，成立时间虽然长，规模却一直不大。除了几个线上的志愿者，没有加盟连锁，没有合作的商家伙伴。甚至，连办公地点，都是窝在一家私营射击馆的空闲场地。

但就是这样一支“不求上进”的小救援队，却参与了不计其数的本地救援活动。以至于连那个黑漆漆的野蜂标志，都有人觉得饱含深意。

能有什么深意？定制队服的时候，队长大人对着满桌子的布贴看花了眼，随手拿的好吗！

宋繁缕每每想起这件事，都觉得一阵牙酸。再想到应峤一意孤行把那个等了两年才招来的小姑娘给赶走了，更觉得气不打一处来。

“你说阿峤这人是不是有病？”他点着桌子，气冲冲地和对面慢条斯理对账的方勤抱怨，“考核标准是他定的，定了还不认账，好好一新队友，就这么给他赶走了！”

方勤瞥了他一眼，理了下披着的长发，继续滚动鼠标：“这话你都说了十七八遍了。”

“我就是气不过！”宋繁缕看了眼墙上的钟，“他还迟到啊？”

“人家是老板，”方勤语气淡淡的，“老板迟到，天经地义。”

“嘁！”宋繁缕还要再说什么，大门被再一次打开。

进来的人戴着顶扎眼的黑色瓜皮帽，嫩黄色遮阳镜，粉白相间的衬衫和西裤，活脱脱一只火烈鸟。

“宋副队，小方妹，早呀！”他积极地打招呼，几步走到柜台边，也拉了把凳子坐下来。

宋繁缕嫌弃地往边上靠了靠：“欧阳，你身上什么味，男人一点成不成？”

欧阳畅想抬起胳膊嗅了嗅："怎么就不男人了，这是经典的男人香！"说着，将胳膊伸向方勤，"你闻闻，man不？"

方勤鼻子皱了皱，点头："很man，不过你喷得也太多了点吧。"

"就是要够味才行！"欧阳畅想一脸得意。

说话间，大门再一次被推开——这一次的力道就小得多了，小心翼翼，像是怕把门推坏似的。

"请问，"人未至，声先到，"这里是黑蜂射击馆吗？"

"瞎呀，"欧阳畅想甩了下手，"门口那么大的字呢！"

"哦哦，"那人终于使劲将门推开，露出一个剃得极短的平头——短得都快露出头皮了——和一张清秀的脸，"我其实是来找野蜂救援队的。"

这话一出，在座三人全部都转过了头。

"有什么事需要帮忙吗？"方勤作为资深后勤人员，反应还是很快的。

小平头，也就是刚剃完头的许漫赶紧摆手："不、不，我是来报到的。"

"报到？"方勤诧异地回头去看宋繁缕。

宋繁缕愣愣地看着许漫，好一会儿，才猛地一拍大腿，大喊："哎呀，我的天！姑娘，你这是……应峤怎么欺负你了？你头发呢？他剃的？他怎么越来越变态了！"

姑娘？！剃头？！每一个字都是爆炸性新闻啊！

方勤和欧阳畅想竖着耳朵围了上来，一半是为了看清许漫到底是男是女，一半是想知道应峤怎么就去剃人女孩的头发了。

"误会误会，"许漫赶紧摆手，"不是他让剃的，是我自己要剃的——他让我今天来报到当后勤志愿者，是这儿吧？"

"后勤？"宋繁缕提高声音，"你山地搜索成绩那么好，绳索技术也熟练，是两年来唯一一个在规定时间里完成所有考核项目的人了，他居然要你来做后勤？！"

许漫给他夸得脸红了，有些期许地问："我这么厉害？"

"废话！你去当后勤，简直暴殄天物。"宋繁缕是真有点动怒了，这个社会最重要的是什么？人才！应峤要是真的把人拒之门外，他也就吐槽一句不识货，如今居然打算把美玉当成破砖铺路。他这个副队长，是绝对不会答应的！

“你放心，”宋繁缕拍拍许漫肩膀，“我一定让你上一线救援，绝不埋没你。”

许漫连连道谢，谢完问：“那我这个报到……”

“报什么后勤，直接跟我报到。”宋繁缕摸摸衣兜，没摸到东西，扭头去看方勤，“小方妹，给我打印张会员登记表呗。”

方勤冷笑：“我这种废物后勤，干不来这么高级的事。”

“哎，”宋繁缕这才反应过来刚才那话得罪人了，“我不是那个意思。”

“那是哪个意思？”方勤一点儿也不打算让他糊弄过去。

“我……”好看的女孩子生起气来，也特别可爱，嘴巴微噘着，眼睛圆溜溜地瞪着。宋繁缕嗯嗯啊啊半天，愣是想不出哄人的招。

最后还是欧阳畅想看不过眼，给他出谋划策：“让他赔你一套新上市的贵妇护肤套装，再加早晚接送一个月。”

“应该的应该的。”宋繁缕赶紧点头，暗暗冲欧阳畅想投去一个感激的眼神。

方勤仍旧板着脸，嘴角却微微弯了起来，“勉为其难”地原谅了他。

许漫在一旁看得云里雾里，直到填完表，跟着进了会议室，才知道他们全是野蜂救援队的人。

“这射击馆……没客人吗？”她多少有些疑惑。

“我们不接散客，”方勤解释道，“来的都是会员，会提前预约的。”

果然高大上啊，许漫暗暗思忖。

会议室的人渐渐多了起来，三三两两的，几乎都是男人，不少还穿着野蜂的救援队服。一部分是自己来的，一部分是宋繁缕专门打电话叫来的。

许漫听他对着手机说“新队员欢迎会”，就觉得满身满心都暖洋洋的。这个野蜂队，真不错啊。队长虽然冷酷，但是专业负责；副队长虽然看着有点愣，可热情宽厚；后勤小姐姐更是又温柔又美丽……多像一个温暖的大家庭！

一切的美好幻想，都中断于队长应峤推开会议室大门的那一刻。

他似乎刚刚锻炼完，满头大汗，T恤湿漉漉地贴在身上，隐约能看到一点肌肉的线条，手里还拿着运动水杯和毛巾。那只小小的蓝牙耳机，仍旧戴在耳朵上。

许漫第一个站起来，喊："队长好！"

应峤茫然地看过来，半晌，"扑哧"一声，将满口的水喷到了最近的欧阳畅想身上。欧阳畅想"啊"地尖叫着跳起来甩头擦衣服。

其他人要么面面相觑，要么满脸好奇和探究。认识那么多年，第一次看队长这么失态！就连随后跟进来的Black，也"汪汪汪"地吠叫了好几声。

应峤干咳了一声，喝止Black，难以置信地问："谁让你把头发剪成这样的？"

这头发比他一个大男人都短，活脱脱一个"劳改犯"！

"啊，"许漫显然会错了意，"你不喜欢？"

应峤噎住。

满屋子的队友都疯了，靠得近的互相捏手咬耳朵，离得远的则眨眼睛打暗号。原来，队长不喜欢长发女孩！怪不得，之前的相亲一直黄呢，那些娇滴滴的小美女，全都是长发飘飘的！

一直坐在角落的宋繁缕，一时间也忘了质问他出尔反尔浪费人才的事，偷瞄向长桌尾部坐着的方勤。方勤仍旧披着那头乌黑油亮的秀发，温婉可人，笑盈盈地凝望着门口的应峤。觉察到他的视线后，她也只是软软地甩了个眼刀过来，不轻不重，不咸不淡。

宋繁缕哪儿看得懂这个，在心里哀叹：女人心，海底针！

"老宋，"倒是应峤主动问了宋繁缕，"工作日叫这么多人来，你要开什么会？"

"新队员欢迎会！"宋繁缕气鼓鼓的。

应峤的眉头猛地皱了起来，转头看向许漫，那眼神又凶又直，刀子一般锋利。

许漫缩缩脖子，指指宋繁缕："我说了是来后勤报到的，宋副队……"她咽了下口水，有点不好意思让那么看好自己的宋繁缕背锅，于是改口道，"我觉得……既然我通过考核了，也、也该算是新队员了吧。"

"你别怕他，"她这样含含糊糊，反倒激起了宋繁缕的逆反心，站起来向应峤道，"会是我筹备开的，登记手续也是我办的，她样样条件都符合，没道理受这样的不公平待遇……"

"你的意思是，你要给这个二十岁的女孩开后门？"应峤打断他的话，"按考核要求来讲，她连报名资格都没有。"

"二十岁?"宋繁缕蒙了，扭头看向许漫，"你撒谎？！"

许漫无辜地看着他："您刚没看见？我……我在新的登记表上填了二十岁呀。"

宋繁缕非常想爆粗口。

大喜之后，便是大遗憾，当着这么多人的面，许漫再一次因为年龄未达标，被正副队长合力赶进了后勤组。

方勤微笑着接过登记表，当着宋繁缕的面"暴殄天物"。

既然人这么齐，应峤便也拉了椅子坐下："机会难得，大家互相认识一下——许漫漫，就从你开始吧。"

许漫于是站起来打招呼："大家好，我是新人许漫，许仙的许……"

"许漫漫，"应峤不客气地打断，"按身份证的来。"

许漫无奈，重新报了遍名字，在提到自己还是大学在校生的时候，应峤的脸色明显更阴沉了。她一直留意着他的反应，有些失落地坐了下来。

五年过去了，人和狗都认不出她也就算了，毕竟女大十八变……可被嫌弃，还是有点伤心啊。她边上的欧阳畅想不知就里，小声安慰她："漫漫多好听，我们队长就那样，就没高兴的时候。"

许漫苦笑："你不觉得'许漫漫'这个名字，太娘，太柔弱了？"

欧阳畅想瞪大眼睛：“想什么呢，你本来就是姑娘！”

说话间，许漫右边的眼镜小哥开口了：“别人自我介绍的时候，安静是基本礼貌吧？”

欧阳畅想撇嘴，许漫赶紧道歉。

眼镜小哥满意了，推推眼镜：“我是林中磷，浦州附中的语文老师，会点无线电台的操作和维修。”

接着是林中磷右侧的矮个小胖子，戴着副黑框眼镜，声音又轻又细：“我、我是马小南，今年二十四岁，是射击馆的安全员，也是……”他看了应峤一眼，谨慎地道，“野蜂救援队的志愿者。”

轮到应峤的时候，他只简单说了句“各方面都会一点”，倒是拍了拍Black的狗头，挺正经地介绍：“这是Black，咱们队的搜救犬，正式队员，今年七岁。”

没人敢对他的敷衍有意见，毕竟，他是真的挺博闻广识的。

一圈十一个人，依次介绍下来，各行各业的都有，最大的共同点，大约就是体力看着都不错。当然，这要去掉后勤组的方勤、林中磷、马小南和“专长做饭的”胖子厨师徐安。

在应峤等人眼里，还得加上新来的女大学生许漫漫。头发剃得再短，毕竟只是个学生，也属于受保护对象。

开会结束，欧阳畅想建议大家一起去吃饭，增进一下队友间的感情。

林中磷冷笑：“我不像有些人那么空，还得回去备课。”

欧阳畅想惊讶道：“暑假你还上课？”

“教研课，”林中磷不屑地反问，“你没听过？”

“酸臭秀才。”欧阳畅想摇摇头，往许漫这边拉了拉椅子。

林中磷还要再说什么，被宋繁缕挥手打断：“别闹了，我接个电话——你大声点，怎么回事？在哪儿失联的？”

这话一出，大家都竖起了耳朵，许漫更是两眼放光，一副跃跃欲试的神情。

宋繁缕掐着要点说了两句，挂了电话：“阿峤，王会长来电话，说有个骑行车队的队员，五天前在咱们兰田山盘山公路上失踪了。”

应峤刚有些缓和的脸色，“唰”地变了。

浦州地势狭长，东面是濒海的平原，中部和西面是起伏的丘陵地带，浦江自西面流入横贯全市，最后东流入海。而市区和乡镇人口，则散落在沿江两岸。

兰田山便是这些起伏山脉中的一座，因为地势复杂，风景优美，成了远近闻名的山地车骑行胜地。

那个失踪的青年男子，便是一支外地骑行车队的一员——因为车队组织松散，一直过了三天才被人发现不见了。

车队开始以为他体力不济，自己放弃了，一直到他家人找上门，才知道人骑丢了……最终，靠着兰田盘山公路上的两个监控摄像头录像和被遗弃在路边的山地车，终于确定人是在兰田山失踪的。这一耽搁，便过去了五天。

因为时间匆促，又是“密林寻人”这种需要撞运气和大量人力的活，应峤干脆把整个会场的队员都带上了，整整装了三辆车。

野蜂规模虽然不大，买装备倒是肯砸钱，射击馆后面的停车库里居然还有台带小型无线电设备的通讯指挥车。拉开储物仓库，里面有成箱的物资和装备，冲锋包、开路包、医疗包、救援三脚架等东西一应俱全。

可惜许漫只是个志愿者，连件队服都没有，只分到一件荧光色的马甲背心。

因为要出任务，宋繁缕等经常出一线的都换上了队服——他们习惯了突发状况，车上随时备着队服。

只有骚气冲天的欧阳畅想什么都没带，一脸焦虑地小声向宋繁缕请假：“宋哥，我家不远，我回去取个衣服。”

“取个屁！”宋繁缕一边往车上搬矿泉水，一边骂，“你想被阿峤骂死啊，问问小方妹仓库里有没有你的号！”

欧阳畅想绝望了——野蜂队员的救援服都是自己花钱买的，他个子偏高，人又偏瘦，定制的那几套全被他买回家了。他苦着脸叹气，方勤给他拿了件和许漫一样的志愿者马甲。粉白色配上荧光黄，活脱脱一只挂上了大促销标签的火烈鸟玩具。

许漫眼馋地看着那几个一线队员挤上了指挥车，跟着方勤坐上了后面的装备车。欧阳畅想怕挨骂，也躲了过来。

方勤瞪着他："你是真的不想活了吧？"

"我穿成这样，现在过去才是不要命了。"欧阳畅想嘟囔，可话音未落，他兜里的手机响了起来。欧阳畅想看到"应峤"两个大字，哆嗦着接了起来："队、队长。"

"过来。"即便隔着老远，其他人也都感受到了森森的寒意。

赶到兰田山时，第一批负责搜救的民警和志愿者已经上山了。本地志愿者联合会的负责人王羽坤在山脚等着他们。

"哎哟，非常感谢你们及时赶来！"王羽坤小跑着迎上来，上衣全湿透了，满头都是汗。

应峤仰头望向高耸的山峰："车在哪儿发现的？"

王羽坤叹气："山地车扔在山腰上，看，就是那个插了旗子的地方——人却完全没有踪影，前几天还下了雨，小山路一塌糊涂，更加难找了。"

那插旗子的地方地势平坦，建着个极小的临时停靠站，供来往的车辆应急使用。

"无人机早上转了两圈，没什么发现。搜救民警和我这边的几个志愿者已经搜了一圈了，实在是人手不够……"

应峤叹气，看了眼Black，向马小南道："你先把Black带回指挥车上去。"

王羽坤赶紧拦住："别呀，让它上去嗅嗅嘛。"

"你们已经搜过一圈了，气味都被干扰了，探嗅犬用处不大。"应峤道。

王羽坤无奈：“那……”

“你给我的指挥车腾点空间，”应峤指了指山腰那个小停车场，“其他车我送完人就撤下来。”

“好嘞！”

野蜂的人不多，简单粗暴地划分成了后勤保障、抢险救援、医疗救护三个大组。

这次开会来的基本都是后勤和一线抢险救援的人，医疗救护组一共就三个人，还都是医院在职人员，这次只来了一个外科医生赵知骞。

队员分两批上山，装备车卸完东西就下去了。

许漫见欧阳畅想等人忙碌地搬东西，也手痒地抱起一箱矿泉水，吭哧吭哧地往指挥车那儿走。她个子不高，人也瘦，顶着那个板寸头走在几个大男人中间，活脱脱一个发育不良的未成年人。

欧阳畅想看不下去了，伸手要来抢她的箱子：“我们这么多大男人呢，谁要你搬？”

“没事儿，我抱得动。”许漫躲了一下，差点撞上旁边的马小南，赶紧道歉，“对不起呀！”

马小南没吭声，脸涨得通红，小跑着走远了。

许漫有些茫然，欧阳畅想撇嘴道：“处男容易害羞。”

许漫：“……”

欧阳畅想还想说什么，应峤的声音蓦然响起：“欧阳，你是来救人的，还是来谈恋爱的！”

许漫猛地抬头，这才发现他们不知什么时候已经走到了应峤旁边。

欧阳畅想被训得不敢回嘴，垂着头绕过满脸阴云的应峤往车上放东西。许漫也想如法炮制，应峤往前迈了一步，正好挡住她的去路。

“我……”她手上一轻，矿泉水已经被应峤接了过去，“谢谢……”

应峤头也不回，把水往车上一放，仰头去问在车顶架设天线的林中磷：“短波电台架设好了没？”

林中磷点头："好了。"

应峤试了试对讲机，在指挥车上拿了张地图下来，随手点了六个人的名字，招呼他们围过去。

没被点名的欧阳畅想哭丧着脸："队长！"

应峤连头也没抬："你今天跟着小勤和中磷，不用进山。"

欧阳畅想更绝望了，转头正好看到林中磷从车顶爬下来。林中磷不屑地撇了下嘴，很嫌弃的样子。

"谁叫你不分场合调戏小姑娘，这叫数罪并罚。"方勤也不同情他，将一直探头探脑的许漫往欧阳畅想那儿一推，"那你就负责把新人领进门，几个常用的寻人APP啊、怎么做行动指南啊等等，全部都教一下。"

欧阳畅想无奈地应了一声"好"，没什么精神地打开手机，将几个常用的APP介绍给许漫。

毕竟是互联网时代了，哪怕是山地救援，可以依靠的现代化技术也较以前多得多。熟悉软件也要不了多少时间，许漫闲不住地又跑去帮方勤一起整理装备车留下的物资。

小停靠站这里除了指挥车，还有王羽坤那辆用来供队员临时休息的小巴车。方勤让马小南把指挥车靠到小巴车边上，再把附近的空地和通往水源的小路清理了出来。说是水源，其实就是一小股石头缝里的山泉，好在距离近，水流清澈。

许漫忙完了手上的事，爬上了指挥车。发现这其实就是辆改装过的房车，除了无线电，还在驾驶座后面做了个小小的指挥台，电脑、打印机一应俱全，车厢上的网兜里悬着备用的头灯、安全头盔，架子上更是放满了搜救手电、应急灯、平板等物。再后面是应急用的厕所和可供简单烹饪的小厨房，最里面则是个双人床铺。

许漫微弓着身体走近指挥座，上面弥漫着一股淡淡的烟味。她想象了一下应峤坐着办公的模样，歪嘴一笑，正打算坐下，冷不丁底下蹿出个黑影，"汪汪"直吠。

她往后退了一步，无奈地看着眼前威风凛凛的黑狗："Black，你真的不记得我了？”

Black叫得更大声了，仿佛在咆哮：鬼才认识你！

狗随主人，真的一点儿都不错啊——许漫四下一张望，在架子上拿了个磨牙棒，冲着黑狗轻挥了一下。搜救犬选的全是性情温和，热爱“工作”的大中型犬，看到玩具整只狗都兴奋起来，尾巴更是疯狂摇曳。许漫将玩具往前一递，它立刻咬住往后扯动。她握紧了绳子陪它玩角斗，拉得它心花怒放，恨不得整只狗都扑上来。她只得松开玩具，Black便咬着玩具开始在车里转圈。

“Black，”方勤探头进来，“Nein！”

黑狗侧头看了她一眼，犹豫着停了下来。方勤冲许漫笑笑：“不要紧的，它很听人话。”

许漫羡慕道：“它就听你们的。”

方勤笑得更开心了：“口令不难，下次我教你——队长他们来消息了，半小时后回撤，下来帮忙。”

两批前线搜救队员，加上他们这些后勤，一共足有二十多个，指挥车上的小厨房约等于没用，还好带来的干粮够多，矿泉水也管够。

一直到一点整，第一批搜救人员才撤了下来，其中却没有应峤的身影。

烈日炎炎，他们全都像从水里捞出来一般浑身湿透。不少人还没下车就已经打了赤膊，裤子也都挽到了膝盖上。

方勤也不管认识不认识，招呼着他们到阴凉处坐下，矿泉水、清凉油、毛巾和装了清水的脸盆早就已经准备好了。

靠近水源的好处，在这时候就体现出来了，在密林里钻了大半天的男人们恨不得拿水盆从头到脚冲上一遍。

许漫送完毛巾，回头见后勤组的同事林中磷在车上翻找，觉得奇怪，问：“你在找什么？”

“看见食盐了吗？”

许漫往前走了两步，把压在底下未拆封的食盐拿了出来：“这个？”

林中磷夺过去，谢也不说一句，扭头就走。

许漫好奇地跟上，就见他一边走一边拆，在一个穿着警服的小哥面前蹲下。那小哥长着张娃娃脸，胳膊上全是腱子肉，这时正挽着裤管，小腿上叮着两条黑亮的蚂蟥。

林中磷捏了撮盐撒上去，蚂蟥没几下就扭动着滚落下来，血水把食盐逐渐染红，狰狞而可怖。

“谢谢呀！”那小哥一边喝水一边道谢。

林中磷没吭声，随手把蚂蟥处理了，拿着盐包继续问其他人：“有被蚂蟥咬了的没？”

好几个人应声，其中一个指着脑门问：“我叫马蜂咬了，有药吗？”

许漫记得车里放着药膏，赶紧回头去找。

应峤等人回来的时候，正看到许漫拿着清凉油，在帮一个志愿者抹脑门上的大包。

那人衣服也不好好穿，打着赤膊，裤子挽到大腿上，活脱脱一只褪了毛的山鸡。

应峤眼皮跳了下，拿了湿毛巾往指挥车走，和其他人一样，他的衣服也湿透了，袖子还被荆棘钩破了，小布条迎着风抖啊抖的。许漫涂完药就瞅见他了，巴巴地跟过来。

应峤一上车，Black就扑了上来。他拍了拍狗头，就开始脱衣服。

救援服外面有腰带，解开腰带才好脱上衣，里面的T恤湿漉漉地贴在上身，又热又黏糊。车身轻微晃动了下，他又将卷起的T恤下摆放了回去，诧异地回过头。许漫拿着盒清凉油，站在车门边，眼睛闪亮亮地盯着他。

应峤：“什么事？”

许漫弯着眼睛笑，还举了下盒子：“要清凉油吗？”

“不用。”

“那盐呢？云南白药呢？”许漫像哆啦A梦一样拉开马甲上的衣兜，一样一样拿出来。

应峤本来长得就不是善良温和的类型，锋利的眉毛狠狠地折出个锐利的突起："下去。"

许漫无奈，垂着头转身准备下车。一只脚落了地，她又忍不住回过头——应峤已经把上衣脱下来了，汗津津的背脊上纵横着几条狰狞的疤痕，一路蜿蜒至腰际，没入裤子深处。

这也是救援时候受的伤吗？这么大的疤痕，当时一定流了很多血……许漫正看得出神，冷不丁一件T恤从头罩下，将眼前的裸背遮得严严实实的。

"还有什么事？"应峤是真有些不耐烦了，人找不到，这小丫头还这么多管闲事，不知道男女有别吗？！

"你背上的伤……"许漫小声道，"也是救人时候留下的吗？"

应峤沉默地看着她，那眼神又冷又疏离，比刀子还可怕。许漫恍惚觉得自己又回到了中学时代，对面站着的，则是不怒自威的政教处主任。她有些心虚地强挤出微笑，不由自主地往后缩了下，退了一步，再退一步……一直到她落荒而逃为止，应峤也没再向她吐露一言半语。

简单的休整之后，搜救人员再次上山。这一次，搜索范围扩大了整整一倍，几乎把三分之二座山都囊括进去了，其中还有层层叠叠的十八潭瀑布。

趁着这个空隙，方勤让队里的安子把装备车开上来，和许漫一起往洗衣店送队员们换下来的救援服，以免到时候不够换——毕竟是夏天，一趟下来衣服全湿透了，也不知多久能找到人，他们做后勤的，不得不做最坏的打算。

安子，就是后勤组的徐安。白白胖胖一个人，本职是个厨师，车技也不错。许漫坐在副驾驶座上，主动和他攀话："安子哥，应队对谁都那么凶吗？"

徐安笑得两腮的肉都在颤抖："这都算好的，之前有一次呀，他爬下枯井救个失足跌下去的小女孩。那女孩愣是被他的黑脸吓到，死活不肯让他抱。”

许漫也跟着笑，不由自主地想起多年前那个下午，那一角湛蓝的青天下挺拔而可靠的身影。那时候，她好像完全没被吓到呀。

送完衣服，天气忽变，乌云自西侧天际开始蔓延，没多久便淅淅沥沥开始下雨。许漫在后车厢整理雨披，就听方勤拿着对讲机，断断续续地说：“雨披我们已经准备好了……干净衣服也够……耽误不了太多时间……行……没问题……”

挂了电话，许漫目光灼灼地看着她：“小方姐，他们要回来休整？”

方勤点头：“雨披都抱安子那个车上去吧。”

话是这样说，许漫和徐安一直等了一个多小时，才有几个队员和志愿者回来取雨披。他们也真是不客气，直接就在装备车的后车厢里换下湿衣服。

大部分人换了衣服，取了雨披，就又回去了——雨势不大，如果能赶在这个时候找到人就好了。偶尔有几个体力透支的，靠在小巴车的座椅上休息。

应峤那一队人是最后来取雨披的，他当先拉开车门，就见一群大男人不管三七二十一，直接在后座扒衣服脱裤子，他阻止道：“没看到有姑娘在，去小巴车上换！”

许漫有些不好意思地回过头：“没、没关系的呀——外面雨大，就在这儿换好了。”

她不说话还好，这一出声，真把衣衫不整的男人们吓了一跳。这小寸头背影看着就是个大男孩啊，居然是女生！其中一个脱得彻底的志愿者，屁股都露出来了，惨叫着蹲了下去。

应峤：“……”

许漫：“……”

一直安安静静靠在驾驶座休息的徐安爬了起来，挺着大肚子，笑嘻嘻地将许漫的脑袋扳正：“咱们不乱看哈——队长你们换吧，这下真看不到了，我监督着。”

他那语气不无调侃，应峤脸更黑了，其他人也被吓到，纷纷抱着衣服奔去了小巴车。

小巴车上以赵知骞为首的几个队员正昏昏欲睡呢，冷不丁车门被拉开，冲进来一帮衣衫不整的半裸男，也是受惊不小。

“我去，大男人半露不露的，搞这么风骚干什么？！”

裸露的男人们可不管这些，一边往里钻一边嘀咕：“叫什么叫，人家姑娘都见怪不怪，就你废话多。”

应峤赶完了人，抱起一大摞雨衣，头也不回地往小巴车走。

许漫欲言又止地看着他坚毅的背影，嘀咕：“唉，我要是个男人就好了！”

徐安大笑出声，感慨：“你们这些小孩啊……”

话说到一半，方勤在外面敲车窗：“王会长来电话，晚餐他这边预订好了，安子哥你得把装备车开下去，给他们腾点地方——小许你也一起下去帮帮忙，一会儿一起跟着送餐车上来。”

许漫“哦”了一声，有些不舍地望了眼车窗外：“安子哥，我也好想跟着队长他们去帮忙。”

徐安瞥她一眼，立刻发动车子：“想都不要想，你不怕挨队长的骂，我可受不了这刺激。”说着，让车子滑入山道，小舟一般颠簸在蜿蜒曲折的盘山公路之上。

许漫无奈，靠在窗边发呆。

雨势越来越大，雨滴敲打在车窗上，发出“噼里啪啦”的声响，再汇聚成大股的水流，沿着车窗流淌下来。

整座兰田山也似被从头到脚冲刷了一遍，绿得发黑，石缝间到处都是汩汩流淌的山泉，偶尔遇到错落的山岩，便喷薄而下，气势恢宏。

车子自银白的护栏内驶过，雨声与泉水声交叠，如金石鸣响。许漫眼尖，一眼看到一处积水浅潭上漂浮着的几个塑料袋——似乎是压缩饼干的包装袋。

“安子哥，你停一下。”

徐安诧异道：“怎么了？”

许漫指了指那些塑料袋：“你看。”

“没办法，没素质的人就是那么多。”

“不是，”许漫道，“这些袋子都很新——会不会是那个失联的人……”话没说完，又有一只浅色的塑料袋自岩石上顺着水流跌跌撞撞地落下来。

这一次，徐安也看到了，他把车停下来，拿起对讲机：“我通知应队。”

许漫“嗯”了一声，一把将车门拉开：“我先下去看看。”

“哎，”徐安急了，“下着雨呢！”

许漫只当没听到，灵活地穿过草丛，绕过山岩，沿着水流往上爬去。

徐安急了，拼命按了两下喇叭试图阻止——这地方这么狭窄，车子这么横在路中央，肯定是不行的。

等他把车子驶到空旷处，再回头来找，许漫早没了踪影。他惴惴不安地联系了方勤，方勤吓了一跳：“你怎么不拦着她？！”

“我哪儿拦得住，”徐安道，“她跑得比兔子还快，一转眼就没影了！”

方勤有些焦急地联系了应峤，应峤意外地没开骂，只问了详细的地点，便挂断了。

许漫冒雨走了好几分钟，也没看到什么人影，倒是水流越来越窄，最后分成数股，伸入密林深处。她抹了把脸上的雨水，继续沿着最大的一股山泉往里走去。这里距离山腰有段距离，还没被搜救队搜索过，苔藓厚而鲜嫩，一脚踩下去全是水。

林木茂盛，树与树间密度极大，许漫全身都湿透了，有些吃力地从两棵松树之间挤过去，终于看到了水流的来处——松林尽头是个废弃的防空洞，年久失修，一汪清水汩汩地往外排出。洞口附近生长着不少灌木，里面隐约似有白色的杂物。她走近了捞起来一看，是半只T恤袖子，上面歪歪扭扭地写着“洞内有人，救命！”几个大字。

许漫愣了一下，打开手机的手电筒功能，快步往里走去：“有人吗？我来救你了，有人吗？”

她一路喊一路踩着积水往里走，才走了约莫几分钟，就有个虚弱的声音回应：“救命，救命——”声音虽然有气无力，吐字却还是清晰的。

许漫加快步伐，再往里走了几步，终于见到了声音的源头——那人浑身又臭又脏，靠在洞壁上，面前扔了一堆吃空的压缩食品包装袋，只有两个眼睛在黑暗里亮得发光。

“您是林持瀚先生吧？”许漫拿手机照了过去，骤然到来的光明让对方往里缩了缩，抬手挡住眼睛。

许漫将手机光亮往下挪去，照到了他血迹斑斑的小腿：“你的腿流血了，我帮你看看……”

林持瀚犹若未闻，张臂直扑过来，紧紧地拥抱住她。

许漫觉得脖子一热，似有液体滴落在颈项间，她呆了呆，慢慢地回抱住他，轻拍后背安慰。这种绝处逢生的感觉，她也体会过。

男人的眼泪不多，灼热而沉默。

许漫等了好一会儿，才犹豫着催促：“林先生，我先帮你处理下伤口，然后扶您出去吧？”

林持瀚没吭声，许漫又唤了一声，他仍维持着拥住她肩膀的姿势，一动也不动。她愣了下，耳畔的呼吸声绵长而轻缓——居然，他就这样睡着了！

许漫哭笑不得地将他轻轻推开，让人靠在洞壁上，借着手机的微光，帮他简单处理了下伤口。也不知他到底在什么地方磕伤的，包扎的时候又没把伤口清理干净，拆开后看到一个大血洞，看着就可怖。他随身的背包更是几乎全空了，水和食物全部吃完了，手机、手电筒和充电宝一丝电都没有了……就残存的这些垃圾残骸来看，他掉队，确确实实是非常正常的。哪个玩骑行的，会随身携带火龙果这种又大又重的非必要负重呢？！

许漫把空瘪的背包绑在他身上，再将人背起，扶着墙小心翼翼地站起来。这人看着不胖，体重却不轻，小山一样压得她直不起腰。

一步、两步、三步……洞口越来越近，雨水的声音也越来越清晰。许漫犹豫了下，还是将人放下，脱了马甲和自己已经湿透的外套，拧干，展开给他兜头围住。

林持瀚迷迷糊糊地张开眼睛，头顶罩着衣服，雨滴噼里啪啦地打在上面。眼前的女孩只穿着件单薄的运动背心，背向着他弯下腰，手臂反环住他腰臀，他下意识地张臂架上她肩膀，环住。

女孩微侧过头，声音轻柔："坚持一下，马上就送你上车。"

他张了张嘴，雨水滴落在头顶的外套上，又滑入干燥的嘴唇，没等他艰难地说出"谢谢"，女孩已经将他背起，磕磕绊绊地往前走去。

林深雨浓，满目的翠绿深碧因为碰撞而摇落无数水滴，混在雨水里，溅落在他眼前、身上，乃至心底深处。

许漫比来时多了一倍的时间，才背着林持瀚走回到来时经过的水流汇合处。

"就快到了。"她轻轻说道，既是安慰他，也是在给自己鼓劲。

脚下湿滑，她不得不走一步就稳一下重心，到了下坡时，她更是走几步，就得抵靠在道旁的树干上休息一下。

林持瀚睡了又醒，醒了又睡，偶尔睁开一线眼帘，很快又安心地闭上了眼睛。他的女恩人虽然不够强壮，长相也只能勉强夸一句清秀，韧性倒是十足。许漫看不到他的情况，当然不知他醒来过。她一手紧揽着他后腰，一手抓着藤蔓，小心翼翼地在湿漉漉的乱石间爬行。

林持瀚眯着眼睛，瞅着眼前白皙而沾满了水珠的后颈，神思恍惚。

"许漫漫！"一个声音蓦然在耳畔炸响，林持瀚吓得抖了一下，然后就觉得自己整个人腾空了——眼前柔美的少女颈项也瞬间转换成了阴沉而不断坠着雨丝的天空。他呆了半晌，才反应过来自己这是被人打横公主抱了起来。

"您就是林持瀚吧？"那人虽然穿着雨衣，刘海和脸上却也在淌着水，蹙着眉，跟谁欠了他好几百万似的。

林持瀚咳了一声，挣扎着想要下地。依赖一个女孩子虽然不太像个男人，却远没有被一个男人公主抱来得丢人！

应峤压根儿不把他这点挣扎放在眼里，三两下把人交给身后站着的同伴——这位同伴比他还壮，肱二头肌堪比带榔头的铁棍，抱他更是不在话下，甚至还有空扯了扯盖在他身上的外套。

林持瀚突然有种自己和他们并不是一个物种的错觉。

那壮汉可不管这些，一边往林外走去，一边冲着对讲机喊："安子哥，人找到了，赵医生到你车上了吧？"

许漫没了林持瀚这个大包袱，轻轻松松地从岩石上蹦下来，有些兴奋地看向应峤。

这一回，她算是证明自己的能力了吧！

"队长，我……"

"衣服穿好！"应峤却偏开了头，脱下身上的黑色雨衣，劈头盖脸罩过来。

"不用不用！"许漫扯下雨衣，想要还给他。毕竟，自己身上早就湿透了，穿不穿也没什么区别了。

"叫你穿上就穿上。"应峤恶声道，不但仍旧没正眼看她，还抬脚转身就走。

不知是不是她的错觉，他这反应不像在生气，倒像是恼羞成怒。

恼羞……羞……许漫茫然地低头看向手里的雨衣，视线扫过领口，蓦然发现自己身上的运动背心湿透之后，紧紧地包裹在身上，内衣轮廓隐约可见。

她"唰"地抖开雨衣，三两下穿上，脸颊却不由自主开始发烫。

回去的路上，许漫一声不吭。前面开车的应峤，更是入定了一般安静。那位受伤的林先生已经提前被送下山了，路上陆续有志愿者下车回家，最后整个后车厢就剩下许漫一个人。

眼看学校越来越近，许漫干咳一声，小声问："队长，我今天表现怎么样？”

应峤在后视镜里瞥了她一眼，冷飕飕的。许漫原本是信心满满的，被他这么一看，又有点不确定起来。

她咬咬牙，说道：“我觉得，我还是更适合去前线救援，我……”

“就凭你不和任何人商议的个人英雄主义吗？”应峤冷冷地打断她。

“我……”

“你那么喜欢独来独往的话，离开野蜂，随便你一个人去哪儿。”应峤话音落下的瞬间，车子也稳稳地停在了浦州大学的门口。

许漫呆了呆，有些委屈，也有些无措：“我做得不好吗？我……”她提高声音道，“是我把人救出来的呀！”

应峤终于转过头来看她：“这就是你不通知我们，一个人去冒险的原因？”他顿了顿，接着问，“为了从后勤组转出来？为了让大家夸你一句能干？”

许漫噎住，对面的目光锐利而寒冷，几乎要把她整个人冻住。

“如果你没能成功呢？如果你背着人从断坡上摔下来呢？如果——”他看着她，一字一顿问道，“你死了呢？”

暑假的大学校园，冷冷清清的。艺术剧场不开张、图书馆关门、食堂关门，就连校外商铺都关得七七八八的。许漫游魂一样在大学城里晃了几天，心里那股郁闷之气，渐渐地消散了。

她这负气就跟独角戏一模一样，应峤压根儿不知道，知道了估计也懒得搭理她，没准，还巴不得她早日退出。倒是方勤主动打电话来：“小许，你的马甲和雨衣还没还回仓库吧？”

许漫一拍脑袋，差点把这茬给忘了：“我这就给您送过去！”

“不用，”方勤道，“野花哥一会儿正要经过你们学校，你在门口等他吧。”

“野花哥？”许漫茫然了。

“哦，就是宋副队，他不是叫繁缕嘛。”方勤的声音软软的，带着点笑意。

许漫稀里糊涂地挂了电话，打开网页搜索。繁缕，繁缕……手机屏幕上跳出张开着白色小花的野草照片，下附文字说明：繁缕，常见的田间杂草，别名鹅肠菜、鸡儿肠，在中海拔地区广泛分布……许漫在肚子里把“野花哥”几个字来回咀嚼了下，再对比了下宋繁缕铁塔似的身高，黝黑的皮肤，嘴角不由自主地翘了起来。别说，这外号还挺有反差萌的。

许漫小跑着回宿舍去取了衣服，又急急忙忙赶到校门口。

宋繁缕来得很快，开着辆小货车，货斗上堆了不少东西。许漫把装了衣服的袋子交还给他，不好意思地道：“我太粗心，给你们添麻烦了。”

“没事，”宋繁缕没伸手，探头往没什么人的校园打量了两眼，“你们学校也放假了吧，要不要一起去射击馆玩玩？”

“我……”许漫垂下头，“不用了吧，你们应队长，压根儿就不想收我，我也觉得……理念不合。”

宋繁缕一愣：“怎么了，他骂你了？”

许漫垂下头：“他说我是个人英雄主义……”

宋繁缕忍不住嘀咕：“这家伙狗嘴里就吐不出个好字——你别怕，宋哥哥保护你！”

许漫乐了：“宋副队，你也得听他的。”

“瞎说，”宋繁缕提高声音，“我比他大，他私下都喊我哥！”

“野花哥吗？”

宋繁缕正在放手刹打算换挡起步，手一抖又把手刹拉了起来，整辆车惊天动地地颤抖起来：“你喊我什么？！”

“野、野花哥啊。”许漫老老实实重复。

“不许叫！”宋繁缕重新挂到空挡，松开因为愤怒而踩住的离合，车子总算停止了颤抖，“叫宋副队！”

“宋副队。”

“乖，”宋繁缕脸上这才由阴转晴，“你上车，我好好跟你说道说道。”

许漫识时务地上了车。

宋繁缕发动车子，开了好一段路，才组织好语言叮嘱道：“没事别学队里那些小混蛋瞎叫，他们爸爸才叫野花呢！我这名字是繁缕，中药，本草纲目记载了的，不是什么野花。”

许漫连连点头，又问：“小方姐也不能叫？”

“小方……”宋繁缕噎了下，脸色微红，“小方妹她不一样。”

“咦，”许漫扭头看向他，“你喜欢她呀？”

“谁、谁喜欢啊，”宋繁缕否认道，“大家都是队友。”

“是，小方姐是个特别好的队友。”许漫笑道。

“小孩瞎说话。”

“你觉得小方姐不好？”

“我什么时候说她不好了？”

闹得累了，许漫靠着椅子看着窗外的景色发呆。

她一安静下来，宋繁缕又有点多思多虑了，一边开车一边拿余光瞥她。应峤还在不满她违纪的事儿，一会儿到了射击馆，可别出幺蛾子了。小姑娘前几天立了大功，反被应峤训了一顿。救援纪律虽然重要，可队员的参与热情也不能打击得太狠……

“那个，”宋繁缕清了清嗓子，有些僵硬地扯起话题，“应峤那脾气……你也别觉得委屈，国际救援的原则就是要优先保障救援人员自己的安全，咱们救援队虽然不大，也得按章程做事不是，咱们那个入队守则里，不都写挺清楚的？人虽然救回来了，你那也算擅自前往救援前线……”

许漫坐在一边听着，盛夏闷热的微风吹拂在脸上，说不出的复杂滋味。这些道理，她都是懂的，但那一瞬间，她想到了当年的自己，也想到了难得的机会。

她来野蜂，就是想要到前线参与救援，帮助到人的。为了这个目标，她学游泳、学潜水、练长跑、上SRT课……如果时光倒流，她一定还是会那样做的。就像应峤当年，毫不犹豫地将手横入她和石梁之间一样。

▼

第2章

— 告别的尊严 —

他们回到黑蜂射击馆的时候，已经快中午了。

野蜂是自发组织的民间公益救援队，队员包括队长在内都是有本职工作的。宋繁缕的本职是本市搜救犬训练基地的教官，欧阳在游泳馆工作，赵知骞是外科医生，方勤是黑蜂射击馆的收银小妹兼会计……至于应峤，按他开黑蜂射击馆赚钱，再无偿给野蜂救援队出钱出力的行为来说，也算是一个很有公益心的老板了。不过这射击馆总见不着客人，让许漫有些怀疑到底能不能赚到钱。

今天的射击馆除了更冷清一点，和往常并没有什么不同。收银小妹方勤坐在收银台后面，手里攥着瓜子，面前摆着平板，正津津有味地看偶像剧。见他们进来，她眼疾手快地按了暂停，抬起头跟两人打招呼。

许漫也跟着应了一声，宋繁缕四下张望："阿峤呢？"

"他带人去跟一个D类任务了。"方勤解释道，"王会长他们人手不够，找老板帮忙。"

公益救援一般分为ABCD四类，A类主要是生者救援；B类是针对亡者的殓尸任务；C类则主要是搜寻十二岁以下儿童、六十岁以上老人或确认有精神疾病的成年人；D类任务最多，主要是联动单位请求进行支援的，比如重大赛事安全保障，应急演练之类的。

暑假是本地救援活动的“旺季”，天气炎热，放假的孩子、难耐酷暑的市民们，都热衷于戏水出游，每年必到的台风又给滨海城市带来了大量的降水，意外频发。

王羽坤忙得焦头烂额，到处调配人员赶场搜救。这次见野蜂队手上的任务基本结束了，立刻又请应峤带人帮忙维持一个全省幼儿园老师运动会的秩序。

宋繁缕听得哈哈直笑：“他不是最讨厌出这种任务，这回怎么乐意去了？”

方勤把瓜子嗑得咔咔响，顺便将视频重新调成播放模式：“因为他家老爷子的幼儿园是承办方之一呀。”

宋繁缕笑得更开心，见许漫满脸不解，便和她解释道：“阿峤本来是要回去继承家业当幼儿园园长的，长得实在是太不讨小孩喜欢了，才不得已出来开射击馆。”

许漫眨巴眼睛，应峤那样子，确确实实和幼儿园园长搭不上什么关系。

他们正聊得开心，冷不丁大门被推开。应峤只穿着件印了黑蜂标志的T恤，大汗淋漓地进来。

“哟，应园长回来了！”宋繁缕笑呵呵地打招呼。

应峤听出了他话里的调侃，剜了他一眼，大步往里走去。至于许漫，他似乎压根儿就没看到。

宋繁缕拿胳膊撞撞她：“你看，我就说他不会赶你走的吧？”

许漫抬眼看他：“我感觉一点儿都没有被你安慰到。”也可能，应峤压根儿只是眼瞎而已。

方勤不动声色地瞄了紧挨在一起的两人数眼，开口道：“小许，刚才有人找你。”

“找我？”许漫一脸惊奇。她加入救援队的事儿，压根儿没告诉任何人，谁会来找她？

“是你背回来的那位林先生，打了七八个电话了，”方勤笑容甜美，声音却不无戏谑，“听说你下午要来，还打算登门道谢——看样子，是打算以身相许了。”

许漫脑海里闪现了下林持瀚那张污浊无助的脸，不由自主地打了个寒战：“那我先回去了！”她都因为这事儿挨批评了，再和这位被救援人员牵扯不清，没准真就被魔王队长扫地出门了。

话还没说完，射击馆外传来一阵引擎轰鸣声，一辆骚黄色的蝙蝠堪堪停在射击馆对面的停车场。然后就见一个西装革履的墨镜男下了车，一手拿花，一手拿着几根红色的杆子，大迈步朝他们这边走来。

这骚包异常的男子，难道……许漫隐约有不好的预感。

宋繁缕和方勤则一脸雀跃，救援任务做多了，总有不少热闹可以看：拜干哥哥的，想以身相许的，运了满车土产来的……甚至，还有上门闹事的。而眼前这位嘛，一看，戏就很足。

戏很足的西装男推开玻璃门，迈步进来，冲着他们露齿微笑：“你们好呀！”说着，还腾出手把墨镜摘了。

长而带着笑意的桃花眼，高挺的鼻梁，白皙到不像男人的光滑皮肤……今天的林持瀚干净时髦得像是颗超市货架上的进口蛇果，就连声音里的沙哑和绝望，都随着满身的污渍一同被洗去了。

“你好！”方勤和宋繁缕热情地回应。

许漫想不着痕迹地往后退，被这两人非常默契地挡住了去路。

“你不认识我了？”林持瀚误解了她的沉默，自我介绍道，“我是之前被你救过的林持瀚！”说着将鲜花往她怀里塞过来，“鲜花配美人！”

许漫赶紧推拒：“不用不用，您太客气了！”

“救命之恩，当然要好好道谢！”说着，林持瀚右手一抖，把其中一根红色的杆子抖开，竟然是一面锦旗！

红丝绒旗面上，两行大字金光灿灿：美女救英雄，缘分天注定。

许漫呆呆地仰头看着，整个人都木掉了。

方勤没忍住笑，借口给客人倒水，往茶水间走去。人影一消失在拐角，清脆的笑声立刻银铃一般响起。

宋繁缕毕竟见多识广，掏出手机表示：“来，我给你们俩合个影。”

“宋副队！”许漫几乎从牙缝里挤出声音来警告，宋繁缕可不怕她，开开心心地举起手机。

林持瀚也很高兴，紧挨着许漫站着，一手搭到了她肩膀上，一手拿着锦旗放在两人身前。

“咔嚓！咔嚓！”

正是闪光灯亮眼的时候，一个冷冰冰的声音自茶水间内测的通道那传来：“你们在干吗？”

应峤冲完了澡，一出来就见宋繁缕围着许漫和一个花枝招展的小白脸在拍照。那小白脸油头粉面的，揽着剃了平头不男不女的许漫，怀里还抱着一大捧鲜花，看起来十足的扎眼。

许漫赶紧挣脱林持瀚的胳膊，连花都塞回他怀里，直挺挺地站到了一边。

林持瀚也不介意，反而提高声音，大步冲着应峤走去：“应队长，我是林持瀚，被您队员从山里救下来的林持瀚，记得吧！”

应峤蹙起眉头，痴汉？

“就那个骑行躲雨，在兰田山迷路的。”宋繁缕在一边提醒。

应峤这才反应过来，眼看着他捧着花一步步往前，右手又是一抖，展开剩下的那卷锦旗：精英团队，救危扶难！

“感谢感谢！”林持瀚一边把锦旗往应峤的左手塞，一边握住应峤的右手。

“客气了，”应峤抽回手，往后退了一步，“你的腿伤好了？”

“好了好了，多亏你们救助及时。”林持瀚满脸笑容。

眼看宋繁缕又想举起手机拍照，应峤狠瞪了他一眼：“老宋，把锦旗挂陈列室去。”

“好咧！”宋繁缕接过两面旗子，乐呵呵地往里走去。

许漫赶紧跟上：“宋副队，我……那面不要挂了！”

“干吗不挂，写得多好！”

“不合适……”

“哪儿不合适？”

两人声音越来越小，逐渐消失在通道尽头。

林持瀚侧头去看，脸上笑容洋溢，很有些向往的模样：“应队长，你们这位许姑娘，有男朋友了吗？”

应峤脸色沉了下来：“她还在上学，是学生。”

“啊，未成年？！”林持瀚的语气有些意外，“她念高几？”

“大二了。”一直在茶水间窝着的方勤总算看够了热闹，端着那杯都快凉了的茶走了出来。

“哦哦，已经读大学了。”林持瀚松了口气，“现在大学生都很早谈朋友了吧？”

“那我们可不知道，”方勤笑道，“你得自己问她。”

林持瀚没吭声，不过那神色，挺有点跃跃欲试的模样。等到宋繁缕和许漫吵吵闹闹地回来，他果然开口邀约：“晚上我请大家吃个饭吧，感谢一下大家的帮助。”

“不用了，我们有纪律。”应峤打断道。

林持瀚无奈，掏出手机对许漫道：“那小许妹妹，咱们加个好友。”

许漫倒不讨厌他，也摸出手机，打开二维码页面让他扫。

应峤“哼”了一声，转身往射击笼那走去。

林持瀚加完了许漫，又加了宋繁缕和方勤，末了，往收银台那儿一靠：“你们这射击馆对外营业的吧？给我也办个卡呗。”

方勤对生意那是来者不拒，立刻开系统办会员卡。林持瀚便倚着柜台，装作看墙上会员须知的模样，拿眼角余光打量角落里和宋繁缕不知在嘀咕什么的许漫。

瘦了点，头发太短了，皮肤也不是顶白的，五官绝对算不上漂亮……许漫觉察到了他的视线，微微抬起头，冲他露齿一笑。

这一笑，就露出了若隐若现的小虎牙，整张脸都鲜活了起来。林持瀚心里一动，手指不由自主地在收银台上摩挲了一下。

他露营的时候，最喜欢裹着毯子看红日一点点自地平线升起。山风凛冽，山野间的一切都被光一寸寸照亮。而这眼前的女孩，也如那些为晨曦晕染的林木一般，浑身上下都洋溢着旷野的清新和生机。

他办完了卡，也不急着走，脱了外套表示自己要去试着打两组。

方勤无奈地道："这我就得去问问老板了——今天馆里没有其他值班的教练，安全员只有一个，你想玩只能找我们老板陪着。"毕竟是真枪射击，馆里压根儿不允许没有教练和安全员全程陪同。

林持瀚跃跃欲试，催着方勤去找应峤。

方勤走了两步，见许漫和宋繁缕还在墙角说悄悄话，心里一酸，脆声道："野花哥，你去帮我喊老板过来呀！"

野花……宋繁缕眉毛鼻子全皱到一起，嘴巴开开合合好几下，到底还是没敢把"不满"表现出来，巴巴地转身进去找应峤了。

许漫便晃到收银台旁，眼睛随便往屏幕上那么一瞥，立刻就瞪大了。五个零，六位数！这个林持瀚怕不真是个傻子吧，随便充个会员卡，居然就充了二十万！

她不由自主看向林持瀚，他显然看到了她刚才的表情，笑眯眯的，满脸温柔。

许漫打了个寒战，指指里面："我、我也去催催！"

宋繁缕被方勤的称呼刺激到，走得飞快，早已经没了踪影。许漫独自一人往里追去，一到射击区门口，就被防弹玻璃门拦住了去路。她不是会员，也不知道大门密码，自然没办法进去。她正踟蹰着，身后蓦然伸出来一只手，将张黑色磁卡往感应机器上一刷，玻璃门应声而开。许漫回过头，林持瀚长身而立，嘴角含笑。

"谢、谢谢啊……"

"应该的。"林持瀚手往前一伸，一副绅士做派。

许漫让了一下，推拒不过，当先迈步走了进去。林持瀚紧跟其后，简直形影不离。

不知是不是她的错觉，这位林先生的目光里简直带着电——她走得如芒在背，尴尬不已。

“林先生，”许漫憋不住打破沉默，“您上次……”

“叫我持瀚就行。”

怪不得叫“痴汉”呢！连声音都酥麻得可怕，鸡皮疙瘩一阵一阵往外冒！许漫强忍着打人的冲动，打破砂锅问到底：“您上次是怎么受的伤？”

“不小心摔伤了。”

“那怎么躲到防空洞里去了？”

“躲雨。”问到狼狈处，林持瀚的声音总算正常了。

许漫眼尖地靠着玻璃墙的反射发觉，他连微微前倾的身体都恢复了常态，坚硬而挺拔，像只没了盒子束缚的毛绒惊吓玩具。

许漫在心里松了口气，加快脚步往前走去。空气里枪油的味道逐渐浓重，隐约有沉闷的声响传来。

“啪、啪！”一声接一声，像是雨滴滴落在芭蕉叶上，又像是皮鞋底敲击在木质地板上。

进了射击等候区，看到靶道里应峤背向而立的身影，她才蓦然惊觉——这分明是钢与火磨砺而生的枪声！

一念未绝，又一声枪响。

少了一层隔音墙的阻挡，那声音震得耳膜颤动，甚至能听到子弹“咻咻咻”的破空声。

应峤戴着耳罩，压根儿没留意到他们进来，扣动扳机时，也只肩膀微微抖动一下。倒是站在他身后的马小南留意到了他们，拍了拍捂着耳朵张大嘴巴的宋繁绥。宋繁绥回过头，指指墙上的耳罩，示意他们取了戴上。

手势没做完，应峤又是一枪，宋繁绥一边痛苦地张大嘴巴，一边抬手掀掉他的耳罩，大喊：“别打了，快去做生意！”

应峤偏了下头，示意他放开，继续扣动扳机，一直把一匣子子弹打空，才终于放下枪。他回头看到许漫和林持瀚，再想到刚才的对话，眉头很快紧蹙了起来。这个公子哥，还真惦记上了！是当真感动到想以身相许了，还是看小姑娘没出社会好哄好骗？他向来不喜欢队员和被救助人在这方面纠缠不清，看向许漫和林持瀚的眼神就有些严厉。

许漫忍不住撇嘴，自己这次可没做错什么，他这“不高兴”是天生的吗？至于身后这位林持瀚，她用余光瞥了一眼——这可是财神爷，刚充了几十万呢！

林持瀚感应到她的视线，又露出那种随时随刻都在散发荷尔蒙的笑容：“环境挺不错哦。”

应峤从射击室走出来，劈头就问：“谁放你们进来的，安检做了吗？”

正要往后退的许漫闻声，脚步不由自主地就停住了。

林持瀚倒是好脾气：“刚办好会员，急着体验，就直接刷卡进来了。”

应峤瞥了眼他手上的手环，没发作，转而看向许漫：“那你呢，进来干什么？”

“我……”许漫正要反驳，就被林持瀚打了圆场，“陪我一起进来玩玩嘛，一个人打多没意思。”

黑蜂射击馆的规矩，会员确确实实是可以带人进来玩的。

应峤抿紧了嘴唇，半晌才向马小南道：“换小口径的。”马小南赶紧去换枪。

林持瀚阻止道：“别换呀，这是西格绍尔P226？”

“你玩过？”

林持瀚老神在在地点头。

既然是老手，应峤也就不再坚持，拿了安全责任书让他签了，便把位置让了出来。

林持瀚确实不是新手，十发子弹打下来，十五米的距离能打出99环的成绩。许漫忍不住感慨：“神枪手啊。”

应峤在心里冷哼一声，不动声色地问：“那要不要试试二十五米距离的？”

那老子的“神枪手”形象就要崩塌了！林持瀚心虚地摸摸鼻子，转而问许漫：“你要不要试试？”

许漫一怔："我吗？"

林持瀚点头："我来教你。"

许漫正想推拒，应峤出声打断："新手先试小口径吧——马小南，拿贝雷塔87。"

"不用，我……我也不是新手。"在她脑子做出反应之前，谎话已经脱口而出。

"你玩过实弹射击？"

"玩、玩过啊！"许漫嘴硬着往前一步，站到了射击位上。

应峤没再阻拦，只拿锐利的目光死死地盯着她。许漫挺直了背脊，拿起笔在安全责任书上写好名字。她学着林持瀚的样子把枪拿了起来，却不知保险栓在哪儿。

应峤心知她又在扯谎，打算冷眼看她出糗。林持瀚却耐不住了，多好一英雄救美的机会，摩拳擦掌地想要上前帮忙。

应峤在心里叹了一声，先一步抬手，握住她拿枪的手："两只拇指放这里，左眼闭右眼开，双脚分开一些……"

这一下靠得太近，许漫整个人都僵在那儿，拿枪的手甚至都忘了用力。

应峤却误会她是不敢使力，右手绕过她后背，环上去将枪的保险栓拉开："视线从中间凹缝内看准星，慢慢扣到底。"

许漫努力忽略环绕在自己身后的人，心跳却不争气地"怦怦"加速。

争气点！她深吸了口气，扣住扳机用力。

初时，手指几乎感觉不到任何阻力，一直扣到最后才感觉到扳机的存在，虎口一震，火焰在枪口炸开。

"叮当"一声，子弹壳滚落靶道，系统也播报出了成绩："九环！"

"以一个没碰过枪的纯新手来说，马马虎虎。"应峤说完，便把枪从固定的铁链上卸了下来。

许漫有些不服气，但他刚才枪枪正中红心。而自己，连保险栓在哪儿都搞不清，被人手把手教，也不过打出个九环……她竭尽全力想要变得强大，想要把当年的感动转化成能向人施以援手的力量。在他面前，却总有种小孩穿大人衣服的窘迫感。

“你拿强项压人，”她忍不住小声嘟囔道，“赢了也没什么了不起的。”

应峤“咔嚓”一下卸下弹夹：“不服气？”

“对！”许漫握了下拳，“女性十九岁半就开始长皱纹了，二十五周岁新陈代谢都开始变缓慢。你刚开始上一线做救援的时候，压根儿也未满二十五周岁吧？”她越说越是义愤填膺，勇敢地迎着应峤黑漆漆的眼眸挺起了胸膛，“野蜂队伍里明明有一堆年轻人，你却偏偏设了这么一条诡异的规定，只许州官放火，不许百姓点灯！你是怕长江后浪推前浪，被年轻人抢去光芒吗？”

射击室内寂静无声，连一丝风也没有。也不知过了多久，应峤才终于开口：“那你想比什么？”

“SRT技术！”对面的目光虽然冷厉，许漫毕竟年轻，将初生牛犊不怕虎的精神发扬到了极致。

眼神凶就了不起？她也不是吓大的！许漫这样给自己壮胆。

SRT，全称Single Rope Technique，即单绳技术，算得上是绳索救援技术的基础。

许漫入队考试的成绩单上，绳索技术的成绩是非常亮眼的。

距离射击馆最近的场地就是一家室内攀岩馆，老板也算是宋繁缕的老相识。听说有人要挑战野蜂应峤的单绳技术，特地清了一块人工岩壁出来。

“这块攀岩墙不错吧，十三米高，两个大的偏移点，浦州探洞协会日常训练都找我们租场子。”老板兴致勃勃地昂着头介绍。

“是挺好的。”应峤随口应和道，利索地穿着装备。许漫在那和头盔较劲——她的脑袋本来就不大，剃短了头发之后，得把头盔调到最紧，才能保证固定不滑落。

老板还想废话，被宋繁缕拉到一边，和方勤等人一起蹲坐下来：

“嘘——”

一直安静的林持瀚却有点蹲不住了，小声问：“你们队长，是不是对我们漫漫有意见？”

宋繁缕龇牙，这才哪儿到哪儿，就从“许小姐”变成“我们家漫漫”了啊！

“他就是要求比较严格，”方勤从宋繁缕身边探出头，“二十七年的陈年老处男了，看男女队员都像牲口。”

林持瀚陷入沉思。

那边许漫和应峤已经走到各自的主绳下面了，马小南握着秒表，倒数：“三、二、一，开始！”

话音刚落，许漫就把身上的胸式上升器[①]挂了上去，接着是手持上升器，踩脚踏圈……单靠着主绳爬了有四米多，她忍不住扭头看了眼身侧的应峤。

平行处的绳索空荡荡的，她的视线不由自主往上走了一人多高，才看到他——上升的主绳在七米多高处和人工岩壁相连，需要过一个负角度的偏移点。

应峤的胸升和手升都已经转移好了，正在解牛尾绳[②]，速度明显比她快了不止两米。

许漫咬牙，加快速度的同时，强迫自己不再去看他。

过了负偏移点后，不用抬头，她也知道应峤距离自己更远了。但上升的主绳上除了这个大偏移点，还有好几个锚点，压根儿没时间给她休息。

人不断地向上攀升，牛尾绳一次次被挂上锚点。

许漫默默在心里估算了下距离——她过锚点的速度还是可以的，至少每次过完一个点，距离都能稍微拉近一点。如果锚点够多的话……希望还是有的。

她开始过大U时，应峤已经结束横移，换到下降绳上了。下降绳只有

① 胸式上升器：固定在胸前的“鸠玛尔式上升器”。

② 牛尾绳：这里指手持上升器上的安全挂带。

一处大角度偏移，基本胜负已定！

许漫却不愿放弃，满头大汗地把STOP[①]绑好，转移受力点，拆胸升和手升，下降。落到U型绳索的三分之一处时，她又开始重新把受力点转移到胸升和手升上。

她踩着脚踏圈终于开始上爬的瞬间，应峤如流星一般顺畅地自她身侧滑落。

心平气和、心平气和！许漫握了下绷紧的横移点绳索，身高不够，够不上——她不假思索地拆了手升上连着的脚踏圈，挂到横移点上，踩着继续往上爬了几十厘米，终于成功转移到了横移点上。

快了，快了！在下降绳上绑好STOP的瞬间，她往下瞥了左下方的应峤一眼，握住制动手柄，几乎一压到底，整个人飞速往下滑去。

应峤刚解开锚点上的长牛尾，就觉得眼前一暗，右侧的许漫简直像是坐着火箭下来的，差点一降到底，把和斜面岩壁相连的绳索绷死。

“你……”他本想骂她一句“求胜心切到命都不要了”，见她飞快地用手升抓着绳索把自己往岩壁上拉，握紧手柄，也笔直往下滑去。

“队长，十五分十七秒！许漫漫，十六分五十八秒！”马小南兢兢业业地把两人的成绩报了出来。

到底，还是输了。许漫垂着头，默默地整理着装备。

一只手却横了过来，先是握了下她手里还在发烫的STOP，接着强硬地将她的右手摊开——白皙的手掌一片通红，还起了好几个水泡。

许漫心虚地想要将手缩回去，应峤却拽着不放，拉着人大步往外走去。

“哎，阿峤，有话好好说啊！”宋繁缕吓了一跳，赶紧追上去。

方勤一跺脚，也要追，回头见林持瀚站着没动，提醒道：“喂，你恩人要倒霉了。”

林持瀚斜眼：“我看着不像，不过嘛……”他指了指前面的宋繁缕，“你的心上人，倒是真快要跟人跑了。”

---

① STOP：自动悬停器的一种，依靠活动凸轮设计让下降者能够在绳索上轻松制停。

方勤脸色变了又变，最后狠狠地给了他一脚：“宋野花那种人，才不配做我心上人！”

应峤人高，步子也大，许漫几乎是被他拖到前台的。

“碘酒，烫伤膏。”他言简意赅地和前台小妹要了药品，直接就站着帮她上药。

“也、也没那么严重……”许是因为离得太近，许漫觉得他的呼吸都快喷到自己手掌上了。她有些局促地扭动了下手腕，也想要让绷紧的神经舒缓下来。

应峤将她的手握得更紧，近乎凶狠地瞪了她一眼：“别动！”

这一眼又硬又冷，不啻于一桶冰水当头浇下。许漫那狂乱奔涌的血液立刻就镇静了下来，甚至开始感觉到伤口的疼痛。

“谁教你把脚踏圈弄成活动的？”

许漫愣了好一会儿，才反应过来应峤是在问她。“是……”她张了张嘴，话到了舌头尖上，却又推不出去了。

“过横移的时候拆脚踏圈，”应峤继续道，“好像没几个人有这个习惯。”

时间已经不早了，陆续有客人过来刷卡结账。机器的嘀嘀声伴着凌乱的脚步，嘈杂而又热闹，她仿佛又回到了那个阳光灿烂的度假村废墟上。

许漫将藏在袖子里的左手握紧，又松开：“好几年前，你给一家视频网站录过一套教学视频……”

应峤恍然：“你看过？”

“我看过你……你们野蜂的所有资料。”她犹豫了片刻，终于放下绷了好几天的“尊严”，近乎恳求地看向他，“我真不是为了逞英雄……为了加入你们，我整整准备了五年。”她的眼睛又大又亮，把原本算不得出众的五官也映衬得神采奕奕。

应峤呆了好一会儿，才把目光重新放回她涂满了药膏的伤手上：“野蜂的教学视频，从来不会宣扬救援人员不顾自身安危去追求结果。”他话没说完，余光就感觉到那双眼睛里的神采一下子黯了下去。

“我知道，我就是太着急了……”她的声音轻轻的，与其说是解释，不如说在自责，明明是快要哭了的样子，偏偏硬挤出点笑意，耷拉在嘴角眉梢。

他低头瞅着她红肿的手，无端地一阵恍惚。这原本应该是一双纤长漂亮的手，现在却肿得像只充了气的塑胶手套。不只这些，指尖和手掌上还密布着不少细细碎碎的陈旧伤痕。他是过来人，当然明白这些意味着什么。只有高强度、长时间的不间断练习，才会被绳索磨出这么多的老茧和伤口。

许漫整理了一早上东西，这才拖拖拉拉着下楼。因为手受伤的缘故，她连后勤志愿者的资格都被方勤暂时剥夺了。偷鸡不成蚀把米，学校里又连个鬼影都没有，她自然只能收拾东西回家。

鹿、浦两市距离不远，公共交通却不是很方便。中间隔着大江，如果不是自驾，就只能选择轮渡或者绕城一周的公交，再从跨江大桥上过去。幸而现在轻轨开通了，两城之间缩短到了半个小时。可惜，许漫的家远在火车站的另一头，还没有直达的公交和地铁。

许漫出了车站，很快就在人群里找到了自家那个圆圆胖胖的老父亲。

“爸爸！”她大喊着扑了过去，许峰愣了好一会儿，才反应过来这个头发比自己还短的假小子是自己女儿。

“你头发呢？！”许峰一脸悲痛。

“长虱子，剃了！”许漫早就找好了借口。

“虱子？”许峰还是觉得不可思议，一边帮闺女把行李往后备厢搬，一边追根究底，“这年头还有人长虱子？”

“哎呀，”许漫一骨碌钻进驾驶座，“头发还会长回来的嘛。”

“你抢我座干吗？”许峰目瞪口呆。

“我帮您开呀，”许漫狗腿地冲他笑笑，“给您省劲儿。”

“省了劲儿也省不了心！”许峰嘟嘟囔囔地绕了一圈，开车门进后座。

"咦，您咋不坐副驾驶座？"

"你那车技，"许峰道，"我坐后头更安全。"

许漫撇嘴，发动车子，打着方向盘往外挪车。

许峰坐得远了，嗓门可不小，在她脑后逮着机会就念叨："慢点，打灯，早点打灯！哎呀，你看着点旁边……"

许漫早习惯了她爸的唠叨功夫，右耳朵进左耳朵出，倒是许峰注意到了她手掌上缠着的纱布："你这手又怎么了？手弄伤了还开车？"

"不是，这是装饰物，流行……"

"哄鬼吧你！"

"鬼哪有我爸爸帅。"

看到自助加油机时，许漫突然问："爸爸，你有带油卡吗？"

"有啊，你管这干吗——哎，去哪儿？！"许峰提高声音，"我昨天刚加的油！"

"不还没满嘛。"许漫笑嘻嘻地把车停好，"把卡给我。"

许峰瞥了眼自助加油机，到底还是把卡拿了出来："出息了，都会自助加油了？"

"谁叫我遗传了您勤劳肯干的优良基因呢？"许漫接了卡，拉开车门就往外走。

许峰被这一连串不间断的夸奖哄得陶陶然，扒着车窗看闺女加油——姑娘真的大了，之前就知道异想天开地参加什么救援训练，现在都知道脚踏实地，从身边小事做起了。

许漫可不知道老爸的感慨，载着老爸回到家，一阵风似的往楼上冲。许峰认命地拎着行李箱在后面叮嘱："轻点，你妈正唱着呢。"

许妈妈人生有两大爱好，麻将、越剧。以前教书的时候，碍着人民教师的形象还稍微克制一下，今年六月份办完退休，每天的娱乐活动不是听戏，就是打麻将。她甚至还加入了市里的戏曲协会，一有空就在家咿咿呀呀练习。许峰疼老婆，老婆的爱好就是自己的爱好，也跟着学起了二胡。最近放了暑假，两人有空就在家妇唱夫奏，家庭氛围是相当的和谐。

许漫一推开门，就见亲妈披着个丝巾当水袖，跟着电视机唱："许郎啊，为妻是千年白蛇峨眉修，羡红尘远离洞府下山走——"

"白老师，您这身段了不得了呀！"

"尽瞎……哎哟，你的头发呢？！"许妈妈戏也不唱了，直冲到玄关，跑得手上的丝巾旗子一般飞扬起来，她才抓着许漫的胳膊，又发现了女儿裹着纱布的手掌，"手又怎么了？"

"妈，先让我进来呀。"许漫抽回手，推着许妈妈往屋里走。

许妈妈不像许峰那么好糊弄，不问出个子丑寅卯来，是不会善罢甘休的。

许漫只能老老实实交代："我找到那个救过我的救援小哥了，但他对我的实力不是很认可，还嫌我的头发长碍事……"

许峰和许妈妈对视一眼，一齐问："那你剃完头，他就认可你的实力了？"

许漫哀伤地摇头，顺便举起受伤的爪子给父母看："我又和他比了绳索技术。"

"赢了？"

许漫的背弓得更厉害了，刚才的活泼劲儿也全没了："输了。"

许妈妈有些心疼："输了就输了，咱们又不是学这个的。"

"就是，"许峰也跟屁虫似的接腔道，"什么时候请人来家里吃个饭，好好跟他道谢就行了。"

说到这个，许漫更发愁了："我还没告诉他这事儿呢，他救过那么多人，没准早就把我忘了。"

"他忘他的，咱们不能忘。"许峰道，"你可以提醒他呀！"

"我……"许漫长长地叹了口气，起身晃晃荡荡地往卧室走去。

家里蹲的生活悠闲而肆意，许漫每天不是开着许峰的车出去练车技，就是躺沙发上听许妈妈唱《白蛇传》。许妈妈对这个故事爱得深沉，唱到动情处，简直声泪俱下。什么风雨同舟感情深，什么西湖花烛结鸾铸。字字含怨，句句泣血。

许漫听得哈欠连连：“妈，我还是想改名。”

许妈妈正唱到“舍生忘死盗仙草”，“仙”字还没出口，硬生生把“草”字咽了下去：“这个名字有什么不好的？又浪漫又温柔，还寓意着白娘娘冲冠一怒为蓝颜的勇气！”

“那一个字和两个字有什么区别嘛，不都还是那个漫？”

“一个字都不许少！”

“哎——”许漫长叹口气，懒洋洋地起身，踢踢踏踏地打算回卧室。手机却响了起来，“应峤”两个字明晃晃的。

许漫愣了下，小心翼翼地接通。

“手伤怎么样了？”应峤的声音冷峻而干净。

“好、好多了。”她简直受宠若惊。

“现在有空的话，”他停顿了一下，说道，“带你出趟任务吧。”

许峰刚拎着菜走到楼梯口，就撞见许漫背着大包自楼梯拐角直冲下来：“都十一点半了，慌慌张张去哪儿？”他一把抓住女儿那顶挂在背包带子上的棒球帽。

“有事！”许漫一把夺回帽子，三步并作两步往下跳，转瞬就跑到下一层了。

“什么事儿啊，这么急——”许峰朝下伸着脖子提高声音，“不吃饭了？”

“路上吃！”许漫遥遥答了一句，人已经奔出楼道了。她在楼下扫了辆单车，一边往地铁口骑去，一边忍不住揣测，既然选择在鹿城集合，难道这次的救援任务是在鹿城？

上了地铁，她一边往嘴里塞面包，一边翻方勤的朋友圈——只要有任务，她基本都是第一时间发出来的。然而，方勤的朋友圈并没有更新。

一出地铁口，许漫老远就看到印着野蜂标志的那辆装备车。她小跑着过去，后排的车窗降了下来，露出欧阳畅想的脸：“快上车！”

许漫气喘吁吁地上车，车厢后面几排座椅全拆了，空出一大块区域，摆着橙红色的卷式转运担架、救生衣和各种山地装备。欧阳畅想和其他两个队员挤在仅剩的一排座椅上，看起来有些滑稽。

“我坐哪儿？”她茫然地问。

欧阳畅想使劲往里挤了挤：“来，坐这儿！”

许漫“哦”了一声，硬着头皮坐下。车子一发动，她就整个往外滑，靠撑着车壁才勉强坐稳。

欧阳畅想拉住她胳膊：“我拉着你，再不然坐我腿上也成……”

许漫涨红了脸，下意识就往外挪。车子恰好驶过缓冲带，她“啪”一声摔到了地上。欧阳畅想哈哈大笑，还没笑几声呢，车子猛地停住了。许漫才刚抓着椅背爬起来一半，“砰”的一声，又摔了回去。

“老宋，”应峤的声音凉飕飕地自驾驶座传来，“你和她换一下位子。”

“我个子大，坐不下。”副驾驶座的宋繁缕反抗道。

“坐不下就坐欧阳腿上，”应峤停顿了下，又道，“他坐你腿上也行。”

宋繁缕：“……”

欧阳畅想：“……”

许漫忍着笑和宋繁缕换了座，不但空间一下子宽敞了，连视野也开阔起来。

应峤压根儿没等宋繁缕坐好，就直接发动了车子。

“哎哟！”宋繁缕惊呼。

“宋哥我腿要断了！”欧阳畅想抱怨，“换我在上面吧！”

“不行！”

“你还是坐小高腿上吧，他屁股大，底盘稳！”

后座吵成一团，前面却安静到空气都仿佛凝结了。许漫眼睁睁看着车子开出城区，爬上山道，向着峡谷旅游区驶去。

“是有驴友出事了吗？”许漫忍不住开口问道。

应峤瞥了她一眼，没吭声。

许漫抿了下嘴唇，又问：“怎么不带Black？”

“Black平时做的都是呼吸探嗅的训练，这个任务用不到。”过了好一会儿，应峤才回道。

许漫似懂非懂。

“老宋，你还没把任务指南发给她？”

“早发了！”宋繁缕坐在欧阳畅想的腿上，手还扶着车厢壁。

许漫打开手机，果然看到了未读消息，她有些激动地点开指南链接，首先映入眼帘的，便是显眼的“B类任务”几个字。

B类，寻回确认离世者的任务。

许漫呆了好一会儿，才继续往下看。任务指南十分详细，遗体的位置，警方的自杀案定性结果，死者家属的援助请求，对接的殡仪馆地址……

车在峡谷入口处停了下来，不远处几个景区工作人员围着一个神情恍惚的老妇在说着什么，旁边还有个穿警服的中年人。

许漫跟着应峤他们下了车，中年警察小跑了过来。

“没把家属劝回去吗？”宋繁缕道，“这是运送遗体的必经之路，我们是比较建议去殡仪馆等的，不然……”他迟疑地望了那老人一眼。

年纪这么大，看到丈夫的遗体，那画面，恐怕会受不了刺激。

中年警察也很无奈：“我们做了大半天思想工作了，劝不走——老夫妻俩感情好，就一个孩子，生下来就走不了路，为了治病把家都掏空了。今年老头查出来癌症，不想给家里再添负担，直接就来这儿……”他的声音更轻了，几乎要消失在山风里。

众人也都没有吭声，就连一向爱闹腾的欧阳畅想，也垂着头不说话。

那几个工作人员又劝了一阵，终于把老人劝进了树荫下。

宋繁缕看向应峤：“怎么办？”

应峤沉默了好一会儿，才道：“你们再劝劝她，我们从另一边上去。”

“另一边……”中年警察犹豫了下，点头。

这片峡谷旅游区宣传为“江南峡谷”，他们所处的东面山势还算缓和，车辆可以驶到比较靠近遗体所在的激流滩。北面山势陡峻，得多爬近半个小时山才能赶到任务点。

看着老人苍白的头发，所有队员都默然同意了应峤的这个决定。他们重新上了车，再没人开玩笑。许漫看着转运担架和橘红色的救生衣，一股无力感油然而生。如果救援不能挽救生命，那还有什么意义？到达下车点的时候，她甚至觉得宋繁缕递过来的救生衣充满了讽刺。

宋繁缕背起担架，应峤拿了开路包，一行人顶着大太阳往密林走去。初时，靠着APP还能搜索到驴友们的推荐路线，下到激流滩附近后，便只能靠他们自己摸索了。

他们穿着救生衣，装备又沉，谷底水势湍急，也没办法直接涉水过去。热汗一层层往外渗，在每个人的脸上都蜿蜒出了小溪。前面的应峤却丝毫没有放慢速度，宋繁缕因为背了担架，稍微落后几步。许漫咬咬牙，加快步伐跟上。

他们走了四十多分钟，才终于到达任务点。

老人是跳崖自杀的，遗体卡在激流与一处峭壁之间，水面上只隐约可见半个脑袋。

不远处的峭壁便是他跳崖的地方，崖上还放着他叠得整整齐齐的簇新外套和一只尚能使用的老旧机械表——也正是靠了这些随身物品的指引，无人机才这么快搜索到尸体所在。

应峤他们带了防水裤，选了四个人换上，许漫按着吩咐在转运担架上铺好尸袋。她看着他们抬着担架慢慢靠近遗体，看着应峤和宋繁缕在尸体两侧蹲下去，合力将尸体抱上担架，盖好尸袋，再一起抬着往回走。黑色的尸袋躺在橙红的担架上，显得沉重而巨大。

许漫张了张口，却一句话也说不出来。

上岸之后，他们把防水裤换了下来，以方便走山路。

宋繁缕正打算把尸袋的拉链拉好，应峤先一步蹲了下来，揭开尸袋，近乎温柔地给老人擦起了头发。

“一会儿就见到家里人了，我帮你收拾得整齐点，干干净净告别。”他自言自语似的说道，手里的毛巾轻轻拭过老人有些浮肿的脸颊，顺便将翻到肚子上的衬衫拉平，遮盖住已然因为浸泡而变色的皮肤。

宋繁缕弓着腰呆了好一会儿，才直起身，粗着声音招呼许漫等人：“大家都过来，给大爷鞠个躬。”

应峤也很快整理完了，封好尸袋，站起了身。宋繁缕示意其他人再围近一点，带头脱了头盔：“大爷，我们来带您回家了！”

许漫跟着念了一遍，眼前仿佛又浮现出老妇苍老而又茫然的脸。她鼻头一酸，几乎落下泪来。

他们把遗体运到殡仪馆，便直接离开了，压根儿没再见到老妇人的面。

回去的路上，车里沉寂一片。

许漫坐在副驾驶座上，无神地看着窗外的景色。其他人都不是第一次出这种任务，但还是情绪低落。在死亡面前，一切都显得那么的脆弱和渺小。她忍不住扭头去看应峤，他已经恢复了一贯的冷漠。面对尸体的那点温柔，似乎全部留在了荆棘遍地的峡谷深处。

但他袖子和腰上被涧水濡湿的部分还发着黑，额前的汗水也还没完全干透。那只蓝牙耳机也还挂在耳朵上，勒得耳郭都有些发红。

“你……”许漫开了口，才发现自己声音居然哑了，那句“有没有想过老人一家怎么办”就没能问出口。

应峤奇怪地看了她一眼，许漫指了下耳朵，改口道：“你为什么总戴着这个？”

“工作需要。”应峤打了转向灯，将车驶上右转车道，进入市区。

为了摆脱这种近乎窒息的气氛，许漫打开了手机。欧阳畅想的头像突然跳动了下，发了条消息过来：队长的耳机连着我们野蜂对外的求助热线，二十四小时的。

回去之后，许漫连晚饭都没吃，裹着毯子睡了个昏天暗地。再醒来时已经是深夜，屋子里漆黑一片，只有壁挂式空调呼呼地吹着。

她睁着眼睛看着天花板，满脑子都是梦里老人那张苍老死寂的脸，和应峤温柔的侧脸。

外面有车辆经过，窗帘亮了又暗，仿佛无芯的灯笼一般。她撑坐起来，手摸索了半天，才摸到床头灯的开关。

“啪!”满室华光，照亮了眼前的天花板、窗帘和白墙，也照亮了她混沌的记忆。就在几个小时之前，他们眼睁睁看着一个家庭无声破裂。

懦弱、悲观、无能……没办法批判老人的选择，也没办法拯救哀恸的未亡人。他们仓促来去，但应峤那小心呵护遗体的模样，又让她感动不已。

她一直呆坐到天蒙蒙亮，才爬起来洗漱、吃饭。

又是浑浑噩噩的一天。

傍晚的时候，方勤来电话通知队内聚餐，她不由自主地答应下来。

也不知道他们怎么想的，大夏天约吃火锅。偌大个火锅城，整个大厅都被他们包了，空调功率还小，人一进门就被滚烫的热烟熏得满头大汗。

一桌十几个人，只有方勤一个女生。她穿着件无袖短裙，高扎丸子头，清爽而娇俏。

许漫瞥了角落里的应峤一眼，挨着方勤和欧阳畅想坐下来。

大家兴致都很高昂，锅里的水一开，就开始往锅里放食材。昨天的悲伤仿佛过眼烟霞，在他们脸上完全消失无踪了。许漫有些不是滋味，干巴巴地嚼着块土豆。

欧阳畅想突然凑过来：“昨晚有没有做噩梦？”

许漫下意识摇头，欧阳畅想竖起大拇指，又去和高大的小高同志抢肥牛。

小高全名高楠，就昨天被欧阳畅想说屁股大的那个。他身材是真高大，站着就跟铁塔似的，欧阳畅想完全不是对手。许是不满被欧阳调侃，在妹子面前丢了脸，他痛痛快快地捞了一大碗肥牛，一片都没给欧阳畅想留，这才心满意足地坐下大快朵颐。

欧阳畅想气得咬牙，偏偏对面就坐着黑着脸的应峤。他既不敢发作，也舍不得放弃，接下来烫东西都用捞勺扣在自己面前，熟了就扒拉进碗里。其他人觉得好玩，非要抢他的，闹得满大厅都是抢夺声。

吃完饭，许漫就打算挥手告别。

方勤问："天这么晚了，你怎么回去？"

"我送她。"许漫还没开口，一直没说话的应峤突然道。

她吓了一跳，慌乱地看向他。他眼神冷寂，脸色也和刚才差不多淡漠——看着，并不像是有心思送女孩回家的人。

不过，队长大人都这么说了，大家就各自开开心心散了。

许漫跟在应峤后面往停车场走，张了半天嘴，也没挤出一个字来。他这个人，越是靠近，越是觉得像北方高原的雪峰。海拔本来就高，也没什么漂亮有趣的鸟雀动物，普通人压根儿不想靠近，更不要说去攀登了。

她虽然仰慕英雄，铭记救命之恩，感动于他昨天对死者的温柔……无奈高反严重，连主动攀谈都不敢。

两人一前一后上了车，周围寂静得只有呼吸声。

许漫绑好安全带，等着他发动车子。应峤却没急着走，拿着手机看了好半天消息，才把车开出停车场。

浦州到鹿城隔着跨江大桥，即便到深夜，车辆仍旧川流不息。亮化灯光让整座大桥都金碧辉煌，两侧拉索更是像珠帘一般闪耀，车子穿行其中，恍如置身童话世界。

许漫侧头看着窗外，迎面吹来的微风带着夏夜特有的湿气，将闷热与焦灼吹散。

"昨天那类任务，以后还愿意去吗？"应峤的声音蓦然响起。

许漫呆了好一会儿，才点下头："愿意的，只是……"只是能做的太少，能挽回的也太少了。

眼看着别人深陷沼泽，却无能为力，让她连微笑都带上了负罪感。

应峤明明没转头，却似看穿了她心中所想："听过一句话吗？凝视深渊过久，深渊将回以凝视。我们不是救世主，能力有限，如果真的满途泥泞，保证自己不要泥足深陷，才是拯救他人的基础。"

许漫怔怔的，眼看着车子驶下引桥，开上高架，一路风驰电掣。

连道旁的霓虹灯，都被拉长虚化。

▼

第3章

— 孤男寡女≠相亲 —

“又要回学校?”许妈妈是真的有些不解,“你们不是放假了吗?”

“是呀，假期意外事故特别多，我回学校住着方便出任务。”许漫对着镜子，拿着电推子一下一下地把刚有些冒尖的头发削平，只留下短短的发根，雪白的头皮跟被晒得有些发黑的手指形成鲜明的对比。

“你住得远,不正好让你那恩人队长多送送你?”许峰在一边瞎出主意,“再找个机会请他上楼,爸爸妈妈给做顿好吃的,好好跟人道个谢。”

“那多麻烦人家，”许漫偏过头，让电推子“嗞嗞嗞”地贴着头皮移过去，“人家很忙的。”

许妈妈看不过去了：“你就别剃了，再剃就见血了——老许，你说说她！”

“我……”许峰瞪大眼睛，女儿一心一意要去服务群众，回报社会，要怎么阻拦？他憋了半天，终于憋出一句，“你们那个队长，咋还管人头发，别是个心理变态吧？”

“瞎说！”许漫摸摸短毛，满意地冲着镜子笑了下。那笑容里，自有一股蓬勃向上的力量，不像要回学校，倒像要上战场。

许妈妈那么多年《白蛇传》也不是白看的，立刻就理出了一条“寻人——报恩——相恋”的脉络出来：“你们队长几岁了？”

万一女儿也跟白素贞似的，一见许郎情丝绕，整个忘年恋出来……

“好像二十七岁了吧。”许漫开始整理洗手台。

还不算太大，许妈妈松了口气。到底爱女心切，她又劝道：“浦州和鹿城隔着也不远，住家里也方便，真有什么紧急任务，你爸爸正放暑假，可以让他送。”

许爸爸连声附和。

“不用，”许漫把碎头发丢进垃圾桶，洗干净手，拎起行李箱就往门口走去，“我又不是未成年孩子——爸爸妈妈，再见！”不等两人有反应，她已经快手快脚地下了楼，拖着箱子往地铁站走。

最近，她特别喜欢拥挤的人群，那活跃的氛围让她格外振奋。

许漫从家到学校，再辗转到黑蜂射击馆。出乎她的意料，今天射击馆大门紧闭，门口连丝人气都没有。她瞅着“暂停营业”的牌子看了好一会儿，拨了方勤的电话。

“喂，”方勤的声音轻得像阵风，意外地还带了点儿猥琐，“小许，什么事？”

“射击馆今天不营业呀？”

“你在射击馆？”方勤有些诧异。

“是呀。”

方勤沉默了一会儿，带着点儿坏笑道：“我们在你学校外面的荷西路呢，就那个八十四号深咖啡的二楼。”

荷西路，深咖啡？许漫有些摸不着头脑，但还是上了回程的地铁。

浦大在荷西路最西端，深咖啡则在荷西路最东端。她和同学偶尔路过，也曾见过不少小情侣亲亲密密地往里走。这店的咖啡做得一般，西点和牛排也不怎么样，环境氛围却很好，简直是相亲约会的绝佳地点。

许漫匆匆赶到，按着方勤的叮嘱，进了门，绕到侧面的小楼梯上来，就看到方勤和马小南、欧阳畅想几人坐在小楼梯旁的角落里，正借着绿植的遮挡，鬼鬼祟祟地往里张望。

“小方姐——”

“嘘，小声点儿。”方勤一把拉着她坐下，“你头发怎么又短了？”

“短点方便，你们在干吗？”许漫压低声音问。

方勤拉着她凑到沙发边缘，借着一盆绿萝的遮掩，指向正后方。许漫循着她的手指看去，对面那个西装革履，眼神带刀的，不是应峤又是谁！他对面坐着个清秀的齐肩发女孩，看年纪也不过二十四五，妆容整齐，表情却有些僵硬，甚至还有些……恐惧。

咖啡雅座，一男一女，这是在……

“相亲呀！”欧阳畅想兴致勃勃地道，“我们缺套八爪鱼救援装备系统，指挥车也要改装升级一下。”

八爪鱼救援装备系统？改装升级指挥车？许漫更糊涂了：“这和队长相亲有什么关系？”

“林少爷不是充了笔钱嘛，”方勤解释道，“再加点就差不多够了，正好老板家里给介绍了个相亲对象，去一次能拿这个数呢。”她纤长的手指张开，比了个数字出来。

好……豪！但是，大名鼎鼎的野蜂救援队，居然要靠队长去相亲赚钱？！许漫嘴巴张了半天都没合上。

那边应峤不知说了句什么，相亲女孩拎着包站起来，往洗手间走去。应峤似也有些紧张，拿起咖啡猛喝了一大口。女孩这一去就待了近半个小时，再回来口红颜色都换了。应峤却似完全没注意到，仍旧正襟危坐，严阵以待。对方说一句，他应一句，看口型大约在尬聊。

“平常工作忙吗？”

“忙。”

“喜欢喝咖啡吗？”

“一般。”

“今天天气真热呀。”

“还好。”

这天居然还没彻底聊死，也是个奇迹。方勤看得直打哈欠，勉勉强强拿手机拍了两张照片，据说是传给应妈妈报信。等到女孩再次站起来去洗手间，她便想打道回府了。

欧阳畅想劝道："再等等呗，他们一杯咖啡都没喝完呢。"

"凭我多次侦察的经验，等他们喝完就晚了！"方勤冷笑道，"你爱看你留着，我可不想被队长发现。"说着，领着许漫和马小南往小楼梯下撤。

欧阳畅想不大甘愿地跟着走："你们胆子也太小了，没准他们真能擦出点火花呢。"

"可能吗？"方勤道，"你没看人女孩都被队长的气场吓蒙了？一会儿她要能继续尬聊，我都佩服她有勇气。"

"哪有那么可怕，"欧阳畅想道，"咱们队长是面冷心善，他还帮我缝过裤子呢。"

许漫默默地想象了下应峤板着脸缝东西的场景，情不自禁地打了个哆嗦。

几个人一边聊一边往前走，欧阳畅想等人走到公交站就停下了，叮嘱许漫道："今天的事，千万别说出去，尤其不能告诉老板！"

许漫拍着胸脯保证保密，和他们挥手告别，独自沿着马路回学校。没想到野蜂的资金这么紧张，居然都靠应峤自己出钱维持，如果能像学校社团联一样拉些赞助……她一边想一边掏手机，手伸进裤兜里，却摸了个空。

许漫愣了下，又去翻另一个兜，背包、侧袋……也都没有。进深咖啡之前，她还和方勤发过消息确定位置……应该是落在咖啡厅了。

许漫小跑着往回跑，公交站已经不见方勤和欧阳畅想，只有马小南孤零零地站着。

"怎么了？"

"我手机丢了。"

马小南看了眼到站的公交，犹豫着要不要陪她回去。许漫赶紧道："不用了，我自己去——你快上车！"说罢，她扭头就跑。

深咖啡里，音乐仍旧悠扬，冷气也还是那么大。许漫按着来的路线绕到小楼梯那，低着头一路往上找。他们离开的时间不长，她走回雅座时服务员还在收拾，手机正落在沙发上。鬼使神差地，她朝着应峤那座望了一眼。然后，就那么直挺挺地，和他的视线对上了。

应峤：“……”

许漫：“……”

眼看着他站了起来，她下意识地退了一步。

应峤笔直地走了过来：“你在这儿干吗？”

“我、我手机落这儿了。”许漫说完，就想抽自己嘴巴，这简直是此地无银三百两！

应峤扫了眼狼藉的桌面，四个杯子，所剩无几的小吃拼盘。

“和同学一起聚？”

“是、是啊。”许漫在心里默默庆幸方勤等人已经走远了，“我学校在这附近呢。”

“不是放暑假吗？”他昨天才送她回的家。

许漫噎住，半晌才找到借口：“室友都在勤工俭学，我也就回来了，万一队里有任务，方便及时赶到。”说这话的时候，她下意识地挺起了胸膛。

应峤不置可否，道：“我也正好吃完了，一起走吧。”

“我们一起走，”许漫下意识地道，“你相亲对象呢？”

应峤已经迈出去好几步了，闻言顿住，转身目光凛然地看向她。

暴露了！许漫懊恼地捂住嘴巴。

“你偷听我们聊天？”

“没有没有！”

“那你怎么知道我在相亲？”。

“挺、挺明显啊，”许漫眼神飘忽，硬着头皮解释道，“孤男寡女，又不是很熟的样子……”

“孤男寡女就算相亲？”应峤非常刻意地拿眼神在两人之间走了个

来回。

那视线冷厉得像把刀，划得许漫小心脏都要跳出来了，她赶紧摆手道："我不是这个意思……"

"那是什么意思，"他蹙着眉，往前踏了一步，"我们很熟悉？"

许漫"呵呵"干笑，心里大骂：出卖色相的啃老男！看着挺正经挺严肃的，想不到也会骗人！要不是不能暴露方勤，分分钟揭穿你！

"就算不是相亲，"她强忍着冲动，道，"也要送女孩回去吧？"

"不要紧，"应峤的语气有些尴尬，"她刚发消息给我，临时有事，先走了。"

这是被吓得直接遁了？！许漫差点没憋住笑，跟着他一起往外走。

应峤似乎习惯了这样的相亲结果，脸上不见一点儿伤心失落，当然，也可能只是强撑着而已。就算是为了博得父母对自己事业的支持而来走个形式吧，被这样嫌弃，还是有点丢人啊！

他们一前一后，才刚走下楼梯，一个人迎面直冲过来。

"小许，找到手机没——队、队长！"马小南压根儿来不及刹车，一把拉住装饰柱子，才没撞上应峤。

应峤一愣，再想到马小南刚说的话，扭头去看许漫："你刚刚不是和同学一起？"

"我……"许漫也想不到马小南会回来，"我们……小南哥他……"

"你们看错了，我不是马小南！"马小南猛地打断她，转身就跑。

这队友卖得太过爽利，把许漫和应峤都看得目瞪口呆。待他俩回过神，马小南早跑得没影了。

"你自己坦白，还是我去问服务员？"应峤阴沉沉地问。

许漫缩着脑袋，蚊子响一般嘟囔："……是小方姐喊我们来的。"

应峤"啧"了一声，脸色更差了："一起的还有谁？"

许漫不敢再撒谎，老老实实地把欧阳畅想也给卖了。

"你们学校有跑道吧？"应峤有些烦躁地拉松领带，快步往外走去，“把人全给我叫回来。”

从深咖啡出来，许漫就挨个儿打电话通知大家往回赶。应峤显然气得够呛，直接把人拉到浦大操场上罚跑。

“这个跑道真的只有八百米吗？”欧阳畅想气喘吁吁地边跑边抱怨。

许漫没吭声，斜觑了眼跑道边站着的应峤。他已经把西装和领带都脱了，衬衫领口的扣子开了好几颗，袖子也挽到手肘上，正阴云密布地看着他们。

马小南跑得飞快，已经比他们整整快了一圈。第二次超过他们的时候，更是把头埋得深深的，仿佛一个小时前从没见过她一样。唯一幸运的就是方勤，不知在电话里和应峤说了什么，不但不用受罚，居然连赶回来认错都省了。

整整一万五千米，跑得他们筋疲力尽，跟晒蔫儿的蔬菜一样。

马小南最先跑完，居然还有余力逃窜，一溜烟就没影了。欧阳畅想其实很想好好休息一下，无奈应峤脸色太差，生怕再撞枪口，也借口要回去上班，打了车跑了。

许漫避无可避，坐在草地上喘粗气。

“起来，刚跑完别坐着。”应峤没好气地道。

她两条腿都在发抖，手在地上撑了半天，才勉强站起身。

“慢慢走，别停。”

道理她当然是懂的，却也实在没力气继续。应峤无奈，拽着她胳膊，半架着人沿着小路往宿舍区走。

许漫越走越慢，整个人就差挂他身上了。

应峤叹了口气，问道：“要不要矿泉水？”

许漫点头。

因为是暑假，附近的便利店大多都关店休息了，只有靠近公交站旁还开着家奶茶店。

许漫把吸管插进杯盖里，递给应峤：“这杯给你。”应峤有些嫌弃地蹙起眉，摇头道：“我不吃这种甜甜腻腻的东西。”

“不腻，”许漫固执地递到他手里，“就一点点糖。”

应峤这才勉强接了，却没立刻就喝：“你的头发……”

“啊？”许漫含着吸管，茫然地看他。

“没必要剃那么短，”应峤干咳了一声，“女孩子长头发好看。”

许漫眨了下眼睛，鼓足勇气试探道：“就像刚才那个女孩那样？”

应峤把吸管含进嘴里，含含糊糊地“唔”了一声。

她不知为什么有些失落，眯着眼睛又吸了一大口冰奶茶。冰凉的奶茶夹杂着柠檬的味道，从口腔沿着喉咙一路凉进肚子里，带来一股说不出的酣畅淋漓的感觉。

应峤只喝了一口，就把杯子拿开了。许漫料想他是喝不惯，但经过垃圾桶的时候，也没见他扔掉。他一手拎着西装外套，一手拿着那杯奶茶，愣是把斯斯文文的白衬衫，穿出了点不良社会人的味道。许漫觉得，队长大人念书的时候，肯定没少打架，没准，还是威慑一方的少年枭雄，不出声也能吓趴一群人的那种。

女生宿舍区的白色浮雕大门很快就出现在眼前，应峤如前几次一样，酷酷地目送她进了大门，才转身离开。

十几分钟后，许漫探头探脑地又从里面走了出来。她沿着应峤离去的方向一个垃圾桶一个垃圾桶找过去，一直到深咖啡门口才找到那杯被扔掉的奶茶。明明不喜欢喝，却一直拿到这里才扔。

回去的路上，篮球场、金合欢树、紫藤长廊……午后的阳光把整座校园都烘得暖融融的，秋千架上甚至有蝴蝶停驻。

许漫翘起嘴角，这个人，其实也没那么难以亲近嘛。

救援任务总是来得很随机，有的时候，一天好几个；没有的时候，一个星期都没什么意外事故发生。许漫在学校里一连等了好几天，只跟着出了一次任务——帮一个八十多岁的阿婆，把她那爬上屋顶下不来的猫抱下来。

这期间，应峤如愿以偿地给指挥车升级了装备，更是豪气地买了整套进口的RESQTEC八爪鱼救援装备系统。

大家还帮着马小南过了生日，办了个简单的入队仪式。二十五周岁，他终于从志愿者正式转入抢险救援组，成为一名堂堂正正的一线队员！许漫看着他捧着入队手册，声音颤抖地念着"危难即至，性命攸关，谨以人道主义精神及生命尊严的名义庄严宣誓"，心中也似有热血在沸腾。

马小南更是激动，短短几行誓词，愈念愈是激动："我将竭尽全力，扶危济困……给生者希望，予逝者尊严……"

给生者希望，予逝者尊严。

许漫仿佛又看到了应峤抱起老人尸体的那个瞬间，不由自主地转过头，看向他们的队长。

应峤安安静静地站在一边，目光淡然，就连他脚下的Black，都懒洋洋地吐着舌头。一人一狗，映衬得马小南的兴奋和热血异常青涩。

"队长，你不是说明天有任务？"自从当了正式队员，马小南特别主动，连声音都比以往高了好几个分贝，"让我上呗。"

应峤抱臂微笑："行啊。"

他居然笑了啊！许漫暗暗称奇，也主动申请："那、那我……能不能也去？"不能作为一线队员，做个志愿者也好呀！

应峤大约心情真的很好，痛痛快快地点了头。

一边的宋繁缕欲言又止，被方勤狠踢了一脚，抬眼去看天花板。

第二天，许漫起了个大早。野蜂的工作群里，却意外地安静。既不见方勤发任务指南，也不见宋繁缕絮絮叨叨。只有欧阳畅想发了一大串"我出发了""我上车了""要不要给你们带早饭"之类的废话。

来的，却几乎全是正式的一线队员。就连马小南都鸟枪换炮，穿上了新买的队服，许漫便成了唯一一个穿马甲的新人，她不由自主地轻叹了一口气。马小南情绪高昂，难得主动地鼓励她道："加油，你再熬五年就能和我一样了。"

许漫："……"这眼镜仔一定是故意的！

一行六个人一条狗，开的还是之前的那台装备车。这一次座椅齐全，高楠一个人占了两个座，欧阳畅想也大剌剌地坐着。

马小南因为第一次去一线，频频朝外张望。眼看着车子过了天桥，出了城，笔直地朝森林公园驶去，他不禁问道："队长，今天到底是什么任务呀？"

应峤在后视镜里瞥了他一眼，淡定地道："去了就知道了。"

马小南更好奇了，眼睛亮得几乎可以媲美天上的星星。

许漫好歹跟着帮忙殓过尸，反倒有点理解了应峤的安排，满腔热血，虽然难能可贵，却也未必攻无不克。但这个任务地点，多多少少还是有些出乎她的意料。

车子在挂着"英培幼儿教育集团暑期亲子夏令营"横幅的户外营地停下时，许漫仿佛清晰地听到了马小南心碎的声音。

"英培最近搞暑期亲子夏令营，邀请咱们给小朋友和家长做个安保工作。"宋繁缕扬声道，"大家都精神点，守护好祖国的花朵啊！"

亲子夏令营？安保工作？

马小南的呼吸明显急促了："队长，你骗我！"

安保工作他又不是没参加过，这分明……分明……分明就是欺新！

"那你是不想参加？"应峤熄了火，拉开车门，带着Black下了车，"小高，把假人和救生衣、帐篷、背包什么的都搬下来！"

高楠人高马大，拿个帐篷和假人当然不在话下。宋繁缕伸了个懒腰，正要去拿背包呢，马小南已经一把抢了过去："我来吧，宋副队。"

宋繁缕不禁笑出声，瞅了大步流星往里走的应峤一眼，嘀咕道："小兔崽子，还算识时务。"

许漫毕竟学的教育方向，英培幼儿教育集团的大名，也算是听过的。但还是被眼前这个巨大的营地，密密麻麻的帐篷，成串的保育员和幼师给震惊到了。不愧是私立幼儿园里的豪门啊，一个夏令营活动，光督导居然就来了五六个！

他们一下车，就早有老师注意到，去通知了活动负责人。那负责人穿着简单的白衬衫黑长裤，戴着金丝边眼镜，儒雅而帅气，一见应峤，远远地便露出了温柔的笑容："哥，你们来了。"

应峤"嗯"了一声，介绍道："这是我队里的几个队员和志愿者，宋繁缕、高楠、欧阳畅想、马小南、许漫漫。这是我弟弟应泽，英培三幼的园长，也是这次活动的总负责人。"

宋繁缕笑着打招呼："小应总，又见面了。"

欧阳畅想也觉得自家队长多此一举："我们都见过了，老熟人！"

应泽却留意到了唯一的生面孔许漫，和宋繁缕等人打了招呼后，笑道："这就是小勤提到的你们新招的考核第一的女孩吧——我就喊你漫漫，不介意吧？"

许漫赶紧摇头："不介意不介意！"

她面上不动声色，内心却是巨浪滔天。野花哥你坑人啊！家里开幼儿园和家里开幼儿教育集团，其中的区别可大了去了！电光石火间，她想起方勤比画过的，应峤相亲得到的"家庭支持资金"。果然，是她有眼不识泰山！

一根藤结两样果，应泽看起来和应峤简直是完全相反的人，能说会道，细心周到。即便是请他们来做安保工作，居然还给提前安排了休息用的帐篷，甚至，都考虑到了男女不便。

"场地有限，漫漫不介意和我们的女老师住一个帐篷吧？"

这样的彬彬有礼，这样的笑容可掬。许漫瞬间就被应泽的个人魅力征服了，连连表示不介意。自打决定参加救援队，她早就把性别什么的抛之脑后了。有人肯这么体恤她，简直感动得不行！

幼儿园的夏令营，无非就是户外野炊、亲子滑草、去森林公园里的小型动物园拔草喂马喂兔子之类的安全而又有别于都市生活的小活动。

野蜂这一行六个人，三人一组二十四小时轮值。当天早上是应峤带着许漫和马小南轮值，守在营地边缘，满耳朵都是小朋友奶声奶气的笑闹声。

右边的那个帮妈妈生火的小胖妞想生吃地瓜，一个劲儿地央求："妈妈，你就让我吃一口吧，我不怕放屁。"左边的那个捡柴的正太，被荆棘扎到手指，呜呜哭着要老师给吹一吹。

和妈妈一起坐在帐篷边小凳子上的女孩则一见Black就走不动了，非要拿妈妈的手机给狗拍照片……

为了融入整个大环境，休息了一早上的二组，由宋繁缕带头，从装备车里搬了铁锅下来，给野蜂众人煮了一大锅泡面。

许漫瞅着小朋友们碗里的各色食物，又瞥了眼快乐地吃着狗粮的Black，小声地问欧阳畅想："欧阳哥，咱们不会要吃一个星期泡面吧？"

"不会，"欧阳畅想答得干脆，"还有速食粉丝和泡饭。"

许漫："……"

应泽端着个快餐盘朝这边走来，里面装满了小朋友们赠送的爱心午餐，从烤地瓜到竹筒饭，应有尽有。大家眼巴巴地看他坐下来，等他将盘子往中间一放，几双筷子齐刷刷开动，瞬间就把东西瓜分殆尽。许漫小口小口地咬着个翅尖，有点不好意思地偷觑应泽。

小应总宰相肚里能撑船，乐呵呵全不在意，向唯一没抢食的亲哥哥道："怎么样，小朋友可爱吧？被祖国的花朵，未来的希望环绕，是不是特别甜？"

应峤点点头："你很合适这个行业，比我合适。"

"我……"应泽噎了一下，耐着性子劝道，"你怎么就不合适了，你得多尝试，爸爸和妈妈也是很希望你能回来帮忙的。"

"我回来，那你呢？"应峤一点不觉得感动，揭穿道，"你好回去搞你那个什么网吧战队？"

"网吧战队怎么了？你看不起电竞，瞧不上新兴行业啊？"应泽不高兴起来。

应峤瞥了眼不远处的家长和孩子们，说："我当然不会看不起新兴行业，但我看不起你拿新兴行业当借口，只想吃喝玩乐图痛快。"

"懒得和你这种老古板自私鬼废话！"应泽一言不合，抬腿就走，不知是有意还是无意，顺脚还踩扁了应峤那罐没喝完的可乐。

许漫和马小南等人纷纷用眼神和意念交流：

"兄弟阋墙哦！"

"争当继承人要吵架，不想接班居然也要吵！"

"有钱任性！"

"怪不得队长相亲都能赚钱，应爸应妈肯定已经放弃两个儿子，想直接培养孙辈了！"

"你们要是吃饱了，"应峤突然出声道，"就都去给我干活。"

吃过了饭，小朋友和家长们由老师带着，围成了一大圈。野蜂众人也受邀坐了下来，刚才还气急败坏的应泽又恢复了温文尔雅的模样，还带头鼓掌给大家介绍："小朋友们，一起欢迎来自野蜂救援队的叔叔阿姨！"

"噼里啪啦"的掌声中，许漫有种自己又回到了实习课堂上的错觉，连看应峤的脸都觉得有点像论文导师。当然，论颜值的话，肯定还是他应队长更年轻更帅气。

"首先，是这位像野狼一样凶猛的应峤，应大狗熊……"应泽有些刻意地停顿了下，笑着纠正道，"不好意思，口误，是大英雄叔叔！"

小朋友们登时哄笑出声，胆子大的直接指着应峤大喊："狗熊哈哈哈哈哈哈！"

欧阳畅想也差点没憋住笑，悄悄撞了许漫一下，从牙缝里挤出变形的声音："他一定是故意的！"

许漫抿紧嘴唇，不让笑意泄露到面部肌肉上。

应峤瞥了应泽一眼，目光炯炯地扫视一周，打招呼道："大家好。"

声震四野，瞬间就把那些笑闹声给镇压了。

小朋友们兴致来得快，忘得也快。一圈自我介绍下来，大家就惦记着玩了。

宋繁缕被小朋友的笑脸激励，和应峤借了Black，表演了一套驯犬规定动作。Black在野外也异常快乐，跟随的时候昂首阔步，找东西的时候快速精准，很是威风。

节目一结束，小朋友们就围了上来，仰着小脸跟太阳花似的。粉雕玉琢的孩子们被宋繁缕那五大三粗的汉子一衬托，连那短袖搭配南瓜裤的园服都显得特别迷你，活脱脱一群可爱的霍比特人。

其中一个包子脸女孩还特意站到Black身旁，踮着脚才勉强够得到狗头上的耳朵尖，不大甘心地嘀咕：“宋叔叔，我什么时候才能比你们的狗狗高呀？”

宋繁缕“哎哟”了一声，赶紧把人抱起来：“你和它比什么呀，它四个爪子都趴地上的呀！”

话音刚落，距离黑狗最近的另一个小朋友就小屁股一撅，趴了下去。Black不明就里，冲着他的格纹南瓜裤和迷你版运动鞋嗅了嗅，也跟着趴低了狗头，高竖起尾巴。家长老师们一下子全乐了，就连不远处瞧着动静的应峤，也不由自主地弯起了嘴角。

晚餐是英培自带的厨师准备的，还给每个人准备了餐后水果。晚餐之后，又是篝火聚会。一直热闹到晚上九点多，营地才渐渐安静下来。

宋繁缕等人睡饱了，来找应峤等人换班。

许漫摸黑往女老师的帐篷走了几步，又走回到应峤身边：“队长，我能去装备车睡吗？”

应峤已经半个身体都进帐篷了，闻言又钻了出来：“怎么了？”

“这么晚了，她们都睡了。”许漫指了指女老师的帐篷，“我看她们教孩子也挺辛苦的，吵醒人家就不好了。”

应峤愣了下，将帐篷里的外套拿了出来：“那你睡我这儿吧，反正老宋值班，我去车上睡。”

“不用了，”许漫赶紧拒绝道，“我去车上就行。”

“听话。”应峤不容分说地将她往帐篷那儿一推，“睡袋是刚洗过的。”说罢，迈步就往车里走去。

许漫怔怔地看着他越走越远的背影，眼看黑暗就要将他整个吞噬了，心里如有暖流汇入。

这个人，虽然脾气不好，却有担当，讲原则。像那雪夜长路里遥遥亮着的一点灯火，不够明亮，不够温暖。可能连他自己都没有意识到，不知不觉，已经为那么多人带去了希望，指引了方向。

她不由自主往前跟了两步，一阵山风吹来，激得她打了一个喷嚏。在这寂静的深夜里，犹如银针落在了玻璃钢瓦上。

应峤果然停下了脚步，回头问："还有什么事？"

"没、没事……"她有些慌乱地拉开帐篷钻进去，踢掉鞋子，连外套都没脱，就把自己整个埋进了睡袋里。

黑暗里，心跳一声接着一声，仿佛要从胸口那个巨大的疤痕里跳出来。

没什么，没什么……她用力捂住胸口，呼吸间却全是睡袋柔软的触感。她忍不住抬手摸了摸脸，果然烫得吓人。

许是应峤的睡袋太过柔软，许是睡前的那一阵心动太过惊悚，许漫翻来覆去，几乎一夜未睡。一直到天蒙蒙亮，她才勉强眯了一会儿。正在半醒半睡之间，帐篷突然被人从外面拉开，一个冒着寒气的身躯猛地挤进来，嘟囔着"阿峤你往里面点啊"，便躺了下来。

许漫茫然地和他并肩躺了好一会儿，才顶着一头乱发从队长牌睡袋里钻出来，探头看向身侧。在看清宋繁缕的脸之后，她立刻窸窸窣窣地爬起来打算跑路。

宋繁缕不耐烦地挥了下手，一边疲惫地睁开眼一边骂道："你考虑下整夜没睡的人的感……啊啊啊啊啊——"

营地的清晨，便在宋繁缕那一声震耳欲聋的吼叫中，彻底醒来了。

许漫跌跌撞撞出了帐篷，迎面就碰上小跑过来的应峤和高楠。

"怎么了？"

许漫僵硬地笑了下："宋副队，把我当成了队长了。"

应峤一愣，高楠还是没听懂："他把你当成队长，你……"他瞧瞧应峤，又瞅瞅她那明显的黑眼圈，"你昨晚……"也不知他脑补了什么，声音愈来愈小，脸也愈来愈红，手指头都开始颤抖了。

“我昨晚睡车上。”应峤一把将他戳着自己的手拍下去，又问许漫，“老宋干什么了？”

“没干啥没干啥，”许漫脸红红的，“他就是见我从你睡袋里钻出来，和他并肩躺着，吓到了。”

从队长的睡袋里钻出来，又和副队长并肩躺着？！高楠耳朵都要竖到天上去了，嘴巴半天没合上。要不是碍着应峤在一边站着，他都想问问这姑娘入队是不是为了攻略男人的。如果是这个目的，他高楠也还单身，也是个可攻略的对象啊！

应峤看他那模样，就知道这小子又开始天马行空地幻想了，一把将馒头塞进他嘴里：“好好吃饭，吃完去站岗！”高楠赶紧接了，笑嘻嘻地吃起来。

许漫走在他们身侧，却控制不住拿余光去瞥对面的应峤。他似乎睡哪儿都没什么影响，视线还不时往跑去河边打水的家长和孩子那看。Black跟在他们后面，咬着玩具摇头晃脑，一副精力无处发泄的模样。

昨天那个和黑狗比高的小个子女孩又跑了过来，拿着块饼干要和Black分享。应峤大约是不愿意Black吃含糖量高的东西，又不好意思呵斥小朋友，瞅着她看了半天，从口袋里掏出把狗粮：“叔叔和你换，行吗？”

女孩仰起包子脸，见他一脸严肃冷漠，不由自主地往后退了一步。

应峤见她后退，想要显得平易近人些，不但略略弯了弯腰，还挤出了点干巴巴的笑容。

小女孩“哇”地叫了一声，扔了饼干就跑。

高楠：“队长，您刚才，笑得确实有点恐怖。”

应峤对自己不讨孩子喜欢的事实倒是早就接受了，闷闷地吃完了早饭，领着许漫等人绕着营地转了一圈。也是机缘凑巧，走着走着，他又遇到了那包子脸孩子和她妈妈。

年轻妈妈一手抱着女儿，一手拿着手机，正有些不耐烦地讲电话：“你是男孩子，怎么一点儿都不勇敢？爸爸没时间陪你去，你就不能自己一个人去吗？”

包子脸看到应峤等人靠近，立刻把头埋进妈妈颈窝里。年轻妈妈顺了顺女儿的背，嘀咕了句“我要照顾妹妹”，便把电话挂了。

英培在这一天安排了亲子滑草和去马场喂马，老师和家长们训练小鸭子似的将孩子们一个个带上大巴车。高楠跟车，应峤则载着许漫一起开车跟在后面。

盛夏的阳光被高大茂盛的树冠切割得支离破碎，金箔一般洒落下来。许漫坐在副驾驶座，手指无意识地摩挲着安全带。只剩下他们两人独处了，昨晚那种心跳不断加速的窒息感又开始了。她疑心自己脸已经泛红，开大了车窗，恨不得将整个脑袋都伸出窗外，好靠山风冷却一下。

或许，是五年前那个挺拔的身影实在烙印在心里太久；又没准，是靠得太近被成熟男子的担当迷惑了心智；也可能，只是情窦初开少女心觉醒……她找了一路的理由，终于还是在他开口催促下车时，因为那漏了一拍的心跳，不得不承认一个可怕的事实：自己的的确确，好像是对眼前这个人，动了心了。

滑草场五颜六色，周边的围栏还绑满了密密麻麻的风车。山风一吹，漫山遍野都是飘扬的彩带和旋转的风车。孩子们一个接一个发出“哇哇哇”的惊叹声，迈着小短腿企鹅似的满场奔跑。到了穿戴护具的时候，小皮猴们更是把嘴巴咧到了后脑勺。

家长带着孩子被分成了红橙黄三大组，接力比赛看哪一队最先滑完。滑着滑着，就有一个小朋友站在滑草器前哭了起来：“妈妈，你别打电话了，妈妈——”

许漫上前一看，居然就是之前那个包子脸女孩：“怎么了？”

女童胖嘟嘟的脸上都是泪痕，哭哭啼啼地拿小胖手指向大巴车：“我妈妈一直在车上讲电话，还不下来陪我滑草，我们肯定要输了呜呜呜……”

随队的老师也围了上来，一起陪着女孩往大巴车走去。

因为车上没什么行李，天气又热，司机便把车门大开着。他们才走到车旁，就听到了有些尖锐的女声：“你怎么看的孩子，你的工作比你儿子还重要？……离家出走？不可能，我自己的儿子我还不知道，鹏鹏他压根儿不敢一个人出门……”声音越到后面越慌乱，甚至都带上了哭腔。

许漫心里一沉，将小女孩交给随队老师，抓着把手一跃登上大巴：“您孩子走失了吗？”

那年轻母亲手里还拿着电话，眼眶通红，看到许漫，下意识就开始擦眼泪。电话里的男声清晰地传了出来：“你赶紧带着糯糯回来，我已经报警了，他写了整整半本作业本的告别信！”接着，便是“嘟嘟嘟”的忙音。

小糯糯的哥哥离家出走的消息不胫而走，整个夏令营都笼罩上了一层阴霾。

应峤临时通知其他队员来增援，将安保工作交给了宋繁缕，自己带了其他人上车准备离开。许漫也抱着孩子跟了上来，他本想拒绝的，望了眼紧箍着她脖子的小女孩和魂不守舍的年轻妈妈，最终还是放她上了车。安抚家属，一路上照顾孩子，也是需要人的。

小糯糯家住在浦州的老城区，对面就是对口的幼儿园和小学，哥哥鹏鹏今年九岁，暑假过后就该上四年级了。离家出走这事，估计在小少年心里酝酿了许久，那篇长达半个作业本的留信，光笔就换了好几支，断断续续写了小半个月。

开始只是抱怨父母不关心他的内心世界，只知道问成绩，渐渐地就变成记录对比自己和妹妹的“不公待遇”。他想趁着暑假学爵士舞，父母觉得男孩学舞蹈不够阳刚，妹妹却每周去上舞蹈课；他吃饭剩了一点儿，父母就要大声呵斥，妹妹打翻整盘菜却只受到轻轻的一声责备；他想参加亲子夏令营，妈妈觉得男孩应该参加独立生活的活动，一转眼却陪妹妹去了英培的亲子夏令营……

最后的导火索，是妈妈离开的期间，爸爸不但不陪自己去踢球，居然还打算出差。小少年火气惊人，立刻就大闹了一场。

爸爸秉着男孩不能娇惯的原则，仍旧收拾了行李，和往常一样上班去了。不料，中午下班才到家门口，就看到了儿子挂在门把手上的告别长信。

“都是你不好，你不会好好和他说？”糯糯妈妈哭得气都要喘不匀了。

“我……”糯糯爸爸长叹了口气，拿起手机，“我再打给警察催催！”

应峤拦了下来：“110已经把这事转到我们这边了，一是孩子离开才几个小时，二是城市寻人这个我们也熟悉。您放心，我们一定帮您把孩子找回来。”

“110怎么这么不靠谱！”他也是一股邪火没地方发，登时嗓门就大了起来，“我儿子白纸黑字写了自己离家出走，他们不派人帮忙找，居然交给你们这些业余的……”

“你靠谱！你靠谱把儿子给弄丢了！”糯糯妈妈“腾”地站了起来。

好不容易劝住激动的夫妻俩，应峤手指在地图上滑动：“他的几个要好的同学家全都联系过了？”

“联系过了。”糯糯妈妈抹了抹眼泪。

“都是和家长联系的？”

“对。”糯糯妈妈点头。

应峤“嗯”了一声，在地图上画出一大圈，向其他队员道：“小高你们几个把周边的监控全部都翻一遍，欧阳你沿着这条路找，马小南你去这一条……小勤你除了扩散寻人启事之外，联系一下公交总站，孩子没身份证坐不了其他交通工具，公交卡却是随身带的。”

任务分派完，许漫忍不住往前挤了挤：“队长，那我呢？”

“你……”应峤这才想起来她也一路跟着，随手一指方勤，“你跟着小勤吧。”

老城区的小巷子四通八达，密密麻麻如同蜘蛛网一般，好在不少小商家还自己架设了监控镜头。高楠等人在附近的商铺转了一圈，很快就翻到男孩离家后的身影。正如应峤所预料的，他出了家门之后很快上了公交车，他们沿着每个停靠站去搜，却又完全没了踪影。

寻人启事已经转得各处都是了，孩子却如泥牛入海。城市寻人就是这般无奈，到处都是摄像头，到处都是路，却总有阳光照不到的死角。偶尔有消息回传，很快也都确认了是误判。

许漫留意着临时任务群里的信息，每跳出一条讯息，都不由自主地心头一颤。

浏阳路没有，少年宫路没有，经纬路也没有……夜幕渐渐降临，街边的路灯次第亮起，他们的心却随着暗去的夜空不断下沉。

方勤给附近寻人的队员和志愿者叫了快餐，离得远的，大部分都直接一个面包一桶泡面就地解决了。

许漫只吃了几口就咽不下去了，手机却在这个时候响了起来。林持瀚难得严肃，问："你们在寻人？"

"是啊。"许漫有些不耐烦，挥手赶去飞到脸庞的蚊子。

"我家这边有不少跑腿骑手的资源，需不需要帮忙提供线索？"

"当然需要！"许漫眼睛猛地亮了，"真的太感谢了！"

"不用客气，你们现在在哪儿？"

许漫报了地址，又把这个好消息告诉了方勤。方勤当然也求之不得，对林持瀚那浪荡少爷的看法也大为改观。

林持瀚来得挺快，甚至没开他那辆骚包的跑车。

"大家听说是孩子失踪了，都挺乐意帮忙的，"他将方勤和许漫拉进送餐平台的骑手群，"我一个外行人，就不瞎指挥了，还是你们专业的来负责吧。"

人多力量大，寻人启事扩散到骑手群之后，到晚上十一点多，终于锁定了一条实用的线索。

那个骑手是在送外卖经过一处小饭馆的时候遇上的孩子，他看着穿着打扮和群里寻人的照片特别像，就上前问了一句。哪知道那孩子警惕心也强，扔了筷子掉头就跑。等骑手再追出去，孩子早跑得没影了。

既然有了精确的消息，应峤把大部分寻人力量都聚拢了过来。

大家分组以小饭馆为中心铺开寻找，幸而这附近监控死角虽然多，但公交已经全下班了，也算是给他们省了不少力气。

范围都确定了，找人就成了瓮中捉鳖。

许漫便申请一起进小巷子地毯式搜人，城市寻人危险系数毕竟较低，他本想点头的，余光瞥见她身后跃跃欲试的林持瀚，改口道：“你跟着我吧。”

许漫受宠若惊，立刻跟上。林持瀚心里骂了声强光电灯泡，也迈步跟了上来。

城市的夏夜少见星光，哪怕到了霓虹灯黯淡处，也隐约只见一点儿轮廓。他们一条巷子一条巷子走过去，连道边半人高的垃圾桶都没有放过。

主动离家的孩子，还没吃够苦头，叛逆地见人就跑，哪里会这样乖乖地被找到呢？

他们筛子一样的将这片城区筛了整整三遍，才终于靠着一个便利店售货员的指引，在正在维修的商场顶楼找到了人。

小小少年跨坐在护栏上，头发被风吹得胡乱飞舞，梗着脖子大喊：“叫我爸爸妈妈来给我道歉，要不然我就从这儿跳下去！”

应峤早在得知少年见人就跑之后，就让方勤联系了队里的心理咨询顾问。可这时人都还没赶到呢，只得自己安抚道：“你爸爸妈妈已经在赶来的路上了，你坐进来一点。”

“我偏不！”少年把背包“哗啦”一抖，将作业本什么的全倒了下去，“他们就喜欢女儿，压根儿不关心我！总是让我做什么男子汉，我就喜欢跳舞！我就不喜欢打球！我现在死了，下辈子就去做女孩，就能被下辈子的爸爸妈妈宠！”

“那万一，你下辈子还是个男孩呢？”许漫小心翼翼地插嘴。

“那我就再跳！跳到全世界的人都爱我为止！”小少年恼羞成怒。

“你和他随便聊聊，”应峤观察了下周围的地形，压低声音道，“我绕到后面去。”

“我……”许漫有些发慌，“万一他真跳呢？”

“护栏外面还有一圈加固的露台，落差不过半米，死不了。”应峤说完，便往后退了。

许漫只得搜肠刮肚和他瞎聊：“当女孩也没那么好，我从幼儿园开始，就经常因为要梳辫子上学迟到，所以你看，我现在都把头发剃了……”

少年这时才留意到她头发似乎真的很短，好奇地往她这边探头，想要看清楚一点。许漫趁机往前走了两步，将整个脑袋暴露在隔壁高楼照射过来的灯光下。

“不许偷偷靠近我！”少年后知后觉地发现了，学着电视剧里的人喊道，“你退回去两步……不行，步子太小了，再退！退！退！”

许漫已经看到自外墙攀爬过去的应峤，在少年身后的露台上站起了身。她配合地一步步往后退，心里默数：五、四……

一还没数到，男孩便发出尖锐的喊叫，被应峤一把抱起，利索地抱回护栏内。

鹏鹏人小力气不够，眼看着逃不脱这些大人的包围，也非常识时务地不闹了，垂着脑袋要求大家给他找丢掉的作业本。因为，回头爸妈看到了，肯定得挨骂。

应峤刚才爬墙的时候手都被割破了，瞪了他好一会儿，才招手让人爬露台那儿去捡他丢的东西。

一行人带着孩子乘坐着电梯往下降，这电梯装在户外，又是玻璃质地，底下的街景一览无余。灯光岩浆一般流淌在街道和水泥楼房之间，明明暗暗，时断时续。电梯还未落地，许漫就眼尖地看到了一辆车在路边停下，黑压压下来一群人，领头的，正是那对小夫妻。

鹏鹏显然也看到了，一把抱住应峤：“叔叔，你别把我交给我爸爸妈妈，他们都不喜欢我！”

应峤从没和孩子这么亲近过，脸都涨红了。这孩子爹妈平时是有多凶，他居然宁可选择和自己待在一起！

他两手微微抬起，犹豫了下才抚住他毛茸茸的脑袋：“他们担心你还来不及，怎么可能不喜欢你？”

“可是……”鹏鹏抹了把眼泪，“他们从来只抱妹妹啊——”

“你妹妹那么小，你已经……”

他的话还没说完，电梯门已经打开了。他随着人群，带着鹏鹏往外走去，才几步，就走不动了。

小夫妻俩几乎是直冲过来的，年轻的妈妈也不知哪儿来的力气，一把将孩子搂进怀里，好半天才“哇”地哭出声。鹏鹏下意识地闭上了眼睛，等了半晌，既没等到预想中的责骂，也没有巴掌落到屁股上。

他那个总是板着脸的母亲，紧紧地搂着自己，用力得他胸口都有些疼了。他看不到她的表情，脖子却热热的一片湿润，那宽厚的肩膀在他眼前一下一下轻轻地颤动着，仿佛学校兴趣角那只护住雏鸟的老鸽子灰色的翅膀。他呆了好一会儿，缓缓地抬手回抱住，低低地唤了一声“妈妈”。

一直站在一边的爸爸也差点落下眼泪来，又不好意思一起蹲下哭，只依次和应峤等人握手，不住地道谢：“谢谢你们，辛苦你们了！”

应峤回了句“应该的”，又忍不住劝道：“你们别被那种‘男孩粗养，女儿娇宠’的宣传洗脑了，都是自己的孩子，怎么能被区别对待？”

“是，是！”年轻爸爸连连点头，借着擦眼镜的机会，拭去眼角的泪花。

曾几何时，他也是跟随在父母身后的小男孩。被教育要勇敢，要保护妹妹的时候，要承担“男人”的刻板义务时，他也曾激烈反抗。但岁月流转，那些记忆便逐渐模糊了，淡去了。不知不觉，他竟然也站到了当年自己的对立面，成了刻板义务的推崇者。

夜风呼啸，如诉流光。

任务完成，野蜂众人也纷纷散去。

许漫正打算叫个网约车，林持瀚不知什么时候跟了过来：“都快零点了，你打不到车的，我送你回去吧。”

“不用不用。”许漫推拒道，“刚还有出租车过去呢。”

“我的命都是你救的，你和我客气什么？”林持瀚说着，就要伸手去拉她。

“许漫漫，”一束车灯打过来，白晃晃地照在他们两人身上，“上车，回去了。”

虽然看不到车里的人，但那声音许漫还是认识的。她心里暖洋洋的，应了声“谢谢队长”，就往光源处走去。林持瀚“啧”了一声，也抬脚跟了上去。

许漫坐上车，意外发现林持瀚也跟着她往车上钻：“林先生，您……”

“我刚发现车坏了，”林持瀚脸不红气不喘地说道，“蹭你们车一道回去。”

许漫瞅瞅驾驶座的应峤，对方竟似真的相信了，还问：“那要不要帮你叫拖车？”

“不用麻烦了，”林持瀚懒洋洋地靠在椅子上，“明天我叫朋友帮我拖回去就行——漫漫，你家在哪儿？”

应峤皱了皱眉，将车子开上大路。副驾驶座的方勤笑盈盈地扭过头，代答道：“她住学校宿舍。”

林持瀚“噢”了一声：“学校都放假了吧？空荡荡的住着多没意思，不如去我家新开的海岸度假村免费试住，顺便也帮我们提提意见。”

“海岸度假村啊……”许漫干巴巴地重复了一遍，脑补出一大堆在几十平方米大床上醒来，再被几十个帅气小哥哥伺候的奢靡生活。

她猛烈地摇了摇头：“还是算了，我住宿舍就很好了，无福消受，无福消受。”

林持瀚哪知道她心里澎湃涌动着的可怕幻想，还一个劲儿地鼓动她去。

车子猛然停住，方勤笑嘻嘻地冲他们摆摆手：“我到家了，先走了。”

车门开了又合，林持瀚正要继续讨论度假村的话题，前面的应峤开口了：“许漫漫，你坐前面来，让林先生好好休息。”

许漫愣了一下，赶紧点头，拉开车门就要下车。

“没关系呀，”林持瀚试图阻止，“我一点儿都不累，这样聊聊天挺好……”话还没说完，许漫已经跳下车了。

南方夏夜特有的潮湿暖风，夹杂着道旁玉兰的馥郁，吹得人一阵迷乱。许漫悄悄深吸了口气，心里默念了好几遍“冷静自持”，这才拉开车门，斯斯文文地坐进副驾驶座。心跳却还是不由自主地开始加快，潮汐一般，一下一下拍打在胸膛上。

车子终于再一次发动，林持瀚明显有些失落，话也少了。被姑娘避之如蛇蝎，无论怎么说都有点丢面子。

应峤却难得主动地与他攀谈：“林先生是做送餐平台的生意的？”

“略有涉猎，”林持瀚强打起精神应付道，“家里老头搞了个互联网综合平台，提供送餐、酒旅之类的业务。”

“今天真的感谢您和骑手们，帮了我们大忙了。”应峤道。

许漫第一次见应峤这么客气地和人“应酬”，有些诧异地扭头去看他。然后，就听他接着说道：“以后遇到类似的任务，林先生要是能够再帮忙提供下线索，就真的造福浦州群众了。”

“可以啊，”林持瀚瞅着两人的后脑勺，手指头一下一下地敲在皮质座椅上，“方小姐和漫漫不都在群里？以后，有需要直接开口。”

应峤说了声“谢谢”，被点名的许漫也不大好意思地道了谢。

“帮你们就是帮我自己——没你们，我还不定怎么样呢。”林持瀚说得客气，话头一转，又绕到了邀约上，“漫漫，下次我带你去公司，也和群里的那些小哥熟悉熟悉。”

这个邀请，可就不好拒绝了。而且说实在的，对于野蜂来说，简直是大好的扩充完善信息组的机会。

许漫赶紧应了下来，应峤也点头道：“要是不打扰工作，我们就一起找个时间登门拜访。”

林持瀚正觉得自己找对了路子呢，应峤紧接着的“一起”两个字，立刻将他的美梦打醒了。

这恋爱也太难谈了！这位应队长你看着也不老啊，怎么就一副老妈子做派，尽喜欢干煞风景的事儿呢？！

看不出来我是冲着妹子约的吗？！

▼

第4章

— 错乱的告白 —

林持瀚腹诽了半天，脸上的笑容倒是一直保持着。像是电视机里的太阳，挂是挂着，就是没什么温度，也晒不到人。

他家住在浦州南面的高档小区里，人如其宅，隔着小区大门，都能看到里面那一幢幢精致的小别墅。前面有小花园，后面带游泳池。说是住宅小区，归纳为小城堡也差不多了。

许漫只顾着惊叹，应峤却有些意外："你刚报的地址，不是科技大厦？"

"地标建筑嘛，"林持瀚下了车，指指小区对面的最高楼，"多好认不是！"

话是这样说……可……应峤摇摇头，重新发动车子。

车里只剩下两个人，连一声咳嗽都被放大了好几倍。许漫看着车窗倒映下应峤的侧脸，珍惜地享受着这难得的独处时光，又是甜蜜，又是难挨。

外面风刮树梢，外面霓虹灯溢彩，外面车流飞逝……他们却挨得这么近，咫尺之间，呼吸可闻。许漫简直控制不住不断翘起的嘴角，笑意掩都掩不住，怪不得人家说近水楼台先得月，向阳花木易逢春……直至车子精准地在校门口停下，她还有些恍惚。

“啊，到了？”

“不是这儿？”应峤诧异地朝她这边微倾下身子，透过车窗去看外面的校门。他记得她学校几个大门，就这个距离女生宿舍最近呀。

“对、对的。”那骤然靠近的呼吸却把许漫吓了一跳，她一把解了安全带，像奓毛的猫一样猛地跳起来。

“砰”的一声，整辆车都颤抖了一下。

应峤茫然地看着许漫捂着额头，满脸通红地拉开车门，逃也似的跳了下去。难道，自己真的长得这么可怕？白天小孩见了害怕，晚上连自家女队员也怕？这都……相处过这么多天了啊！

他将车窗摇下去，关切地问：“没事吧？”

“没事！”已经跑出去好几米的女孩跑得更快了，转瞬间消失在校门深处。

林持瀚说到做到，还真让他的骑手群帮忙提供各种寻人资讯了。

野蜂的各项救援任务，突然好像被那一位鹏鹏小朋友按下了快速发动的开关，不但天天都有新任务，还是不同的时间和地点。不是东家的小朋友走失了，就是西家的爷爷迷路了，再不然还有夫妻吵架离家出走的……经常是一个任务没结束，另一个报警电话或者联动请求就来了。上门拜访骑手小哥的打算，便这样耽搁了下来。

一晃眼小半个月就过去了，不仅许漫这样的新成员疲惫不堪，连高楠都忍不住诉苦：“队长，我今年的年假可全交代出来了，我们经理现在看我的眼神就跟乌骨鸡没啥两样了。”

“你这算个屁，” 欧阳畅想道，“我才是最惨的那个好吗？我已经放了一对一学游泳的小财主们好几次鸽子了，光投诉信都接了两封了！”

“这任务再这么频发下去，我房租都要交不起了。老天爷保佑大家都平平安安，也给大家一个喘息的机会吧——”宋繁缕驯犬基地的训练任务也搁浅了不少。

不知是不是真的上天有知，救援任务还真少了下去。甚至下一个台风来临时，除了降水暴增了那么几天，也无一人伤亡。射击馆人流量却并不见少——野蜂的队员们回去忙工作了，那些因为救援任务而被疯狂放鸽子的客户，却开始上门了。

许漫待在学校也无聊，不如在这儿天天能看到心上人，所以仍旧每天到点就来报到。偶尔，还帮方勤一起做个安检工作。

实弹射击是个特别烧钱的东西，“嗖嗖嗖”十几分钟，好几千块钱就打完了。是以，黑蜂的会员基本都还挺有些家底的。无论是一个人开着豪车上门的，还是呼朋引伴招摇喧哗的，进门第一件事找应峤，第二件事就是要他多招几个人：“我们打电话过来，十次有九次都关门，你这非把店玩倒了不可啊！”

应峤看着倒是在思考，还让方勤贴了招聘启事出去。一星期来了两拨人面试，最后招了一个教官和一个脸特别嫩的安全员回来。

马小南一下子荣升前辈，走路都雄赳赳气昂昂起来。方勤则积极地拉着新来的教练和安全员小哥熟悉收银、安检系统：“我有时候请个假，生个病的，你们也可以帮帮忙。”许漫在一边笑嘻嘻的，看着方勤逗猫似的拿手持安检仪在两人身上挥。

大门却在这个时候被猛地推开，穿着全套救援服的宋繁缕飞也似的冲进来，眼珠子在几人身上扫了个来回，最后落在了看起来最闲的许漫身上：“漫漫，帮我个忙！”说着，他一把拽住许漫胳膊，拉着就往外跑。

“什、什么事儿啊，宋哥？”许漫如今和他们混得熟了，称呼也亲昵起来。压根儿没留意到他们身后，方勤越来越黑的脸色。

宋繁缕跑得气喘吁吁，一直到上了车，才得空和她解释道：“我那工作犬训练基地来了个投资老板，人手不够，你来伪装下倒水小妹。”

倒水小妹啊——这活，倒是不算难。

许漫还是第一次来宋繁缕工作的地方，大铁门外面挂着个大牌子，印着“工作犬训练基地”字样，进去就是一大铁栏围着的大狗笼，一只健硕的比利时马犬昂着头“汪汪汪”大叫，沿途还有两只萨摩耶并一只小吉娃娃，都乖乖地坐在笼子里，眼珠子闪亮闪亮的。宋繁缕这时却没空介绍，领着她快步往里走去。

“介绍一下，这是我徒弟，阿当，这是我助教，斌子。”宋繁缕一脚踏进小小办公室，见着那屋里俩小伙子就开口了，完了将手指往回一戳，指着许漫道，“许漫漫，野蜂救援队的新人妹子，今天借过来搞一下行政后勤工作。”

阿当嘴快，立刻就问：“小方妹呢？你咋不找她来？”好歹头发长点，看着是个纯正的女孩啊！

宋繁缕抬手就是一个栗暴：“人家也要上班的，净知道泡妞！”

“我哪敢呀！”阿当笑嘻嘻的。

斌子倒是稳重，看了下手机，说道：“宋哥，他们马上就到了。”

宋繁缕“嗯”了一声，原地走了好几圈，再背着手往外面走去。

用作训狗场的小操场围着一人高的围墙，将狗笼与训练场所隔绝开来。犬吠声不绝，训练场的围墙和整个基地的围墙之间放了不少狗笼，个个都精神奕奕。

“宋哥，你这儿……真是家大业大啊！”许漫由衷地赞叹道，也终于明白宋繁缕为什么会交不起房租了。

这么大的场子，这么多的大狗小狗，还有徒弟和助教……这一天下来，开销绝对可观。每次任务他又几乎都在，不是领队也是小组组长，往往一忙就是十几个小时。

许漫多少有些佩服，但在看到投资人在门外露头，宋繁缕同手同脚地迈步迎上去时，却又觉得忍俊不禁。她按着宋繁缕的叮嘱专心倒水，顺便听着宋繁缕咧着嘴和金主爸爸吹牛。

“您看，这些都是送来学规矩的宠物犬。”

“那边的马犬？那是有两年工龄的专业搜救犬！”

“对，目前老板就我一个……朋友在初期帮过大忙，但人不要股份……”

宋繁缕毕竟是个实在人，说起正经事情来，不由自主地就开始倒豆子。斌子悄悄使了好几个眼色，他也没留意到。情况介绍、工作犬训练情况演示……一整套流程走下来，大半天时间已经过去了。金主爸爸客客气气地表示自己接下来还有安排，挥手和他们告别。

宋繁缕领着徒弟和助教将人送出门，一直在门廊下瞪着圆眼睛围观的那只萨摩耶突然昂起头，狼一般“呜喔”长嚎了一声。

一犬鸣，众犬响应。一时间，整个基地都充满了狗狗们“悲凉”的啸声。

宋繁缕：“……这是和您惜别呢。”

许漫等人：“……”

金主爸爸：“……”

回到黑蜂射击馆，新人们已经上岗了。方勤仍旧坐在收银台后面，有点心不在焉地托着下巴在那儿看视频。声效震天，满屋子都是男主角撕心裂肺的嚎叫：“为什么？为什么你要离开我？我明明爱了你那么久！”

宋繁缕不由自主地颤抖了一下，许漫倒是好奇，探头探脑地想看看剧名。“啪！”就在她视线快要看到屏幕的瞬间，方勤倏然抬手，将平板扣上，抬头看向他们身后，刻意地拖长声音道：“峤哥哥，你忙完了？”

许漫一个激灵，回过身，就见应峤牵着Black，正从后面过道出来。

方勤这一声喊得又酥又响，不但屋里其他人浑身发麻，应峤也是一副吃了苍蝇的表情：“什么事？”

“我人有点不舒服，”方勤站起身，扶着额头，“晕乎乎的。”

应峤蹙起眉，将狗交给马小南，伸手在她额头上试了下：“不烫吧？”

“可就是晕啊——”方勤还隔着收银台，就往他身上靠。

“别这么矫情兮兮地说话，”应峤话是这么说的，却也没直接将人推开，“真的哪里不舒服，我送你去医院？”

“不用了，”方勤半倚在他身上，目光软软地从许漫和宋繁缕身上一掠而过，“你送我回家躺躺就好了。”

“也行。”应峤从兜里掏出车钥匙，递给马小南，“帮我把车开过来。”

许漫目瞪口呆地看着两人小情侣似的紧挨着出了大门，看着应峤扶着娇滴滴的方勤上了车，甚至还给她系了安全带，酸涩的感觉涌上心头，针扎一样刺激着心脏。

原来，他对谁都这么温柔！

也是这个时候，她如梦初醒地想起方勤明目张胆地叫上他们一起围观他相亲。想起那个大家一起在操场上受罚的下午，只有始作俑者方勤连人都没来。据欧阳畅想说，方勤早在黑蜂建馆之前，就认识应峤了。黑蜂射击馆一建好，她就来当收银员兼会计……

“砰！”车门在面前重重地合上了，许漫半晌回不过神。她这等待了五年的爱情，还没开始，眼看着就要结束了。

“宋哥——”她有些委屈地转过头，想要寻找一点慰藉，“我……”

“我还没表白呢，”宋繁缕绝望的声音蓦然响起，简直像有读心术一般，将她还未说出口的心里话倒豆子一般说了出来，“就被人横刀夺爱了！”

“是、是啊……”她喃喃自语，似是应和，又似难以置信。

两人脸上的震惊和哀痛，仿佛孪生子一般相像。一个常年观望，却一朝错失良机；一个觉醒不久，还未鼓足勇气，就被掐灭在了萌芽阶段。

这可真是出师未捷身先死，长使英雄泪满襟。

许漫失恋了整整一个晚上，隔天一早，她还是早早地爬起来洗漱，晨跑，冲澡，然后坐上了开往射击馆的公交。

谈恋爱，重要的是个“谈”字，方勤大美女又是撒娇又是投怀送抱的，应峤不也没有别的表示嘛！论亲昵，她许漫也是和他睡过一个睡袋的女人！她有些悲壮地在心里下定决心：不撞南墙不回头，就是真的出局，也弄个明白再出局。如果他们真的是两情相悦，那她……就好好工作，回报社会吧！

许漫辛辛苦苦赶到射击馆，却不见方勤和应峤的人影。马小南端坐在收银台那儿，一丝不苟地盯着屏幕。她在店里徘徊了大半天，也只打听到方勤感冒加重的消息。而应峤，连马小南也不知他忙什么去了。

方勤这一病，就是一星期。班也不上了，人也不露面了，只在朋友圈偶尔发几条病中“梦想”：

今天太阳好大，好希望感冒好了去海边度假！

今天雨丝浪漫，好希望感冒好了去私人电影院看一场《雨中曲》。

今天……

许是许漫心存嫉妒，总感觉每条更新都散发着若有似无的绿茶香气，明晃晃地暗示人主动去约。她长叹了口气，也冲着自己脑袋拍了一张，噼里啪啦打字：头发又长了，想剃！

几秒钟之后，宋繁缕给点了个孤零零的赞，附言：我也想剃头，从头开始，重新生活！后面，还跟着个硕大的哭脸。

许漫一点儿也高兴不起来——虽然咱们是难兄难弟，可你一大男人，怎么能比我还丧呢？！

方勤的生日聚会，便在这样一个大家各怀鬼胎的傍晚正式到来。聚会地点在本城的小酒吧里，除了野蜂救援队的队员们，就是方勤自己的几个小姐妹。

许漫和宋繁缕两人早早到了，一起挤在角落里，阴沉地看着方勤穿着漂亮的露肩长裙，婀娜优雅地自应峤身前走过，再慢悠悠地挨着他坐下。

冷气这么足，还只穿这么点！说好的高烧不退重感冒呢？！许漫暗暗握紧了啤酒杯。奸夫淫妇，无耻至极！宋繁缕也狠狠地咬着薯条，一仰头就干掉了半杯红酒。

方勤那些小姐妹也是奇怪，明明个个都挺年轻漂亮的，愣是看不到队里这么多单身青年饥渴的眼神，不是一个劲儿地夸方勤美丽大方，就是趁着应峤去前台的时候夸两人登对。方勤也不拦着，红着脸小口小口地啜着酒，一副暗戳戳欢喜的样子。偶尔，她还挑衅似的瞥一眼对面的许漫和宋繁缕。

小人得志！许漫的啤酒越喝越快，宋繁缕已经连着倒空两瓶红酒了。

酒吧里过生日无非就是那么几个套路，吹完蜡烛许完愿，几个小姐妹就闹着要玩真心话大冒险。许漫喝了不少，看着那个空酒瓶滴溜溜地转啊转的，越来越慢越来越慢，最后就直指她隔壁的宋繁缕了。

“啊，宋副队。”女孩们发出一阵欢呼，“您选真心话还是大冒险？”

宋繁缕打了个酒嗝：“大冒险！”

女孩们于是大笑：“那给您两个选择，要么选在座的一位女士让她答应你激吻三十秒，要么干掉这瓶酒。”

宋繁缕瞄了一眼满是英文的酒瓶，又小心翼翼地偷觑了一眼对面低着头的方勤，一咬牙，接过酒瓶仰头就喝。女孩们先是一愣，继而疯狂鼓掌，只有年纪最大的那位，有些担心地望了一眼沉默的方勤。

许漫也喝了不少，脑子一抽一抽地疼，跟着一边鼓掌一边大喊：“宋哥，男子汉！”

方勤的脸色，更加难看了。

空酒瓶继续转啊转，有人选了真心话，说起了当年初吻的心惊肉跳；有人选了大冒险，冲着包厢外的服务员就是一个火辣辣的表白……许漫也被抽到一次，她酒劲上头，学着宋繁缕选了喝酒。

女孩们立刻拿着洋酒要递，应峤见她似乎已经有了醉意，阻拦道：“她还是学生，别老撺掇她喝酒。”

许漫感激不已，满腔热血都沸腾了，主动挤过去抢酒瓶，对着嘴就往喉咙里灌。不喝酒，难道说初吻？她的初吻还牢牢地揣在兜里，连想要攻略为初恋对象的男人都紧挨着别的女人坐着呢！

“好！够爽快！”不知是谁在耳边喝彩，嗓门沙哑，很是熟悉。

酒吧包间的灯本来就黯，喝多了酒之后，更是看什么都像隔着层雾。许漫醉眼蒙眬间仿佛看到了“应峤”扶住自己，双眸含情，两颊通红：“我帮你喝！”

有担当的男人真是太帅了啊——

宋繁缕拿着刚抢到手的酒瓶，满腔豪情，冲着空气一挥手，拍拍胸脯表示：“哥哥喝挂全桌人的时候，你们这些小屁孩还穿尿不湿呢！”

酒精、音乐、情伤……他越喝越伤心，喝空了一瓶，忍不住又抢过一瓶：“今、今天……你们的酒，都、都由哥哥我代喝！”

“你都喝了，我们喝什么？”欧阳畅想很有些摸不着头脑。今天这是怎么了啊，方勤生日,宋繁缕飙酒……敢情是要借着队长付钱的机会，多喝几杯？可看对面的寿星姑娘，眼珠子都快凸出来了，明显很生气啊！他这还没想明白呢，边上的小丫头许漫又站了起来，踮着脚想去抢宋繁缕手里的酒瓶。

宋繁缕眯着眼睛，瞅着抓着他胳膊的许漫半天，终于凭声音分辨出似乎是个“女”的。

女的，小方妹……也是女的。

眼睛很大，小方妹……眼睛也很大很漂亮。

他咽了下口水，结结巴巴地说道：“你连酒都不让我代你喝？……我……我喜欢了你那么久！”

举座震惊，整个包厢里就剩下背景乐在无休止地唱着小情歌。

许漫仰着酡红的脸颊，看谁都很像五年前的应峤。她揉了揉眼睛，还是看不清眼前人，含含糊糊地嘟囔：“你不说我怎么知道？我也喜欢你啊……”说着，她还张开手臂试图去抱宋繁缕。可惜两人身高差太大，她再努力也只能孩子似的箍住宋副队健硕的腰部。

宋繁缕拎着酒瓶，扁着嘴巴，哼哼唧唧地说了句“朝三暮四”，也弯下腰打算回抱他的“小方妹”。无奈许漫抱得太紧，他才稍微弯下身，就觉得胃顶得难受，“哇”的一声吐了出来……

霎时，就像滚油里溅进去几滴凉水，整个包厢都炸开了。

被呕吐物飞溅到，尖叫着要去擦洗的；被两人的真情告白吓着，饮料呛进气管的；为了避开慌乱的其他人，误踩Black尾巴的……

欧阳畅想见高楠端坐着不动，忍不住踢了他一脚：“你干吗呢？”

高楠如梦初醒，一拍大腿：“他们这是喝醉了吧？”

“废话！”欧阳畅想骂道，“就你才发现——都吐了我一裤子了！”

应峤瞪了唯恐天下不乱的两人一眼，一手搀着许漫，一手抓着不断往地上滑的宋繁缕："马小南，刚没喝酒吧?你先把他送回去。"

马小南不敢嫌弃，搀起臭烘烘的宋繁缕。

应峤看着同样脏兮兮臭烘烘的许漫，正一筹莫展，一边的方勤主动道："她学校里压根儿没有同学，不如先送去我家休息一晚。"

应峤点头，又叮嘱道："老宋吐了她一身，辛苦你给她收拾下。"

"放心，"方勤笑得露出了整齐的八颗牙，"我一定好好收拾收拾她。"

许漫是被冻醒的。太阳穴一跳一跳地疼，喉咙干涩，身上一阵阵发冷，腰部还沉重得要命，好像回到了那个被巨石木梁压倒的凌晨，又冷又饿，动弹不得。她挣扎了半天，终于撑开眼皮，首先映入眼帘的就是两片微微翕动的烈焰红唇。

"啊——"她才叫出声，就被捂住了嘴。

方勤瞪着眼睛威胁道："小声点！我爸妈还在睡觉呢！"许漫连连点头，方勤这才放开她。

"小方姐，"许漫声音小小的，不大自在地扭动了下身体，"你坐我身上干吗？"

虽然说大家都是女孩子，可一大早化个大浓妆，穿得仙气飘飘地坐在同性腰上，怎么看怎么诡异啊。更何况，她自己也……许漫这才发现自己全身上下就一条特别土的肥大睡裙。怪不得那么冷！

"老实点，"方勤用力往下坐了坐，满意地看到许漫因为吃痛而皱起了眉，"我问你话，你老实回答，说错一句，我就把你裸照发出去！"

"裸、裸照？"许漫满头雾水。

"怎么，还不能拍了？"方勤一脸正气，"你身上的呕吐物都是我给清理的呢，衣服全都我给你换的，拍几张照片怎么了！"

"可……"许漫咽了下口水，"我们都是女的，你干吗要拍我裸照?"

你有我有，有什么好拍的?

"我……你别打岔！"方勤拉了拉纱裙下摆，让自己的坐姿更加好看一点，"我问你，你是不是看上宋繁缕了？"

许漫慢慢地眨了下眼睛：“没有。”

“撒谎！”方勤抬手直戳她鼻子，“你天天缠着他，他还跟你告白！”

“告白……有吗？”许漫觉得脑袋更疼了。

“废话！他们都录像了！”方勤干脆将手机拿起来，播她和宋繁缕互相抱着表白的那段小视频。

许漫看得脸色发白，视频里的应峤一直没怎么吭声，好不容易在宋繁缕开始呕吐的时候站起来，视频也中断了。

“后、后来呢？”

“后来什么，你还想真发生点什么呀？”方勤语气嘲讽，“野花哥直接吐了你一身，压根儿看也懒得看你了……”实际上，宋繁缕直接就吐晕过去了。但如今情敌对决，方勤觉得自己还是要施展一些小伎俩打击敌人的！

许漫似乎真的被宋繁缕的“无情”伤害到了，怔怔地躺着发愣。

方勤暗暗给自己鼓了鼓劲，继续说道：“你也别觉得他说喜欢你就真喜欢了，男人嘛都是这种朝三暮四的，今天哄得你高兴，明天又看上另一个。他的那个工作犬基地也压根儿就不赚钱，几乎都倒贴到救援队去了，你图色嘛他也没什么色，图财也别妄想……”她唠唠叨叨越说越详细，几乎要把宋繁缕身上的“缺点”像泡发的蚕茧一样掰扯成薄片。

许漫却越听越没耐心，忍不住打断道：“小方姐你说的那些我都明白，我压根儿不喜欢宋副队啊。”

“他这个人学历也很一般，品味更是差得……你说什么？”方勤猛地提高声音，身体的重量也一下子集中在了屁股上。

“轻点！轻点！”许漫疼得冷汗都出来了。

方勤赶紧把身体往上抬了抬：“你刚说什么？”

“我说，我压根儿不喜欢宋繁缕。”许漫一字一句，认认真真地重复道。

“可是，你昨晚上还抱着他啊。”方勤还是有些狐疑。

“我喝醉了啊。”许漫道。

“那他……”

“他也喝醉了！”许漫斩钉截铁地说道，“我能拿我身上唯一的这条睡裙发誓，如果我撒谎，就让它现在就四分五裂——我，绝对绝对不喜欢宋繁缕；宋繁缕，也绝对绝对不可能喜欢我！”

“为什么？”方勤盯着她，手指头痒痒地动了下。

“因为他喜欢你啊，”许漫觉得方勤真是太奇怪了，明明都跟队长你侬我侬了，还关心一个备胎是不是喜欢上了别人，“你和……和队长那样亲近，他都伤心死了。”

“真的？！”方勤提高声音，“他真的……”

她停顿了下，干咳一声，“你怎么看出来他喜欢我的？他告诉你的？”

“这还需要说吗？”许漫无语道，“自从你喊了队长‘峤哥哥’，他眼神都死了，你们还时不时秀恩爱……”许漫越说声音越低，心里的酸楚也越来越大，忍不住推开还坐在自己身上的方勤直接坐了起来。伤心人看伤心人，她当然明白宋繁缕的苦楚。

方勤被她推了一个趔趄，差点从床上摔下去，却一点儿都不生气，反而飞快地爬了回来，目光灼灼地盯着她：“他真的看到我和应峤举止亲昵，就特别伤心？”那神情和语气，不但没有内疚，还满满的都是兴奋和得意！

“是！”许漫没好气地点头道，“你这个人怎么这么过分，你不喜欢人家就算了，还非得看人家为了你而难过……”

“谁说我不喜欢他！”方勤满脸喜色地打断她的话，“我就是喜欢他，才要看看他是不是在乎我！”

许漫呆住，半晌才道：“你是故意的？”

“对啊。”方勤理所当然地道，“不然我怎么知道他在乎我。”

“那、那队长呢？”许漫急了，“你莫名其妙利用他，万一他……”万一他当真了，动心了，怎么办？！

“他又不会误会。”方勤慢悠悠地道，“他可是我亲表哥。”

表哥！亲表哥！三代以内旁系血亲！禁止结婚的那种亲戚！许漫脑子过电一般飞速转动起来，嘴角也一点一点逐渐上扬，看方勤的大浓妆脸都亲切了不少。

原来，她和宋繁缕全都误会了啊！

原来，眼前这位不是情敌，反而可能是未来的亲戚啊！

许漫想明白了一切，不大好意思地坐到方勤身边："小方姐，我能不能也问你个事儿……你表哥，就是那个、那个应队，他……现在没喜欢的人吧？"

"他啊，他木头人一个……"方勤蓦然闭嘴，难以置信地瞪大眼睛，"你看上他了？！"

许漫两颊绯红，当是默认。

方勤终于完全放下了警惕心，但还是忍不住感慨："你怎么就看上我表哥了呢，我表哥……"她本想说应峤这个人古板没情趣，吓跑了不知多少姑娘。再一想许漫万一真被吓跑了，又回去和她抢宋繁缕岂不是很糟糕，立刻改口道，"我表哥，可不是那么好追的！"

许漫果然露出了求教的表情，方勤于是冲她招招手："来，你先和我说说，野花哥私底下，都是怎么伤心欲绝的？"

许漫于是将自己看到的和联想到的，统统添油加醋描述了一番。方勤听得心花怒放，握着许漫的手激动地问："那他有没有说，打算什么时候和我表白？"

许漫愣了："表白？"

"对啊！"方勤急道，"我都等了好几年了，他一直就没告诉我，他也喜欢我啊！"要不然，她能急得想出这种逼人吃醋的招吗？！

"那你怎么自己不说？"许漫也是糊涂了。明明喜欢对方，却还要等对方来表白，还一等就是好几年！

小方姑娘不应该叫"方勤"，该改名叫"方忍"才对，简直是忍者神龟！

"那怎么行，"方勤嘟囔道，"从小到大，都是别人主动追的我，他宋野花凭什么例外？"

"可你先喜欢的他吧？"许漫迟疑道。

"你不是说他也喜欢我嘛，"方勤斤斤计较道，"没准就是他先动的心，所以才一直对我那么好，害得我也不小心喜欢上了他。”

许漫被她的歪理邪说打倒了，转移话题道：“那小方姐，你是不是真的拍了我裸照？”

“是啊。”

“快删了！”

方勤斜觑了她一眼：“不行。”

许漫急了：“为什么？”

“你得帮我一起暗示野花哥。”方勤高傲地提出了要求。

“阿嚏！阿嚏！”许漫觉得屋里的冷气都比刚才低了好几度，连着打了好几个喷嚏，“暗示什么？”

“暗示他，喜欢我，就应该快点热情主动地来追求我，向我告白呀！”方勤恨铁不成钢地看着她，“你到底是不是女生，连这个都不懂。”

“这……”许漫是真被她这个无理取闹的逻辑打败了，“现在他都以为你喜欢队长了，怎么会来自取其辱？”

人家心都死了，你也明明喜欢人家，却死活不肯说出来，还要人暗示他再主动！非常非常过分了！

“那有什么，”方勤微微侧身，摆了个撩人的姿态出来，“你把我表哥泡到手，他不就明白我和峤表哥没关系了？”

许漫的眼睛唰地就亮了：“你觉得……我能行？”

“那当然，”方勤自信道，“有我这个情场高手在，保准小峤哥哥手到擒来！”

许漫对她这个自封的“情场高手”称号，还是不大信服的。但如今柳暗花明，她又是应峤亲戚，姑且就死马当作活马医吧！她于是挨过去，亲亲热热地喊了声：“谢谢未来的野花嫂！”

方勤听得心都酥了，闭上眼睛，甜甜地咀嚼了下“野花嫂”三个字。消化完，她又非常霸道总裁做派地命令道：“再叫一声，把‘未来’两个字去掉！”

许漫于是挨得更近，腻死人地喊：“野——花——嫂——”

“砰！”房门毫无预兆地被打开，端着牛奶和吐司的方妈妈一边往里走，一边碎碎念道：“听到你们说话声了，醒了就快点吃……”

既然“情敌”成了友军，方勤的感冒立刻就不药而愈了。许漫看着她卸掉了大浓妆，整理好身上的纱裙，又去鞋柜里翻鞋子。从头到脚，完美无缺！

“成了，咱们走吧！”方勤拎上小包，笑嘻嘻地回头招呼许漫。

许漫光着脚，仍旧穿着那条土肥睡裙，一脸哀怨地看着她：“你还没把衣服还给我呢。”

“哎呀，我给忘了！”方勤连忙道歉。她急忙拉开柜子，“你就穿我的吧，随便挑——你昨晚的衣服都还没干呢。”

许漫瞬间就被那些花色各异、材质不一的长裙、短裙给亮瞎了眼睛。她从左看到右，再从右看到左：“都是裙子啊，有裤子吗？”

“穿什么裤子！”方勤怒其不争，“你天天运动裤、牛仔裤的还没穿够呀？”说着，她飞快地拎了条超短的粉色裹胸裙出来，“就这条吧！”

“这条？”许漫瞪大眼睛，“我头发比男人还短呢。”

“怕什么，我表哥那种什么都不懂的直男就喜欢这样。”方勤胸有成竹，顺便再把上面的柜子推开，露出一排整齐的假发，“黑长直、妹妹头、奶奶灰大卷、粉金色大波浪，你喜欢哪个？”

许漫：“……”

马小南刚打开收银系统，应峤就带着Black来了。黑狗意气风发，见了他就兴奋得直蹦。

应峤明显刚跑完步，快干衣全都湿透了，说了声“我去冲个澡”，就往里走。

马小南早习惯了老板的不务正业，安安心心继续守着。

那两位新人也还算靠谱，踩着点都赶到了。听说老板已经来了，两人立刻变了脸色：“小马哥，帮我们证明，我们没迟到！”

“小马哥”三个字，让马小南不由自主挺起了胸膛，他非常有大哥风范地安慰道："不要紧，快去换衣服吧。"

打发完新人，门口的感应铃又一次响起。高楠打着哈欠，一脸疲惫地进门。

马小南一脸惊奇："高哥，你经理肯放你假了？"

高楠指指墙上的电子日历："今天周六。"

周六？马小南心里"咯噔"一声，周六日客人上门的就多了。不知道方勤今天来不来，她要不来，没准要忙不过来了。

有句话叫担心什么就来什么。他这正担心呢，外面引擎声雷动。他和高楠探头一看，林持瀚开着那个骚包跑车，异常潇洒地一个摆尾，停进车位。紧接着，后面一辆大巴也挨着小跑车停下。车门打开，呼啦啦下来几十人，跟着林持瀚，兴奋地朝着射击馆大步走来。

"这、这是要来咱们射击馆？！"马小南吓得舌头都僵硬了。

高楠也呆了："太夸张了，咱们这屋子里塞得下吗？"

对面停车场的人群可不知道他们的担心，有说有笑，大步向前，黑压压仿佛大军压境一般气势如虹。

"欢迎光临！欢迎光临！欢迎光临……"马小南心疼地听着感应门铃一遍一遍地重复响起，黑蜂不算豪华的前厅很快就被塞满了。

还有两个小伙子实在挤得难受，自愿站到了玻璃门外。

"Hi——"林持瀚伸手掏了卡出来，往柜台上一甩，"今天营业吧？"

"营业是营业，"马小南有些为难，"可您带来的人……也太多了。"

"搞团建嘛，"林持瀚干脆整个人倚在了柜台上，"顺便也带我们的骑手小哥们，多了解了解你们救援队！"

"哦——哦！"说这股新加入的信息力量，马小南立刻严肃起来了，"你们先坐……先……"他余光看到新人安全员和射击教练不知什么时候换完了衣服，正被堵在通道门口，一脸的茫然。

"小曹，小钱，你们快去把队长找来！"

两人赶紧点头，扭头就跑。

林持瀚显然对马小南这种重视非常满意，脸上的笑容更加灿烂，四下打量了一圈，问：“今天怎么没见方小姐和漫漫？”

“小方姐生病一星期了，”马小南照实答道，“漫漫宿醉，也在家休息着吧。”

“昨天喝酒了？”林持瀚的眉头皱了皱，“怎么就醉了？”

“大约……”马小南其实也搞不懂许漫和宋繁缕之间的关系，就知道两人不要命一般地疯狂灌酒，然后就都醉瘫了。

“大约是和我们宋副队互诉衷情，有情人终成眷属，太开心了。”一直在一边旁观的高楠这时候插嘴道。

马小南隐约觉得似乎不对，但也无法反驳。

“她和你们宋副队？”林持瀚难以置信地睁大眼睛，“她怎么可能和你们宋副队呢？”那个姓方的收银女孩，人靓身材棒，恨不得把“我的男人”几个字贴他脑门上，居然会被许漫漫横刀夺爱？

他还想再问，通道那边的玻璃门又一次打开了。应峤头发还滴着水，带着黑狗，正隔着人群朝他看过来。

“应队长，”林持瀚热情地打招呼，“我把咱信息组的小哥都带来了，不介意吧？”

“不介意。”应峤冲着人群笑了下，“可惜我这儿地方实在太小，倒是想问问大家，介不介意分批进来参观和体验？”

那些人也是爽快，立刻大声表示不介意。

应峤于是让马小南去把装备车和指挥车都从车库开出来，停到停车场供等候体验的骑手们休息和参观，再让安全员和教练给剩下的人安检和科普实弹射击。想玩的进去签安全责任书，不感兴趣的可以在前厅玩飞镖，每人还发了本野蜂的志愿者手册。

林持瀚瞧着他有条不紊地把这一大屋子人安排妥当，心里多少有些佩服：“不愧是当队长的，运筹帷幄呀。”

应峤将柜台上的会员卡拿起来，递还给他：“既然是咱们救援队的信息组，该我请客才对。”

林持瀚愣了一下，爽快地收了回去：“应队长当老板也够仗义！”

“欢迎光临！”门铃再一次响起，林持瀚自然而然地循着声音抬了下头，低下，再抬起……然后，他整个人就僵住了！

应峤觉得奇怪，也跟着看过去。

方勤背着黑色小坤包，T恤纱裙搭着双小白鞋，一副清爽的女学生模样。她身后跟着的那个，就夸张得多了——栗子色大波浪，纯黑的挂脖吊带裙，脚底下的高跟鞋足有二十厘米，每走一步都像踩高跷。大约是那卷发实在太长太累赘，她还不断地拿手拨弄着头发，试图把额前的长刘海拨开……那举止动作，身高体态……

应峤狐疑地往前走了两步，然后就见女孩转过身，非常利索地关上玻璃门。他只觉得眼前一白——那裙子前面包得严实，整个后背竟然是镂空的！女孩的后背白皙纤瘦，蝴蝶骨随着动作微微颤动，只脖子上那根细细的吊带勉强算作布料……

“漫漫！”应峤还没开口，身侧的林持瀚已经大步冲了过去，抬手横过她整个背部，搭在她肩膀上，“今天穿得好漂亮，差点没认出来！”不偏不倚，他的胳膊和身体，正好挡住那有些单薄的背部。

慢了一步的应峤，便停下了脚步。他自问，自己是没办法把话说得这么好听的。

许漫压根儿没想到今天射击馆居然会有这么多人，被林持瀚夸得有些不好意思，尴尬地道：“衣服弄脏了，都是小方姐的衣服。”

“衣服美人更美。”林持瀚接得极其顺口。

方勤听着得意极了，经过应峤身侧时，忍不住小声问：“好看吧？”

“好……”应峤瞪了她一眼，“你就不能给她找件正常点的衣服？”好看是真好看的，但万一来了任务，恐怕连走都走不快。

“我的衣服哪里不正常啦！”方勤跺脚，“钢铁直男，注定孤独一辈子！”

应峤不知是没听懂，还是没听见，掏了车钥匙出来：“那我先送她回去吧，一个在校的学生，这么穿着不合适。”

方勤十分想和他理论一下怎么就不合适了，但听到他说送许漫回去，又硬生生把话咽了下去。多好的独处机会！她于是疯狂冲许漫使眼色。

许漫从进门开始就一直悄悄留意着应峤的动静，听到他问方勤有没有"正常点的衣服"时，满腔懊恼，恨不得把脸埋进地下。被方勤一使眼色，更觉得尴尬无措。至于身边的林持瀚又说了什么，她压根儿一个字都没听进去。

太阳已经升得很高了，毒辣辣地晒在人脸上、身上，灼伤一样的烫。

许漫跟在应峤后面，深一脚浅一脚，每次踩到碎石子，就是一个趔趄，好不容易跟着应峤上了车。

应峤随手就把车载电话和冷气开了，又摘下蓝牙耳机。大约是蓝牙耳机戴了太久，他摘下来的时候，耳甲腔明显一片红肿。许漫看得心疼，张了几次口，都没能把话说出口。

方勤说，追男人，就是要润物细无声，把路铺好，人家自然而然就能跟上你的节奏，踏着你的脚印，牵起你的手……她那理论知识一套接一套，虽然实践受挫，但"传道"的时候信念坚定，总给人一种无法辩驳的感觉。许漫的经验比她还少，自然做不到全然不信。

"安全带系好。"应峤突然提醒道。许漫这才回神，手忙脚乱地扣上安全带。

玻璃窗外阳光灿烂，车内的冷气却呼呼直吹。

方勤这条裙子也不知是什么料子，大太阳底下都凉丝丝的，被冷气一吹，全身都跟灌了冰水似的，寒意一阵阵往上涌。许漫强忍了一会儿，到底还是扛不住："队长，冷气能不能……关小点？"

应峤瞥了她一眼，"嗯"了一声，抬手把冷气关掉，顺便把车窗降下来一些。

炽风裹挟着海洋的湿气直冲进来，许漫尖叫了一声，捂住海藻一样纷扬起来的长发。

应峤："……"

车窗又一次升了上去，许漫捂住脑袋的手慢慢放了下来，脸和火烧一样涨得通红。

应峤目视前方，嘴唇微微弯了下，很快紧紧地抿住，连肩膀都绷得笔直。

这是幸灾乐祸吧！许漫愤愤地想着，却是敢怒不敢言。谁叫她傻，听信方勤那个理论派的鬼话呢？说什么男人最爱，她只看到应峤瞬间就黯下来的脸色和林持瀚笑得异常诡异的表情。

高楠刚才还说这么穿着不去外面兜一圈可惜了，引得满屋子的骑手小哥都起哄瞎闹，让林总不要辜负这么好的机会。林持瀚那人也是轻浮惯了的，逮着机会就戏弄她。真就拿了车钥匙，非要带她出去兜风。幸亏应峤帮忙打了圆场，留下一句“她一个学生妹，爸妈要担心”，直接就带着她出来了。

这么说起来，其实，队长对自己还是蛮好的。十次有九次都是他送自己回的家，而且也并不顺路。他会不会也像宋繁缕那样，早就动了心，只是觉得时机不对……所以……

车子驶上天桥，阳光愈加强烈。

车载电话却在这个时候响起，应峤按下接听键，车厢里猛地响起一个沙哑的男声：“野蜂救援吗？救命！我女朋友要自杀！人已经爬出跨海大桥护栏了！”

自杀？跨海大桥？

应峤几乎是立刻就打了转向灯换车道找出口，中间还让许漫联系了救援队的其他人。

A类生命救援，一向是最紧急也是最要紧的任务。消息一发出去，立刻就有不少人响应。距离最近的就是欧阳畅想，他工作的游泳馆就在附近。接到消息，他直接中断了游泳课，连泳裤都没换，套上外套，穿上鞋，直奔跨海大桥。第二个到达现场的，是那位许漫只听过名字的心理专家游乐玫。她住的小区就在附近，今天恰好休息。

应峤和许漫在高架出口处堵了十来分钟，赶到现场时，110中心的人已经到了。

那女孩被游乐玫劝得似乎有点回心转意了，人却不肯从护栏外进来，正靠着护栏抽抽搭搭地哭。这种时候，其实也就差个台阶而已。游乐玫便让她男友上去认错，好顺坡下驴。

许漫老远就看到游乐玫招摇的红色长裙，走近了就听她在那儿叮嘱："你好好和人家道歉，不能再激她了。"温温柔柔的声音，语调却笃定不容拒绝。

那男孩看着不过二十出头，眼眶通红，一个劲儿地点头："我知道，我知道，我一定都让着她！"

游乐玫还要再说什么，男孩已经大跨步上前去道歉了："梦梦，都是我不好！你快下来，好不好？"

那叫梦梦的女孩早哭得喉咙都哑了，听他这一开口，眼泪又开始流："那你刚才为什么不道歉？你明明觉得自己没错！"

"我……我真的错了！"男孩结结巴巴的。

女孩却并不肯善罢甘休，咄咄逼人地追问："那你还和不和别的女孩一起出去玩了，以后出门是不是都该跟我报备，不报备是不是就是渣男？"

"这……"男孩明显蒙了。

大家也料不到刚才还梨花带雨一脸柔弱的女孩，转瞬间就又开始张扬跋扈。

游乐玫心里咯噔一声，想要阻止，男孩已经把心里话说了出去："我都道歉让步了，你怎么还这么无理取闹？"

"你说什么呢！"游乐玫赶紧安慰道，"梦梦，咱们……"

"我无理取闹？"女孩倏然抬头，声音也尖利起来，"是不是以为我站在这里就是为了挽回你，为了吓唬你？"

"我……"男孩噎住，但脸上的表情，明显是有些犹豫的。

这点犹豫在女孩看来，无异于赤裸裸的嘲讽。许漫甚至来不及看清她的表情，就见她身体一斜，如一瓣被雨打湿的玉兰花瓣，直坠下去。

男孩彻底慌了，转身冲着他们就跪下了，一边磕头一边喊："我错了我错了！求求你们，救救她吧！救救她吧！"

跳下去了！

许漫压根儿没再管男孩说什么，她距离桥栏不远，一面加快脚步往前跑去，一面扯掉了头上的假发。高跟鞋早在下车的时候就踢掉了，赤脚踩在滚烫的柏油路面上，每一颗沙砾都像开过刃。正是涨潮时分，桥和水面的距离近了不少，风浪虽然不小，但她也是游过海泳，跳过差不多高度的水的……

抓着栏杆飞跨过去的时候，她听到身后有人喊了她的名字。

应峤？欧阳畅想？

等一会儿再解释吧，救人要紧！

人命关天，无论做什么，都是可以原谅的吧？

她是有把握的，只要及时把人救下来，应峤一定能理解的！落入水面的瞬间，许漫听到了上方更加喧嚣的声音。

闭眼、入水、平衡身体，靠近入海口的海水天然浑浊，夹杂着浓郁的泥腥味。

浪潮翻涌，拖着人上浮又下落。

许漫再一次睁开眼睛，凭着多年潜水的经验辨认着方向，一边控制着速度上浮换气，一边往那女孩挣扎的方向游去。右侧的水体却再一次剧烈地震荡起来，她下意识偏过头，就见一道黑影，流星一般直坠下来。

欧阳畅想是地地道道的南方岛民，从小就在滩涂泥泞中摸爬滚打成长起来的。钓跳跳鱼、赶小海、挖生蚝、撬海蛎子，每样都不在话下。

然而，越长越大之后，他开始爱漂亮。

他受不了海风把皮肤吹得粗糙又泛红，受不了每到台风季就顶着风浪踩着泥泞拯救满塘鱼虾的辛苦。他喜欢都市里水泥建筑的规整，喜欢经过严格消毒和检验的游泳池水，安全、卫生，有格调。

野蜂的其他人也曾经疑惑他这么骚包的人干吗要来参加救援队，毕竟浦州靠山又滨海，山地任务和打捞溺亡尸体都没办法和“整洁”“干净”挂钩的。

欧阳畅想笑嘻嘻地说这是“不忘本”，确实每次出任务时，也并不娇气。只有他自己知道，他这大约是种救赎心理。他父亲和本地的几个叔伯，当年在海上除了捕鱼，做得最多的就是捞尸的活儿。

海上捞尸风险巨大，当然是要求报酬的。那些人花大价钱领走了尸体，回头却唾弃渔民们“挟尸要价”。欧阳畅想没资格评价渔民的选择，自己却很排斥这种挣钱方式。但怎么才能把这个问题给妥善解决了，他想不到，便下意识逃离。恰好，城市里有他喜欢的工作，还遇上了野蜂这样能够施展所长的救援队伍。

看到群里的救援消息时，欧阳畅想几乎没多想就请假出来了，骑了山地车就往跨海大桥赶，几乎没一刻停留。那男孩虽然脾气不好，人倒是聪明的，先报了警再打的野蜂求助电话。他赶到时，附近的110民警已经到了，正在那儿苦口婆心地劝说。

野蜂救援队也算是110经常联动的公益组织，见他和游乐玫赶来，民警们立刻就放人进现场了。

游乐玫自然是接过了心理疏导的活，欧阳畅想则和另一个会水的小民警，自引桥下去，在附近的码头租了摩托艇开到附近水域。

女孩跳下来时，他们一边将摩托艇靠近，一边脱外衣准备下水捞人。

没想到上面又接二连三地跳下来两个。

“我去！你当是演偶像剧呢！”他一面脱外裤一面忍不住开骂，“人依萍跳江的时候，也只有何书桓一个人跟着跳呢！”

“欧阳，你别骂了，”开摩托艇的小民警却猛地一个加速，提醒道，“那俩人好像是自己人，咱们直接去协助吧。”

欧阳畅想一愣，抬眼望去，那两个后跳下来的人果然已经浮了上来，一左一右，一齐往那兀自挣扎的女孩方向游去。

那短发，那姿势……那是……欧阳畅想几乎不敢相信自己的眼睛，许漫那个学生妹冲动就算了，队长你是怎么回事？！

我看起来很不可靠吗？！开放水域就没我欧阳畅想去不了的地方啊！他一个人穿着游泳短裤在摩托艇上风中凌乱，应峤和许漫却已经游到了女孩边上。

那女孩明显是不会水的，一落水就喝了不少脏水，一个劲儿地挣扎，消耗了不少体力。身体随着浪涛沉下去又浮上来，一见有人来救，立刻疯狂地扑过去。

许漫下水最早，也最快绕到她身后，手臂伸过腋窝想把人拖出水面。

女孩却一把抓住了她胳膊，随着惯性转身，整个人也死死地缠抱了上来。许漫推了一把没能推开，咬咬牙，一拳挥了过去。

女孩身体一软，向下沉去。

许漫赶紧托住，应峤也已经游了过来，接过女孩，一起托着女孩腋下将女孩的脸露出水面，朝着摩托艇游过去。

“快快快！”欧阳畅想扔下绳索，几人一起合力将昏迷的女孩先抬了上去。

风从巨大的桥柱间掠过，吹得人一个哆嗦。许漫湿漉漉地爬上来，裹上小民警递过来的毯子。应峤浑身也湿透了，正跪在女孩身边打算帮忙控水。

欧阳畅想掐了掐女孩人中，女孩“哇”的一声吐出一大口水，然后又“哇”的一声大哭出来。

欧阳畅想拍手：“哎呀，队长幸亏你们跳得及时，人工呼吸都省了！”

他这话说得超大声，许漫听在耳朵里却觉得异常的……讽刺。是啊，她刚才是没过脑子，直接就跳了。应峤怎么也跳了？

她不由自主地抬头去看他，应峤也正看向她，湿发上的水滴滴答答落在额头和眼睑上，再顺着脸颊滑入同样湿漉漉的胸口。

“你……”他咽了下口水，不大自在地道，“下次下手轻点，别打脸！”

许漫“哦”了一声，心里暖暖的。他说“下次”，没斥责，没痛骂，简直不可思议！

其他人早就备好了车辆，女孩和男孩抱头痛哭了一场，被送往医院做后续检查。

边上的小民警忍不住感慨：“感情这么好，何必折腾我们呢？”

“阿嚏！”应峤揉揉鼻子，有些难耐地动了下被湿衣服包裹着的身体，回头去找游乐玫。

许漫裹着毯子，也紧紧跟上。

欧阳畅想一边把衬衫套回去，一边抱怨："哎哟，队长你就别和奶茶姐姐客气了，赶紧回去换衣服吧。您要感冒了，可真就麻烦了。"

"小欧阳，我怎么就不需要客气一下了？"游乐玫闻声乐了，靠在应峤的车旁，一副没骨头的样子，更显得面白如玉，绯红如霞。

欧阳畅想立刻就噤声了，还把没扣好的衣服扣好，遮住自己那靠着长期游泳锻炼起来的，引以为傲的八块腹肌。

"今天谢谢你了。"应峤的道谢向来没什么新意，"我正好送队员回家，顺路带你回去吧。"

"不用，"游乐玫把被风吹到脸颊上的乱发拨回耳后，指指欧阳畅想，"我和小欧阳更顺路呢，我搭他的车。"

"喂，"欧阳不高兴了，"我骑自行车来的。"

"这么巧？"游乐玫声音里明显带上了调侃，"我也骑自行车来的，那你正好捎我回去。"

"我捎你，你的车呢？"

"我那是公共自行车。"游乐玫笑道。

"大马路上不让载人。"欧阳畅想还妄想挣扎一下。

"咱们走小巷子呀，先到我家，喝杯茶，你再回你的游泳馆。"

"我还上班呢！"

"那正好呀，我也正想报个班。"

许漫还是第一次看到欧阳畅想被人"撩"，对方还是这种一看就比他大上好几岁的"御姐"，看得津津有味。应峤又是一个喷嚏，转身就往车上走，许漫这才赶紧跟上。

到了吉普旁边，应峤却没急着走。他的后备厢里备着好几套替换的衣服，站在车后面就直接把上衣脱了。许漫站在车门前，瞅着他背上那道大疤，毯子里的裙子"嗒嗒嗒"往下淌水。

“队长……”

“先换衣服，”应峤一边套上干净的上衣，一边拿了套干净的衣服递给她，“你上车拉上帘子换，我在外面守着。”

许漫“嗯”了一声，接过衣服。应峤拿的是套宽大的救援队队服，藏青色料子，印着反白的野蜂标志。她急匆匆地套上，袖子折了三折，裤子虽然肥大，有腰带束缚，倒也不用担心会掉下来。她再拉开车门，应峤果然背朝着门站着。

听到动静，应峤转过头，嘴里居然还叼着根快燃到头的烟。许漫极少见他抽烟，意外地“咦”了一声。应峤只当没看到，拿了车上的便携烟灰缸，把烟头掐灭，示意她上车：“回去吧。”

许漫点头，人却没动。

“不上车？”应峤抓着车门，回头催促道。

“你……”许漫攥紧了手指，指尖掐进掌心，“刚才为什么……也跳下去？”

杰克对露丝说“You jump, I jump”，是因为他爱她，一见钟情，那么他呢？

应峤愣了下，反问道：“你为什么跳？”

“人命关天，我一时着急就……”许漫有些着急地解释道，“但我是有把握的，这样的高度我有经验，我……”

“你有把握，难道我没把握吗？”应峤打断道，有些烦躁地拉了下衣服领子。他今天确实不应该跳的，那一瞬间也不知是怎么了。可能是天气太热，也可能是许漫跳得太干脆，把他也给带偏了。他摸了摸口袋里的烟盒，想到马上要上车，载的又是女生，硬生生忍住了。

“可是，”许漫鼓足了勇气看向他，“你已经让欧阳去找摩托艇了，你……你有没有……是不是……”她脸愈来愈红，连带着耳朵脖子都绯红一片，“……像我喜欢你一样……喜、喜欢我？”

应峤脸上不耐烦的神情，让她没勇气直白询问。她舌头发颤，反复斟酌，最后还是先小心翼翼地表明了自己的心意，才厚着脸皮求证。

我很喜欢你，你是不是也喜欢我呢?

女孩的表情卑微而满是期待，连倒映在她眼里的白色流云，都似静止了一般。

应峤无端有些慌乱，狼狈地错开眼睛，再想起来她昨天晚上才刚和宋繁缕抱头表白，又觉得可笑："小毛孩子，你知道什么是喜欢？"

"我早就成年了，"许漫不服气地道，"怎么不知道喜、喜欢人了……"

"那你喜欢我什么？"应峤打趣道，"你昨天不还喜欢老宋，今天就换人了？"

"我那是喝醉了，我以为……"许漫强忍住出卖方勤的冲动，"你真的完全不记得我了？"

"什么？"

"你以前救过我，"许漫咽了下口水，迎着他的目光鼓足勇气道，"五年前，南麓度假村因为滑坡被毁，你带着Black参与了救援。我也被压在废墟下面，是你和Black最先找到我的……没印象了吗？"

应峤蹙起了眉，神色间有些许犹疑，些许迷茫。

许漫不甘心，抓起他的双手，摊开。这双手掌一样伤痕累累，最显眼的就数掌心的两道割伤。他下意识就想要缩回手，她却紧抓着不放，不仅不放，还往自己的领口拉。

那救援服本来就过大，随便往下一拉扯，便露出大片白皙的胸脯和一条明显的疤痕。

"你干什么?！"应峤的脸唰地红了。

许漫咬着唇，固执地将他的手按上去："这样呢，还想不起来？"

应峤愣了下，有些粗糙的手掌能清晰地感受到她单薄胸膛的起伏和胸膛下忐忑的心跳。而掌心的疤痕，则紧挨着她的。三道不同部位的陈年旧伤，拼合在一起，竟如齿轮一般契合。

碎石、废墟、犬吠……他整个人僵住，记忆的闸门轰然打开。

原来，是她!

应峤怔怔地看着她，试图在这张年轻的脸庞上，找到那个更加青涩，也更加脆弱的少女的影子。坦白说，他压根儿就没看清楚过她十五岁时的脸。

废墟下挖出来的女孩满脸沙尘，只一双眼睛亮得惊人。像刚从冰水里捞出来的冻葡萄，蒙着白雾，黑而饱含水分。但是，他记得压在她胸口的那截断梁。

那时候，他比现在的她也大不了几岁。年少冲动，满腔热血，每次去救援现场，便仿佛上了战场一般。发现她时，他二话不说就拼了命地往上抬断梁，实在搬不动了，才开始向其他人求助。

这小小的女孩，便那样安静地躺着，无比信任地等待着。

而如今，她又一次站在了自己面前，眼睛里的信任依旧，等待的却是这样一个问题。

——我喜欢你，你喜欢我吗?

应峤做了这么多年公益救援，最知道人在绝处逢生时，容易将仅有的那点光亮当成人生的全部希望。类似雏鸟情结，将特殊时期的那点依赖和敬意误解成了爱恋。他不大明白的是，五年过去了，小姑娘也成了大姑娘，她怎么还没清醒过来？就像现在，明明都已经二十岁了，连表个白，都还在认真地计较着得失。

他终于还是没控制住笑意，抬起手，轻轻地揉了揉她刺猬般根根直立的短发，感慨：“一转眼，居然长这么大了。”

“然后呢？”方勤催促着问。

“然后他就送我回家了。”许漫挫败地道。

“就……就送你回去了？”方勤难以置信。

许漫“嗯”了一声，趴在桌子上发呆。

方勤反复咀嚼了两遍应峤的那句话，最后一拍大腿：“他拿的是父女重逢的剧本啊！”

许漫拿手指用力地搓着桌面上一圈圈的纹理，过了好一会儿，才轻轻地叹了口气。

“我早跟你说了，女孩不应该主动表白！”方勤开始事后诸葛亮，“不听老人言，吃亏在眼前。现在被拒绝了吧？你简直巴巴凑上去被打脸！”

许漫干脆把脸贴到冰凉的桌面上，缓慢地翻过来，又翻过去。

“哎，坐好坐好。”方勤看不下去了，拉着她坐直，“脸都蹭坏了。”

许漫坐也没个坐相，没几分钟，又瘫了下去。

“哎呀，你到底要不要学追男人的技术？”方勤抱怨道。

许漫哀怨地看向她：“怎么学啊，队长压根儿不喜欢我。”

“谁生来就会被人喜欢的？幸福要靠自己去追求！”方勤怒其不争道，“他不喜欢你，你就不能想办法让他喜欢上你？”

“你是怎么让宋哥喜欢上你的？”说到讨男人的喜欢，许漫觉得方勤还是挺有发言权的。至少，宋繁缕看起来是真的很喜欢她。

“那还用我想办法，”方勤自得地道，“我这么优秀，他看到我，肯定就喜欢上了呗。”

许漫：“……”

方勤干咳了一声：“所以你也要在我表哥面前，继续多多地展示自己优秀的一面！”

“优秀的一面？”许漫轻轻重复。

“对呀！”方勤扳着手指说道，“我表哥最喜欢踏实、肯干、听话、懂事的人。”

许漫用力点头。

“等你润物细无声地攻略成功的时候，他肯定迫不及待地扑进你怀里，主动得不要不要的！”方勤说完，拿起桌上的薯片，“咔嚓咔嚓”吃起来。

许漫被她鼓励得有了点精神，也跟着吃了两片，然后问：“对了，宋哥呢？”

方勤沉默。

许漫推她：“人呢？”

“他带着狗去外地比赛了。”

“去外地了，”许漫愣了，“那他……”

“大约是以为自己失恋了，远行疗伤吧。”方勤的语气，说不清是幸福，还是哀怨。

宋繁缕这一走，走了近半个月。方勤每天枯坐在收银台前，守着手机看他偶尔更新的朋友圈。副队长同志每天除了关心天气，就是关心狗：北方太干燥了，狗选手们不适应；北方日夜温差太大了，狗祖宗们休息不好……

许漫也曾经劝她主动出击，方勤冲射击室努努嘴“先管好你自己吧”，许漫立刻闭嘴了。

远在他乡的宋繁缕好歹心是在方勤身上的，近在眼前的应峤，却连机会都没打算给她。那次表白之后，应峤对她的态度倒是好了不少。

但那眼神里暗藏的慈父光芒，瞅得许漫心都碎了：“我和他也就差了七岁吧，七岁他也生不了孩子吧，他怎么就觉得自己能当我爸爸了？”

方勤都给她逗笑了，笑完又捧着手机发愁：“你说野花哥这比赛到底得比到什么时候呀，怎么还不回来呀……”

落花原有意，流水却一去不回头。

欧阳畅想也来得少了，据说是迎来了暑期游泳培训的高峰，一个人带了三个十人班，两个一对一的成人学员。其中，居然还有那个许漫在跨海大桥上见了一次的游乐玫。倒是林中磷结束了教研课，有事没事就来射击馆玩飞镖，顺便研究应峤升级装备时买的八爪鱼系统和无人机。他和欧阳畅想、高楠他们不同，话少，还有点儿孤僻，只有对着应峤的时候，才会多说几句。射击馆便显得有些冷清。

看着围着满桌子图纸一坐就是大半天的应峤和林中磷，许漫多少有些羡慕。可惜她是真不懂无人机这些东西，光看那些零件和说明书，就觉得太阳穴一抽一抽地疼。方勤说应峤喜欢踏实、勤劳的人，她做不来技术的活，便只好一趟趟地来回在会议室和茶水间之间，现磨咖啡、碧螺春、苦荞麦、鲜榨橙汁……服务简直无微不至。

连林中磷这种书呆子都推着眼镜瞅了她好几回，小心翼翼地和应峤打听："队长，她是不是想追我？"

应峤噎了一下，干巴巴地道："可能吧。"

又一个周末结束，宋繁缕终于带着助理和工作犬们凯旋。野花哥哥情场失意，工作上却突飞猛进。他这回一共带出去两只救援犬、一只搜索犬，两只救援犬分别拿了全国广域搜索和废墟搜索的冠亚军，搜索犬也拿了个第三名，狗生辉煌，满载而归。

副队长的狗拿奖，就是副队长拿奖！副队长拿奖，也就等于野蜂救援队面子上有光！欧阳畅想等人早早地在朋友圈开始庆祝，提前预订了酒店，要给狗和人接风洗尘。方勤也破例不再矜持，点完赞还留了一长段留言。结果，等了一晚上，人居然给忽略了！

方勤不能淡定了，拉着许漫愤懑抱怨："你不是说他喜欢我？喜欢我怎么不回我留言？！"

许漫安抚道："可能忙着赶路，忘了回复了。"

"他都回复欧阳畅想了！"

"那……"许漫犹豫，"会不会遇上更喜欢的姑娘了？"

"这么快？"

"他不都拿了冠军了，没准有人追求。"许漫瞎猜道。

"不可能！"方勤坚决不信，"拿奖的是狗啊！人就是要动心，也该对狗动心才对！"话是这样说，方勤心里还是忐忑的。

去吃饭那天，她光化妆就用了整整两个多小时，力争做到完美"素颜"效果，连口红都选的低调日常的亚光豆沙。妆容在阳光下看着清透可爱，灯光下显得肤如凝脂。

许漫仍旧是简简单单的T恤牛仔裤——那天坐在应峤车上，差点被风吹掉假发的阴影还深深地镂刻在她的脑海里。队长不是喜欢踏实肯干的吗，那一定不会肤浅地在乎什么外形的。她的短发其实已经长了不少，但因为最近经常在外面暴晒，皮肤都晒黑了不少，显得比林中磷还要有男人味一点儿。

方勤一颗心早就乱了，哪还有心思顾及她，坐在椅子上一个劲看手机。许漫看出她的焦虑，探头问欧阳畅想：“欧阳哥，宋哥人呢？”

欧阳畅想正拿着手机噼里啪啦地打字，随口道：“快了，等他给狗弟弟们换条新牵引绳。”

众人：“……”

一直乖乖在角落坐着的Black哀伤地呜咽了一声，很是不平。

宋繁缕这回还真是姗姗来迟，三条狗都打埋得精神百倍，走路都带风，硬生生把东道狗Black给比下去了。他本人也难得西装革履，就差把狗弟弟们的奖牌给挂脖子上了。

一进门，宋副队就先自罚三杯，然后哥俩好地揽着应峤坐下：“大家都好久不见啦！”

应峤嫌弃地推开他胳膊：“大热天的，别靠这么近。”

“对，别拍马屁了！”欧阳畅想在一边起哄，“快点给我们讲讲巴菲特和赵子龙的英勇事迹，还有皇甫公羊！”

巴菲特和赵子龙就是那两条搜救犬，全是比利时马犬，皇甫公羊则是只德牧搜索犬，专门训练寻物的。

宋繁缕果然把仨狗都喊到了跟前，一只只摸过去，一只只开始讲述他们的英勇事迹。比利时马犬身上只有一层薄毛，外形算不得顶帅气的，但如今冠军光环加身，连眼角那圈黑毛都特别性感。

方勤在角落坐了半天，宋繁缕连看都没看她一眼，心里酸得难受，一个劲儿地撸Black身上的毛：“没啥了不起的，以后让老板也带你去拿个冠军。”她这声音不大不小的，保证屋里每个人都听得清清楚楚的。

应峤不置可否，宋繁缕拿筷子的手顿了下，竟然也面不改色地继续夹那块特别大的腊烧猪肋条。

许漫悄悄去看方勤，见她垂着眼睛，盯着空碗发呆。

一顿饭吃得热闹非凡，只有俩姑娘心怀鬼胎。

许漫趁着宋繁缕去车上拿狗粮的时候跟了出去，一路小跑才在他回到包厢前把人拦在了过道里：“宋哥，你等等！”

宋繁缕看清是她，眼珠子就开始瞎转：“小、小许，上次的事儿你别误会，我那是喝醉了……”一副“我不想负责，我完全是个人渣”的模样。

“我知道，我也喝醉了。”许漫干干脆脆地打断道。

宋繁缕明显地松了口气：“那就好，那就好。”亏得他心虚了好几天。

他这反应逗得许漫又好气又好笑，见四下没人，开门见山地问道：“你今晚怎么都不理小方姐，你不喜欢她了？”

说到方勤，宋繁缕的脸一下子垮了下来：“我好不容易才从失恋的阴影里走出来呢，你干吗哪壶不开提哪壶？”

“你就这么走出来了？”许漫大吃一惊。

“你还希望我失恋一辈子？”宋繁缕不高兴地道，“男子汉大丈夫，怎么能天天沉溺在小情小爱里？她喜欢的人是阿峤，我总不能去撬兄弟墙脚。这几天我也想清楚了，既然他们两情相悦，那我也得好好祝福他们，不能一直那么阴暗地诅咒别人分手……咯……总之，生活还是要向前看啊。”

许漫：“……”

“行了，”宋繁缕拍拍她肩膀，脸上浮现出看破红尘的苍凉神色，“进去吃饭吧。”

“如果，”许漫站着没动，“我告诉你，他们俩压根儿对对方都没什么想法呢？”

“什么叫没什么想法，这个世界上……你说什么？”宋繁缕蓦然停住脚步。

许漫踮起脚，声音极轻地在宋繁缕耳朵嘀咕了两句。宋繁缕眼睛腾地亮了，脸还显而易见地红了起来：“真的？他们是表兄妹？！”

“真的呀。”许漫点头道，“我那天睡在他们家，亲耳听到她妈妈说的。”

宋繁缕脸更红了，眼睛里那点烛火似的亮光瞬间变亮，简直要把对面的许漫照出个洞来：“谢谢你告诉我！”他用力握住许漫的双手，使劲晃了晃。

革命的好同志啊，简直救人于水火！

“你们在干吗？”两人同时转头，就见应峤不知什么时候推开了门，正一脸探究地瞅着他们交握的双手。

“太久没见了，聊聊天！”宋繁缕人逢喜事精神爽，笑得嘴巴都要豁开了，大踏步往包厢走去，临进门，还非常哥俩好地在应峤胸口轻捶了一下。

应峤看傻子一样看着宋繁缕从自己身侧挤进去，又回头上下打量许漫。

许漫被他看得心虚，也上下左右地查看自己的衣服、裤子、鞋子，弄脏了？掉扣子走光了？应峤最终也没说什么，只是如班主任催促迟到的学生入座一般冲包厢内抬了抬下巴。许漫不敢懈怠，小跑着跟了上去，也打算学着宋繁缕刚才那样，侧身从应峤和大门之间的缝隙里挤进去。眼看着肩膀就要擦到他胸口了，应峤先一步转身，退回屋里。半开的房门空间一下子就变大了，许漫慢下脚步，空落落地走了进去。

饭桌上高楠等人还在瞎闹，欧阳畅想更是握着巴菲特的狗爪认真打量，见宋繁缕进来，张口就问：“宋哥，巴菲特几岁了，还没绝育？”

“你才需要绝育！”宋繁缕非常维护地把狗牵回来，“自己单身狗，还想把我们家狗给祸害了。”

“我至于吗，嫉妒一条狗？！”欧阳畅想跳脚了，“说得好像你有女朋友似的！”

宋繁缕欲言又止，偷偷去觑方勤。方勤垂着头，兴致缺缺地在那玩手机。黑色长发缎子一般披在肩上，面庞清秀，似乎比之前更瘦了，也更好看了。

宋繁缕看得出神，欧阳畅想还在那儿唠唠叨叨没个完。

光唠叨就算了，他还非要动胳膊动腿的。挨着他坐着的林中磷受不了，端着碗跟应峤控诉：“队长你管管他，简直像只疯狗！”

“我又怎么着你了？”欧阳畅想是真委屈了，“又是单身狗又是疯狗的，敢情都拿我跟狗比？不就拿了个奖牌嘛，说得谁没有一样！”说着，他还要从手机里翻奖状、奖杯照片。

他欧阳畅想也是有技傍身的，别的不行，游泳可是很拿手的！什么蛙泳、蝶泳、自由泳，完全不在话下！

应峤给他那哀恸的语气逗笑了，终于开口道：“说到奖牌，今年全国救援绳索技术交流赛倒确实开始报名了，你们感兴趣吗？”

“当然感兴趣！”高楠第一个举手。

“救援绳索技术交流赛？”宋繁缕撸着狗头，“有这个比赛？我怎么从来没听过这个名字？”

“今年是第一届，王会长他们也是协办单位。参考欧美的赛制，七人小组，依靠工业装备和DRT技术，场地和题目都当天才公开。”

“现场出题，那哪有时间设计救援方案和排练啊？”欧阳畅想觉得不可思议。

“当然现场设计，”应峤倒是觉得挺合理的，“咱们平时去救人，不也都是现场定方案，哪有时间排练。”

“那咱们就去试试呗，”宋繁缕自从狗狗拿了奖，听到比赛就热血沸腾，“能赢最好，不能赢也能看看同行的技术水平，多交流学习才能进步嘛。”他这其实也是有私心的，绳索技术他虽然比不上应峤，碾压其他小朋友还是不在话下的。鸟都知道张开翅膀跳舞求偶呢，既然应峤已经不是情敌了，那么多个在方勤面前展示自己的机会，不是挺好的嘛。

许漫在一边听得心动不已，忍不住也插嘴道：“那我也能参加吗？”

她这小心翼翼的一句话，登时让宋繁缕虎躯一震。哎呀，他差点忘了这个小丫头！这姑娘的单绳技术那是绝对没话说的，也是个强力队员啊！

大家都去看应峤，应峤挺轻松地点头：“行的，队内到时候搞个小型的选拔赛，你能力够就带你去。”

他这话说得轻松，其他人却都愣了。

队内选拔？！这比赛是几人小组来着，七个？那大家不都得争名额？！

所谓DRT，其实是相对SRT单绳技术来说的，因为操作时需要用到两根绳索，便被简单粗暴地称呼为双绳技术。绳索救援技术算是救援工作中不可或缺的，但像野蜂这样的队伍，一年里其实也用不到几次。用不到却不意味着不重要，一旦真有相关需要，临时恶补是肯定来不及的。

交流赛不比救援任务，哪怕失误，也不过丢个人而已。应峤有心要多磨砺队员，尤其是许漫这样的新人，早在看到比赛通知的时候，就动了心思。如今宋繁缕也回来了，他便趁机提了出来。

队里其他人可不知道他的小九九，纷纷在心里计算自己能不能挤进全队绳索技术前七的排名。高楠最先计算完毕，满面红光。宋繁缕也觉得自己排名还不错，放心地继续抚摸巴菲特的狗头。欧阳畅想有些忐忑，掏出手机开始悄悄打听几个技术不错却没在这个饭局的队员最近的行程安排。林中磷这种文弱书生最是淡定，事不关己地继续吃菜喝饮料。

野蜂的队群却在这个时候开始热闹：

听说咱队要去参加救援绳索技术交流赛呀，可惜我没空去！

嗬，你没空我有空呀！我报名！

我也报名！

拿着手机的欧阳畅想心如死灰，这帮藏不住事的龟孙子！老子不就是悄悄问一句，立刻就发群里去了！都属孔雀的吗？！

像野蜂这种救援队，队里的活动，队员其实全部都是自愿参加的。无论是志愿者还是队员，大家都有工作，要生活。训练也好，救援任务也好，全都得自己挤时间牺牲休闲活动来参加。是以，全队的出勤率几乎都在30%上下浮动。

不少人有心无力，加入野蜂以来，做得最多的也就是帮忙转发寻人消息。但也就是这些“悬浮”在队伍边缘的力量，经常出其不意地就帮上了大忙。

交流赛的消息刚出来的时候，群里热火朝天，几乎人人都打算参加。但是没过几天，陆陆续续开始有人退出。这个人家里老人病了，那个人工作日程加紧了。要参加比赛，势必要参加赛前集训。艰辛劳累不说，还需要大量的时间和精力。有些人确实是因为没毅力自愿放弃，更多的则是因为影响到了工作和生活。

应峤早预料到这些情况，只把最终确定参加的十几个人拉到一起，敲定赛前集训的时间。

日常训练全部安排在晚上和休息天，统一集训则安排在下一周的周六日，完完全全避开工作日。

会还没开完，欧阳畅想就在哀叹了：“我晚上和周六日也有课呀，我就早上才有空！”学游泳嘛，确实没几个人大清早来上课的。

应峤瞥了他一眼：“早上也可以，你来，我都在。”

欧阳畅想感动而恐惧，心想：就我一个人，你不把我往死里折腾？他扯了扯身上的豹纹紧身T恤下摆，扭头去看许漫：“小漫漫，你放假不是没事做，一起呀！”

许漫“哎”了一声，没敢看应峤，一副默认答应了的样子。

开完会，应峤当先站起来往外走——Black这两天有点闹肚子，每天都要吃药打针呢。

许漫瞅着他推开门的背影，在心里默默感慨：不愧是自己看上的人呀，推个门都推得这么帅！身高腿长，穿衣显瘦脱衣有肉。

充作野蜂队的会议室和储藏室等区域和射击区是分开的。但因为少了一层隔音墙，隐约也能听到“砰砰砰”的枪响。

今天射击馆的生意似乎挺不错的，一大早上枪声就断断续续响个不停。在这沉闷的枪声里，许漫哼着歌往外走，推开门就看到这一幕——宋繁缕笑得跟个傻子似的靠在收银台前，陪方勤在那看最新的偶像剧。煽情的BGM配着撩人的台词，愣是把工业风装饰的射击馆大厅烘托出粉红泡泡的氛围来。

秀恩爱噢！许漫可不爱当灯泡，抬脚就打算和其他队员一起往外走。

“漫漫，”方勤却突然暂停了偶像剧，抛下宋繁缕走过来，“你等等！”

恋爱中的女人果然不一样啊，喊人都喊得这么甜！许漫心里酸酸的，问：“怎么了？”

方勤指指射击区的方向：“你猜谁在里面?”

许漫茫然地回道：“大金主呗。”

应峤在门口喂狗吃药，里面的可不就是土豪大佬。每一颗子弹都是要花钱的，这么“砰砰砰”打个不停，明摆着是钱多了没处花嘛。

方勤压低声音：“就上回那个林痴汉，一个人来的，脸黑得跟我表哥似的，刷了卡进去玩到现在，专挑大口径的枪——你去瞧瞧，开导开导他。”

“我、我去？”许漫结巴了，“我跟他不熟啊！”

“我们也不熟，”方勤提高声音道，“好歹他还在追——求你呢。”说完，她还望了一眼门外头的应峤，冲许漫连眨巴了好几下眼睛。

许漫蒙了半天，才反应过来方勤的意思。

野花哥是怎么发现自己喜欢方勤的？当然是在看到她身边还有一个暧昧的应峤的时候呀！爱是有独占欲的，而独占欲，当然需要刺激才能觉醒！

方勤满脸自信。

“可是……”

“可是什么呀，”方勤鼓励道，“你没发现，每次那个林痴汉一来，表哥就急着送你回去呀？”

“是吗？”许漫犹豫。即便没有林持瀚，但凡有机会，应峤也总想把她打包弄走啊！

方勤怒其不争，往她手心塞了张卡，直接就将她往里推：“快去快去！”

进射击区是需要过两道安检的，一道在进门的时候，由安全员拿着手持安检仪做。另一道是电子安检，装在需要刷卡才能进去的安全门那儿。

许漫刷卡开门，听着愈来愈响亮的子弹破空声在空荡荡的走廊里回荡，蓦然有种寂寥感。

今天的林持瀚，确确实实有些不同以往。这人身上一股子富家子弟的傲劲儿，随便走个路都跟走红毯似的。今天那股劲儿却不知为什么不见了，就连衬衣袖口的扣子，都没精神地耷拉在一旁。

他一枪接一枪地打，靶子的距离拉得老远，天女散花似的打，成绩差得连新手都不如。

弹壳飞溅起来，落到地上，他瞧也不瞧。教练员在一边陪着，偶尔帮着换弹匣换枪。

又一匣子打完，他才发现许漫，打了个招呼。

不知是不是许漫的错觉，这一声招呼也显得有气无力。

他摘了耳罩，懒洋洋地走过来，在椅子上坐下：“好难得你主动来找我。”

许漫有些尴尬：“我没找你，我就帮小方姐检查下设备。”她在心里骂了方勤一顿，装着检查的样子，四处瞎走。

教练员见林持瀚不打了，便把枪从链条上卸下来，整理归库。

林持瀚坐着没动，脸上掩不住的疲惫。像漂亮的蛇果干瘪下去，看着比原本就不起眼的普通品种凄惨多了。

许漫犹豫了好一会儿，到底还是在他边上坐了下来：“你怎么了？”

林持瀚原本是靠在椅背上的，闻声便往她这边挨了过来——身体的重心还在椅背上，只肩膀上那点重量压在了她肩上。

一点点分量，一点点亲密，甚至都不能称之为暧昧。

她坐着没动，看着他闭上了眼睛，眼睛下面一圈黑。这样的林持瀚，她是完全陌生的。没有了那些花里胡哨的浮夸和撩人手段，他看起来落魄而寂寞，终于也和其他成熟的社会人没有什么两样了。

许漫想到自己进来的目的，不由得羞愧万分。活生生、有血有肉的一个人，怎么好意思利用？她小心翼翼地将重心放回到双脚上，打算悄悄起身离去。

人还没动，林持瀚先睁开了眼睛，人也坐直了：“不好意思，昨晚没睡好觉。”

“没、没事啊。”许漫将要站起的身体，又重新坐了回去。

林持瀚使劲揉了把脸：“这附近有吃饭的地方吗？”

“你没吃饭？”许漫讶然，现在都已经快十点了呀！

林持瀚摇头，不大舒服地揉了下胃。

“泡面行不？”许漫记得队里存粮最多的就是各种口味的泡面。

“算了。”林持瀚摇摇头，站起来，“我先走了，下次找你玩。”说着，当真摆手往外走去。

许漫愣了下，咬咬牙跟上去：“海鲜粥行不行？最近的店就是一家粥铺。”

方勤“咔嚓咔嚓”嗑着瓜了，心里流着蜜一般甜。自从许漫帮着“暗示”过她和应峤的关系之后，宋繁缕就跟黏人的狗尾巴草似的，有空没空就在她旁边待着。一会儿问要不要喝饮料，一会儿问周末有没有时间，和之前的冷淡做派，完全判若两人。

本着大家一起幸福的理想，她分了点心出来观察自家表哥。

应峤喂完了狗，便在那给它梳毛。小心翼翼，跟给女朋友梳头发似的。她这位表哥，虽然不苟言笑，对狗倒是真的挺好的，正琢磨着怎么提醒应峤进去捉奸呢，安全门自己打开，林持瀚和许漫一前一后走了出来。

林持瀚打了一上午靶，胳膊估计有点酸痛，一边走一边还在揉。许漫则拿着手机，不知在搜些什么。

不等方勤站起身，宋繁缕狗腿地接过林持瀚的会员卡，利索地办签退手续。

方勤冲许漫挤眼睛，许漫抿了下嘴唇，轻轻摇头。

摇头？摇头是什么意思？

不等方勤明白过来，林持瀚便接了卡，温柔地向许漫道：“那就太麻烦你了。”

许漫说了声“不麻烦”，当先往外走去。

两人就像掉了个顺序的糖葫芦，依旧一前一后，往外走去。

这就出去约会了?！方勤内心暗暗佩服，小许姑娘很懂嘛，简直青出于蓝而胜于蓝！她探头去看外面的应峤的反应，应峤果然留意到了一起出去的“狗男女”，蹙着眉看了他们背影好一会儿，才继续给狗梳毛。

这就是怀疑的种子了！方勤暗暗握拳。

黑蜂射击馆位置偏僻，几乎已经算是近郊了，附近最多的便是各种汽修、五金商铺。

许漫领着林持瀚穿街走巷，转了三四个弯，才绕到一家粥铺门口。招牌老旧，也没什么装修，只三面大白墙加几套简陋桌椅。就连墙上贴着的价格表，也被涂改了好多次，明显用了多年。

林持瀚犹疑着站在门口，问许漫："就这儿？"

许漫点头，小声道："环境虽然一般，味道可好了。"

林持瀚这才迈步踏进店门。

店里也没什么服务员，做后厨的老板自己拿着个点菜的小本子来招呼客人。

林持瀚瞅着墙上的老破价目表好几遍，扯扯许漫胳膊："有什么推荐的呢？"

许漫就指了指最上方的招牌砂锅海鲜粥："我喜欢吃这个，虾特别新鲜。"

他便点了这个。

既然地方已经找到，许漫就想走了。

林持瀚垂着眼睛坐在那儿，丧气而可怜："再陪我坐一会儿吧，我都怕我找不到回去的地方。"

许漫无奈，重新坐了下来。

林持瀚吃得优雅而缓慢，普普通通一砂锅粥，愣是给他吃出海参鲍鱼的质感来。其间他手机响了又停，停了又响。

许漫忍不住提醒："你手机响了。"

"不管它。"林持瀚舀起一勺混着瑶柱的粥，轻轻吹了吹，放入口中。

吃罢饭，两人一起溜达着往回走。

林持瀚道："今天太谢谢你了。"

"谢我什么，"许漫笑道，"我又没请你吃饭。"

他没应声，只那么深深地凝视着她。那眼神柔软而热切，犹如刚从洞穴里出来的那个下午。

许漫错开眼神，有些尴尬地往前走去。

林持瀚苦笑着追了上去："我看起来就那么不靠谱吗？"

她诧异地扭头：“为什么这么说？”

他打了个手势：“你脸上就这么写着：这个纨绔子弟。”

许漫失笑：“那是我误会你了，现在和你道歉。”说着，她当真弯腰鞠了个躬。

他怔怔地看着女孩弯起的后背，白色的T恤上落满了斑驳的阳光，干净得好似一张白纸。

夏日的午后，只有知了一声一声不知疲倦地叫着。那白纸倏忽展开，又徐徐收起，只留下一张露着虎牙的灿烂的笑靥。

林持瀚微斜着头，觉得心底那一层阴霾也跟着被驱散了一些。

“我祖父……”他往路边的矮墙轻踢了一脚，“上周突然就中风了——那么讲究的一个人，坐在轮椅上，绑着尿袋……”

矮墙上的凌霄花开得肆意而张扬，花藤遮住了阳光，将一小片荫翳投射在他脸上。

“人生在世，谁又能赢得了时间呢？”

许漫张了张嘴，没说话。

林持瀚继续道：“护工第一次背他的时候，他满脸恐慌，眼泪珠子一样往下掉。我这辈子没见他哭过，一直觉得哪怕天塌了，他也能镇定地指挥人去修补……”他说着说着，声音便轻了下去。

风从两人身侧拂过，轻得像层薄纱。

应峤口中的集训，其实应该算是应急管理部消防局官方主办的活动。集训总教官是省里消防救援总队的，场地也是市应急管理局提供的。官方对这些民间力量历来是非常重视的，野蜂这些公益救援队，本身就不止一次得到过官方提供的技术和设备支持。

应急救援活动有很多突发情况，哪怕是110接警，有时也是需要联动各方力量的。更不要说工厂集聚的工业园区等地，不少隶属企业的民间消防队因为距离近，往往都能第一时间赶赴现场，比官方消防队来的速度还快。是以，这次的集训不但不限制各支队伍的参训人数，来的总教官级别还不低，虎着脸看人的模样，比应峤还严厉可怕。

宋繁缕等主力队员当然是要参训的，欧阳畅想愣是咬紧牙关和老板磨了两天假出来。

高楠则买了好几大包的零食贿赂许漫，求她一定要帮自己记笔记、录课件——没办法，他之前请假太狠，调休、年假全部告罄，再要请假，只能去医院求医生给开假病假条了。万幸交流赛放在周末举行，给了他一个参加的机会。

相对于高楠的缺席，最让糙汉子队员们惊讶的，是除了许漫之外，方勤和游乐玫俩斯斯文文的女同胞，居然也换上裤装，背着背包来参训了。要知道，这种集训不单有理论课，做完笔记学好理论知识后，可是要背上装备一个个上训练场“实战”的！

这俩姑娘比美还是很有战斗力的，一个清秀温婉，一个美艳动人。但要是说去一线救援，大家都在心里摇头。

宋繁缕也担心不已，可到了仨姑娘面前，又不敢开口劝方勤回去了。

三个姑娘排在一群糙汉子里，听穿着火焰蓝制服的总教官讲话时，显得特别的扎眼。

游乐玫两手插着兜，左看看右瞧瞧：“脸嫩的也没多少嘛，好看的就更少了，还不如咱们野蜂的男人质量高呢。”

方勤和许漫一齐扭头看向她，都默默地警惕了起来，这位姐姐来这儿的心思，似乎不大单纯嘛！

待到正式落座听课，两位美人一左一右坐在许漫边上，衬托得她特别有男人味。甚至有不知情的外队队员羡慕：哎呀年轻就是占便宜，你看野蜂那个男孩，一个人拥着两位美女！

应峤听得一愣，瞪了那人一眼，回头看向许漫。许漫正昂着头看大屏幕上的PPT课件，短发短袖T恤，夹在女人味十足的方勤和游乐玫之间，确确实实像个脸嫩的大男孩。

应峤也说不清自己对许漫是个什么想法，自从知道她是自己曾经救过的孩子，多多少少就有点老母鸡护崽的心态。她和男队员走太近，他担心小姑娘吃亏；她被外队调侃，他仿佛自己孩子受了欺负……

许漫奋笔疾书抄了好几页笔记，还时不时拿手机拍课件。一边坐得屁股发酸的方勤压低了声音提醒道：“你别老写个没完啊。”

许漫“啊”了一声，一边继续抄一边道：“好记性不如烂笔头，他这讲得很系统。”

“不是，”方勤瞥了眼游乐玫，用气声继续压低声音，“我表哥刚看你好几眼了，你都没注意？”

“真的？”许漫笔头果然顿住。

“当然是真的！”方勤一个搞后勤的，来这儿本来就不是学技术的，全部注意力都在宋繁缕身上。应峤就坐在宋繁缕隔壁，一举一动当然逃不过她的法眼。

许漫悄悄去看应峤，对方肩背绷得笔直，一点不像要转头和她交流的样子。她说了声“他再看我你告诉我”，就继续听课抄笔记。

如果说游乐玫是为了“猎艳”，方勤为了宋繁缕，小许同志的野心则更大一点：学好技术才是关键，一能让自己变得更优秀，二能在救援现场帮上忙。绝技傍身，才有机会登上人生巅峰，抱得美男归啊！更何况，她还要帮高楠记笔记呢。

半天的理论课很快结束了，方勤和游乐玫都很有自知之明地表示自己退出后续课程。只有许漫老老实实背好三十公斤的负重，跟在男队员后面朝着操场跑去。负重跑之后，是高空绳索训练，接着是山地越野、运送担架下撤演习……

短短的两天时间，教官教得更多的还是专业操作要求和规范的训练方式。许漫的绳索技术是报商业培训课学来的，虽然也看过应峤录的教学视频，但和这些真正在悬崖、火海里实战过的人还是远不能比的。

她满头大汗地跑着，脚步沉重而坚定。

这才是真正成为对社会有用的人，所应该承受的磨砺呀！

▼

第5章

— 漫漫集训路 —

两天的培训结束后，紧张的队内日常训练也紧跟着开始了。

高楠下了班就赶过来了，一边翻笔记一边感慨：“女孩子的笔记就是不一样，又清晰又详细——哎呀，还教了9：1复合省力系统[①]，这个公式我老不会算，看着就头晕！”

许漫“嗯”了一声，蹲在那儿复习绳包的收纳。她没参与过实际救援，经过这次集训，才意识到自己在这么多地方还有不足。对装备的收纳不够仔细，对现场突发可能的考虑不够周到，对固定伤员的方式考虑不够周全……

“哎，你痴汉哥哥又来了！”高楠悄悄地撞撞她。

许漫诧异地抬起头，果然看到林持瀚戴着顶棒球帽走了进来。他也早就看到了她，笑着朝他们走来：“好巧！”

巧什么呀，分明是你天天往这儿钻。高楠腹诽，同时也有些佩服：这年头，有钱有闲的男人追女孩都那么卖命，怪不得他和欧阳畅想至今单身！

许漫自从上次意外知道林持瀚的伤心事之后，对他的印象倒是好转不少，一边微笑着和他打招呼，一边将整理好的绳包抽紧。

---

① 9：1复合省力系统：利用滑轮、安全绳、普鲁士结等建立的省力系统，多用于无法使用大型器械和特殊救援的场所，例如山岳、屋顶等。

因为要参加比赛，应峤破例给许漫也准备了套野蜂的救援队服。中性的藏青色的衣服穿在身上，又戴着头盔，更加显得男女莫辨。因为要高空作业，她的安全吊带是全身式的，腰部还挂着成串的快挂等金属构件，手升也被收拢成小小的 串，挂在右侧裤兜旁。

林持瀚手插着兜，上下打量着她，越看越觉得好玩，甚至忍不住伸手扯了下她身上的安全吊带。

应峤带着狗迈进门的瞬间，看到的就是并肩而立的林持瀚和许漫，这两个人怎么看怎么暧昧，怎么看怎么不纯洁。他干咳了一声，提高声音道：“都准备好了？”

“好了！”参加集训的都是年轻人，白天才刚刚学完各种操作，自然是跃跃欲试。

许漫也无暇再管林持瀚了，眼睛亮亮地看着应峤。

林持瀚愣了下，瞥了眼应峤，心头蓦然一跳。他又一次看向许漫——她比他矮了一截，从他这个角度看，只能看到安全帽下秀气的下巴，但那挺直的背脊、绷紧的肩膀、悄悄握紧的拳头，无一不诉说着主人的紧张。他往前走了两步，脚尖几乎挨到了她靴子的脚后跟，手也跟着轻搭在她肩膀上。

比她更快有反应的，是应峤的视线——早在林持瀚手还没抬起，脚尖才刚刚蹭到她鞋子的时候，就凌厉地直射了过来。

许漫茫然地回头看了林持瀚一眼，往前一步，让他的手臂沿着肩膀滑落了下去：“我们要训练呢，”她怕被应峤发现，很快把头转了回去，声音轻轻的，“您有什么事儿，咱们下次再聊吧。”

林持瀚迎着应峤的视线，慢慢地露出了个挑衅的笑容：“训练啊，那我陪你好了。”

“不用不用，不方便……”

“许漫漫，马小南，”应峤蓦然出声打断她的话，“两个新人排前面来！”

他这一声又响亮又突然，唬得许漫立刻闭紧了嘴巴，和马小南一起有些忐忑地走到前排末尾。

“你们两个不是说没有做上方保护的练习机会？”他冷着脸道，“今晚的十五公里负重越野包含一段垂直下撤的地方，你们俩到时候就跟着老宋一起给先下撤的队员做上方保护，有没有问题？”

“没有！”马小南激动异常，就差直接鼓掌了。

许漫也有些雀跃，抬头对上应峤的视线，却只看到疏离和陌生。她有些怔忪，我做错什么了吗？应峤却直接忽略了她投来的视线，转头和宋繁缕商量分组事宜了。她蜷了蜷手指，抵住掌心。这样的应峤，和亲子营地那个晚上的温柔模样，简直判若两人。

“负重最轻十五公斤，”临出门了，应峤又补充道，“有能力的可以挑战更大的重量。”

没人在这时候冒尖，大家都默默地背紧了自己的背包，夜行十五公里的山路可不是闹着玩的，万一跑半道上背不动了，可没后悔药吃。

越野跑的地点就选在不远的丘陵地带，从大路进入山道之后，从人迹罕至的小径到达山顶。队员们需要依靠绳索从陡峭的山岩缝隙里下落到半山岩洞内，再沿着岩洞出去，绕回到指挥车上。全程近十六公里，不包含需要用到绳索技术的垂直距离，需要依靠头灯和手电照明。

林持瀚主动表示自己也想参加，被应峤一句“有危险性”给挡了回来。林持瀚冷笑两声，越想越觉得自己猜测属实——都是动了春心的狐狸，装什么正义使者呢？

跑步和爬山林少爷不行，但是他有车呀！

然而低底盘蝙蝠在大马路上时还算潇洒，时不时超到野蜂的指挥车前面去耍下帅，一到山道入口却颓了。眼看着许漫已经跟着大部队越跑越远，最后只剩下隐约的灯光在林梢间移动。俗话说得好，条条大路通罗马。他们不是要从另一面的岩洞下来吗，他就在那儿等着！林持瀚长叹了口气，将车倒出来，回到主道上开始绕大圈。

大晚上的，从一线天这样的地形下来，没准就受伤了。指挥车停那么远，他离得近，说不好还能捞着个英雄救美的机会！

许漫也搞不懂林持瀚怎么就发疯了，在射击馆当着这么多人的面动手动脚不说，还非要跟着他们训练。那惹眼的黄色跑车引擎声轰轰轰的，不知疲倦地跟在旁边。好不容易进了山，看不到那车的踪迹了，她也总算松口气。

一会儿训练结束，一定要和他说清楚，自己只是把他当朋友而已。如果之前的安慰让他产生了别的期许，也只能老老实实道歉了。她想得出神，没留心脚下的路，一脚踩在湿滑的苔藓上，“啪”的一声滑到在地。

“没事吧？”边上的队员伸手来扶她。

她直接抓着路边的树干站了起来，也不敢耽误大家的速度，一边跑一边拍着身上的脏污：“不要紧不要紧，没留心踩到苔藓。”

这条小路其实已经很少有人来，杂草都长了不少。前面的宋繁缕等人已经开始用打蛇棍排查草丛，就怕遇上毒蛇。草叶与草叶发出海浪一般响亮的摩擦声，在零星的头灯、手电照耀下，犹似攒动的人群。

许是远离了城区的灯光污染，零星飞过的萤火虫显得特别的明亮。许漫看着那只小小的萤火虫，飞飞停停，终于落在了应峤的帽檐上。

她情不自禁地赶上几步，提醒道：“队长，你帽子上有只萤火虫。”

应峤闻言转过头，头灯也刺目地照射过来。

强光虽然没有直射，仍旧刺得她眼前白茫茫一片，连眼前的人影都瞬间为光芒所吞噬。

片刻之后，他又把头转了回去，继续大步往前走去。

灯光消失，视线也跟着藏匿不见了。

那只刚刚收起翅膀的萤火虫，也被惊得再一次飞起，倏忽消失在山野间。

许漫愣住，自己这是……被当成空气了？被忽略的滋味是真不好受……她甚至有点怀念他瞪着眼睛骂她“个人英雄主义”的那个晚上，好歹，那也是在关心自己啊！

将近登顶的时候，连宋繁缕都滑了一跤。

除了脚步声，最清晰的就要数此起彼伏的粗重呼吸声。应峤却仍旧像没事人一样，一边在前面开路，一边还有余力催促他们。

浦州地区海拔不高，丘陵地带的小山更是从山脚绿到山顶。一座连着一座，绵延不绝，翠绿的屏风一般。这座山却有些例外，山巅上大部分都是岩体，树木和野草只能在缝隙间生长。那块被选来特训用的岩石缝隙足有五六层楼高，白天时在岩洞内行走，一仰头便是“一尺青天万丈长”的一线天景观。他们的装备车上是有专业照明设备的，但车压根儿开不上来，也没办法照这么远。

大家分为两个梯队，较有经验的第一梯队由应峤带队，第二梯队新人则由宋繁缕带队。因为模拟的是救援下撤，这次全部采用双绳系统。一队利用岩石和粗壮的树木建立锚系统①，二队则负责依靠手电和头灯辅助照明，并在一队下撤时做上方保护②工作。一队忙着做锚点的时候，许漫和马小南两个“初学者”，便和二队其他队员一起举着手电帮忙照明。

山风凛冽，吹得队员身上的快挂相互撞击，叮当作响。

“小许，”站得最靠外的马小南突然冲她招手，“来。”

许漫一脸奇怪地走到他身边，问：“怎么了？”

马小南一脸紧张，瞥了眼蹲在地上给扁带打水结③的应峤，指了指他们将要下去的山脚：“你看那边。”

山崖边长着不少一人高的野草，许漫踮起脚，才勉强看到他手指的地方，黑漆漆一片，并没有什么特别的。

“四点钟方向。”马小南提醒。

许漫继续往外挪了挪，才总算看到了他所指的东西。毗邻山脚的马路一侧，路灯还能照亮的树荫下，停着辆亮黄色的小车。车型扁平，线条流畅，可不就是林持瀚那辆蝙蝠，真还没完没了了！

---

① 锚系统：可以连接多个锚点所形成的用于沿绳下降或是救援系统所连接锚点、绳索、扁带及其他器材的总称，系统中单个锚点失去作用，整个锚系统还能保持完整性并发挥作用。

② 上方保护：保护员在攀登路线上方，通过攀登绳与保护器产生摩擦从而对攀登者进行保护、制动等一系列的安全操作。

③ 水结：连接扁带的一种结绳方式。

许漫犹豫着掏出手机，号码都翻出来了，却不知该不该联系。如果林持瀚是那种劝一句就会走的人，刚才他们也不至于让他一路跟过来了。她在这边愁出了神，手里的手电光也跟着转移，落到了远处的树干上。

高楠拿着扁带一连在树干上绕了好几圈，待要打结了，发现帮忙照明的人不见了。他扭头喊了声“小许”，又循着她的目光踮脚朝山脚一看，忍不住感慨：“这林少爷真是不给单身狗活路，他这是要化身望妻石啊？！”

他这声音又是嘹亮又是羡慕，立刻引得其他离得比较远的队员也抬头四处张望。更有好奇心重的，直接扔下做到一半的锚点过来围观。

“哈哈，还真追过来了！”

“上次追着咱们跑的，还是被队长救过的轻生妹子呢！”

“救命之恩，当然要以身相许哈哈哈哈。”

一时间，满山头都是调侃笑闹声。

马小南最先留意到自家队长忍而不发的戾气，也顾不得提醒那个忘了继续给队长提供补充照明的队员，自己先狗腿地顶了上去。

应峤瞥了他一眼，继续用扁带给靠近缝隙的边缘锚点加后置预拉紧锚。所谓后置预拉紧锚，其实就是在边缘锚点后方利用更加坚固的锚点来保护边缘锚点。

山顶地方狭窄，那棵被他选做锚点的树木距离岩缝实在有点近。他越看越不放心，便干脆磨平了树木后方巨岩上凸起的岩体，用扁带再做了一个后置预拉紧锚。

“都别闹了，人家泡妞关你们这些单身狗什么事儿！”宋繁缕喝止道，走过来拿手扯了扯应峤刚绑好的扁带，“也差不多了。”

应峤“嗯”了一声，总算跟着站起了身。

队员们本来还想和宋繁缕扯皮几句的，见自家队长脸黑黑的站起来，纷纷噤声。许漫也已经老老实实地回到高楠旁边，排着队等待应峤讲解下撤注意事项。

“今天开始，保护器全部改用自锁式的，装备都是新购置的，你们要尽快熟悉起来。”

应峤才说完，高楠就憋不住举手了:“队长，普鲁士抓结和排式下降器、8字环这些都不用了? 新人们都只模拟使用过，没有实地操作经验。”

“那些对个人的操作水平依赖过高，安全系数也没有自锁式的保护器高，不符合 ‘突然死亡原则’。”应峤解释道，“你们可以在绳索系统里担任操作者，却不应该成为系统的一部分。”

所谓“突然死亡原则（The Sudden Death Rule）”，指任何一个人的突然死亡都不能造成已经架设好的系统的瓦解，或是令其他人的生命陷入危险当中。国内的救援绳索技术最初引进自日本，后来才开始学习更加适应时代发展的欧洲、北美绳索救援技术。这条现代绳索救援技术体系里最重要的安全法则，也开始逐步被大家所熟知。

应峤抬腕看了眼时间，向站在自己对面的一队队员道：“你和许漫漫交换一下顺序。”

“啊？”

“她只有昨天一次做上方保护的经验，容易出问题。”

那队员肃然起敬，这玩意儿一出问题可是能要命的，队长果然“身先士卒”！

高楠也感动不已：“谢谢队长舍己为我！”

许漫：“……”

双绳系统是双保险的，除了主绳还有保护绳。大家的理解都是应峤从未失过手，自然不怕许漫控制的保护绳出错。

可这在许漫听来，就有些受伤了。她看着应峤重新蹲下，从背包里掏了主绳、五孔分力扣板之类的东西出来，胸口憋闷而酸胀。

这么不信任我，我明明已经不是那个什么也不懂，只能等着人来救的许漫漫了呀！

应峤绑完主绳，见她还直愣愣地站着，催促道：“绳包呢？”

许漫没吭声，默默地解下绳包，将保护绳拿了出来。

应峤就着头灯的光亮，在主绳旁边的锚点上挂上安全钩，加上五孔分力扣板。

许漫忍着愤懑打好绳结，递了过去。他拉了拉绳头，似乎是在检验她这个单圈8字结的牢固程度，又加了个安全结，才把绳子挂到五孔分力扣板大孔上，去拿MPD滑轮。

许漫到底没忍住，开口问道："队长，你就这么不放心我吗？"

应峤愣了一下，抬头看向她。

许漫被看得紧张起来，讷讷地道："我、我不会让你出事的！"

应峤叹了口气，无奈地道："我相信你会尽力的，毕竟不久前你才和我……"

他蓦然意识到旁边还有那么多人，将剩下的话吞了下去，用力扯了下主绳。

许漫却还是听懂了，脸涨得通红，心跳也蓦然加快。他刚才说的话，是什么意思？！难道……她望了一眼山脚的方向，没能看到被遮挡住的蝙蝠车。脑子里，却福至心灵地冒出了方勤的那句话：爱的独占欲，当然需要刺激才能觉醒！

她的眼睛一下子亮了起来，心情也瞬间明朗了。就连应峤垂着头整理绳子的模样，都显得特别的合胃口。

她那目光太过炙热，烤得应峤都不自在起来，甚至不小心绕错了滑轮。

眼看着他绑了又拆，折腾了好几分钟。许漫那颗情窦初开的少女心，也和坚韧的救援绳一样，摩擦过他有些粗糙的指尖，最终被他紧握在掌心。

又是温暖，又是可靠。

用MPD滑轮当缓降器，操作其实并不算难。许漫只要打开制动锁，提起滑轮手柄逆时针旋转，配合着应峤的下降速度匀速放绳就可以了。一旦出现状况，松开手柄，滑轮自动锁死，保护绳停止下放。

许漫紧了紧手套，看着应峤和其他人一起做好准备——好几个新人装备不齐，他跟土豪派粥似的一个个发自锁下降器，还给每个人多配了个止坠器。

宋繁缕看得失笑，调侃道："阿峤，咱们几个第一次去救援现场的时候，要有这装备，可不得激动死。"

应峤一愣，也笑了。

宋繁缕感慨道："也怪我们几个不懂规矩，随便借个头盔就敢瞎往上冲，多亏你带了装备。晨光那时候也傻，背着只狗四处瞎跑，叫人当成神经病……"

他说得开怀，冷不丁被蹲在一旁准备帮他们收绳子原路返回的徐安拿小碎石轻砸了一下，蓦然回神。

"下、下去了。"宋繁缕心虚地拉了下手套，催促和自己结队的队员，一边偷偷去觑应峤。

应峤已经走到缝隙边缘，蹬着腿直接开始了下撤。

许漫赶紧做好准备，慢慢往下放保护绳。

晨光，也是野蜂的队员吗？她有心想问一问宋繁缕，又担心自己分心，影响绳索上连着的应峤，一时间难以抉择。

会在这里碰到徐安，也是她完全没想到的。这个胖胖的厨子大哥只在第一次出任务时见过，后来就跟神隐了一般，几次饭局都不见他的踪影。今晚不知怎么的，居然赶来了。他来得还不够准时，大家锚点都做得差不多了，他才气喘吁吁地从另一侧的小路上来，也没穿队服或马甲，手里的强光手电倒是尺寸超大。用他自己的话来说，可以当武器用。

绳子一点一点被放下去，徐安的呼吸也终于渐渐平复。他瘫坐在岩石上，不时地喷一下驱蚊剂，或者抬手拍一下叮在大腿上胳膊上的蚊子。

在这只剩下绳索和手套摩擦声的寂静夜晚里，显得分外的清晰。

"安子哥，"宋繁缕终于忍不住了，"你坐小南边上去，他那边风大，没蚊子。"

徐安这才站起来，腆着大肚子，小步走向马小南。待得他坐下，马小南只觉身侧多了一堵挡风的墙，头发丝都不怎么飞了。

许漫用余光瞥了一眼徐安，又看了眼宋繁缕，终于还是开口了："那个晨光，也是咱们队里的吗？"

出乎她的意料，两人竟然都没吭声。

第二梯队的除了宋繁缕，全都是后入队的，其他人也都是一脸茫然的样子。

“这蚊子，不怕风啊！”徐安乂一掌拍在大腿上，发出“啪”的巨响，“你们队长估计快落地了吧？”

许漫一愣，一直绷紧的主绳蓦然一松，她手里的保护绳也拉到了尽头。

保护绳全长十五米，断岩高十四米半，许漫探头一看，应峤果然已经落地。

对讲机里也清晰地传来了应峤的声音：“许漫漫，检查一下主绳和岩石接触的部分，再检查下锚点的情况。”

许漫只得起身去检查，宋繁缕叹气：“阿峤这人，就是太较真。”

徐安看了他一眼，慢悠悠地道：“较真有什么不好，小心驶得万年船。”一向多话的宋繁缕，破例没反驳，等主绳变松弛，主动开了对讲机问自己保护的对象。

第一梯队的陆续都安全到达岩洞底部，第二梯队的新队员有几个绳索技术一般的，由宋繁缕依次做安全保护送下去。许漫和几个队内考核分数高的，则直接自己撤了下去。

这种下撤其实和传统的消防撤离有所不同，也有别于风险极大的开荒探洞。

岩洞的状况应峤早在出发前介绍过了，也有老队员在下方接应。脚下灯光交织，目之所及都是水流在岩壁上留下的各种痕迹。岩壁中段有个凹槽，应峤刚才还扔了根燃烧棒在那，把一线天照得明如白天。

许漫才落地，就听高楠在说：“有了妹子在队里就是不一样啊，训练都用上燃烧棒了，多好的待遇。”

另一个反驳道：“说得你入队时候没被照顾过似的，我就问问你队长牌止血带好不好用吧。”

高楠难得涨红脸，没反驳也没承认。

许漫扭头去看应峤，他正仰着头，看着几个单绳技术一般的队员慢慢地靠着自锁下降器往下撤。那张总是没啥温柔神色的脸专注而肃穆，她甚至怀疑自己在他脸上看到了心脏跳动的频率。

只要是和队员的安全相关，他总是特别的严苛，严苛到，近乎刻薄的程度。

国际救援的4P理论，把救援人员的安全放在第一位，搭档和队员放在第二位，再往下才是群众和伤患。许漫却总觉得，队员在他心里，几乎是直逼首位的。

宋繁缕下来之前，用绳索将用作保护绳的救援绳一个一个整理成绳包，用绳索依次放了下来。然后，是多余的主绳和制作锚点用的各项装备，最后下来的才是他自己。

徐安把他那条主绳和锚点拆走了，冲着对讲机和众人道了别："小宋，装备明儿给你送回去哈，负重不够自己装石头哈哈哈。"

宋繁缕说了声"我去"，看向应峤："我还真得背石头回去?"

应峤理所当然地点头："你是副队长，当然得以身作则。"

宋繁缕直骂他变态，骂完还是老老实实捡了一堆石头，用纱布包了好几层才装进背包："我这新包呢，都还没出过任务，居然用来装石头！"

南方多雨，岩洞低洼处还有不少积水，大家一脚深一脚浅地往前走。

高楠问宋繁缕怎么不用可回收结绑绳子，宋繁缕瞪他："我才发现你和欧阳一样多话！"

高楠嘿嘿直笑，完了说："我明白，你想给安子哥找点事儿做，他每到这个季节就特别颓废。"

宋繁缕忍不住撸他脑袋："知道还废话！"

应峤见他们闹得越来越夸张，终于开口喝止："都别闹了，看着点脚下的路！"

走出一线天的那一瞬间，一群萤火虫被他们的脚步声惊起。点点萤火星光一般自草丛升起，四散溃逃，仿佛星辰坠落尘间一般。

有队员叹息着夸了句："真美！"

"我还美呢，"宋繁缕嘀咕道，"我脑门也是亮的！"

大家哄笑出声，许漫也不禁莞尔。确实，他们也人人都戴着头灯，拿着手电，萤火虫一般显眼。

下山比上山轻松，却也更容易踩空。一行“萤火虫人”小跑在崎岖的山道上，时不时就有人没踩稳——幸而山腰上乔木密集，随手一抓就能抓到支撑得住身体的树干。

宋繁缕领头，应峤落在最后。

许漫跑着跑着，就有意无意地落到了后面。

应峤的脚步沉稳而有力，头灯的光束晃动得都比别人有规律。许漫肚子装了一箩筐话，愣是鼓不起回头的勇气。

如果你不好意思，我可以慢下来呀——许漫控制不住地想，没一会儿又觉得自己特别没出息。

跑步的速度便如同风中的烛火一般，一时快一时慢。快的时候恨不得贴上前一个队员的背，慢的时候差点踩到应峤的脚。

她又一次放慢速度之后，应峤终于还是忍不住开口了：“许漫漫，你这样跑跑停停，身体机能怎么调节得过来？”

他的声音蓦然响起，许漫一个踉跄，差点踩空，身后一只大手及时将她扯住，待她站稳后，很快又松开。

“别停，继续跑！”

“哦——”许漫说不清是失望还是兴奋，深一脚浅一脚地继续往前小跑。

头灯晃动，人影也跟着晃动。

偶尔还有萤火虫被他们所惊动，仿佛流动的星光一般转瞬即逝。

她和其他人一样，渐渐地开始无暇顾及其他事情。十五公里的距离实在不能说近，十五公斤的负重也着实不算轻，更何况还经历了精神高度集中的一次绳索下撤演练。

应峤仍旧不远不近地跟着，说如影随形也不为过。

那辆明黄色的蝙蝠车再一次出现在她眼前时，她目光都有些涣散了。林持瀚殷殷切切地跟过来，她只无力地摇了摇头，就咬着牙继续往前跑去。

林持瀚无奈，也小跑着跟了上来："实在太累，就算了。这么多人，就你一个女孩，女人和男人的体力、身体极限本来就不一样。"

许漫自觉疲惫得连五官都扭曲了，也是不懂林少爷怎么就真的黏上自己了。她有自知之明，知道自己没漂亮到能让人一见钟情。也不相信真有人会因为一次救助，就情根深种，乃至非卿不娶。

至于她对应峤……那也是基于了解之后的日久生情。

当年的她，可是很纯洁的！

林持瀚见她脸色变来变去的，真的急了，伸手就想拦她。

一直沉默的应峤却立刻上前，一把将他推开："不要这么突然拦人，会重力性休克的。"

林持瀚吓了一跳，只好眼睁睁看着许漫继续跌跌撞撞地向前跑去。

应峤明显还有余力，绕过他之后，兢兢业业地跟在队伍的尾巴上，犹如一个长句子末端的句号。规整圆润，必不可缺。

林持瀚长吁了口气，回到蝙蝠车上，点火，发动。

深夜的省道上，明黄色的小跑车龟爬一般沿着辅道缓慢行驶。车前，是统一着装的长跑队伍。那些跑者还都戴着头灯，肩膀上挂着闪着红光的臂章。遥遥望去，犹似一只大蛤蟆追着一群萤火虫。

跑步的人韧性十足，跟随的车也耐心不减。"追逐"整整持续了近一个小时，才终于在道边停下。队员们围着指挥车停下来大口喘气，有几个还沿着车子绕圈走动拉伸肌肉——毕竟都是长期锻炼的人，自然明白怎么才能让自己的身体更加舒服。

应峤搬了两箱矿泉水下来，没多久就被一抢而空。

宋繁缕靠着车门，有些羡慕地看着不远处那辆小跑车。这个小少爷，爬山什么的很弱，追女生的手段却非常厉害！

自己要是有一半他的勇气，小方妹早就在他怀里喊"哥哥你好帅"了！

应峤也在留意着那边的情况——按他的说法，人是他带来的，他得负责安全送回去。

许漫一边平复着呼吸，一边有些焦急地试图和林持瀚解释清楚自己的态度。那些如芒刺在背的目光里虽然也有应峤的一份，她却还是不习惯这样的“阴谋”。

“今天特别谢谢你陪着我跑了那么久，”她斟酌着用词，“但是我真的觉得，我们俩不是特别合适。”

林持瀚靠坐在车头上，胳膊搭着大腿。

“您条件那么好，一定有很多女孩喜欢，我之前的行为如果让您误会了，我好好和您道个歉……”

林持瀚把胳膊从大腿上拿下来，抬起，又放下。

“那个……”他抿了下嘴唇，再抬起脸时，眼睛里的那点失落已经一扫而空，满满的都是笑意，“我也当你是好朋友，才一直跟着来的呀。”

许漫愣住，迟缓地“啊”了一声。

“你救了我，那就是我过命的朋友。”

看着他真诚的笑脸，许漫张大嘴巴，半天也没能挤出一句话来。

自作多情！你自作多情啦！

她觉得脸蛋开始发烧，连耳朵和脖子都火辣辣的。人家从来都没正正经经告过白！自己刚才在说什么?！拒绝一个没主动向自己表达过爱意的男人！都二十一世纪了，一起吃个饭、聊个天，完完全全是友人范畴啊！

许漫恍惚而羞耻地转头走向指挥车，完全忽略了身后林持瀚笑容深处的那点苦涩。

但她那虚浮的脚步、通红的面颊、火燎过一般的脖子和耳朵……落进野蜂众人的眼睛里，则完完全全换了一个含义——精诚所至，果然金石为开啊！追女孩当真需要厚脸皮嘛！这才多久啦，刚和宋副队告白过的小许妹妹就沦陷了！

应峤沉默着站在车尾的阴影处，说不出是个什么心情。

年轻女孩的世界他是真的不懂，才和自己告白没多久，立刻就爱上别人了。但自己明明拒绝了，也不是她真正的家长，哪来的立场劝阻呢？他摸了摸口袋里被揉得变形的烟盒，想抽烟，想静静。

野蜂的绳索训练日复一日地继续，晚上和周六日是系统训练，每天早上则是开小灶的时间。没办法参加晚间训练的欧阳畅想每天都来报到，许漫也一次不落。有些比较有闲暇的队员，也经常来蹭课。

至于那个多情的林大少爷，来得是少了，每次停留的时间却更久了。偶尔，还会作为朋友，邀请许漫一起出去聊聊天，散散步什么的。他的理由也很充分：想买礼物逗中风偏瘫的祖父开心，找不到人提意见啦；爱上攀岩想学点绳索技术啦……甚至，还有骑行车队不肯再要他，没人一起骑车所以想找她搭伴骑兰田山……

许漫因为上次的“自作多情”，没好意思完全推拒掉。

方勤撇嘴：“你要有林少爷一半的本事，早就把我表哥追到手了！”

许漫反驳：“你不也一样。”

“我？”方勤轻哼，“我可不一样，野花哥这个月已经约了我近十顿饭了，看了七八场电影了。”

“那他表白了？”

方勤叹气：“大约，还需要个一年半载吧。”

宋繁缕追女生的方法老套而执着，循序渐进，节奏慢到方勤想要哭出来。两人约会这么久，最亲密的事儿，就是过马路时宋副队长抬起手掌把她往前推了那么一下躲避车辆。连个小手都没牵过，更不要说什么表白确定关系了！

许漫听得可怜，暗暗握拳：“我可不能学野花哥！”

“你那哪是不够主动，你那是太主动、太耿直，太没有技巧了。”方勤分析道，“知己知彼，才能百战百胜。你连人家男的什么心思都没摸透，贸贸然出击，当然会撞南墙。”

不过，野花哥要能主动点，估计他们孩子都能打酱油了。

也是这个时候，外面一阵熟悉的引擎声响起，方勤往外瞥了一眼，立刻拍许漫的肩膀道：“你家林少爷来了。”

许漫侧头，正好看到林持瀚拉开车门下来。他今天穿的倒是运动服，白色棒球帽、白色运动衣、白色运动裤，就连背上那个干瘪的登山包，都是白色的。

“你看人白得多好看，”方勤也不看电视剧了，任凭男主角抱着女主角哭天抢地的，“要不要再试试，刺激刺激我表哥？”

“你可别再坑我了，”许漫抿嘴，脸上明白写着拒绝，“你那个方法压根儿对队长就不管用，以前他还会照顾照顾我呢，现在直接当我是透明的。”

什么吃醋，什么刺激觉醒，人队长连个眼神都懒得多给呢！自己会信方勤那种连宋繁缕的心都看不透的傻姑娘的话，也是叫猪油蒙了心。

林持瀚却是明摆着往他们这儿来了：“两位美女早呀！”他今天出门可是好好捯饬过了的，连腕上的运动手表都白得可爱。带着股精致的小资劲儿，如西餐厅里放在白瓷碟上的芝士蛋糕一般。

方勤抬手轻轻晃了晃。

“早！”许漫也自然而然地接了句问候。

林持瀚往收银台那一倚，随口问：“你们今天不集训？”

“等我们队长。”许漫道。

林持瀚“咦”了一声：“他也会迟到？”

“哪有，在教客人呢。”许漫忙不迭地解释道。

林持瀚眼珠子转了转，拍拍她的肩膀：“那陪我去康复中心哄哄老头子？”

许漫一愣，反应过来这个“老头子”指的是谁。

许漫有些犹豫，早上的集训主要也就是为了工作时间和大家冲突的欧阳畅想，她确实可以不参加的。但是……她望向射击区方向，方勤也悄悄给她使眼色：别去！应峤又不在这儿，没必要演戏！

许漫却有些不好意思，避开了方勤的视线，点头道：“那咱们早上去吧，晚上的集训我就不能请假了。”

“好嘞。”林持瀚拎起那只白雪糕似的背包，领着她就往外走。

方勤在他们身后怒其不争，末了还发消息给许漫：说好的喜欢我表哥呢？你和这个花花公子天天凑一起，当心弄假成真，到时候骑虎难下！

隔了好一会儿，许漫才回了句：他没你想的那么坏，我们就是普通朋友，生活里哪来那么多尔虞我诈。

方勤看得咋舌，忍不住感慨："等你被哄得晕头转向，就知道后悔了！"

马小南闻言，瞄了眼跑车离去的方向，缩了缩脖子。

欧阳畅想可就没那么老实了，他往椅子上一坐，一副过来人的模样："所以说你们这些女孩啊，就是太肤浅，人家对你说几句好话，卖个惨，立刻就巴巴地跟着走了。林持瀚那种白斩鸡，穿得跟个男版聂小倩似的，居然也能撩到许漫漫，简直世风日下……"

他说得义愤填膺，其他人却没办法闭着眼睛跟着附和了。林持瀚穿得再小资再奶油，好歹不辣眼睛。你欧阳畅想打扮起来，可比元宵节的花灯都要扎眼，哪有资格鄙视他！

就连马小南都露出了"你就是嫉妒人家有钱有妹子"的表情，高楠更是直接嫌弃道："你这是吃不到葡萄说……哎，队长，你回来了？！"

方勤等人讶然抬头，应峤不知什么时候出来的，一脸阴沉地站在玻璃门边。

许漫坐在副驾驶座，看着前面的道路越来越熟悉，不禁奇怪地问道："这不是去你家的路吗？"

"是呀，"林持瀚单手扶着方向盘，笑盈盈地看了她一眼，"我祖父不想去外面，我就在家给他建了个康复中心。"

许漫张张嘴，没憋出话来。有钱人的世界，就是不一样啊！

林持瀚住的这个小区，全名叫"云之湖畔"，顾名思义，小区旁边是有人工湖的。

许漫上次也只隔着围墙看到过一点儿花园洋房的轮廓，如今进来了，才知道里面是怎样一个静谧舒适的存在。车子有专用车道，两旁全是绿荫，把一幢幢小别墅遮蔽得若隐若现，偶尔还有鸟雀鸣叫。再加上不远处潋滟的水光，当真有点在城区隐居的感觉。

林持瀚家在小区东南角，进去就有个大游泳池，水质干净透亮。

许漫跟着下了车，半天也没见人，进了门，大厅也是空荡荡的，好半天才出来个五十多岁的女人：“小瀚回来了，中午在家吃饭？”说完，她看到了许漫，眼睛一亮，“还带女朋友来了？”那语调扬得高高的，掩不住的喜色。

许漫想要解释，林持瀚先开口了：“陆姨，这就是我之前和你提过的，在山里救了我的小姑娘——漫漫，这是陆姨，从小照顾我长大的。”

“陆姨好！”许漫乖乖地打了个招呼。

“好好，你好！”陆姨笑得眼睛都眯了起来，又指指楼上，“他今天又没吃早饭。”

林持瀚“嗯”了一声，拉起许漫胳膊：“咱们上去看看。”

许漫跟着走了两步，挣扎着把胳膊抽了回来：“走楼梯并排容易摔。”

他露齿一笑：“怕你丢了。”

这要是在别人家，许漫肯定要开口嘲讽两句。可林家确实很大，环形的楼梯颇有点大礼堂的味道，二楼上去先是个待客的小厅，沿着走廊走了好一会儿，才到那个新建的家庭康复中心。

或许是因为空间太大，人就显得特别的渺小，没什么居家烟火气。

林持瀚推开门，偌大个房间里，只能听到大屏幕里发出的一阵阵激烈的枪击声。

一个满头白发的老人坐在大屏幕前，倚着轮椅的扶手，仰着头操控着游戏人物一边跑一边飞快射击。

“砰！砰！”目标精准，枪枪爆头。

许漫也玩过这游戏，就是拿游戏手柄玩，也没他这个准头和走位。

林持瀚喊了声“爷爷”，爷爷也不回头，一路打一路往前冲。一直到屏幕上跳出胜利的字样，他才放下手柄，回头看向他们。

“小瀚……朋友？”老人长着张不苟言笑的脸，见了他们倒是弯起眉眼，露出了一个近似慈祥的笑容。

“爷爷，”林持瀚笑着把许漫往前推了推，“这就是我和你提过的漫漫——漫漫，喊爷爷。”

许漫被祖孙俩那殷切的眼神注视着，不由自主地跟着喊了声“爷爷”。喊完之后，才想起来应该加个“林”字。

这位林爷爷却微微蹙起了眉，半天才重新笑了起来。他按铃让陆姨送来了待客的水果和茶，又趁着许漫低头剥荔枝壳的时候，悄悄拧了把孙子的胳膊，轻如蚊蚋地骂：“这明明还是个孩子！”

林持瀚挣扎着躲开了，远远地向许漫道：“漫漫，你下学期大三了吧？”许漫吃得腮帮子微微鼓起，含糊着“嗯”了一声。

看吧，我早说人家成年了！都到婚龄啦！林持瀚冲爷爷笑，还眨了下眼睛。

林爷爷沉默，房门却再一次被敲开。

林持瀚请来的家庭医生和护士早早得到消息，借着祖孙俩都在，再来催促老人家试用那个康复机器人了。

林爷爷胡子抖了一下，找了个冠冕堂皇的借口：“试什么试，我早饭都还没吃。”

林持瀚顺水推舟道：“不吃早饭确实不行，复健那个晚点再说。”他说着拨了楼下的分机电话，催陆姨送早饭上来。

林爷爷欲言又止，到底还是把早饭给吃了。其间，他看着自家孙子和这个看起来很稚嫩的女孩聊个不停。女孩的话不多，也不算顶漂亮那种，头发甚至没林持瀚长，但偶尔抬起的眼睛，却分外有神，一看，就不是那种每天闷坐在家里发呆的女孩。

林爷爷在家也好，在公司也罢，向来独断专行，唯一的软肋便是这个孙子。

林持瀚这人看着不着调，真想要达到什么目的的时候，最能下水磨功夫。他也不放狠话，也不咄咄逼人让你下不来台。他就一天天来，一天天漫不经心地和你磨，磨着磨着，人也就不由自主被他推着走了。

像今天，他先是说自己有了喜欢的女孩，想带回来请爷爷掌掌眼。然后女孩来了，几个人原本坐着聊天，不知怎么的，就变成请女孩体验体验他新购置的健身器材了。

那些器材就放在林爷爷玩游戏的小厅后面，最显眼的就属那台医用康复机器人——和普通的下肢复健机器不同，这台机器长得还真有点像人。整个人坐进去之后，便像是被机械铠甲包裹起来的机器人战士。

许漫有些惊叹于现在科技的发展，围着看了一圈。

林持瀚干咳了一声，先悄悄地回头丢了个眼神给自家爷爷，然后凑到许漫耳朵边，小声道："帮我一起劝劝我爷爷。"

他这一下靠得太近，连呼吸都喷到了她脸上。许漫立刻往后退了两步，脸都有点烧红了，然而，他的话她却是清清楚楚听进去了的。

人家没恶意，只是想要哄祖父接受治疗……她为自己过于敏感而内疚，也为自己乱糟糟无头绪的脑袋而满怀歉意。

瞧，真正到了需要出力的时候，她反而帮不上忙了！

林爷爷毕竟是长辈，孙子那求助的眼神可怜极了。再看这小姑娘手足无措的反应，他立刻就明白过来了——小孙子这是找爷爷助攻来了，女孩还躲着他呢。

林爷爷在心里叹了口气，主动道："你们扶我上去试试吧。"

"好嘞！"林持瀚答应着，又把医生和护士喊了回来。

许漫也是一脸喜色，甚至在他们三个调节机器人高度的时候，主动过来推林爷爷的轮椅。

林爷爷被她推着，又是紧张又是忐忑，脸上还要绷着大家长的范儿，当真辛苦异常。

许漫可不知这些，见他一直紧锁着眉，便安慰道："林爷爷，您别怕，我和林先生陪着您。"

林爷爷动了动嘴唇，咂摸着"林先生"三个字半天，终于咬咬牙挤出个轻轻的"好"字。小孙子也老大不小了，带个准女友回来不容易，他可不能拖后腿！

林持瀚这一套组合拳打得行云流水，祖父老老实实复健了，许漫也不得不接受后面的邀请。

老人家好不容易答应做康复练习，陆姨还专门做了一大桌菜，她哪好意思拒绝。

林持瀚开始还来射击馆接，第三天就直接把车开到她学校门口了。如此，许漫早上的训练，便彻底中断了，只能参加晚上的训练。

林持瀚的车，无论哪一辆，都高调而扎眼。那明晃晃的车标，漂亮的车型，羡慕得参加集训的男队员们都要流哈喇子了。

连宋繁缕都忍不住向应峤道："看看，这才是有钱人家孩子出门的架势——你真是白投了个好胎。"

应峤冷飕飕地看他："你的意思，是让我把仓库里那些设备都卖了，换新款跑车？"

宋繁缕干笑："我开玩笑的嘛，人生追求不同，境界不同。"

应峤没再理他，弯腰继续检查桌子上的绳索。

野蜂的装备档案都是他亲自盯着的，拿绳索档案来举例，哪一根绳子，什么时间，什么人，在什么情况下使用过，全部都记录得清清楚楚。

最近天天集训，装备的消耗非常大，一次意外下坠、一块尖石的磨砺，都可能给救援绳造成不可逆转的损坏。

"欢迎光临！"感应门铃响起，许漫推门进来了，她今天穿了件天蓝色的速干衣，手里还拎着一大盒草莓。

方勤在她往桌子上放草莓的时候，就小声开始嘀咕了："啧啧，别跟我说是他买的啊？"

许漫露齿一笑："我自己摘的，今天陪他爷爷去了趟草莓基地。"说着，放下包和草莓，急匆匆去更衣室换衣服。

方勤拿起一颗塞进嘴里，瞥了连眼皮都没抬一下的应峤，小声道："哎，其实林少爷人也还不错。"

今天天气尤其闷热，射击馆人很少，鞋子踩在地砖上，发出清晰的声响。许漫熟门熟路地进了射击区外面的更衣室，意外地发现里面居然还有人……不，应该说是狗。

Black耷拉着狗头，闭着眼睛躺在沙发上睡觉，长尾巴耷拉下来，随着窗外吹进来的一点微风轻轻飘动。门被推开的瞬间，它睁开眼睛看了一下，见是熟悉的面孔，很快又阖了狗眼。都说狗似主人，Black跟着应峤久了，身上还真有股队长大人淡定大气的架势。

许漫犹豫了两秒钟，关上门，快手快脚地换起了衣服。待到她转身想去拿运动背心时，意外地发现衣服不见了。凳子上没有，背包里没有，地上也没有。

许漫有些茫然地抬起头，大门紧闭，窗帘开了一线，隐约可见大敞的窗户。沙发上，已然没有了Black的踪影，难道，是狗把她衣服叼走了？！

许漫一下子慌了，急匆匆穿上队服外套，一边扣扣子一边拉开窗帘，踩着窗棂跳了出去。

“Black，把衣服还给我！”

更衣室在射击馆的右侧，外面出去便是条小巷。

许漫落地的时候，正看到一道黑色的狗影飞快地冲出巷子。她赶紧往前追去，路灯照在人身上，也如太阳光一样又烫又热。

Black这类训练过的工作犬，行动能力都是非常强的。她跟着它出巷子，过马路，绕了个大圈，又重新跑回到了射击馆门口，始终不曾追上它。

至于她的喊叫和威胁，Black充耳不闻——为了防止搜救的时候被人干扰，应峤把自家狗狗训练得压根儿就不听德语之外的任何口令。

许漫眼睁睁看着它叼着自己那件白色的运动背心，挥小旗似的冲进了射击馆的大门。

她抹了把汗，无奈地跟着往里跑去。

应峤核对完今天要用的绳索，才站起身，就见Black叼着块白布自外面冲了进来。

“Black，steh[①]！”他喝止了一声。

黑色的东德犬眨巴了下眼睛，乖乖地站定。应峤微蹲下来，伸手，Black老老实实地垂下头，把那白色的小块布料吐到了他手上。

应峤蹙眉，手抖了下，那小块布料便在众人的注视下被展开了。白

① steh：德语驯犬口令，站，静止。

色、双背带……应该是年轻女孩穿的运动背心一类的贴身衣物吧。

队员闵涛最先憋不住，笑出了声。高楠也忍不住打趣道：“Black越来越猥琐了，都会偷女孩衣服了。”

“哈哈哈哈哈哈！”

电子门铃再一次响起，许漫衣服扣得乱七八糟的，鞋带都没系好，气喘吁吁地冲了进来。她目光笔直地射向Black，沿着狗的背脊往前，最后落在了应峤拿着衣服的手掌上：“队、队长——”

应峤蓦然反应过来，手一抖，背心便在他手上轻晃了一下。Black一愣，将他这动作误判成了奖励自己时的举动，兴奋地“汪”了一声，张嘴就叼住了衣服的另一头。一如平时玩玩具的时候，应峤用一下力，它也跟着歪头扯动。可惜这布料远没有它的那些玩具结实，稍一用力，便被狗牙扯破，发出清脆的“刺啦”声。

众人的笑声戛然而止，看看应峤，又看看许漫，都憋得满脸通红。

不能笑，人小女孩要哭的！队长脸色也不对，好像要发飙了！

“srtz①！auss②！”

Black被主人突如其来的怒火搞得有些茫然，松口吐出布料，讨好地甩了甩尾巴，却被再一次要求卧倒。它四肢着地，脑袋紧贴着地面，只有那双黑眼睛水汪汪地瞅着满脸漆黑的应峤。

应峤面无表情地瞪了它一眼，弯腰将那块碎布捡了起来，随手和自己手里的那块揉在一起，快步冲着许漫走去。许漫给他那阴沉的模样吓到，也和Black一样一动也不敢动。

应峤人高腿长，三两步就到她面前了，举起那团布料：“你的？”

“是、是啊……”她有心想要抢回来，又不敢伸手。

“明天吧，”应峤将布料往她怀里一塞，含糊道，“明天赔你件新的。”

“好、好的。”许漫受宠若惊地接过布料，后知后觉地涨红了脸。

当晚训练结束，已经快要午夜十二点了。

---

① srtz：德语驯犬口令，原地正面坐下。

② auss：德语驯犬口令，吐出或禁止乱咬物品。

宋繁缕送方勤他们回去，高楠拉走了另一批，剩下许漫和游乐玫则留给了应峤。

应峤开车的时候极其安静，送完游乐玫，便直奔浦大住宿区。

一直到许漫解了安全带，准备开车门了，他才不大自在地开口道：“你那衣服……有购买链接吗？”

许漫垂下头，半晌，声音细细地解释道：“我在店里买的。”

“那让方勤陪你……”

“她明天要去约会。”许漫赶紧打断道，说完，她便睁着大眼睛，定定地望着他。

应峤的手在方向盘上摩挲了下，沉吟道：“那明天你有空，不用去林家？”

许漫把头点得如捣蒜一般，点完又怕他误会：“有空的，我明天和小瀚哥请假！”

“小瀚哥”“请假”，短短一句话，十二个字里有五个饱含暧昧信息。应峤不大明显地蹙了下眉，放下手刹，待她下车，开口道：“那明天早上我来接你。”说罢，也不等她点头，发动车子，径直离去。

许漫规规矩矩地冲着远去的车子挥了挥手，脸上的笑容越来越大，明天要去约会了！

她回到宿舍就给林持瀚发了请假的消息，语气轻快得对方都忍不住抱怨：“到底要去干吗，那么开心？”

许漫回了个“秘密”两字，躺床上从左滚到右，又从右边滚回左边。天花板上贴着好几串室友叠的纸鹤，随着空调风一晃一晃的，可爱极了。她躺着傻笑了一会儿，又爬起来翻衣服——她的衣服风格都走的轻便运动风，实在是乏善可陈。

她靠着衣柜发了半天呆，蓦然想到去年同学的那盒文身贴纸。彼时正是她们对手游狂热的时候，特迷游戏里一个哥特风的黑暗萝莉角色，买的周边自然也是那一挂的。

许漫拉开抽屉找了半天，才把东西找出来。她拿着那棵长着触手一般蜷曲枝叶的黑色三轮草在身上比画了半天，最后贴在了右边的大腿上。被牛仔短裤遮住一大半，走动时，却隐约可见，又酷又诱惑。

许漫心里得意，“咔嚓咔嚓”拍了好几个角度的照片给方勤看，顺便告诉了她自己约到了应峤的事儿，发完消息，才发现已经三点多了。方勤果然没回她，一直到天蒙蒙亮才回电话。

许漫几乎是秒接：“喂！”

“你是还没睡，还是已经睡醒了？”方勤有气无力地道。

“压——根——儿——睡——不——着，”许漫躺在床上，两眼大睁，精神奕奕，“我都数了七八百遍羊了。”

方勤：“……我精神上支持你。”

许漫兴奋到凌晨才睡着，才闭上眼没多久，就被闹钟吵醒。她有些茫然地转过头，枕头边的闹钟和手机正一起发出嘹亮的铃声。

九点三十七分！

她几乎一脚蹬在被子上，弹跳起来抓手机：“队、队长？！”

“还在休息？打了你七八个电话，”应峤的声音听着还挺温和的，“我已经到你学校门口了。”

“对不起对不起，”许漫一边跳下床，一边往洗手间跑，“我这就起来了。”慌乱间撞到放洗漱用品的塑料架子，又是噼里啪啦一阵狂响。

“没事吧？”

“没事！”许漫赤着脚踩着瓷砖捡那些瓶瓶罐罐，“我马上就好，十分钟……不，五分钟！”

她飞快地冲了个澡，刷牙、洗脸，再拿了八百年不用的隔离霜往脸上胡乱拍。

幸亏她头发短，衣服也是昨天就准备好的，套上就能走。

宿舍楼空荡荡的，许漫一边背背包一边往楼下狂奔。

夏日的林荫道落满了斑驳的阳光，金合欢树上开满了小扇子似的花，粉白相间，遥遥望去便似云雾一般。应峤老远就看到了自那团云雾下冲出来的许漫，简单的T恤搭配牛仔短裤，还戴着顶棒球帽，看着活力四射。

她却没看到他，临到了校门口，才慢下脚步，对着会反光的金属推拉门扯了好几下衣摆，才矜持地迈步踏出校门。许是跑得太急了，她帽子上还落了朵金合欢花，随着走动一颠一颠的。应峤按了下喇叭，她这才发现他，粲然一笑，快步走了过来。

她拉开车门，坐进了副驾驶室，看着他笑得都快不会说话了。

应峤被她的好心情感染，难得也弯起了嘴角："去哪儿买？"

"天宜大厦。"她插好安全带。

应峤点了点头，却没急着发动车子，看着她欲言又止。

许漫被他看得心虚起来："怎、怎么了？"难道他看穿了自己想骗人约会的阴谋？

对面的人抬起手，指了指他自己的头发："你头上有一朵花。"

许漫茫然地眨了下眼睛："什么花？"

应峤失笑，附身靠了过来，许漫只觉一股男子的气息蓦然靠近，手脚都不知怎么放了。他却很快退了回去，手里果然多了一朵花，自言自语似的嘀咕道："应该是金合欢吧，我看你从那下面跑出来。"

许漫脸涨得通红，呆呆地看着他。

女孩刺猬似的短发湿漉漉的，还残留着一点儿淡淡的花香，像极了清晨含露的花蕾。应峤心头无端一跳，不大自在地转开视线，把花随手往前面的置物台一放，抬手发动车子。

到达商场的时候，已经十点半了。

许漫瞅着那朵被太阳晒得蔫了不少的金合欢花，心里如有千万只蚂蚁在骚动。是直接开口约吃饭？还是先上去逛一圈？

她还在举棋不定，应峤却直接开了车门："先去吃饭吧。"

"啊？"许漫吓了一跳。他这是会读心术吗？还是……真的早就看穿自己的心思了？

"不想去？"应峤站在车外望着她，"你连早饭都没吃，就不饿吗？"

"饿的，超级饿！"许漫这才回神，赶紧下车。

餐饮区几乎都在大厦二层，许漫做了一晚上功课，当然知道哪一家最有约会的氛围。到了那一层，却发现餐厅门口拦着长长的围挡，“装修中”几个大字异常惹眼。

“关门了啊——”许漫有些失落。

应峤看了她一眼，四下一张望，看到了对面的粥煲店：“不然喝粥吧，空腹好消化。”

这个时间点，粥店生意倒是挺一般的，里面一半桌子都是空的。应峤三两下点好，便把菜单推给了许漫。许漫跟着要了个一模一样的海鲜粥，才刚放下菜单，便见应峤站了起来。

“队长？”

应峤示意她跟着自己往外走：“坐着也是干等，咱们出去走一走。”

一起出去走一走呀！许漫心里甜甜的，赶紧站了起来。

两人一前一后出了店门，应峤看了眼店铺门牌号，沿着走道往前走去：“我记得你那件衣服的牌子，店铺应该是在B区02-8吧。”

许漫有些蒙：“你怎么知道的？”

“楼下有导航图。”应峤人高腿长，没多久就把她甩到了后面，“刚才顺便看了看。”

“可……你刚不是说先吃饭吗？”许漫问得有些艰难。

“他们上菜也要时间，正好可以把东西买好。”他说着指了指前面，“是那家吧？”许漫循着他的手臂往前看去，巨大的黑白logo就在两米开外的墙上。

这种快销运动品牌的店铺，布置得犹如小型超市一般，所有货品按功能分类，一目了然。应峤脚步几乎就没停顿过，不但一眼就看到了同款，还买了一些同系列的运动短袖，一并刷卡结账。

“这些是给队里买的？”许漫问。

“嗯。”应峤将运动背心的袋子递给她，自己拎起那两大袋T恤，往外走去。

许漫悄悄看了眼手机——全程没超过三分钟！

两人再穿过约两百米的走道回到粥煲店，海鲜粥也正好上来，真是一分钟都没浪费。

吃完饭，应峤便拎着那两大袋东西打算走了。

许漫垂着头跟在他后面，每走一步，大腿上的三轮草图案便蛇信似的从牛仔短裤的边缘探出来。

倏忽出现，又倏忽消失。

欲语还休，仿佛她那颗酸涩隐晦的少女心。

前面的这个人步子迈得那么大，手里的东西那么多……她的神经得多粗，脸皮得多厚，才好意思开口问他要不要再逛一逛，看一看电影啊。

应峤的认路技能也挺神的，七拐八拐硬是找到最近的客梯，直达地下二层停车场，出了电梯口就是他那辆黑色吉普。

坐上车的瞬间，许漫又看到了那朵半萎的金合欢花。车里的冷气都没散尽，仿佛他们刚才只是临时下车去取了点东西而已。

她都能猜得到方勤这回该怎么嘲讽她了，没出息啦，把握不住时机啦……

“叮咚”一声，对面的电梯门再次打开，出来一对小情侣模样的年轻人。

男孩紧搂着女孩安慰，女孩哭唧唧地抱怨：“以后再也不去玩什么密室逃脱了，太恐怖了！”

密室逃脱啊！

许漫眼珠子一转，心里那只小麻雀又犹豫着扑棱了下翅膀。

“队、队长，你玩过密室逃脱吗？”

应峤摇头：“怎么了？”

“我就是觉得……”许漫干咳了一声，“我就是觉得吧，咱们队里的训练方式，是不是有、有一点点死板？”

既然提到训练方式，应峤便把已经发动的车子熄火，转过身来，认认真真地问：“那你有什么好建议？”

“譬如密室逃脱就挺适合训练……训练……”许漫视线从他膝盖上

挪到手套箱上，又从手套箱挪到那朵金合欢上，总算憋出个词，“反应能力！对，特别适合训练应激反应能力！”

应峤有些狐疑地看了她一会儿，到底还是把车钥匙拔了下来：“那你领我去看看。”

炎热的天气让商场的客人减少不少，许漫领着应峤走进那家名叫“暗格”的密室逃脱体验馆的时候，老板正拿着个手机玩音控游戏。

“啊啊啊啊哈哈哈哈——哈！啊啊啊——哈！哈！哈！……”配着店里鬼魅的背景乐，犹如简陋版的盘丝洞。

“老板？”

“哈哈哈哈哈哈哈嘿！哈哈哈哈哈哈哈！嘿嘿！嘿哟！”老板飞速地对着手机吼了一通，利索地结束一关，放下手机，“两位要开房？”

应峤：“……”

许漫：“……”

老板咬了下舌头：“我的意思是，你们要开房间玩密室逃脱？”他问完又觉得自己说了废话，加了句，“想玩哪个主题？”

店里的墙上就贴着全部的密室主题，什么“黑暗领袖”“沙漠寻宝”“人鬼殊途”。应峤显然从没玩过，只看了两眼便问许漫：“你想玩什么？”

许漫清了清嗓子，抬手朝难度最高的那个一指，用特别正直的声音道：“就罗密欧与朱丽叶那个吧，看起来比较好玩。”

老板眨了眨眼睛：“那个推荐五人以上的团队进去玩。”

罗密欧与朱丽叶不应该是爱情主题？谈恋爱需要这么多人？许漫撇嘴：“那两个人能玩什么？”

“人鬼殊途，或者绝望深渊。”老板笑得向阳花一般热忱。

许漫盯着那两张海报看了半晌，最终有些嫌弃地戳了戳充满黑色死气的那张：“那就绝望深渊吧。”

老板便拿起钥匙，没收了两人的手机，领着他们一路走一路介绍：

“游戏时间一个小时，你们有三次提示机会……”

打开房门的瞬间，他敬业地提高声音，干巴巴地念了句海报上的台词：“绝望的人们啊，只要你们真心相爱，握紧彼此的手，就能抓住生存的机会！”然后，“啪”的一声，将门反锁。

真心相爱，握紧彼此的手。应峤听得鸡皮疙瘩都起来了，许漫心里却甜甜的。老板好样的，比上回和同学一起玩时遇到的打工小妹敬业多了！

屋里光线极暗，只一点红光照亮了眼前地面上的箭头贴纸。

许漫早就看到了箭头前方的铁箱，愣是装瞎眼，往应峤身边靠了靠：“好黑啊——”她个子本来就不高，穿得又单薄，站在他身边，当真就跟个半大的孩子似的。

应峤心里一软，抬手在她肩膀上安慰地轻拍了一下。

许漫却经不住“撩”，脸腾地红了不说，刚才酝酿了半天的话一句也挤不出来了。

“前、前面好像有个箱子。”她磕磕巴巴地解释了句，便一股脑往前冲了出去。

“小心！”应峤的话音未落，她已经一脚踩在了箱子边缘，“砰”地面朝下摔了个狗吃屎，脸疼、手疼、腰疼、膝盖疼……她手忙脚乱地爬起来，泪花都冒出来了。

“摔到哪儿了？”应峤借着微弱的灯光上下打量她，“这个……”他的声音轻了下去，烫到一般挪开视线。

许漫茫然地循着他的视线往下看去——那一跤把牛仔短裤摔得翻起了卷边，正露出那棵婀娜的黑色三轮草，伸入大腿深处的蜿蜒黑纹在红光的照耀下，显得暧昧而充满诱惑。

她倏然拉下裤子卷边，耳根都烧了起来。

应峤没敢再看她，不自在地绕着房间走了一圈，目光最后落在了墙上那一串用铁丝连接的数字小旗子上。那红光又暗又撩人，照得他整个后背都是红的。红的头发、红的耳朵、红的脖子、红的上衣……

“只要把三道门都打开，任务就算完成了？”过了好一会儿，应峤开口问道。

“是啊。”许漫觉得自己还是太看得起自己了，这种黑漆漆孤男寡女共处一室的环境，光控制心跳就已经快把人逼疯了。

应峤没再说话，微踮起脚，抬手将铁丝解了下来。许漫愕然地看着他把上面的小旗子一张一张按顺序放在桌上，再把铁丝对折，试了试硬度。

“旗子上面的数字……可能是开锁提示？”许漫有些吃力地把精力拉回到游戏本身上。

“我试试能不能开。”应峤说着，转身走到门边，将铁丝直接插进了锁眼里。

一下，两下，三下……咔嚓！房门应声而开，欢快的通关音乐激动响起。

这样也行？许漫嘴角抽了抽，跟着他一起进入到第二个房间。

这一回，应峤压根儿连房间也不转了，径直走向第二扇门。

不知是他们的幸运，还是悲哀，第二关的门锁仍旧是传统的弹子锁。许漫眼睁睁看着应峤微蹲下来，把铁丝插进去，熟练地捅了两下，房门再次应声打开。照这样下去，他们马上就能出去了吧？许漫恍惚地站在原地，任由冷色调的幽光将自己整个人照得有些发青，欲哭无泪。

第三关明显比第一二关复杂很多，门锁也换成了电子锁。应峤试了两次，终于决定搜集开门所需要的道具。只见他进进出出走了好几趟，又拿铁丝把从不同房间搜罗来的箱子一个个撬开，倒了一大堆拼图碎片出来。

一片、两片、三片……二十四片拼图终于凑齐时，电子锁密码出现了，房门轻松打开。突如其来的亮光，刺得人眼睛只想流眼泪。应峤当先一步迈出，许漫犹豫半晌，也终于跟着走了出去。

好歹，也算是破纪录了啊——只是不知老板认不认，给不给奖励，许漫破罐子破摔地想。

第6章

— 技术交流赛 —

“这么好的机会，你也是废物本废了！”方勤猛地提高声音。

“嘘！”许漫一把捂住她嘴巴，小心翼翼地探头看向外面。

指挥车旁边，应峤还在给Black绑牵引绳，宋繁缕叉着腰在打哈欠，马小南仰着头似乎在数星星……还好还好，大家都没注意到。

方勤推开她手掌：“怂！”

许漫叹气，小声感慨道：“队长就跟铜墙铁壁一样，我大约一辈子都没希望了。”

“别呀！一辈子还长着呢，你要是能把他拿下，那直接就是他家功臣好吧。”方勤说完，重新点开视频，开了二倍速，津津有味地看了起来。

拜宋副队那慢节奏的约会步伐所赐，方组长现在干什么都恨不得速战速决。男主角低头亲吻女主角的动作慢一点，都会被她骂。许漫瞄了两眼走路说话都像装了风火轮的角色，往门口晃去。

比赛的日子一天天近起来，今天就要确定最终参赛的人员和位置了。一支参赛队伍至少要七个人，一个充当伤员，一个后勤保障，剩下五个名额才是救援队员。

野蜂凑不出两支队伍，自然只能在这十几个人里挑选出七个参赛。

许漫虽然还惦记着自家队长，却更担心自己能不能抢到名额。眼见应峤收拾好Black，上了指挥车，她也紧跟着爬了上去。

训练还是在宋繁缕的工作犬训练基地，车子甫一停下，外面就有犬吠声。Black似乎是听到了同伴吠叫声里的思念，兴奋得耳朵都立起来了。车门一开，它便夺门而出。许漫落在最后面，跳下车的时候，Black已经混进了宋繁缕基地的狗群里。小徒弟阿当正在倒狗粮，大大小小的狗子们叼着盆守在他身后，狗眼里都是期盼。Black明明已经吃过饭了，这时也不知从哪儿叼了只破碗在嘴里，殷切地站在两只比利时马犬边上。

许漫随着其他人往前走，慢慢地以应峤和宋繁缕为中心围拢过来，那情形，也颇有点放大版狗圈生态的意思。

训练内容也没什么特别的，照例是轮流制作下放系统、运送担架之类的常规训练。

因了要宣布最终参赛人员名单的缘故，大家都有些心不在焉。就连马小南这种谨慎的，坐在担架上随同伤员一起上升时，都差点忘了蹬墙壁避开碰撞，一边拿着册子的应峤狠瞪了他一眼，“唰唰唰”地在册子上写了什么。

轮到许漫的时候，她一点儿错也不敢犯，连打个水结都反复检查了好几遍。最后，还是被吼了。

“你做一个锚点用半小时？”应峤拿笔一下一下点着本子，“那再搭一个下放系统需要多少时间？”

紧跟着挨骂的是基础还算扎实的欧阳畅想——他参与集训的时间确实少了点，和高楠的配合愣是诡异地打着点时间差，担架保持着一个微妙的倾斜角度，晃啊晃地降了下去。

待到当夜的训练彻底结束，所有人都有了自己很可能会出局的心理准备。

应峤拿着那个被他蹂躏得不大像样的考核本，挨个儿盯过去，最后没急着宣布名单，反而加了五公里的越野跑。

话音甫落，马小南就一屁股坐到了地上：“吓死我了，以为我要被淘汰了。”

“你再继续粗心大意下去，没准真就没戏了。”宋繁缕难得正经起来，高大的身影被灯光照得竟也有些帅气。

工作犬训练基地外面就是一片荒地，大家背好装备，使直接沿着小路出发了。

许漫跑在中后段，瞄了好几次队伍前面的应峤，到底也没能鼓足勇气再去靠近。刚才大家的表现显然给了他一个沉重的打击，脸到现在都还是黑的。比赛还是其次的，救援技术应用起来，是与人命挂钩的。他对队员严格，对自己就更苛刻了。

过田埂，上斜坡，蹚浅滩……五公里很快过去，瞧着十公里也快过了，应峤仍旧没有叫停。许漫越跑越慢，察觉到身侧同伴们的呼吸也越来越急促。

“好了，今天就到这里吧！”队尾的宋繁缕终于憋不住喊停。他也累得够呛，缓过气来之后，小跑着追到应峤身侧，骂道：“你疯了，再跑就过市界了！”

应峤没吭气，宋繁缕一把抽出他背包侧袋里的考核本，又从自己的包里摸出支笔，说：“之前不都讨论得差不多了嘛，晚上肯定得定下来了。”

应峤长叹了口气，点头。

宋繁缕没再看他，盯着考核本上的那个被划掉又重新写上去的名字瞅了半天，小声道：“就这么着吧，能力最重要。”

“嗯。”应峤答了一声。

“凭本事吃饭，”宋繁缕咧嘴笑起来，“你要真给刷了，我真要怀疑你性别歧视了。”

应峤抬眼瞪他，宋繁缕只做不见，转身冲着其他队员喊道：“下面我宣布这次全国救援绳索技术交流赛参赛小组人员名单！”

这话比春雷还撼动人心，刚才还叽叽喳喳的队伍一下子安静下来。

“应峤、宋繁缕、高楠、闵涛、欧阳畅想、马小南……”宋繁缕停顿了一下，很是刻意地瞄了一眼应峤。

应峤嘟囔了句“无聊”，转头看下面成片的西蓝花地。“许漫漫”三个字，便在他身后，由宋繁缕念出，伴着满是花香的夜风一起吹拂到了耳朵上。

进入八月下旬之后，日子就快得飞起来一般。比赛的日期安排在八月二十九日，正好是开学的前两天。

许爸许妈一整个暑假都没怎么见到女儿，眼见着八月都快结束了，几乎天天来电话催回家。许漫再三保证开学前一定回去，才终于让两人安心。

而这期待了好久的救援绳索技术交流赛，也终于在濡湿炎热的夏季将要结束时正式来临了。

主赛场设置在浦州体育馆外，天还没完全亮，他们就出发了。

马小南顶着两个黑眼圈，坐在座位上发愣。欧阳畅想推他：“你不是吧，今天比赛呢，昨晚怎么不好好休息？”

“太兴奋，失眠了。”马小南有点不好意思。

“嘁！”欧阳畅想嫌弃地翻了个白眼，“没出息！”

马小南给他说得脸一红，缩着脖子窝着不动了。

体育馆建在人工湖边上，道旁绿柳如丝，粉色的玉兰花一簇簇盛放。车子驶进停车场时，已经停着不少印着救援队队徽或者文字的车了。少的两辆，多则五六辆，甚至有队伍拉了一整套的照明车、通讯车、指挥车过来的。野蜂一共就一辆指挥车，一辆装备车，气势上就先输了。欧阳畅想越瞧越没底，驴子似的围着自家车子绕圈。

这次比赛全国一共三十二支队伍参加，每个场地一次只能同时让六支队伍参赛，一共五个考核项目。体育馆主赛场之外一共还有四个分赛场，距离有远有近，参赛队伍需要依次赶到赛场完成救援任务。

应峤这人不但脸黑，手也特别黑，抽到了距离较远的第五赛场。第一赛场的人都直接进体育馆了，他们却至少得跑个三十分钟才能赶到目的地。

欧阳畅想一听到结果，就开始长吁短叹："跑那么远，都没力气了。"

宋繁缕倒是挺乐观的："直接比赛有什么好的，像咱们这样先热个身，顺便思考一下救援方案不是挺好的嘛——阿峤，咱们的考题是什么？"

"到了地方才知道。"应峤淡淡道。

宋繁缕："……"

应峤自顾自拉开车门，指挥道："把卷式担架和船型担架都拿下来，头灯也都戴上，其他装备大家分一分，全部带身上。"

"这年头谁还步行去救人啊！我们有车啊，主办方存心折腾人！"欧阳畅想哀号。

抱怨归抱怨，大家还是迅速地行动了起来。许漫拿好自己的装备，四下看了看，又去拎卷成一卷的卷式担架。

"你拿这个。"应峤一把抢过去，递过来一个绳包。

许漫眨巴了下眼睛，心里有点暖洋洋的。

隔壁那队应该和他们是同一个目的地，胸口印着一个形似小灯泡的队徽，正在那讨论要不要带上一套自制的装备，看起来像只小小的铁皮车。

"太重了，未必用得上。"

"万一用得上呢？这玩意儿效率高呀！"

宋繁缕却留意到了别的情况，背着沉重的救援三脚架，凑到应峤边上："你看那边，青穹的人。"

应峤"嗯"了一声，低着头抽紧身上的安全吊带。

"他们和咱们一组呢。"宋繁缕提高了点声音。

应峤这才抬起头，只遥遥看了一眼，又转身忙自己的去了。

青穹救援队，国内数一数二的大型救援组织，许漫当然是听过的。只是听宋繁缕的口气，似乎并不怎么友善。她个子不高，踮脚望了半天，也没看到人。

这趟路程，却着实不短。饶是他们负重越野跑了好几个月，也还是有些吃不消。

欧阳畅想更是憋不住抱怨道："我终于明白为什么别的比赛都六人

赛制，这个主办方非要搞七人赛制了——不加个人，哪背得动啊！”

他嗓门大，声音尖利穿透性还强，逗得附近几支队伍都哈哈大笑起来。他边上那个小个子男生装备不多，好心地帮他拎了个绳包，两个人立刻称兄道弟起来。

“再过去就是山脚下了，这地方附近最有特色的地形就是一块大约二十米的垂直悬崖，” 应峤笃定地道，“很可能是悬崖救援任务。”

“那咱们有优势呀。”宋繁缕说着，看了眼走在队伍一侧的许漫。

应峤“嗯”了一声：“如果是悬崖救援，一会儿让小南直接去被救援区域待命，欧阳负责后勤，咱们俩商量方案。”

他的声音不大，落在许漫耳朵里，却动听得犹如初春的燕呢声。马小南扮演“伤员”，欧阳做后勤保障！那她就是五人救援队里的成员！

他承认了！承认她的能力了！如果不是还在赶路，她都想掏出手机给方勤报个喜。

绕过最后一片建筑物遮挡之后，他们果然看到了如应峤所说的悬崖。

“全国救援绳索技术交流赛①第五分赛场”几个字样醒目极了，现场裁判也早已经站在那儿待命。工作人员收缴完各支队伍的手机，并完成赛点抽签之后，考核计时开始。

现场裁判指着不远处几辆破旧的车子开始介绍考核项目：“本次考核时间两个半小时，有一辆车子从悬崖上面翻滚下来。救援人员赶到悬崖后，需要运送一位医护人员下来，为伤员做止血包扎，再用担架把伤员救上来，送至救护车，再将装备整理好，完成单项比赛。”说完，他又指了指另一边山脚停着的白色厢车，“超时完成，将不会得分。”

大部分队伍都聚集在一起商量救援方案，只有零星的一两支队伍还在询问相关事项。譬如那支背了自制装备来的“小灯泡”队伍，正在询问能不能在比赛时使用他们的自制小车。

野蜂抽到的是六号位置，这里靠近灌木丛，悬崖底下荆棘丛，崖壁上还有山泉滴滴答答渗出，危险系数比别的位置高多了。

---

① 全国救援绳索技术交流赛：考核项目与赛制部分参考2014年欧洲救援绳索技术赛。

马小南已经被工作人员带去了六号破车那儿，身上还贴了写明伤势的卡片，胳膊上则粘上了代表伤口的贴纸。他犹犹豫豫地往野蜂其他人看去，应峤已经带着其他人，背着装备往悬崖上爬了。

“老规矩，我带人下去，你做现场指挥？”宋繁缕问。

“我带高楠下去吧，你在上面指挥。”应峤道，“许漫漫和闵涛分别操控下放主辅系统，用船型担架。往上运送担架时不用牵引绳了，我做伴随人员和担架一起上来。”

“那也行，”宋繁缕往悬崖下看了看，突然冲着下方吼道，“下面的人，能听到我们说话吗？你能动吗？”

马小南一愣，琢磨着自己只是骨折和胳膊出点血，回答问题并不算超出“伤员”的能力范畴，也隔着破破烂烂的车窗喊道：“我腿骨折了，胳膊上都是血！”

“问题不大，不需要带氧气瓶了。”应峤一边做下放主系统，一边说道。

宋繁缕于是继续吼道：“你不要着急，我们马上派人下来，先给你处理伤口，再用担架带你上来！你要配合我们救援人员的工作，不要惊慌，救护车已经在山脚等着你了！”

悬崖下的现场裁判暗暗点头，这队伍一看就是常年出没在救援一线的，知道提前探查被救援人员的情况。

边上的队伍一听，也立刻跟着冲自己的“伤员”喊起来。底下的“伤员们”回答自己的受伤情况，却各不相同。有磕到脑袋的，有腿骨骨折的，最惨的那支队伍一点儿反馈也没拿到。领队合理怀疑自家“伤员”是昏厥了，老老实实让人去公共器材区领取氧气瓶。

眼看主辅绳索都建设完毕，许漫便打算把辅绳从绳包里拿出来往下抛，应峤一把拦住：“带着绳包往下抛，底下全是荆棘。”

许漫一瞬间醍醐灌顶。

虽说只是交流赛，主办方设置的小陷阱却一点儿也不少。领队对地形地貌的判断，队员和队员之间的交流，对伤员的处理，全部都包含着扣分项。

许漫负责的是装载了MPD滑轮的下放辅助系统，只要配合着闵涛的主系统调整下放速度就行。从应峤爬出崖壁开始，她就看不到他人了。拿着对讲机的宋繁缕一直低头看着悬崖下方，只偶尔出声提醒他们加快或者减缓绳索下放的速度。

绳索那头的人蹬踏崖壁时，她甚至能透过绳索的抖动频率猜测到动作幅度。

十米、二十米……一直绷紧的主绳突然松垮下来的时候，宋繁缕也终于说了句："到地面了。"

在应峤之后下去的，是高楠。两位救援人员都落了地了，他们这边就得抓紧把下放系统改为提升系统。

宋繁缕看着应峤一路跑到破车边，回头看了一眼许漫——这几个月的训练还是很有效果的，看看这基本功，这么点儿工夫已经快改完了。

每支队伍默契程度不同，领队的水平也不同。

野蜂旁边那队没用绳包，第一个下放下去的人员正焦头烂额地整理被荆棘勾住的辅绳。领队站在悬崖上一个劲走圈，负责操作系统的那矮个儿男生百无聊赖，便和许漫搭讪道："小兄弟，学绳索技术几年了？"

许漫埋头苦干，直到系统完全改装完毕，才礼貌答道："我学了五年了。"

她头发虽短，衣服也是中性的救援服，声线却是柔软干净的女声。不但矮个男生愣了一下，连隔壁的领队都有些诧异地扭头看了她一眼。

居然是个女孩，这头发可真够短的！

救援队里女孩还是有的，但能够上一线的确实不多。这次的参赛队伍里，女队员数量也是一只手数得出来，更不要说看着这么"年幼"的小队员了。而且，看这小女生改系统的架势，绝对不是什么花瓶角色。

矮个小男生明显热情了不少，主动道："妹妹，一会儿比赛结束交换个联系方式吧。"

"喂，"宋繁缕打断道，"你们比赛时候还带勾搭妹子的？领队呢，队长呢，都不管的？”

瘦高个儿的领队当然也听到了，骂了句“死性不改”，道歉道：“不好意思，兄弟，我们这是光棍队！”

光棍……宋繁缕嘴角抽搐：“你们饥渴也不能对着我们队里的姑娘发情，再乱来打人了！”

话音才落，对讲机里蓦然响起应峤的声音：“吵什么，比赛呢！”

宋繁缕吓了一跳，这才发现自己刚才没留意，按到了挂在胸带上的对讲机通话键：“没事，没事，你们快处理伤员。”他心有余悸地把对讲机往旁边拨了拨。

时间一分一秒过去，应峤和高楠一起把马小南给弄到担架上，“伤口”也处理好了，正在那给他戴头盔。

担架运输过程中，万一发生磕碰，是挺怕伤到担架里的伤员的。这片悬崖其实不能算太陡峭，但是中段有个凸起的岩层，没有伴随人员保护的话，担架很容易撞上岩石。

高楠先回到了悬崖上，再由应峤把担架用水平运输带绑到主辅绳上。应峤没再选择扶着担架一起上来，直接避开马小南的“伤处”，双腿穿过运输带坐在了担架上，再用安全钩将自己和担架运输带的吊环相连接。

宋繁缕这才指挥闵涛和许漫开始往上收绳，所谓救援指挥，对形势的判断尤其重要。

譬如在应峤靠近那片凸起区域的时候，早早让闵涛和许漫放缓速度。譬如在应峤靠着手将担架推离岩壁，甚至改用双腿蹬踏岩壁上升时，关注应峤的体力情况……躺在担架里的马小南就轻松多了，刨去自己被分配去当伤员的那一点儿失落，他对应峤和宋繁缕他们还是信服的。

有队长大人当伴随人员，他这担架别说没一次磕碰，连倾斜角度都没超过二十度。甚至，到应峤解了安全钩翻上崖顶，和高楠、宋繁缕一起抓着担架横梁，将他和担架一并拎上崖顶的时候，也没出现太过夸张的倾斜。

他们的配合还算默契，效率也够高了，却不是第一个把伤员送到救护车上的——最先躺进救护车的“伤员”穿着一身荧光橙的队服，胸口印着交缠的三蛇杖队徽，小腿上绑着绷带。

“青穹已经完成了呀。”宋繁缕感叹。

“他们还没整理好装备，不算完成。”应峤说道，大步跳下救护车。

宋繁缕失笑：“原来你也不是不在乎。”

宋繁缕这话说得没头没尾的，许漫直觉有异，抬头望向终点处。那边仅有一支队伍在整理装备，全穿着青穹的队服。

他们也是六男一女的配置，不同的是女孩高瘦而明艳，哪怕穿着同样的救援服，也夺目得发光。只是眼神里一点儿笑也没有，看什么都神情漠然。

许是听到了脚步声，女孩也朝着他们这边望了过来。看到应峤的时候，那双漂亮眼睛里的颓靡瞬间消散，只剩下满满的嫌恶。

“哇，队长你不是惹了什么风流债吧？！”欧阳畅想有些夸张地叫道，“对面那个美女在瞪你欸！”

应峤恍若未闻，脚步也不曾停歇。

野蜂最终的成绩是一小时四十八分，距离比赛结束还有近一个小时。

大家在休息区席地坐下，利用难得的空闲调整、休息。马小南也解了绷带跑了过来，蹲在一边疯狂喝水。应峤靠着棵大树，闭着眼睛打盹。宋繁缕挨着他坐着，嘴里嚼着块饼干，含糊不清地说着什么。

许漫往他们那边坐了坐，正好听到他嘀咕：“这回咱们要是拿了冠军，我就拿着奖杯去表白！”

许漫瞪大眼睛，掏出手机给方勤发消息。

两秒钟之后，方勤回了一整屏幕的微笑表情：要是输了，你就不要再回来了！

这关我什么事儿啊！光我一个人拼命也赢不了啊！我这还出现了疑似情敌呢！许漫可怜兮兮地看着手机。

在他们休息的时间里，其他队伍也陆续完成了考核。最惨的就是“小灯泡”了，他们和裁判交涉器材使用权浪费了不少时间，抽到的位置又有落石，“伤员”还不轻。队员忙里出错，中间被现场裁判叫停好几次，最后几乎是擦着线完成比赛的，白瞎了那个充满斗志的“希望之火”队名。

第二个考核项目，野蜂这边和运河那边的人员交换场地。

欧阳畅想一听运河就激动了，一个劲儿地毛遂自荐：“队长，这肯定是和水域相关的项目，应该把我放到救援组里呀！”

应峤看了他一眼，点头。

这个项目模拟的是工人在作业时出现意外，悬在桥梁下方无法移动的救援情景。救援队员必须爬入钢结构桥梁内部，利用救援绳索技术将伤员救下来，送回岸边。

应峤又一次发挥了手黑的技能，抽中了最中间的位置。

宋繁缕瞅着桥梁发愁：“这么窄，咱们要爬的距离也太长了吧？”

“许漫漫身量最小，她爬进去架设系统吧。”应峤接腔道，“这回伤员需要在半空悬挺久的，不然你上？”

宋繁缕点头：“那小南你做后勤人员吧，万一有人落水，欧阳还能及时救援。”

“我也是这个意思，”应峤拿笔随手在纸上画了个简易系统图，“许漫架设好系统之后，在桥梁内做上方保护，我沿着系统爬上去将伤员转移到横渡绳上，再由岸边的高楠和闵涛负责牵引到岸边。”

他们这边做完救援方案和人员配置，青穹那边已经开始攀爬了。

让许漫意外的是，那个年轻女孩居然是领队，不时地和身边的队员商量着什么。

救援队和救援队之间，还真没什么利益关系。但应峤他们赶到桥上开始架设系统的时候，那女孩却挑衅地朝他们这边剜了一眼。

许漫对她这莫名其妙的敌意很有些不满，小声问高楠：“那是谁呀？和我们有仇？”

高楠看了眼应峤，谨慎地摇了摇头。

下放系统架设好之后，许漫背好装备，灵巧地沿着绳索往下降落。应峤神情专注地控制着绳索下放的速度，高楠就更不敢松懈了。女领队那带着尖刺的目光，便从应峤身上移开，沿着绳索笔直地刺入正在钢梁里作业的许漫身上。

如果说野蜂的模式是小而精的话，青穹就是典型的大而强。青穹救援队的名号遍布全国，那枚三蛇杖队徽更是隔三岔五地上新闻。这回参加比赛的队伍，并不是浦州市青穹救援队，而是西南分部的滇南青穹救援队。西南多山地和地震，救援绳索技术也高。

许漫自觉搭建系统的速度已经够快了，青穹的人却总是比她快上一步。她蹲在钢梁之间，看着应峤沿着绳索攀爬过来，同步收紧MPD滑轮。

过大U，过锚点，应峤渐渐地便超过了青穹那边的速度。解救伤员的时候，应峤自忖体重和宋繁缕差不多，用的平衡挂接救助法。

悬在半空的“伤员”宋繁缕无所事事，便开始观察其他队伍的情况。这一看，又是骄傲，又是焦虑：我们速度第一了呀，但是青穹咬得很紧呀！

他在牵引绳的帮助下，匀速地滑向岸边。一边滑，一边因为旁边追得紧，明显要快上一些的青穹伤员而伤神：“快呀！你们倒是快点放我下去呀！”

“伤员”中气十足，简直比现场指挥还要惹人注目！

你都第一了还这么嚣张，我们不要面子的呀！有队伍和现场裁判投诉，裁判也很无奈：“他也没昏迷，催促一句，不算违反规定。”

“你们这个设计简直弱智！”开口投诉的队员抱怨道。

现场裁判脸色变了变，然后拿起笔：“辱骂工作人员，扣分！”

投诉人：“……”

他们这边闹得厉害，桥梁下的河岸边，宋繁缕也想要跳起来骂娘了。明明他先到的岸边，居然因为整理装备速度不够快，而比青穹晚一步结束比赛。他瞪着应峤之外的其他人：“你们都什么速度！快起来快起来呀！”

“这个比赛并不完全按着时间给分呀。”欧阳畅想嘟囔，“要是单纯为了速度反而出错，岂不是扣分更多。”

“就你废话多！”宋繁缕瞪眼。

“宋哥你今天比队长还凶！”

“我本来就很凶！”

大家叽叽喳喳说着向场外走去——早上一共就两个考核项目，既然已经完成了，就可以去休息用餐了。

他们的车还停在体育馆的停车场里，装备又重。宋繁缕拦了两辆出租车，直奔距离下午赛场最近的酒店：“咱们先去开个房好好休息，午饭叫到房间去吃。”

许漫见应峤进了第二辆车的后座，也大着胆子挤了上去。应峤看了她一眼，自顾自地闭上眼睛假寐。许漫抿了下嘴巴，微微往后仰去，也靠在了椅背上，身体确实非常疲惫，但她的脑子却意外地清醒。

记得他们遥遥领先的速度，记得自己独自在钢梁里搭建系统的情景，也记得，青穹那个女孩利刃一般的目光。

她悄悄摸出了手机，点开方勤头像，下面一大串留言询问，全是关于上午考核成绩的。事关她亲爱的野花哥哥的告白大业呢！

许漫瞥了一眼闭着眼睛的应峤，手指飞快地在屏幕上打字：青穹救援队的一个女领队，好像对咱们野蜂，尤其是对咱们队长意见特别大，你知道是怎么回事不？

消息发出去了，她又忐忑地加了句：总不可能是他前女友吧？呵呵。

隔了许久，方勤才简练地回道：应峤要是有前女友，猪都会上树了！

许漫“扑哧”一声笑出来，身侧的应峤睁开眼睛，莫名其妙地看向她。

“不好意思，”她迅速收起手机，“看到个笑话。”

应峤盯了她半晌，蹙着眉道：“笑话里还有我的名字？”

许漫噎住，嗫嚅半天，也没能找到个靠谱点的借口。只是脸越来越红，手心也全是汗。

坐在前面的高楠看着好玩，回头调侃道：“队长，小姑娘私下提到你名字，这是荣幸，高级别待遇。”

应峤愣了下，想要反驳，看到垂着脑袋的许漫通红的脖子，又把话咽了下去。

下午的考核点在应急管理局的训练场里，宋繁缕便把钟点房开在对面的小旅馆里。大家急匆匆吃了饭，囫囵睡了个午觉，一起去训练场报到。

这次的题目是利用钢管搭建的架子，模拟洞穴救援。救援队员需要将伤员用担架固定，通过宽窄不同的三个“洞穴”运送出来。这种任务比的就是基本功和体力了，谁都看得出来开始的时候得垂直运送担架，最后得改成水平运送。

野蜂里许漫体重最轻，理所当然扮演这种狭小空间的伤员。

那支深爱自制装备的队伍，这回却真靠谱了一次——许是队伍里酷爱探洞的队员较多，从定方案到操作都遥遥领先，连青穹都比他们慢了不少。

当然，也有掉链子的。马小南第一次在赛场上操作系统，才一上手就发慌，竟然让绳子从手里脱了出去。若不是MPD滑轮自动锁死，担架就撞钢管上了。

回到休息区，马小南一个劲儿地自责，都快哭了：“队长，下次还是让我做后勤吧，我……”

“谁也不能保证自己不犯错，”应峤声音淡淡的，也没谴责的意思，“自锁装置就是防止出现这种意外的，下次小心就行了。”

话是这样说，马小南的“下次”，却还是不够小心——第四个项目是将艺术剧场里被困的伤员解救下来，应峤安排马小南负责滑轮组的搭建。不知是不是他太紧张了，滑轮弄错了方向不说，有一个安全钩还没完全拧死。若不是应峤检查时候发现，就要出大意外了。

“我不是和你说过，安全钩要用自锁的？”应峤抿着嘴唇，检查串得乱七八糟的滑轮系统，“哪怕是手动锁的安全钩，不还有骷髅标志提示？训练时候强调了多少次，手动锁安全钩必须拧至骷髅完全看不到为止！”

“不然还是我来吧，小南在一边看着学习。”宋繁缕叉着腰在一边看着，隔壁的青穹都已经开始下放伤员了，他们却连系统都还没搭建好。

“让他来，”应峤却不肯善罢甘休，“比赛时候都做不好，实际救援谁会给他机会！”

“阿峤——”

应峤摆手，把紧张得小腿都在发抖的马小南往前一推，一字一句道：“你连这点压力都扛不住，永远不要指望负担得起实际救援任务。”

马小南抬袖子擦了把眼泪，重新蹲了下去。解安全钩，拆滑轮组，整理绳索……在这么多双眼睛的注视下，他反倒渐渐平静了下来。理论学习和训练时掌握的技能也总算派上了用场，打好最后一个安全绳结的时候，连一边计时的现场裁判都暗暗松了口气。

这支队伍前面的成绩都挺好的，这轮耽误这么多时间，分数可扣得不少，小组第一的希望肯定是没有了。但领队那牺牲成绩也非要给新人队员锻炼机会的做派，裁判倒是不讨厌。

交流赛嘛，本来就是为了切磋技术来的。一味的扬长避短固然能拿好名次，但于锻炼队伍来说，却未必完全是好事。

有了这一项的失误，他们的总积分明显落了下来。待到最后一个项目比完，排到了第五名。虽然不能算太差，但宋繁缕那个拿着冠军奖杯去表白的梦想，很明显破灭了。

比完赛隔天一早，许漫就回了家。不是她归心似箭，而是许峰接了老婆大人的懿旨，直接把车开到了学校门口。

许漫一整个暑假都泡在野蜂，黑瘦了一圈。许峰载着她念叨了一路，听得她耳朵都快生茧了。

好不容易回到家，推开门，许妈妈也吓了一跳：“我们家好好的姑娘啊——”

许漫无奈地道："我这不是挺好的？就是晒黑了点，这是健康肤色。"

许爸许妈可不这么想，中饭晚饭全是她爱吃的，一副要趁着最后两天光景把人喂回来的架势。许漫漫同志果然拜倒在美食的石榴裙下，肚子都吃撑了，靠着沙发有些吃力地摸出振动个不停的手机。

方勤："你就这么直接走了？有亲情没友情！"

"我也没办法，"许漫打了个饱嗝，"我爸都直接到学校门口来蹲守了，我过个两天就回来了嘛。"

方勤叹气："野花哥真的没找我表白。"

许漫："……"

方勤："都怪你！八字没一撇的事儿，非要给我希望！不知道希望越大，失望越大吗？"

许漫："……"

恋爱中的女人啊，就是这么喜欢无理取闹。许漫拿着电话软声软语地哄道："不要生气啦，等我回学校，请你吃我们学校二食堂的招牌菜奶酸鱼。"

方勤矜持地"哼"了一声。

许漫于是再接再厉："还有一食堂的肉包，东大门的奶茶……"

她说得忘我，浑然没注意到拿着戏本的许妈妈正从书房出来。听到女儿那满是宠溺的话，许妈妈瞪着眼睛呆了半晌，蹑手蹑脚走进厨房。

"老许，出大事儿了！"许妈妈压低声音，向许峰道，"你女儿，估计背着咱们偷偷谈恋爱了！"

"恋爱了好呀，"许峰莫名其妙道，"都大学生了，不算早恋了。"

"谁说这个，"许妈妈回头看了眼客厅，神秘兮兮道，"我刚听见她和人打电话，那语气……特宠溺……还要请人吃奶酸鱼，给人排队买奶茶。"说着，她还惟妙惟肖地学着许漫语气重复了一遍。

许峰愣了："我怎么听着，那么像在哄女孩儿啊？"

"对呀，"许妈妈不自觉地就想起戏文里为丈夫奉献一切，最后却还是给压进雷峰塔里的白娘娘，"到底是什么样的男孩，值得咱们闺女这么捧手心里疼？”

“那个……”许峰眼神闪烁。

“现在的社会上，什么人都有，女孩子家容易吃亏。”许妈妈越想越觉得心里发慌。

“我倒觉得，”许峰的声音有些缥缈，“也可能……真是个女孩？”

“女孩？”许妈妈愣了一愣，脸色瞬间变得为难起来，“你是说……不应该吧？”

许漫这两天在家过得是异常的舒坦，顿顿美食，餐餐佳肴。唯一美中不足的，就是方勤和林持瀚仍旧经常来骚扰，应峤却毫无动静。虽然，他真要主动联系她，她也只会又惊又喜，然后语无伦次出糗而已。

心上系了个人，就像丝线上悬了露珠。风吹草动，一震一颤，都是忐忑。

许爸爸今年带班，已经开始每天去学校报到了。许妈妈赋闲在家，仍旧练她的越剧。只是，最近练习的唱段，都异常苦情虐心。

许漫和方勤打电话，她唱：“见我儿好比刀插胸，忍不住泪珠如潮涌。[①]”

许漫看林持瀚发来的消息，她干脆连丝巾都抖开了：“儿无知，泪水当乳吞；娘悲切，心乱眼蒙眬。[②]”

开学当天，许漫起了个大早，拉着箱子就打算出门了。许峰和许妈妈却也已经整装待发，一个西装领带，一个高跟鞋收腰改良旗袍，精致得像是要去参加宴会。

“爸，妈，你们这是干什么？”许漫有些哭笑不得。

“送你去学校呀，”许爸许妈异口同声道，“不能让你在同学面前丢人！”

丢人……不如说是震撼好吗？！

---

① 越剧《白蛇传》唱段。

② 越剧《白蛇传》唱段。

许漫劝说不了，干干脆脆地把行李放进后备厢，拉开了许峰刚关上的驾驶室门："你们送我去也行，得让我开车。"

"行吧。"许爸爸看了眼许妈妈，点头答应。

许漫这段时间车技可谓突飞猛进，手轻轻松松地扶着方向盘，灵活地控制着小车穿梭在车流里。终于到了学校，许漫将行李和父母往宿舍一塞，自己揣着学生证和饭卡去办报到手续和充值，顺便去搬新课本。

她们这屋一共四个人，一个本地姑娘，办完手续就回家了。另外两个都住校，嘴巴特甜地请许爸许妈吃家里带来的土特产。

许峰赶紧道谢，也拼命往她们手里塞水果塞零食。许妈妈坐在女儿书桌旁，左看看，右瞧瞧，装作不经意地道："漫漫都给我们宠坏了，平时肯定给你们添不少麻烦吧？"

"哪儿啊，我们宿舍的灯泡都是许哥……都是漫漫修的呢。"室友小圆大大咧咧地道，"她可是我们班最有英雄气概的女生了，比男朋友都靠谱呢——咦，阿姨，你哪儿不舒服吗？"

"没有，"许妈妈捂住胸口，"我就是有点胸闷——她是不是有个朋友，特别爱吃奶酸鱼、奶茶和肉包子？"

"我呀！"小圆同学眉开眼笑，顺便拍了拍刚给两位家长泡好茶的室友阿橙，"阿橙也喜欢，我们俩号称二食堂奶酸鱼杀手，一顿能消灭两锅！"

阿橙长得倒是文静，整个人像棉花糖一样软软糯糯的。许妈妈在心里略一合计，这俩名字许漫常挂嘴边，打电话通视频的时候，说话可完全不是那天那个调调。

待到许漫抱着一大堆课本回来时，二老已经打好了主意，要去探一探那个野蜂救援队的虚实："漫漫，中午爸爸妈妈请你们仨小姑娘吃饭，吃完饭你带我们去你那个野蜂救援队看看？"

许漫吓了一跳，拨浪鼓似的摇头道："不方便的，救援队很忙的！"

许爸许妈互相对视一眼，许妈放软声音道："我们又不打扰人家的，就去看一看你平常忙些什么嘛。"

“就是，公益救援多好的事儿，爸爸妈妈也想看看有没有什么能帮上忙的嘛。”许爸说。

许漫被说动了，犹豫半晌道：“你等我打电话问问……我们队长。”

“我们也要去！”看热闹不嫌事大的小圆和阿橙异口同声道。

方勤靠在收银台上，看着宋繁缕牵着狗出去又进来，眉毛都快耷拉到鼻子下面了。那狗还特别高大，挺着胸膛，发达的颈肌肉和肩部肌肉一耸一耸的，帅气逼人。

可越漂亮，就越叫人生气！狗都能照顾得那么好，怎么谈恋爱就这么不上心？！

宋繁缕第三趟进来的时候，总算想起了方勤——捎了杯热量特别高、糖分特别多的冰可可给她。方勤抿着嘴，嫌弃地把杯子往旁边推了推。

宋繁缕显然注意到了，张了张嘴，话到嘴边又咽了回去。女孩子的心思，他也是实在不懂。方勤那忽冷忽热的态度，总搞得他跟坐云霄飞车似的，一会儿觉得她心里应该也是有自己的，一会儿又担心只是自己自作多情罢了。他那好不容易鼓起来的勇气，被方勤那冷飕飕的目光一扫，登时就和交流赛上丢失的奖杯一起飞了。

外面又传来狗叫声，宋繁缕手在裤子上搓了下，转身往外走去。

方勤等人一直出了大门了，才抬起头来，怔怔地望了那杯可可好一会儿，才伸手拿起来。吸管戳进杯盖，发出轻微的声响，门外却蓦然响起车轮磨砺地面的巨响。

马小南有些凄厉地喊了声：“宋哥，躲开啊！”

方勤的手一抖，杯子被打翻在地，淌了一地的褐色液体。她却完全顾不上了，拎着裙子就往外跑去。

最先入眼的是一辆黄色的大卡车，上面载满了货物，车身兀自颤抖。车下压着黑乎乎的什么东西，方勤眼尖，看到了地上那块印着野蜂标志的应急灯队徽——右侧的塑料外壳那儿，还沾着一点黄色油漆——那还是去年在仓库里给放装备的大箱子编号的时候，她玩闹时故意给宋繁缕涂上去的。

方勤觉得脑袋有些发晕，她茫然地朝前跑去，双脚就像踩着棉花一般。怎么可能？她一步步往前跑去，那团黑色的东西也越来越清晰，柔软的，变形的，没有生机的。没有洇出鲜血，也没发出喊叫……

方勤将要扑到车轮旁时，有人拦住了她：“小方姐，你怎么了？”

方勤压根儿没心思搭理，仍旧挣扎着要继续往前跑。

那人却箍着她肩膀不放：“危险呀，车上都是易燃易爆的东西，小方姐你别过去！”

易燃易爆，易燃易爆就不管压在底下的人了吗？！

“你放开！”方勤挣扎了两下没能挣脱，干脆冲着那团东西喊起来，“宋繁缕，宋繁缕你起来！”

抱着她的马小南一愣，便给她推开了。

“那……不是……”马小南茫然地看着方勤踉跄着往卡车跑去。

因为冲过去救狗而摔在卡车另一边的宋繁缕，一边拉着爱犬一边仰头骂司机：“看着点路啊！”

那司机也不是吃素的，从车窗那探出头来回吼：“你自己的狗叼着狗窝乱跑，还有脸骂我？”

“我……”宋繁缕话刚出口，卡车另一面蓦然响起方勤的喊声，接着就是一阵撕心裂肺的哭声。

司机和宋繁缕面面相觑，宋繁缕最先反应过来，拉着狗就往卡车另一面跑去，先看到的是手足无措站着的马小南，然后是蹲在辗轧着狗窝的车轮边痛哭着的方勤。

那狗窝是他用旧衣服胡乱做的，被爱闹的小狗们咬得乱七八糟的——在他看来，着实没什么好心疼的。

“小、小方妹？”他愣愣地问道，“你怎么了？”

方勤抹着眼泪抬起头：“野花哥被车……”她的声音戛然而止，半晌之后，红着脸滴着眼泪大步朝射击馆里面冲去。

宋繁缕扭头去看马小南，马小南也茫然地看着他。

一直隔着车窗围观的卡车司机终于忍不住了，摇下另一面的车窗，冲着宋繁缕吼道：“人家女孩以为你被撞了，心疼你！赶紧去安慰一下呀！”

宋繁缕这才恍然，拉着狗就往里走。他走到一半，又转回来把狗绳塞给马小南：“你随便带哪儿遛去！”说罢，大步往里面走去。

“傻子！”卡车司机直乐，乐完又急了，冲着已经头也不回往对街走去的马小南喊，“等等，你们留个人把我车轮底下的狗窝拿走啊！”

宋繁缕冲进屋里，就见方勤蹲在收银台旁擦地，他慢慢吞吞地走过去，酝酿了半天，憋出一句：“什么东西洒了？”

方勤狠狠地剜了他一眼，没好气地道：“你买的可可太难喝，我给倒了！”

“哦……”宋繁缕又没词了。

方勤收拾完东西，仍旧坐回收银台后面。脸上的眼泪她早已经擦干了，眼眶还有些微红，洇了胭脂一般。

宋繁缕无措地在口袋里掏了半天，什么也没能掏出来，最后，在方勤失望的目光里，抽了张收银台上的抽纸，递过去：“别、别哭了。”

“谁哭了？”方勤的眼眶更红了，说不清是羞赧还是绝望，“我有什么好哭的！你谁啊我就为你哭了？木头脑袋！傻瓜！野花男！……”她越骂越是委屈，眼泪又一次流了下来，操起桌子上的小台历、碳素笔、笔筒就往宋繁缕身上砸去，“我神经了才会喜欢你！脑子被门板夹了才会看上你！”

宋繁缕起初还躲了几下，听到她说“喜欢”，浑身一震，惊喜地看向她：“小方妹，你也喜欢我啊？”

方勤恼羞成怒，随手摸起桌上仅剩的平板，冲着他脸砸了过去。宋繁缕非但没躲，还往前迎上去一步，“啪”的一声，平板正中他脑门。

方勤吓了一跳，冲过去看他的额头：“没事吧？”

“我真开心，”宋繁缕笑着露出两排大白牙，张臂抱住她，“你喜欢我，我真开心！”

“我——”方勤反驳的话到了嘴边，却怎么也说不出口了。

她想说自己一点儿也不喜欢他，想说自己从来都是被人追的，想说自己才不会那么容易就答应别人，想说……

抱着她的男人胸膛温暖，心跳快得似超速的汽艇，连胳膊都经不住战栗一般的颤抖。

是啊，谁叫自己偏偏喜欢他呢？约会也约了，饭也一起吃了，这一句“喜欢”谁先开口，又有什么重要的呢？

电子感应门铃却突然“叮”的一声，快乐地叫道：“欢迎光临！”

方勤抬起头，就见许漫领着一群人，不知什么时候站在了门口。

许漫的眼睛瞪得溜圆，她身后的中年西装男、穿旗袍的中年太太、一胖一瘦两个年轻女孩，也好奇地隔着玻璃门望过来。

五个人十颗眼珠子，每一颗都倒映着搂成一团的方勤和宋繁缕。

“我……”方勤推开宋繁缕，有些尴尬地将落到脸颊上的长发拨回脑后，“我就是随便……随便接受了一下爱慕者的表白。”

“恭喜恭喜！”许漫是真挺激动的，情不自禁地拍了两下手，“恭喜你们有情人终成眷属！”

她这一鼓掌，许爸许妈和室友们，也被带动得跟着“啪啪啪”鼓起掌来。

“谢谢谢谢！”宋繁缕可不介意谁主动的事儿，结果才是最重要的。他今天的运气真的是非常非常的好，不但天降好运抱得美人归，还有一群人来祝福他，真的不要太幸福！

应峤擦着汗从射击区出来，看到的就是一群人围着自家表妹和副队长疯狂鼓掌的诡异的场面。要不是两人都穿着便服，那神色差点让他以为两人正订婚呢。

许妈妈听到许漫冲着那个高个子男人喊出一声“队长”，心里那块大石头咯噔落地。她和许峰对视了一眼，心照不宣地松了口气。

应峤应了一声，努力让自己的笑容更加友善一些：“叔叔阿姨，还有许漫漫的同学们，都请进吧。”

“哎！”许峰回身拎起搁在一边的两只沉甸甸的袋子，“我和你阿姨早就想来感谢你了，一直没机会——也不知买什么好，就听漫漫的介绍买了些安全钩啊、滑轮啊、强光手电什么的。”

应峤愣了下，感激地道：“谢谢你们的支持，太破费了。”

当家方知柴米贵，他一看这些外包装，就知道二老花了不少钱。光一个MPD多功能滑轮，就得七八千块钱。

宋繁缕等人也看得咋舌，许漫漫这个女儿当得非常“靠谱”啊，挑的全是好东西！

既然人家为救援队“捐献装备”了，应峤便让马小南去取了仓库的钥匙，领着客人们开始了对野蜂救援队的“参观之旅”。

“我们救援队现有在册志愿者三百九十八名，正式队员四十五人，出勤率一般在25%到30%之间浮动，今年上半年一共完成生命救援三十七起，成功率78%左右……”

应峤人高，步子大，声音也低沉，这些冷冰冰的数字从他的口中念出来，也没什么抑扬顿挫的节奏。落进许妈妈等人心里，却有如滴落了春雨的池塘，漾出一圈又一圈的涟漪。

仓库有些阴冷，白炽灯照耀在那些陈年的锦旗、奖牌上，也照在簇新的装备、成箱的志愿者马甲上。

经过一台眼熟的黑色设备时，许妈妈愣了下，问：“这是给潜水气瓶充气的空气压缩机吧？”

“对呀，阿姨你好懂行！我们阿峤可是ERDI的持证教官。”宋繁缕道。

“我也是听漫漫介绍过，”许妈妈笑道，“这丫头缠着我们死活要学潜水，考那个ERDI应急救援潜水员证书——你们救援队也出水域救援任务吗？”

应峤闻言，看了许漫一眼。

许漫抿了下嘴唇，勇敢地回视过去，可对方的目光里，却并没有多少喜悦。

许漫那过于明显的毛遂自荐的反应让应峤更加无奈了，他耐心地解释道：“ERDI应急救援潜水小组至少需要四个人，危险性也大，我们队里条件不允许，已经不接这类任务了。”

“也不是……”宋繁缕才说了几个字，被应峤瞪了一眼之后，到底还是将话咽了下去。

真要组四人小组，也并不是完全组不起来。他也还在队里，应峤和许漫都有ERDI体系的证书，欧阳又是开放水域救生员。他们当年，其实也是类似的队员配置——四个人里，只有应峤和晨光才算得上真正的封闭水域救援人才，但那些星辰一样闪亮的过往，最终也没能抵御住阴霾的吞噬。

许漫有些失落，ERDI算是当今世界上最大，也是权威性最高的公共安全潜水体系了，比休闲潜水员难考多了，费用也特别高。她也是和父母磨了无数次，打了好几个假期的工，才争取到上课机会的。如果今年上半年没能成功拿到ERDI证书，她今年还真的未必有勇气来参加野蜂的考核。一步一步努力走到了今天，说不辛苦是不可能的。他却说，危险性太大，我们已经不接这类任务了。

从仓库出来，马小南已经把充当会议室的屋子收拾好了，连柜子里的奖杯都擦得干干净净的。小圆等人便在那儿做志愿者登记，头顶上便是那些密密麻麻的锦旗。

许峰签完字，背着手饶有兴致地念着锦旗上的字样——

“赠野蜂救援队宋繁缕队长：救命之恩，永生难忘。

“赠浦州野蜂救援队：精英团队，救危扶难。

“……”

“赠野蜂救援队许漫……”许峰念到这儿，明显停顿了下，目光再往下一扫，登时就噎住了。

许妈妈也跟着抬起头，讶然地看着锦旗上巨大的“美女救英雄，缘分天注定”几个大字。

“漫漫啊——”

“这个就是被救援人开的一个小玩笑，”许漫赶紧解释道，“那天是我背他下山的，他就做了这个锦旗……主要、主要是觉得好玩！”

许爸和许妈恍然地点头，神色间却仍有不少犹疑。这么多锦旗呢，全都正正经经的，怎么就送女儿的这面，用词这么的……这么的……

许妈妈默默地在心里记下了“林持瀚”这个名字。比较起来，这个看着有些面冷的应峤队长，可靠谱得多了。

“哎呀，叔叔阿姨、小妹妹们，来喝茶！”方勤凑过来帮宋繁缕一起倒茶水。

一个端茶，一个端水果，连体婴儿似的舍不得分开。

小圆和阿橙则挤在许漫边上，小声嘀咕：“漫漫，那个送你锦旗的人，是男的女的？”

“男的。”许漫小声道。

“帅不？”

“帅……”许漫瞥了眼循声望过来的父母，干咳了一声，“我回去和你们说。”

小姑娘们喁喁私语的样儿，又可爱，又青春洋溢。应峤在门口附近站着，脸上的神色也不自觉松懈下来。年轻真好呀，对什么都充满热情，对什么都无所畏惧……

“阿峤，你站那儿傻笑什么？”宋繁缕倒完水，扭头看到应峤，见了鬼似的叫道。

应峤一怔，脸上的那点笑意也立刻如冰雪一般消融了。

“谁在笑？”

“你……”

“你看错了。”他转身要离开，耳朵上的蓝牙耳机却突然响了起来。

“刑侦队请咱们帮忙，”宋繁缕和马小南两人扛着沉重的竖井提升器，一边往车上搬，一边嘀咕，“井下证物打捞任务？”

“嗯。”应峤看了眼时间，拉开车门爬上驾驶室。

刚才那通电话来得突然，大家一边听应峤介绍情况，一边跟着急匆匆下到了仓库里。

许漫虽然知道野蜂经常和消防、110联动，却不知道他们还能在刑侦现场派上用场。

许爸许妈等人看了这么多锦旗和装备，心潮澎湃，看到救援队的衣服都有股崇敬感。他们自知帮不上忙，便把希望寄托在了许漫身上，一个劲儿地催她也跟上去。

许漫本来胆子就大，被这么一激励，简直热血沸腾，随手拿了件马甲，小跑着赶到车前敲窗户："队长，我也去帮帮忙吧。"

应峤立刻就要拒绝，视线扫过她身后一脸殷切的许爸和许妈等人，憋出句："那就上来帮忙做任务记录吧。"

"谢谢队长！"

许漫兴奋地回头和父母还有同学比了个代表胜利的剪刀手，利索地爬上车。

应峤暗暗叹气，松离合将车倒出车库。

宋繁缕将记录册递给许漫，笑着向应峤道："你看，我就说给她上保险是应该的——总有个万一不是。"

许漫眨巴眼睛："什么保险？"

"阿峤没和你说？"宋繁缕又翻了竖井提升器的操作说明出来，也递给她，"咱们经常要去参加联动救援任务的几个，警方都给救援队的队员上保险的，也算是官方给的保障。"

许漫"哦"了一声，心里跟吃了蜜似的，觉得应峤的背影都帅了好几分。

所谓竖井提升器，正式名称叫老仔牌狭窄空间救援提升器，是国内中部一家民间救援队队长自行研发的救援器材。又因为这位队长外号"老仔"①，业内也把它唤作"老仔竖井提升器"。

这套设备不需要电、不需要液压等附加条件，光凭着一套标准杆装上托杆、抓取器等工具，利用井壁作导向筒，便能轻轻松松将坠井的人

① 老仔：真名曹春雨，阜阳蓝天救援队队长，从事无偿公益救援工作多年，其发明的竖井提升器、老仔钩等救援装备推广至全国，挽救了无数生命。

或者物打捞上来。老仔本身就是搞机械出身的，在实践过程中又多次改进设备，向各大消防队、民间救援队无偿推广分享设备和技术。

野蜂这套设备，也正是得益于此。

宋繁缕平时大大咧咧，说起救援相关的事情却是滔滔不绝。应峤让他介绍设备的使用方法，他却连东西的来历都说得清清楚楚的。马小南显然不知听过多少遍了，一直瞅着车窗外看。许漫却听得津津有味，真真切切地感受到什么叫作高手在民间。

这次的任务现场着实偏僻，几乎快要跨过浦州地界了。

田里的水稻刚刚插完秧不久，极目望去，全是翠绿的稻叶，连水田里的浮萍都碧莹莹的。

黄色的警戒线拦在几块水稻田之间，将一口灌溉井围绕在中间，突兀，而肃穆。

应峤将车子停下，一行人沿着田垄往灌溉井方向赶去。

一套竖井提升器配的标准杆是三十米，总重量大约七十多斤，装在绿色的帆布包里，像只小型的炮筒。应峤人本来就高大，扛着这个，再衬着那张冷冰冰的脸，简直匪气四溢。要不是认出他身上穿着野蜂的队服，外围的小警察就要赶人了。

应峤和宋繁缕不是第一次出这种任务，马小南显然也打过多次下手了，许漫却是头一遭。

她第一次被这么多警察、法医围着，说不紧张是假的。直到应峤解开竖井提升器的袋子，这才开始聚精会神地做记录。

灌溉井深十五米，直径三十五厘米，完全没办法下人。不借助设备的话，暴力开挖不但费时费力，还可能破坏井下的证据。

宋繁缕和马小南熟练地将抓取器装好，递给跨站在井沿的应峤。应峤握着不锈钢标准杆，一点一点往下放，放得差不多了，再接过宋繁缕递过来的标准杆，接好，继续往下放。

如此重复数次，终于够到底部。

他操作着抓取器靠近井内物体，宋繁缕则收紧绳索将抓取器合拢。

“一、二、三，往上提——”

许漫站得不算近，只能听到淅沥的水声和物体摩擦井壁发出的枯燥声响。连续三大包黑色塑胶袋被抓取上来之后，他们又换了盘子形状的强磁设备下去。

这一回，捞上来的似乎是铁制品，许漫有些好奇，想要凑近些看。刚脱掉手套的应峤一把扣着她脖子，拎小鸡似的将她拎了出去。

“回去吧。”

“捞上来那些……”

“那些不是你该关心的，”应峤淡淡道，“老宋——”

宋繁缕作为野蜂实际上的“外联”，正在和这个案件的负责人告别。

许漫禁不住再次扭头，正好看到被打开的一只黑色塑料袋里露出的半个缠满头发的脑袋，濡湿而杂乱，散发着浓重的臭味。

那是……被肢解了吗？

一只大手蓦然出现在眼前，将那些阴霾遮挡得严严实实的。

“走了！”应峤说着，抓着她胳膊就往装备车那走。

许漫被拖着走了好长一段路，才踉跄着找回了双脚的力量。应峤始终没松手，铁钳似的手指箍在她手臂上，仿佛某种支架一般强硬。

“我早和你说过，做咱们能做的分内事就可以了，别多看，别多想。”应峤的声音有些无奈，也有些残酷，“本来，也不是你应该关心的事情。”

凝视深渊过久，深渊也会回以凝视？

许漫心里一动，蓦然想到——那应峤，是否也正被深渊凝视着呢？她想得太过入神，连已经走到装备车跟前了都没发现。

“砰”的一声，脑门重重地撞在车门上。

应峤只当她是吓傻了，拉开车门，将她扶上车，安置进座椅里，甚至还亲自拉了安全带给她绑上。

萦绕在许漫脑子里的，却始终是那个沉着脸说“我们不是救世主”的应峤。

“队长——”

“嗯？”

许漫蜷曲了下手指，犹豫道：“你帮我挡住眼睛，那你自己呢？”

应峤手里的动作一滞，随即将安全带“咔”一声插好：“我早已经习惯了，懂得心理调节和疏导。”

乡间小路起伏不平，车窗外的绿树和禾苗也随着车身的晃动而摇曳。蝉鸣阵阵，偶尔有鸟雀自半空掠过，留下一道稍纵即逝的影子。

许漫的手机里攒满了许爸许妈、室友们、方勤轮番发来的消息。她敷衍着回了两句，引来更多的问题，提示音比外面的虫鸣鸟啼都响亮。

应峤的手，却又一次按到了蓝牙耳机上。

得，又来任务了！宋繁缕偏头看了他一眼，果然听他开口：“人在什么地方？”

救援出勤是毫无规律可循的，十天半个月平安无事的有，一天接三四个求助的情况也有。他们所能做的，便是尽力在被救援人需要帮助的时候，全力以赴。

“我弟弟的电话，英培六幼附近有个小朋友掉进枯井里了。”应峤向众人解释了句，将电话切到车载电话里，公放出来，“你报一下井的深度和直径，孩子的年龄、身高、体重。”

电话里传来嘈杂的哭声，以及应泽有些焦虑的声音：“大约四米半到五米吧，直径四十厘米到三十厘米之间，孩子两岁零八个月大，二十五斤左右，身高九十五厘米，掉下去到现在一直在哭——你到底行不行？不行我还是打119！”

“你不是说附近医院的人已经赶到了？”应峤压根儿没搭理他的质疑，“请他们帮忙提供下供氧设备，往井内输送些氧气。”

“行，那你得快点！”

挂了电话，车子也正好到十字路口，应峤换了车道，往六幼方向拐去。

“马小南、许漫漫，你们俩先把四角钩和托盘都接到单独的标准杆上去，提升器主架接三十五厘米的托杆，把儿童能坐的托盘也找出来。”

“好！”车子颠簸得更厉害了，车厢里却忙碌了起来。

这家幼儿园相对于市区来说算偏僻，对于他们现在所处的位置来说，距离却意外地不远。

应泽衬衫袖子撸得极高，远远地见了车就从院子里冲了出来：“哥！这儿，这儿！”

许漫跟着众人一起跳下车。

“孩子淘气，推开了井盖往里面扔皮球玩，脚下一不留神就滑下去了！哭到现在都没声儿了！”他的白衬衫、裤子和皮鞋上全是泥，眼镜也歪了，看着狼狈极了，再没有初见时候的儒雅和沉着。

那井就在小院子的角落里，直径看着比那个灌溉井还小，大理石井盖歪倒在一边。

幼儿园的两个保安则和穿着白大褂的医生一起，用绳子拉着氧气瓶往井下输送氧气。孩子的祖父母哭得都几乎瘫坐在了椅子上，父母抹着眼泪围在井沿安慰。

刚才电话里清晰可闻的孩子哭声，却听不见了。

保安和医生已经把氧气瓶提上来，让出了井口的位置。

许漫举起强光手电，往下照明，井下幽深潮湿，只隐约可见一个孩子的轮廓。

宋繁缕拿起一根接好了四角钩的标准杆，跪着伸了下去。一根标准杆才一米半长，马小南帮着又接了两根，才探到孩子的衣服。

井口的位置比目测的要小，托盘下不去，装好的托杆长度倒是合井的直径。应峤拿起子飞快地拧了两根标准杆，接到主提升器上。井边位地方不大，宋繁缕干脆趴倒在水泥地上，给他腾地方。应峤也不含糊，直接跨站在他身体两侧，将主提升器放了下去，马小南在一边配合着拉主提升器上的安全绳。

托杆是可以上折的，杆子伸下去的时候，托杆也跟着折叠了起来。可井下实在是太暗了，许漫眼睁睁看着孩子已经被四角钩提起了一些，托杆却始终没办法准确地卡住她身体。

一次、两次、三次……小小的一团终于如荡千秋般地在托杆上坐稳时，一大颗汗水直坠入井中。许漫压根儿没时间抬头，去看是谁流的。

两根杆子配合着开始上升，孩子的轮廓也越来越清晰，光滑的井壁这时充当了导筒，保护着孩子不再坠落。

孩子家长一声也不敢吭，瞪大了眼睛在不远处等待着。

最先露出井口的，是一双脏得看不出皮肤颜色的小手。

然后，是沾满污泥的头发。

许漫早把强光手电搁在一边了，两只手伸下去抱住孩子的肩膀，在应峤和宋繁缕的配合下，一把将孩子抱了出来。

医护人员接过孩子，一边抠她嘴里的污泥，一边用矿泉水洗去她口鼻间的污泥。几分钟之后，满脸污泥的孩子终于疲惫地睁开了眼睛，“呜呜”地轻哭了两声。

“呼——”应泽靠着院墙松了口气，仿佛浑身的力气都被抽空了。

医生建议送去医院再检查一下，孩子脚底被尖锐物割破了，没准还得打破伤风针。

没人留意到，野蜂的几个年轻人，正在队长的带领下悄无声息地撤退。

一直到了车上，许漫还是有些不解："咱们干吗像贼那样跑？"

“不跑，你等着人家往你怀里塞钱？”宋繁缕经验老到地说道，“没准啊，还要留你吃饭，合照……”

说话间，应峤已经发动车子，一颠一颠地驶出碎石小路，重新转入主干道。

手机再一次振动，车载电话也还连着，应泽气急败坏的声音再一次响起：“你这人怎么说走就走的！善后啊！还有东西没捞上来呢！”

他那语气明显不大正常，应峤狐疑地看了宋繁缕一眼，出于稳妥的考虑，到底还是在下一个路口掉了头。

野蜂一行人赶回小院时，偌大个院子空荡荡的，只有地上凌乱的脚印和残留的泥渍提醒着曾经的命悬一线。

应泽坐在井边的藤椅上，跷着二郎腿，一副老神在在的样子。见到他们的车，他蓦然直起身，一个激灵跳了起来。

应峤下了车，拿着强光手电一边往井边走去，一边问："还有什么东西在井下？"

"你还真回来了，"应泽跟着走到井边，犹豫着嘟囔道，"……那孩子的皮球还在下面。"

"皮球？"应峤抬头看向他，有点难以置信，"你专门打电话，就为了让我们回来给你捡皮球？"

"是给那孩子捡皮球，"应泽摸摸鼻子，心虚地道，"她……是真特别喜欢那个皮球，在我们幼儿园上学时候都带着，她爷爷去世前专门给她买……"

"她爷爷刚刚不还坐椅子上哭？"应峤打断道。

许是常年和小朋友待在一起，应泽的皮肤特别白，说是吹弹可破也不为过。那点因为谎言被揭穿的绯红特别显眼，自两颊晕开，一路蔓延至颈项，连脖子都红彤彤的。

"到底什么事？"应峤等得不耐烦了，忍不住催促道。

应泽脸烧得更厉害了，干咳了好几声，从怀里掏出个挺厚实的信封："你那救援队，不是挺缺钱的嘛——人家长给的，喏。"

应峤叹了口气，扭头就往车上走。

许漫等扒着窗户围观两兄弟的，也赶紧把脑袋缩了回去。

"哎！你什么意思？"应泽跟在后面叫道，"嫌钱少还是怎么着？！人家一点心意，礼轻情意重！应峤，你别过分，我跟你说……"

"小应总，"宋繁缕到底没憋住，摇下车窗，"我们不在救援的时候拿被救援人任何钱物的。"

"那就当捐赠！我都替你们拿了，难道要我还回去？"应泽不依不饶，拿着那只信封就要往车里投掷。

马小南飞快地探出头，一把攥住他手腕。

应泽“啊”地惨叫一声，马小南吓了一跳，手却仍旧没松掉，忐忑地扭头去看应峤。

应峤已经把车子重新发动起来了，声音淡淡的：“他不答应把钱还回去，你就别放手。”

“喂！”应泽使劲挣扎了两下，完全挣脱不开。

马小南人看着不算特别高大，手上力气却大，简直跟铁钳似的。应泽只觉得手腕又疼又麻，只几秒钟就不像是自己的了。

“应峤你真是好心当作驴肝肺，我也是看你带着人来回奔波辛苦才帮忙转达一下家属的谢意！有你这么对待转达人的吗？两军交战还不斩来使，我可是你亲弟弟！”应泽挣脱不开，也懒得遮掩本性了，骂骂咧咧地道，“你现在要面子了，怎么回家相亲骗爸妈钱的时候就死不要脸了……”

车子不经意一般，往前滑行了几厘米。

应泽的声音戛然而止，冷汗都渗出来了。

马小南为难地看向队长，不知是不是该松手了：“队长——”

应峤叹了口气，再一次拉开车门跳下车，绕过应泽，走到后车厢那拿了几根标准杆和抓取器。既然来了，那就送佛送到西吧，也省得这个魔星再纠缠。

许漫抓起强光手电，跟着跳下车：“队长我帮你！”

应峤“嗯”了一声，重新往枯井那儿走去。

果然要去捡皮球呀！许漫小跑着跟上。

捞东西可比捞大活人简单多了，只几分钟工夫，他们俩就配合着把那个罪魁祸首小皮球夹了上来。

许漫打着手电，感受着应峤被阳光投射到自己身上的影子，心里甜滋滋的。有什么，比和喜欢的人一起并肩而行更欢喜的事儿呢？

一阵风吹来，满院的花木都簌簌作响。

“钱你拿去还给家属，我们救援队确实有规定，救援的时候是不能接受任何财物捐赠的。所谓瓜田李下，你一个做教育行业的，不会不懂是什么意思的。”应峤随手拿起刚才给孩子洗过污泥的水盆，就着浑浊的脏水洗去皮球上的泥巴，“他们的心意，我们心领了——你顺便提醒他们一下，这个井既然用不了了，干脆填埋掉，安全隐患少一个是一个。”

漂亮的小皮球逐渐显露出本来的颜色，球面一只漂亮的狐狸扑着野花和蝴蝶。

应泽斜着眼睛，看着应峤把皮球擦干放在了椅子上，若无其事地绕过自己上了车，最后，连那个不男不女的小跟班许漫也拖着杆子爬回了后车厢。

马小南放开他手的瞬间，装备车“呼”一下加速驶远了，仿佛生怕他再把红包硬塞上去似的。

应泽在原地站了一会儿，摇头苦笑，将信封塞回自己衣兜里。早知道他们有这么个什么破规定，他就直说是自己想要捐助了。

等应峤把车子在拥挤的校门口停稳，许漫才依依不舍地跳下车。

学校里人山人海，校门外也是车挤人，人挤车，她背着小包，晃晃悠悠地回到宿舍，许爸许妈已经回去了，给她留了一柜子的水果零食，并一封情深意切的告别信。

大意就是爸妈看到你参与的是这样利国利民的组织，既欣慰又自豪，更内疚于自己的鼠目寸光。但学业不可荒废，希望我儿平衡学习和公益活动之间的关系，注意人身安全，结交更多的良师益友，远离狐群狗党云云。

阿橙和小圆趴在她边上看了半天，感慨：“你爸妈真有气质，真有文化，这年头还手写信呢！”

“对啊，不过……咱们俩算你的良师益友，还是狐群狗党？”

许漫给逗得哈哈大笑：“废话，你们当然是我的良师益友，莫逆之交！”

三个女孩笑笑闹闹着去吃饭，又在热闹的美食街逛了个来回，这才回宿舍洗漱睡觉。

许漫她们这个屋住的全是夜猫子，几个人一暑假没见，聊天聊得根本停不下来。

阿橙的重点都在介绍自己暑期吃到的各种美食，宝岛台湾的正宗许留山，东京深夜的居酒屋铁板烧，广东万物都能煲汤的养生文化……小圆回去参加个高中同学会，详细八卦了他们班花和班草分分合合十几次的爱恨情仇。许漫整个暑假都泡在野蜂，聊的当然也就是在野蜂的各种见闻。

年轻女孩嘛，话题到了最后，到底还是集中到了白天见到的异性身上。

“你们野蜂那个队长，长得可真帅！”小圆抱着凉被趴在床铺上，“就是脾气好像不大好，老是阴沉着脸。”

“对对，”阿橙接腔道，“他接电话往外走的时候，喏，那个眼神，简直就是魔教教主的气场。”

“什么呀，”许漫护短道，“他那是紧张被救援人——你们不知道，他今天还救了一个小女孩呢，可温柔了。”

“欸——”小圆的声音变调了，坏笑道，“你老实交代，是不是看上人家了？！”

阿橙也从对面探出圆圆的脑袋，眼中燃烧着浓浓的八卦之火。

许漫沉默了一会儿，也翻了个身趴着：“人家看不上我。”

“不会吧？”

“你是不是误会了？”

“没有，”许漫抱住枕头，“我告白了……被拒绝了。”

宿舍里一片寂静，过了好一会儿，阿橙才磕磕巴巴着安慰：“不要紧，天涯何处无芳草，咱们还有一个学校的芳草可以搂呢。”

小圆“扑哧”一声笑出来：“搂……你是把帅哥当成猪草吗？”

许漫也给逗笑了。三人在自己床上滚成一团，动静太大，果然引来宿管阿姨的注意，狠狠地敲门警示。

卧谈会开太晚的结果，就是隔天早上三人全部起晚了。还是走读的那个室友到了教室没见着她们人，一个电话把人喊醒的。幸亏早上上的大课，三人做贼一样从阶梯教室后面溜进去，才一坐下就被挨个儿点了名。

“老刘慈悲，没在咱们在门口的时候就点名！”小圆惊魂未定地拍胸脯。

许漫悄悄摸出手机，这才发现野蜂的志愿者群和骑士信息群发了不知多少消息。

送她回学校之后，应峤他们压根儿没回队里。救援任务就跟一连串的多米诺骨牌似的接踵而来，先是有人游野泳溺水身亡，再是驴友在兰田山上迷路。整整十几个小时，救援队伍就跟陀螺似的连轴转到现在。群里除了各种实时更新的讯息，就是发回的现场照片。应峤和宋繁缕几个核心成员不说，就连欧阳畅想这种爱抱怨的，也顶着大太阳，帮应峤背着Black爬上爬下。

“你胆子好大，还玩手机……”小圆好奇地指着背着黑狗的欧阳畅想的照片，“他为什么背着狗爬山？”

“为了节省救援犬的体力，”许漫小声解释道，“他们一般都是把狗运送到搜索区域内，才让它们工作的。”

“哦——”小圆恍然，声音也不由自主高了起来。

“后面那位同学好像很有见解！”老刘教授的声音蓦然响起，“来，你站起来谈一谈。”

小圆目瞪口呆，被阿橙拉了两下，才一脸茫然地站起来：“刘、刘老师……我……”

“你不会讲，那请你边上这个黑黑瘦瘦的女同学来谈一谈吧。”老刘教授大手往许漫那一戳，将她也点了起来。

许漫：“……”

好不容易下了课，许漫人还没出教室，就先给方勤打电话了。

“哎呀，你不好好上学给我打什么电话，我正忙着呢。”方勤显然也在救援现场，电话里吵得不行。

“对不起呀，小方姐。”许漫不好意思地道，“队长他们一直在忙？”

“是啊，”方勤叹气道，“一直没休息，我也劝不住……找到了？”她的声音蓦然兴奋起来，电话立刻就挂断了。

许漫无奈，守着群刷了两遍，总算刷到张Black威风凛凛地叼着玩具走在指挥车前面的照片。接着，就是一些山地救援任务终于圆满完成的祝贺和现场图。

照片里的应峤仍旧穿着昨天的救援服，袖子上的泥渍早被新的污渍覆盖了，神情疲惫，眼睛倒仍旧黑而深邃。

许漫望着照片，胸口怦怦跳动。

心乎爱矣，遐不谓矣。

“哎，哎！还看呢，吃饭！”坐她对面的小圆终于看不下去了，一把抢过手机，把餐盘往她面前推了推，“过分了，许哥！你都看一路手机了，敢不敢尝一尝我给你打的爱心餐？”

许漫这才拿起筷子，夹了一大块鱿鱼塞进小圆嘴里：“谢谢圆大人！”

吃过饭，下午一二节没课。小圆和阿橙最近都迷上了手游，对坐在阳台上开黑，大呼小叫的，不亦乐乎。

许漫哪有心思玩游戏，捧着手机翻方勤等人的朋友圈。

野蜂等人的微信号，要是不仔细辨认，还真挺容易认错的。头像大部分都是野蜂的队徽标志，发的大部分都是救援相关的内容，一串串编号和截图。若不是正规任务图上都标注着信息发布有效时间和信息核实人，还真有点无脑转发的味道。

欧阳畅想嘴巴最多，往往还在几个人任务间发几条自己埋头吃泡面或者浑身湿透的惨状：

整整十几个小时马不停蹄地奔波！终于找到了！

晚餐泡面将就一下，小方妹妹给赏了根火腿肠，感动，马上又要去背狗了。

……

比较起来，最为敬业的，还是林中磷。他虽然是个后勤，因工作原因也没办法次次到场，相关寻人转发和任务结束的庆祝图却是一张不落。有时候可能刷屏太频繁被人烦了，他还惆怅地感慨：总有人说看我的朋友圈仿佛每天都有意外，人生毫无安全感。我想说，别人的无常正是我们的日常，这也是公益救援的艰难所在！

许漫正看得津津有味，通话界面蓦然跳了出来，“林持瀚”三个字幽幽地发着光。

许漫接了，他东拉西扯说了半天，终于说到了重点，林爷爷迷了一阵子游戏，如今又颓靡了，不肯复健，老小孩一样正闹脾气呢。

“他就是闷得慌，想找人陪。”林持瀚叹气道，“我最近又忙工作，实在是没空天天陪他。”

从林持瀚口里说出“忙工作”三个字，许漫觉得还挺新奇的。这个少爷脾气虽然不错，但平时可真有点过分放飞自我。每天不是做孝顺孙子陪着爷爷，便是来射击馆这边晃悠。

许漫这电话一聊就大半天，小圆等人的注意力早聚拢过来了。

她正斟酌着想要安慰人呢，冷不丁室友们举起小黑板，上面一行大字：是痴汉哥哥的电话吗?

她忍不住笑出声，然后惊觉电话里的气氛尴尬了。

“那个……那个我不是笑你……”

电话那边的林持瀚抹了把冷汗，忐忑地扭头去看自家祖父，用口型说道：她在笑！肯定看穿我在演了！

林爷爷不愧是过来人，立刻指了指自己，林持瀚于是急匆匆说了句“那我爷爷明天就辛苦你了”，飞快地切断了电话。

“爷爷，你这招管用吗？”

林爷爷使劲儿翻了个白眼：“我跟你这么大的时候，可没你这么没用，泡个妞都还要我帮你出主意！”

林持瀚“啧”了一声道：“我哪里缺女人缘？我缺的是像许漫漫那样真性情、青春活力的好红颜！”

林爷爷道：“那人家一个好姑娘，为什么要喜欢你这么个纨绔子弟？”

林持瀚沉默。

林爷爷语重心长地道：“你想要为所欲为，就得有为所欲为的本事。”

隔天一早，许漫起了个大早。她先去学校对门的花店买了束鹤望兰，这才上了去林家的公交车。下了车，距离林家所在的小区还差一公里半，许漫嘟囔着“有钱人的小区果然不需要公交车”，骑了辆公共自行车往前赶。

阳光落在身上柔软而温暖，也照得车篮里的花燃烧起来一般。

竖着“云之湖畔”木质大门的小区门口很快出现在眼前，围墙上爬满了凌霄花，穿着制服的物业保安精神奕奕地站在大门前的岗亭上。许漫正要上前去做访客登记，身后蓦然响起一个声音：“哎呀，好巧！”

她一扭头，就见应泽西装笔挺地挽着个中年美妇站在身后不远处，也是一脸意外。

那漂亮太太看着比许妈妈还年长几岁，眉眼和应泽颇有些相似，不动声色地把许漫上下打量了一圈：“阿泽，你朋友？”

“不是我的朋友，是哥那个救援队的人。”应泽瞅瞅许漫手里的鹤望兰，犹豫着问道，“你是来找你们队长的？”

“我……”许漫回头看了眼小区大门，又转回来看应泽和那漂亮太太，脑中蓦然闪过应峤上次送林持瀚回家时那欲言又止的模样，“你们家……也住这儿？”

“这还赶上个路痴了。”应泽哭笑不得地松开漂亮太太的手，往前走了两步，非常绅士地接过她手里那捧鹤望兰，“这天堂鸟是送我妈的吧？”

“我……”许漫才要解释，漂亮太太已经把花接过去了，还特优雅地轻嗅了一下，“谢谢你呀。”

“您、您喜欢就好。”许漫憋了半天，也只憋出这么一句。这母子俩实在是太像了，举手投足都是满满的优雅和成竹在胸的自信。她实在不忍心说出真相，更何况……这两位，以后很可能就是未来的婆婆和小叔子呢！

“阿峤没给门禁卡吧？”应太太收了花，脸上的笑意便抑制不住地溢出来，“跟我们一道进去吧。”

许漫下意识便点了头，一直跟着走出去好几步了，才暗暗后悔。这样贸贸然闯去别人家里，真的太大胆了！

但古人说得好，知彼知己，方能百战百胜。喜欢一个人，当然会想多了解他的家庭！

而且，应峤也见过她父母了，她做一次不速之客，应该也不算太过分吧？就去看一眼，看完就回去给林爷爷补买礼物，陪他复健……

许漫在后面走得忐忑不安，前面领路的应太太也悄悄和小儿子咬起耳朵。

“你老实和我说，这不是你哥女朋友？”

“我哪知道？”

“这可是他第一次领回家的女孩！”

“应该是吧。”应泽经这么一提醒，忍不住偷觑了一眼许漫。原来，他哥喜欢这种类型的啊。

“看着年纪太小了，”应太太蚊子一般在他耳边嗡嗡叫起来，“也黑瘦了点。”

“是小……”应泽附和到一半，想起许漫抱着满是泥泞的女孩的模样，改口道，“本来不黑的，晒的。”

“哦——”应太太松了口气，“那她多大？家住哪儿？父母是做什么的？自己做什么工作？”

应泽：“……这又不是我女朋友，我怎么可能知道？”

三人各怀鬼胎，不知不觉就走到了一幢欧风小别墅前。

应家大致格局和林家差不多，只是游泳池更大更深，深水区这边标注着明显的五米标志。一般的游泳池，也就两三米深，这显然是为潜水准备的。

许漫一下子就想起应峤残留在网上的那些早年潜水视频，首发站早就没有了，剩下的也只是一些零星的二次转发。

他们越走越近，她这才发现池子里是有人的。那人穿着黑色的潜水衣，却没戴水肺，影子一般潜在深水区的池底，缓慢而自如地游动着。不知为什么，身影看着是那样的寂寥。

许是觉察到了水上有人靠近，也可能只是上来换气。那黑影渐渐开始上潜，速度挺快，却又控制在身体所能承受的范围之内。浮出水面的瞬间，阳光终于照到了为深水区的阴冷所笼罩的脸庞之上。

他把面罩拿了下来，果然是应峤。

“你怎么来了？”他蹙着眉，不大高兴地看着近在咫尺的许漫。

“怎么说话的！”应太太也终于看出事情似乎另有内情，但客人是个小姑娘，可不能在这种时候被儿子欺负。她拉了一把明显被吓到的许漫，温和地道：“来，咱们进屋里喝茶去——阿峤，去换衣服！”

应峤没吭气，带着一身水爬了起来，也不披毛巾，就那么湿哒哒地径直往屋里走去。

大约是因为在自己家里，他显得比在队里的时候还要不近人情。

许漫犹豫着推开应太太的手：“阿姨，其实……其实我是来探望同小区的另一位朋友的……”

“这——”应太太只当她尴尬，临时找了个借口要走，一时也有些拿不定主意放不放人。

这外貌年龄说不上十分满意吧，胆色还是很惊人的，第一个主动为大儿子上门的姑娘啊。应峤这孩子最大的毛病就是长得凶，十次相亲，有九次都能把姑娘吓到。

已经走到玻璃门前的应峤，却因为她这话停了下来。她的朋友，还住在这个小区——

他本已经蹙起的眉头拧得更紧了，好半天，才丢下一句“既然来了，就进来坐坐”，推开门走了进去。

“对呀，哪能门都不进就走！”应太太一看儿子态度变了，立刻也拉住了她的手，小声安慰道，“他就这个臭毛病，每次潜完水，都一副要和人吵架的样子。大约是水底太冷，寒了心！”

水底冷，寒心？许漫怔住，应峤已经走进玻璃门内的背影模糊成一团，比刚才更像一团湖底的幽暗水草。

应太太和应泽不愧是搞幼教行业的，见许漫恍恍惚惚的，三两句话便把人哄进了客厅。

应泽一屁股在沙发上瘫坐下来，被应太太推推搡搡地赶上了楼：

“许小姐你坐，我们去换个衣服。”

两人去了半天也没个动静，反倒是应峤换了一身干净的衣服，独自走了下来，头发仍旧是没全擦干。他似乎也觉察到了刚才态度不好，有些歉然地在许漫对面坐下来，还主动拿茶壶给她杯子里加了点红茶。

只是这白瓷杯子本来就不大，他这一加，茶水就漫到了杯沿了。

茶满欺客，一副气昂昂要赶客的架势。

许漫望着那快要溢出来的茶水，还真猜不透他是什么个意思。这是暗示我，自己识趣点，赶紧走？可他刚才要是不挽留，自己已经走了。

她咽了下口水，手按着沙发微微抬起身：“队长，那我就先回去……”

“回去哪儿？”应峤压根儿没注意到她的杯子，自顾自地也倒了一杯，“你不是说来看朋友的？”

“对——”

他把茶壶放回茶台上，瞥了她一眼，半晌才问：“去林持瀚家？”

许漫老老实实点了点头。

应峤喝了两口，又一次拿起茶杯，给自己斟满。许漫身体绷久了难受，便又坐了回去。

应峤又是一杯茶水下肚，眼神在她和桌上那杯茶之间走了个来回，心里也有了底：看样子，她还真是意外撞上爱张罗爱操心的应太太，被阴差阳错拐回来的。

他想明白了前因后果，登时就觉得嘴里的茶苦得有点发涩：“刚才不好意思，我这人天生不会说话，也怪我妈他们多事，耽误了你们的正经事。”

他回头看了眼花瓶里搁着的鹤望兰：“我赔你束新的吧。”他声音轻轻的，额前的阴郁也终于被陆上的暖风吹散了不少，和刚上岸时判若两人。

“你刚才，”许漫抿了下嘴唇，鼓起勇气问道，“是不是因为我不请自来……生气了？”

应峤一愣，立刻否认道：“没有。”

是没有生气，还是没有因为她不请自来生气？一鼓作气，再而衰，三而竭。许漫问不下去了，怕他又发火，也怕自己自取其辱。

小区附近没什么花店，应峤取了车，载着她转了两个街区，才找到一模一样的花。许漫捧着花重新回到车上，心里五味杂陈。车子又发动了，沿着熟悉的马路重新驶入小区。

“他家在哪边？”应峤放慢车速，有些心不在焉地问道。

“就东南角那栋。”许漫缩缩脖子，将脸半埋入花束中，也把脸上的失落，掩藏起来。

但那低头嗅花的陶醉模样，落进旁人的眼睛里，却又有了不一样的解读。应峤没再说话，一路沉默着将人送到林家别墅门前。

许漫道了谢，抱着花正要走，他却又把人叫住了：“学生还是要以学习为重，没事早点回学校……要是有人欺负你，就打我电话。”

去探望一个半瘫痪的老人，能被怎么欺负？许漫莫名其妙地看向他，他却已经踩下油门。

黑色吉普气势汹汹地穿过栽满碧绿乔木的林荫道，消失在转角处。

回到家，应太太和应泽正目光灼灼地在客厅等着，应峤在心里叹了口气，转身就往楼上走。

应泽冲亲妈撇了下嘴，慢腾腾地也打算回自己房间，人走到一半，突然道：“咦，你的小女朋友怎么坐别人的车走了？”

他这一声不轻不重，一字不落地钻进应峤耳朵里。

应峤不由自主地走到窗边，循着他的目光看去，果然看到了坐在车上的许漫。

不是要去探病？这么快就走了？车子速度不慢，没等他看清驾驶座上的人，已经转弯驶向小区门口。

应泽却认得那辆车，见自家哥哥表情不大对，脑中八卦铃大震，一回房就开始拨号：“老林，你爷爷带我哥女朋友私奔了！”

“放屁！”林持瀚在电话那头破口大骂，“明明是我女朋友陪爷爷来给我送爱心……咦，你怎么知道的？你又哪儿来的哥哥？”

“我……”应泽噎了下，立刻提高声音，“我爸妈亲自生的哥哥，你有什么意见？！”

电话那端的林持瀚沉默了一会儿，问：“你哥叫什么名字？”

“应峤啊。”

山川水泽，果然是亲兄弟！林持瀚在电话那头眨巴半天眼睛，愣是答不上来。

他回国后，在国内就没几个好朋友。和应泽认识，还是因为他和爷爷同个小区，在公共球场打球认识的。但他打球也没什么瘾，对这位小老弟的认识也仅限于姓啥名谁，家里似乎是搞早教的，至少听起来，和野蜂救援队是没什么瓜葛的。

“到底是谁女朋友？”应泽却不肯善罢甘休，“刚才我哥可是亲自把人送去你家的——你不是想撬墙……”

“你哥都亲自送了，你还不明白？”林持瀚定了定神，睁着眼说瞎话，“她和你哥不过是队友关系，和我才是有希望发展成男女朋友的。”

搞了半天，原来真是他和母亲误会了？！应泽了然，回头瞄瞄已经消失在楼梯口的应峤，哂然一笑，家里这棵铁树，果然不是那么容易开花的。

第7章

— 风雨同舟路 —

浦大的书法课算是本校的特色课程之一，老教授普通话虽然带着乡音，笔力却遒劲。看他写字，颇有种酣畅淋漓的感觉。许漫看着黑板前挂着个巨大的“乔”字，不自觉地，就在心里给它加了个“山”字。

野蜂群里热闹依旧，名为银河的第19号热带气旋在15点强度升级至热带风暴。这个形成于西北太平洋的台风来势汹汹，看走势预计是要在浦州附近登陆的。

降水还没来，蓝色台风预警已经发布。野蜂和其他公益性组织一样，也自然要加入到防洪抗台的预警工作中去的。

浦州靠海，跨海大桥附近的入海口浑浊腥黄，再往外，到了浦州列岛里最大的大屿岛，水质却变得湛蓝清澈。大屿岛分为上屿和下屿两部分，两岛隔海相望，茂林葱翠，犹如东海上一对美丽的明珠。下屿岛开发充分，有居民和各种旅游配套设施；上屿岛却是封闭状态的自然保护区和风力发电站。隔着狭长的海面遥遥望去，成排的白色风力发电机组漂亮得像是童话故事里的巨型风车。偶尔，还有海鸥鸣叫着，自头顶飞过。

许漫人坐在课堂里，心思早随着照片里的海鸥一起飞到了岛上。

这时不少渔船都忙着提前归港避风。野蜂的应急小组主要任务是撤离疏散游客，许漫翻遍了群消息和个人的朋友圈，都没看到应峤的身影。

晚饭的时候，应峤却来了电话："回学校了？"

"是啊，"许漫觉得有些奇怪，也有些惊喜，"有什么事？"

"没事，"应峤沉默了下，生硬地道，"好好待着，别再乱跑了。"

"我……"

应峤的电话切断得太快，许漫都有点怀疑自己刚才听到的声音其实只是幻觉。

晚上七点，外面风势开始加大，树木被撕扯得东倒西歪。乌云压顶，暴雨将临。

滨海地区的高校，应对台风季还是很熟练的。班级群里刷新着已经升级为橙色的台风警告，学校大门也已经紧闭。许漫和室友们去校内超市搬了好几大袋零食、点心和矿泉水，甚至还买了只超大号的手电筒预防停电。经过隔壁宿舍的时候，却见隔壁宿舍的三个小女生正一脸惶然地站在门口。

"咦，你们站在这儿干吗？"小圆问道，"储备粮都准备好了？"

女生们互相看了一眼，将小圆等人拉进宿舍，关好门。

"路佳佳和学长去约会，到现在都还没回来，打电话也不接！"

小圆看下许漫，许漫蹙眉："他们去哪儿约会？"

"大屿岛，"高个儿女生道，"四点半的时候，她还和我们说自己在大屿岛上和学长一起吃海鲜，再后来手机就没人接了。"

四点半，那时候游客基本已经疏散完了啊！

许漫意识到事情的严重性，回宿舍翻出连帽雨衣："你们通知班主任，我出去一下。"

"哎，马上要下大雨了呀！"不顾小圆在背后大叫，许漫一边打电话，一边往楼下跑去。

"喂，小方姐……对，我们班一个同学可能还滞留在大屿岛上。"狂风吹得她几乎张不开口，枯叶和不知哪儿吹来的塑料袋从脸侧擦过，带来一股浓重的土腥味。

公交车已经停运了，地铁却没停。

许漫扫了辆单车，顶着大风骑到地铁站，道边的行人愈来愈少，一路赶到七号码头。

海风刮得人几乎站不住脚，头顶满是黑压压的乌云。客运的商船已经全部停运了，码头边灯火通明，水面上更是白浪滚滚，一浪高过一浪。

渔民忙着卸货，人人都是行色匆匆。

许漫按着自己在群里看到的照片，以及方勤提供的信息，终于在一大排高底盘越野车后面找到了野蜂的指挥车。车门大开着，野蜂的人正席地而坐，借着路灯的光亮埋头扒饭。

许漫甫一出现，把仰头喝水的宋繁缕惊得喷了一裤子水："你怎么来了？！"

"我……我同学还在岛上……"她自觉心虚，说话也磕磕巴巴的。

"阿峤他们已经去找了，"宋繁缕道，"你跑这儿来，也帮不上忙啊！"

"群里不是说应急小组缺会水的队员，我……"

"我不能收你，你赶紧回学校。"宋繁缕指指外面的天色，"马上下大雨了，趁着地铁没停，赶紧回去。"说完，他又拿起了筷子，一边扒饭一边踢了地上的高楠一脚，"傻看什么，快吃快吃！"

许漫无奈，只得往回走。

码头边涛声震耳欲聋，雨断断续续开始下起来，被风吹得直往人脸上扑。她套上雨衣，没什么精神地随着人群往地铁站走去。

"快，让一让让一让！"

身后却突然响起焦躁的喊声，许漫回头，就见一队橙色衣裤的人抬着担架往这边赶来。

许漫下意识地让开，目光却凝固在了领头那个女孩胸口印着的三蛇杖队徽上，那是……青穹的那个女领队？

女领队显然也看到了她，微微一怔，抿着嘴唇，指挥着抬担架的队员自她身侧匆匆而过，将人抬上停在不远处的救护车。担架上的人似乎是被重物砸伤了，胸前和腿上都是血，身上也穿着一色的荧光橙队服。

雨越下越大，夹着狂风几乎要把人吹飞了。那女领队送完伤员，又和其他人一起回头往码头赶，逆行在赶往末班地铁的人群里，显得异常突兀。

许漫弓着身，忍不住回头去看她挺拔的背影，又是羡慕又是沮丧。

同样都是女性，她可以在危难来临时冲锋陷阵。而自己，却只能狼狈而无能地蜷缩在人群中。哪怕失踪的那个人，是她熟悉的同学朋友。

许是许漫的目光太过炙热，女领队竟然转身回看了过来。她和旁边的人说了句什么，大步顺着人流朝着许漫走来。许漫不由自主地挺直了背脊，任凭狂风和暴雨直打在脸上、身上。

“你是野蜂救援队的吧？”风雨实在太大，女领队不得不提高嗓门，指着宋繁缕等人的方向道，“你们的指挥车在那边！”

“我知道！”许漫对吼道。

“那你在这儿晃什么？！岛上有建筑倒塌，正缺人手！”

“我……”许漫噎住。

“关键时刻掉链子，真是个废物！”女领队见她沉默，转身就走。

许漫被这废物两个字刺激到，迈步就跟了上去：“你们是不是也还要去岛上？我能不能跟着你们上去？”

“你找你们的人，别跟我瞎掺和！”女领队脚步不停。

许漫咬咬牙，厚着脸皮跟了上去：“我水性很好，会潜水，有ERDI证书……”

“行了！”女领队不耐烦地打断，“我看过你上次比赛的考核评分，跟我上船吧。”

青穹的救援船就在七号码头边，他们被分配在第七应急救援小组，船上除了穿着印有三蛇杖队徽的队服的救援队员，就是海事局和消防队的人。

许漫年纪小，又没穿队服，一上船就被无数双眼睛盯住了。

一个在青穹队服外面套了救生衣的青年靠过来问女领队：“荆姐，

你怎么还把游客往岛上带？”

“她是野蜂的人，走散了。”荆思瑶没好气地道。

“野蜂救援队的？”青年眼睛一亮，“你是考进去的？”

许漫“嗯”了一声，青年冲着她竖了竖大拇指：“传说中的精兵强将啊！”

“精兵强将也不能乱来，”青年身后一个挺胖的中年男人插进来道，“野蜂的人都编在第五应急小组，一会儿靠岸了还是按队伍集合吧。”

荆思瑶没说话，只不轻不重地“哼”了一声。

许漫又是感激又是忐忑，望着舷窗外的海浪发呆。浪涛接天连地，发出咆哮般的声音，一声高过一声，仿佛要把他们连人带船整个掀翻。能够和野蜂在一起，她当然是求之不得的。但是，应峤……

这是一艘多功能应急救援拖轮，在风浪愈来愈大的海面上，碉堡一般向大屿岛行进。

如果是白天，离岸愈远，海水愈蓝，甚至能在交汇处看到清晰的双色分界。黑夜将这一切都遮蔽住了，只有摇晃的船身和巨大的浪涛声提醒着他们台风越来越近了。

新闻上总说最美逆行，真正逆行其中时，其实看不到什么风景。

许漫能看到手机里大群里更新的台风讯息，也能听到隔壁舱中年男人和荆思瑶争论的声音。

“你再看人不顺眼，也不应该带应峤的人上船，出了事咱们要担责任的。”

“大不了一会儿给送回去呗。”

“小荆，凡事要向前看，晨光……”

“这和晨光有什么关系？”

“晨光”两个字让许漫心头一震，再想听个分明，那边的声音却逐渐小了下去。

船舱门口，青穹浦州分部那个胖乎乎的大个子外联正唾沫横飞地和电视台的记者连线：“我们青穹救援队在海上救援方面经验是非常丰富的，可以说算得上国内公益救援队的翘楚了。这次的行动，我们的准备非常充分，截至目前已经出动两百多人次，帮助……为什么要参加公益救援，因为我们品格高尚，无私奉献呀！”

船靠岸，已经是两个小时之后了。

下屿岛码头已经是倾盆大雨，狂风把码头边的遮阳伞都吹折了。许漫随着他们一起猫着腰登上岸，差点被大风吹得趔趄摔倒。

岛上的民居基本都是石头垒成的，新建的度假村和酒店也都是按着抗台标准兴建的。倒塌的是一座木质建筑遗址，断裂的横梁斜戳在废墟之间，仿佛将正在为其进行防台加固的几个工人困在了里面。

荆思瑶这些人刚忙完堤坝加固工作，正好赶上拖轮运送伤员到码头，便跟着船上岛增援。

他们登岛时，倒塌建筑物上的搜救工作其实已经接近尾声了。最先上岛的几支救援队浑身泥污，人也疲惫不堪，正在有序撤离。

许漫最先看到的是几个在技术交流赛上见过的救援队员，然后才看到冒着雨在废墟上嗅来嗅去的Black和站在一边指挥的应峤。Black走得很慢，偶尔停下来片刻，却始终没有发出警示鸣叫。

她犹豫了下，将脸埋进帽子里，没敢上前。

生命探测仪也没能再探测到生命迹象，但失踪人员的名单上，却始终还有一个名字未和真人对应上。现场指挥最终还是调来了岛上唯一的吊车和挖掘机，将断裂的建筑构件一件件吊起移开。

荆思瑶看得心头火起，不满地道："他们都干什么吃的，拖到现在才上工程器械！"

青穹的那个中年队长看她一眼，叹气："你干这行几年了，还说这种门外汉的话？"

荆思瑶沉默。

在不确定废墟下方人员情况的时候，工程器械的使用其实是相当谨慎的。各种建筑材料堆叠在一起，挪动任何一个地方，都可能造成二次坍塌。初期救援时，甚至还需要对建筑物进行加固以减少风险。

经过两个多小时作业，最后一个失踪人员终于被找到。没有呼吸，尸体左侧身体已经完全被砸变形了。好几个人下去，合力用担架将尸体抬了上来。医护人员徒劳地做了基本检查，无奈地摇头。

气氛有一瞬间的凝固，但大家很快又忙碌了起来。

台风将至，凌乱的废墟需要整理，伤亡人员也要运回岸上……但记者和摄影师还是架起了机器，开始拍摄和采访。

总指挥穿着橙色的消防服，只简单说了两句便推开话筒叮嘱："差不多就可以了，你们也早点回船上准备撤离。"

那记者点着头，转身看到应峤抱起狗跨过建筑废墟，又连忙把话筒递了过去："您好，请问……"

应峤整张脸都埋在雨衣的帽兜里，摇摇头，绕过了记者和摄影师。

记者无奈，正犹豫着呢，恰好青穹那个胖外联经过，往前一脚截住了记者："您好，我是青穹救援队浦州分部的外联负责人。"

记者眼睛一亮，一手按着被风吹得膨起的雨衣帽子，一手将话筒朝着外联递过去。

那外联也真是个人才，刚才还一副萎靡不振的样子，一到镜头前就显得特有精神，侃侃而谈："其实我更擅长水上救援，废墟救援不是专长。像今天的情况，我们首先要借助生命探测仪、搜救犬来精确定位伤者……他们定位不到伤者，大家谁都没办法。如果是水上救援，我还是有信心平安将人全部带回的……"

许漫听得刺耳，不由自主地站住了。这么大的雨，伤者掩埋得又深，Black探嗅不到，难道不正常？而且，按医生刚才的说法，那名死者几乎是瞬间遭到致命撞击的。哪怕华佗再世，恐怕也没办法起死回生。

那外联压根儿没注意到她，仍旧在口若悬河地自夸："我从事公益救援工作十几年了，群众的安危一向是放在第一位的。我们不畏艰险，风里来雨里去，图的是什么？金钱、地位、荣誉？我们图的是问心无愧，图的是不忘初心……"

许漫见惯了应峤的沉默，被他这一番自卖自夸惊讶得目瞪口呆，一个声音却蓦然在身侧炸响。

“你来这里干什么？”

许漫倏然回头，就见应峤站在她身后。

探照灯自他身后打来，照得他沾满了泥水的头发白蒙蒙一片。雨衣的帽子遮挡住了他大半张脸，只一双眼睛冷厉地看过来。

许漫不由自主地退了一步，雨水从头顶的帽檐处直泻而下。

“谁带你上岛的？”应峤已经几步走到她面前了，手心还攥着Black的狗链，“我说的话，你一个字都听不进去是不是？”

“队长……”

“我不是你队长，回去以后别再说你是野蜂救援队的人。胆大包天、任意妄为，你连当个志愿者的资格都没有！”应峤一把攥住她胳膊，拖着就往车上走，“你老老实实跟着伤员一起撤离，别再给我添乱了！”

他手劲极大，许漫被拖得一个踉跄，差点摔倒在泥地上。

一只雪白的手横插过来，扶住她胳膊。

“对自己的队员这么不信任，你也配当这个队长？”荆思瑶不知什么时候走了过来，一手拿着防水手电，一手扶着许漫。

应峤看到她，明显一愣，随即反应过来：“你带她上来的？”

“是啊。”荆思瑶毫不畏惧地看着他，“她交流赛的表现我看到了，信得过——你真不要了，我们青穹要。”她说完，冲着许漫道，“喂，来不来我队里？我给你上一线救援的机会，现在就给！”

“我……”许漫受宠若惊，有些惶然地扭头去看应峤。

应峤的帽子已经被吹歪了，半张脸被探照灯照得雪一般白，半张脸却笼在黑暗里。他更紧地将许漫往自己这边拉了拉，雨水一滴滴沿着发丝往下滴落：“至少现在，她还是我的人。”

应峤说完，也不管荆思瑶什么反应，拽着许漫就往车那儿走。

广播却在这个时候响了起来：“各应急小组注意，在礁石群上发现两批被困游客，请水性好的队员至广场集合，各应急小组注意……”

应峤愣了有一秒钟，将狗链往许漫手里一塞，冲着欧阳畅想等人喊道：“野蜂的几个，跟我一起过去！”

荆思瑶也不甘示弱，一边往回走，一边吼道：“青穹水上行动队的，全部到广场集合！”

短短几分钟时间，废墟不远处的酒店小广场上就聚集了几十个人。

其中一大半都是海事局和消防的人，青穹也占了十几个，还有几个其他救援队的，都已经爬上去码头的车了，听到广播又跑了回来。

野蜂规模本来就不大，一大部分人又留在陆上加固堤坝，进队列的加上应峤也就四个人。

许漫远远地观望了半天，最终还是把狗托付给一个不会水的小队员，不远不近地在边上等着。她实在是怕再惹到应峤，但人都到这里了，让她现在离开确是办不到的。更何况，自己隔壁宿舍的那女孩也还没找到呢！

救援人员被分成了人数差距挺大的两组。大分队去被困人数更多的竹屿岛，小分队则去猫头礁救两个被困的小青年。

许漫一听被困的是两个小青年，心里不由自主地猜测是不是路佳佳和她那学长男友。恰巧应峤和青穹的几个队员也分在那一组，她不远不近地跟着，忐忑而又焦躁。

雨越来越大了，海浪泛着白沫，高高举起，重重落下。竹屿岛说是岛，其实也不过是块面积较大的礁石，历来是海钓圣地。这批钓客沉迷爱好不能自拔，一直熬到风浪越来越大才准备撤离。不想小船临时出了故障，他们便被困在原地等待救援。偏偏这附近信号特别差，求救电话都拨不出去，一直到有救援队伍来搜救才发现他们发出的求救信号。

暴风雨加涨潮，海平面较平时升高了不少，整个小岛已经被淹掉了一大半。礁石群大船进不来，小船又容易被掀翻，救援难度可想而知。

猫头礁的情况倒是简单不少——那块大礁石因为形似猫头而得名，距离主岛极近。如果不是风浪太大，水性好的自己都能直接游回来。可偏不凑巧，正撞上台风了。大猫头形的礁石如今已经被淹得只剩下两只耳朵了，一对小情侣困在右边的猫耳上，风吹雨淋，抖得像是两片枯叶。

带队指挥拿着扩音喇叭冲着他们喊话，却得不到一个字回馈。浪涛声实在太大了，连他们哆哆嗦嗦的比画都看不大清楚。

这么差的能见度，抛投器连打了两次，都没能打到礁石上。

应峤看了看海面，申请道："趁着现在风浪还不是最大，我下水试试吧？"

青穹那个外联指挥也跟着应和道："我重，还是我去！"

现场指挥还没出声，荆思瑶先出声反对："不行，那样太危险了，如果可能还是申请空中救援吧。"

"开什么玩笑？"应峤打断道，"这个天气直升机根本飞不起来！"

"跨区域申请就没问题呀。"荆思瑶道，"竹屿岛那边的情况不容乐观，很大可能需要空中援助。"

青穹毕竟是全国性的大型救援组织，队员参与的大型救援数量就远远高过野蜂这样的小队伍。小队伍救援时候想得最多的是如何快速便捷地把人救出来，大队伍想得更多的却是多部门的调度和配合。

荆思瑶参与过多次空中救援任务的地面调度，自然知道台风对不同地形不同区域的影响差异极大。浦州附近没有起飞降落的条件？没关系，省里的空中救援基地受台风影响还不严重，可以远距离赶过来增援呀！

"但竹屿上方空旷，咱们这儿离主岛太近了，"应峤却没有退让的意思，说着还指了指不远处的高压线，"高压线离得这么近，风又这么大，直升机怎么悬停？"

直升机要是被高压线缠住，一样是机毁人亡。

"你又不是飞行员，你怎么就知道不能飞？动不动就说下水，人死了你负责？"

应峤的声音戛然而止，目光凝重地看着对面的倔强女孩。

荆思瑶毫不示弱，一字一句地道："应队长也别怪我不信任你，你毕竟有前科，我的推测合情合理。"

她这话说得没头没尾，其他人都有些丈二和尚摸不着头脑。应峤却听懂了，默默地将头偏开，手指在袖子里攥成了拳。

记忆里某颗被拧紧的钉子再一次松开，那些始终难以忘怀的过往，毒蛇一般吐着信子争先恐后地往外攀爬。

因为他们的争论，现场指挥还真联系了总指挥台——一如荆思瑶预料的，竹屿岛那边果然申请了跨区域的空中救援。

算算距离，应该来得及在台风到来前完成救援。

应峤无奈地在礁石上坐下，手托着雨衣帽子遮挡暴雨。

不远处的许漫，却轻轻松了口气。礁石上的女孩穿着大红的连衣裙，的的确确就是路佳佳，但生命救援再重要，也要考虑救援人员的生命安全。她没见过撞上高压线的直升机，却知道在这样的激流中下水是个什么概念。

善泳者溺，也不过是因为恃强犯险。

她有自信能够平安地从山林里带出林持瀚，却没勇气打包票现在下水能将这两人救回来。等待直升机救援，对救与被救双方都是挺理性的决定。

现场指挥拿着喇叭连喊带比画，终于让路佳佳他们明白救援力量将来自空中。

那学长哆嗦了半天，才勉强脱了T恤，按着岸边人的指导，把衣服撕成布条，将自己和小女友缠在礁石上，互相搂抱着等待直升机的到来。

狂风愈来愈强，海浪也愈来愈高。对讲机里终于传来直升机到达竹屿岛的消息，全部人都松了口气。

十分钟之后，对讲机再一次响起。指挥台的声音冷静而肃穆，传达的消息却不啻于一个噩耗：前来支援的直升机因为跨区域救援，附近又没有合适的迫降点，返航燃料吃紧，没办法负担二次救援任务。

出于对机上机组人员和已获救游客的生命安全考虑，必须马上返航！

应峤站起身，望向“猫耳朵”上的两个人：“再试一次抛投器吧。”

这一次，边上的荆思瑶也沉默了。

抛投器被再一次拿了出来，应峤自己操作。

一次、两次、三次……

激浪中，绳索终于被猫头礁上的小青年抓住。他按着应峤的引导，将绳索绑到了礁石上。岸边人搭建了简单的系统，应峤脱了雨衣就要下水，却被一个年轻的消防员拦住 。

“我下去吧，”他指了指自己身上的衣服，“我们职责所在。”

“一会儿救人有的是机会，”应峤笑了下，指指水下的暗礁群，“这片区域我比较熟悉，我先过去把绳索重新固定一下，固定完了还得靠你们把人救回去。”他说得在情在理，其他人也没有再坚持。

应峤将两件救生衣扎在腰上，连接好绳索，循着洋流的方向，从左前方处的礁石群下水。

骇浪如云，人甫一入水，就被海水淹没。待得海浪退去，才又见他胳膊上装了应急灯的队徽闪了那么一下，隐约照出个仍旧站立着的人形。

走了几步之后，暗礁群地势下落，他整个人也没入水中，靠着水的浮力循着绳索往前游去。

暗礁群起起伏伏，风浪中的应峤，同样循着水下的地势时高时低地沉浮起落。

岸上的人心急如焚，却也不敢直接将安全绳拉起——正如应峤所说，礁石那一头的安全结是个纯外行绑的，绷太紧极有可能滑脱。

许漫蹲在一块避风的礁石后面，紧张得大气也不敢出一口。在这样的风浪里，压根儿没人能注意到她。

应峤登上猫头礁的瞬间，一个巨浪正好拍来，将尚未站稳的他狠狠地拍回了水里。

岸上的人吓了一跳，却只能徒劳地看着他在水中沉浮挣扎。风浪实在太大，他连试了好几次都没能成功站起来。

礁石上的女孩也急得哭了出来，失控地喊：“对不起对不起！”她不知岸上和水里的救援人员压根儿听不到自己的声音，只是悔恨自己为什么没有早一步回到主岛。

许漫在应峤跌倒的一刹那跳了起来，慌忙跑到现场指挥所在地。荆思瑶被她撞得差点跌倒，回头看到她脸上的惶然和惊恐，又把话咽了下去。

“人好像晕了过去，可能撞到礁石了。”现场指挥冷静地分析道，“刚子、王茶你们几个听我口令，试着把安全绳提起十厘米——林泰和盛辉，你们俩准备下水救援。”

“好！”

“一、二、三！”安全绳第一次被真正意义上的收紧拉起，幸运的是绳结没有松脱。

绳索上的应峤上半身脱离了海水，在水中颠簸数分钟之后，悠悠转醒。他踉跄着爬上了礁石，将救生衣分发给两个小青年，再弯腰去重新固定绳结。海水明显上涨了不少，固定绳结时，他几乎整个人都潜到了下面。

有根安全结实的安全绳，第二批救援人员成功下水渡到猫头礁上。小情侣被优先挂上绳索，戴上面罩，最先送了回来。

然后，是曾经呛水昏迷的应峤。

体重最重的那个青穹外联主动要求最后撤离，反复和其他人比了好几个OK的手势：“你们先撤，我干水上救援十几年了，经验丰富！”

路佳佳上岸之后，意外发现了许漫，不管不顾地扑进她怀里痛哭。许漫有些失神地轻抚着她后背，看着欧阳畅想扶住应峤，给他披上雨衣。

刚才有那么一瞬间，她真以为他回不来了。

应峤缓了缓，又站了起来，转身去看仍旧不平静的海面。其他几个人已经上岸了，就剩下最后一个救援人员，还在水中沉浮。

正是青穹的那个外联，他体形庞大，荧光橙色的衣服在发白的浪花间时隐时现，像是一艘被牵引着的橡皮艇。

意外就在那一瞬间发生了。

在又一个巨浪袭来的瞬间，那抹橙色猛地往下一沉，随即被高高抛起，转瞬就消失在浪涛间。

岸上紧拉着安全绳的救援人员也因为绳索突然的断裂，而被惯性甩得“哗啦”一下仰面摔倒，滚了一身的泥浆。

与之呼应一般，风浪更高地掀起，岸边的光源也“啪”的一声蓦然中断，整座海岛瞬间陷入一片黑暗之中。

停电了！

许漫怀里还抱着路佳佳，耳畔是现场指挥嘹亮的声音：“切备用电源，准备下水捞人！保证下游待命的冲锋舟手的照明，把人给我捞回来！”

备用电源亮起的时候，海面上早没了外联的身影——哪怕没有断电，这么急的浪，要吞噬一个人也只在瞬间。

人命危在旦夕，虽然冒险，现场指挥还是同意了应峤等会水的救援人员轮流下水去搜救。

下游因为没有暗礁群，冲锋舟也顶着风浪下水参与搜救。然而，被礁石割断了安全绳的胖子外联就如断线的风筝，一丝踪迹也没有。

大自然在这一刻展露出的狰狞，让人类积累多年的智慧和力量毫无用武之地。

船只下来，给你痛快掀翻；无人机上去，直接被强风刮坠……

指挥台通知全部人员撤离时，好几个年富力强的汉子直接哭出了声。

许漫怀里的路佳佳一直在哭，猫叫一样呢喃着：

“都是我的错。”

“对不起。”

许漫帮她拉紧毯子，一句安慰的话也说不出来。她还记得自己是如何嫌弃那个外联在接受采访时的高调自傲的，还记得他露着大白牙说“有信心平安将人全部带回”时的跋扈和不可一世。那时候，她真心有些看不起他。

在她的印象里，救援人员就应该像应峤那样低调，像宋繁缕一样对着镜头不自在地憨笑的。孔雀一样爱炫耀的男人，怎么能有心思搞公益救援呢？现实狠狠地打了她一巴掌。

她想起应峤曾经说过的那句“咱们论行不论心”，想起野蜂仓库墙上那些密密麻麻的锦旗。有人不在乎荣誉当然很好，但是有人在乎，在乎自己的付出换来的回报，又有什么不可以呢？

她脸上全是雨水，连带着眼泪也被冲淡了。

先前废墟里救出的伤员都已经离岛了，风浪太大，总指挥不敢冒险接剩下的人离岛。

剩余的人和岛内居民一起聚集到岛上地势较高的居民区，等待台风过境。

岛上居民大多数依靠旅游业和养殖捕捞等为生，人虽然待在屋里了，心却仍旧和海浪、船只一起在外面漂着。

许漫等人被安排在一户搞虾类养殖的农户家里，主人家常年靠海为生，也早早地储备了抗灾的物资。家里的大水缸里蓄满了淡水，甚至还有一台拖拉机发动机改装的小型发电机。

在“突突突”的轰鸣声里，许漫帮着路佳佳处理胳膊上、身上、额头的擦伤。

荆思瑶作为这次一线救援里唯一的女性成员，也被安排和她们一个屋。她从刚才外联出事开始，就显得精神恍惚。这时坐在床边，脸色发白，有些木然地刷着手机。

岛上风力比陆上更大，按实时警报，方才登陆时，岛上最强阵风在一瞬间达到了17级。

而那个失踪的人……许漫不敢往下想，她有些要安慰一下荆思瑶，却完全不知从哪里说起。如果当时坚持只采用空中救援的方案，再申请跨区域救援，是不是就不会出这个意外了呢？如果当时不等待那半小时，直接下水救人，是不是就能趁着风浪小全部安全返回？

谁也不能确定，时间倒流，那个意外是不是就能成功避免。

他们也是撤离到安全区的时候，才知道陆地上现在还有人在堤坝附近巡查，才知道台风没有按照预测的轨迹北上，反而调转方向，给了南部三县一个沉重的打击。

每年的防汛抗台，“防”一向是重中之重的工作。但天有不测风云，人也自然有旦夕祸福。

临上床的时候，许漫闻到了一点儿烟味，还听到一声非常轻的狗吠声。她悄悄地爬起来，蹑手蹑脚地走出房门。

石头垒成的房屋大致还是坚固的，外面风雨如磐，屋内也只滴滴答答地漏着水。所有门窗都紧闭着，只厨房灶台边亮着一星烟蒂。

一明一灭之间，照出了一个男人和狗侧坐着的轮廓。

许漫很少见应峤抽烟，这时看过去，不知为什么就觉得尤其的心酸。

他穿着主人家的大裤衩和老头衫，紧挨在灶膛边，蹙着眉，一根接一根地抽着烟。灶台上方安着通风管，白烟循着管道飘走了，灶膛边的烟灰间却落满了灰色的烟蒂。

“队……”

她才一开口，应峤就被惊动了。他有些慌乱地转过头，看清是她之后，又镇定了下来。手里的烟，却被他坚定地掐灭在了灶膛里。

“怎么还不睡？”

许漫抿了下嘴唇，走过去学着他的样子在矮凳子上蹲坐下来：“睡不着。”

屋里，能听到发电机的“突突突”声，盆盆罐罐接漏雨的滴答啪嗒声，贴满了胶布的玻璃窗嗡嗡的震动声，更能听到海浪咆哮一般的嘶吼声。

外联那张扬的笑脸，又一次在眼前一闪而过。甚至一直到回到安全区域，她才知道他的名字叫王庆栋。

许漫把头埋进膝盖里，半晌才说：“你继续抽吧，我不介意的。”

应峤没吭声。

一直过了半分钟，她耳畔才响起“刺啦”一声，火柴擦过火柴盒的声音。那点半明半暗的星火，也就继续这么烧了下去。

雨夜漫长，天色也尤其的黑，也不像雷雨夜，至少还有闪电带来一丝光亮。

他们沉默着蹲坐在这个没有燃着薪火的灶台前，没有交流，却似有了一点儿安慰和依靠。应峤甚至忘了责骂她的“不听话”。

凌晨的时候，洪水漫进了门槛。

两人一起把接漏雨的盆盆罐罐都清空了，抄盆舀了一阵子水。其他人也陆续醒来，一起拿家伙排水。徒劳地忙碌了一阵子之后，大家一起蹚着水坐到了椅子上，然后，又爬到了桌子上。

幸运的是，水位在天亮之后停止了上涨。几个人狼狈地蹲在床上、桌子上、灶台上，无言地苦笑对视。Black这时就发挥了训练有素的优势，淡定地躺在一个漂起的木盆里，表情悠闲似坐游船。

强风过境之后，降水仍旧在持续。岛上的救援人员再一次开始行动，将低洼处的被困居民转移至更高处。

荆思瑶这一次没和应峤作对，和他一起游了出去，找到橡皮艇，回来接农居里的其他人。

许漫仗着水性好，也早早地下了水，游鱼一般跟在后面搬东西。应峤回头看了她好几次，最后也还是没开口，算是默许了她的加入。

岛上受灾最严重的，要数低洼处的几户人家。人员虽然转移出去了，房屋却全部坍塌了。其次是靠近海塘的几户人家，其中一家养殖户整座房子都被淹得差不多了，全家都绑在房梁上才没被洪水冲走。

橡皮艇也进不了屋，全靠救援人员自窗口游进去，再从窗口送出来。

许漫个头小，水性也够好，在这种环境下很有优势。她几乎一整天都泡在水里，晚上吃饭时，手脚全部泡得发白，小腿处意外的一点儿虫蚁咬伤，竟然隐约有溃烂的趋势。

应峤拎小鸡一样拎着她去医务室处理了伤口，冷冷地道："还想要腿的话，接下来就别下水了。你现在还只是虫咬性皮炎，等到变成疟疾、霍乱哭都来不及了。"

许漫真被震到了，但目光再落到他腿上，又觉得他兴许只是在吓唬人。

她这样拼命，其实是有原因的。不仅仅是想帮助人，也不仅仅是慈悲。连应峤也差点丧命的那一刻，她确实胆怯了。可在污浊的洪水里扑腾的时候，自己仿佛和失踪了的王庆栋同在，那些愧疚和自责，也似乎找到了发泄的缺口。

她知道这种想法要不得，却控制不住。她甚至能笃定，有这个想法的，一定不止自己一个人。她仍旧没有勇气，开口问应峤那些关于晨光的话题。

19号强台风正式于距离大屿岛大约十公里的海湾登陆，登陆时中心最强风力14级，强风暴雨肆虐之处，一片狼藉。

短短的十几小时里，摧枯拉朽，数百万人受灾，成千上万的房屋倒塌，直接经济损失达到了五十多亿。

高强度的降雨还带来了泥石流、山体滑坡等二次灾害。当年的台风委员会年度会议上，“银河”被正式除名，退出西北太平洋和南海热带气旋命名系统。

让人无奈的是，这么大的灾难性台风，仍旧因为带来了足够多的降水量，成功缓解了浦州等市的干旱和高温。

祸福相依，物极必反。

许漫等人是在台风过境后的第三天离岛登陆的，强降水仍未停歇，码头附近到处都是冒雨抢修的工人。

低洼处的洪水持续了一星期才彻底退去，城市内涝等二次灾害也仍旧需要解决。为了预防传染病，各处都是消毒水的味道，自来水管道里的氯气味道大得简直有些刺鼻。

许漫回了学校之后，野蜂这些人自动自发地和她断了联系。就连方勤都在电话里满是无奈地劝道：“学生妹，好好养腿，养好了多的是机会。他们现在干的也都是抢修恢复性的活，你去了也帮不上忙啊。”

许漫无奈，只得老老实实待在学校里上课。其间许爸许妈来探望过她，林持瀚也来过电话，言语间，都是对这次台风的惊惧。

林持瀚的公司也损失惨重，好几个骑手受伤，办公区域比较低洼的几个外卖分站也受灾了。

更惨的是宋繁缕的工作犬训练基地，环形的狗舍顶棚整个被掀了，好几只狗还受伤了。颓得他一个礼拜没缓过来，可心疼死方勤了。

但生活还是要继续的，风雨过后，太阳依旧照常升起。狂风吹倒的电线杆被一根根扶起，道边的淤泥和断树也被依次搬走，倒塌的废墟清理完成之后，又重新围上了围墙打起了地基。

甚至，连落尽了花叶的金合欢树，也重新萌出了新的花苞。

各处流传着牺牲英雄们的名单，王庆栋的名字赫然在列。他曾经的采访视频，参与救援的记录也被陆续翻了出来。

无论路佳佳和男友两家人如何愧疚，无论家属及亲友如何祈祷，搜救船只却始终没能再找到他。

生不见人，死不见尸。

参与救援的队伍自发组织去海边送别那天，路佳佳和学长也去了。

许漫跟在野蜂的队伍末尾，看着前面的应峤等人，走得有些恍惚。大家这几天都累得够呛，连方勤都瘦了一圈。她挨着许漫站着，看着被海风吹得颤动的白色花瓣，长长地叹了口气。

“我要是说自己不希望野花哥再去干救援了，你会不会看不起我？”

许漫意外地看了她一眼，随即摇头。

方勤沉默，过了一会儿，又自顾自摇头：“他要不干这个了，我大约也喜欢不上他。”

旭日东升，海面上波光粼粼，朝霞火一样燃起来，将半边天空和海洋都染得通红。

潮汐往复，如斯美丽。许漫望着那轮红日，用只有自己能听到的声音嘀咕道：“下一次，我一定不会这么没用了。”

至少，可以不用只做一个无能为力的旁观者！

应峤也好，其他救援队的老人也好，他们能在公益救援这行坚持这么多年，凭的并不单单是一腔孤勇。想要并肩而行，想要做那个力挽狂澜的人，哪里就这么容易呢？她想起入队时应峤吼她的那些话，想起他那句沉甸甸的“如果你死了呢”。

她不想死，也相信王庆栋也并不想死。

活着那么美好，怎么舍得死呢？如果可能，最好永远都不要再有人丧生。

无论救人还是保己，成长，变强，才是唯一的出路。

台风过去没多久，阿橙等人就发现了许漫的一个新变化。许姑娘最近迷上了健身锻炼，每天一大早就去操场晨跑，雷打不动，甚至于下雨天，都在宿舍楼道里跳台阶。

“我说，你这个体重，不用再减肥了吧？”

类似的话并没有劝住许漫，倒是隔壁的路佳佳，也加入了这个可怕的魔鬼训练里。

俩姑娘平时也没什么交流，但是每天早上六点一到，便一前一后地出现在了操场上。

许漫跑步，她也跑步。许漫挂单杠上练引体向上，她也跟着……第一天的时候手臂无力，没能支撑得住。熬了一个星期，她总算勉强能做两三个了。

许漫到底年轻，沉不住气，在一次早锻炼结束之后，拦住了打算离开的路佳佳：“你老跟着我干吗呀？”

路佳佳垂着眼睛，漂亮的眼睫毛在眼睑下方投射出一小块扇子似的阴影：“我听小圆说，你是救援队的——我也想加入。”

许漫沉默，她和路佳佳算不上要好，但是关于路佳佳的事迹，还是听说过的——从小学一路上来都是班花级别的待遇，买个奶茶都能被人搭讪，学院里追她的人能组一个足球队……这样娇气的小公主，去干救援？在许漫的印象里，小公主去年的体育成绩还是靠着体育委员放水才及格的吧？

许漫在原地走了几圈，招呼路佳佳坐下来：“我觉得，你可以曲线救个国。”

路佳佳睁着那双水灵灵的大眼睛，有些崇拜，又有些好奇地看着她：“怎么救？”

第8章

— 公益爱心社 —

"爱心社？咱们学校有这么个社团？"小圆茫然问道。

"今天开始就有了。"许漫把文件往桌子上一放，满脸豪气。

小圆好奇地拿起那沓注册资料，然后就在上面看到了密密麻麻的一长串社员名单。除了许漫和路佳佳，其他全是男生，大部分，还都长得不差。

"快！把我也加进去！"小圆激动地道。

"喂，见色起意可不行，咱们这个爱心社，是要通过组织和建设一支校园志愿者团队，倡导真善美，为社会提供志愿者服务，你有这个毅力和境界吗？"

"我怎么没有？"小圆一脸坚毅，"蟋蟀哥哥去哪儿，我就去哪儿；蟋蟀哥哥服务哪儿，我就服务哪儿！"

"嘁——"许漫对她的动机嗤之以鼻。

阿橙也在边上细声细语地搭腔："就是，人家入社是要奉献爱心的，又不是去奉献爱情。"

"怎么就不是了？"小圆指着名单，"你看看这一个个的，有几个不是冲着咱院花路佳佳去的？！"

阿橙好奇地探过头来，沉默地看了半天，倏忽眨巴了下眼睛，改口道：“这、这么多人参加呀，那我也参加吧。”

许漫和小圆一齐扭头，狐疑地看着她：“阿橙，这里有你……喜欢的人？”

阿橙脸腾地红了，连连摇头：“没有没有，我就是没加什么社团，你们都加的话，我也……”

她声音越来越小，最后干脆闭嘴了。

许漫拿笔在桌子上敲了两下：“你们都加入也行，但是，可得以服务对象为重。”

小圆和阿橙一齐点头，小鸡啄米一般。

“那咱们这个社团指导老师是谁呀？”

“小马老师。”

“哪个小马老师？”小圆追根究底。

“咱们人文学院的社团，当然找人文学院的小马老师，马潇老师呀。”许漫理所当然地道。

“马潇老师啊——”小圆感慨道，“咱这个社团要逆天了啊，蟋蟀哥哥、路佳佳、张裴铭、祝嘉航……院花院草一堆，连指导老师都是全校最帅的！”她说完，扭头嫌弃地上下打量许漫，“许哥，你这个社长，是不是寒碜了点？”

许漫冷哼一声，掀起衣摆，露出漂亮的马甲线。

“哇！”

“还寒碜不？”

“不寒碜不寒碜！”

方勤刚把一大盆狗粮端到临时围起来的狗栏前，就见许漫戴着顶棒球帽，探头探脑地从基地门口晃了进来。

“这儿！”方勤招手道。

许漫咧开嘴露出嘴里的小虎牙，小跑着过来：“怎么这儿还没修好？”都快过去一个月了，连他们学校被吹倒的大槐树都重新扶起来发新芽了。

方勤拿手搭在额前，挡住火辣辣的太阳，叹着气往屋顶看去：“缺钱，什么都得自己弄。”

许漫循着她的目光看去，正看到打着赤膊的宋繁缕和高楠等人弯着腰在屋顶上忙碌地铺瓦片。

“我原来拿了笔钱过来，”方勤小声道，“他不肯要。”

宋繁缕这人，别看平时什么玩笑都能开，自尊心却强，让他拿女友的钱，那是万万不可能。

“对了，你来这儿干吗？”

“嗳，”许漫小声道，“我们学校办了个爱心社，想请队长他们去讲课。”

方勤“哼哼”两声，一副看穿她小算盘的表情：“小丫头学聪明了。”

“多亏您教导得好呀。”许漫拍马屁道。

“你光用计也不行，”方勤嫌弃地扯扯她身上的运动衫，“外形也是很重要的，你怎么回学校之后，晒得更黑了？”

“我都在锻炼体能呢，努力提高自身素质，才能帮助更多人嘛。”许漫说着，站起身四下看了看，确定没人留意这边，猛地拉起衣服下摆，亮出漂亮的马甲线，“怎么样？”

“哇啊！”方勤果然被小姑娘这健美的腰线吸引。

许漫虽然不胖，却也不像方勤这样的纤瘦，紧实的皮肤透着满满的青春活力。

方勤往下扯了扯许漫的运动裤，手指沿着人鱼线摩挲：“你这得练多久啊——”

“你们在干什么？”一道男声蓦然响起。

两人一齐转头，就见应峤扛着袋水泥，表情诡异地站在基地门口，那脸色黑里透红，不知是害羞，还是被太阳晒的。

“队、队长！”许漫赶紧拉下衣摆，脸火辣辣地烧。

应峤“嗯”了一声，扛着水泥走到空地上，将地上的残余部分拿铁锹整理了下。接着，倒水泥、倒沙子，搅拌均匀之后，再装进塑胶桶里，拎到倒塌的围墙边备用。至于多余的那些，则堆成个火山形状的混凝土堆，中间蓄上水。看他那熟练的动作，显然不是第一次干了。

没多久，推着砖头的欧阳畅想也来了，他身上的花衬衫都湿透了，一路推一路抱怨，砖太重、路太烂、水泥灰太伤皮肤……抱怨归抱怨，把砖头推到围墙边之后，他还是灰溜溜地接过应峤递过来的批灰刀，和他一起砌墙补缺口。

“哎，我在队里学的最让我妈震惊的技能，应该就是这个了。”

方勤听得失笑，安慰道：“欧阳你别卖惨了，中午给你们订了大餐。”

欧阳畅想一愣，瞥一眼屋顶上的宋繁缕，改口道：“我开玩笑的。”

许漫也早按捺不住了，挽起袖子上前去帮忙递砖头，倒把爱心社培训的事儿，暂时搁在了一边。

众人拾柴火焰高，一个星期后，宋繁缕的工作犬训练基地修整完毕。就连东侧那个被倒塌的围墙和屋顶压断了管道的嗅探犬训练系统①，也恢复了使用。

这系统说复杂不复杂，说简单却也精细。四米见方的场地，红砖之下铺设着密密麻麻的管道，每隔一段距离还有出气口，上方都用砖石或者杂草等遮掩住。每当训练人员往入口吹气，或者输入稀释后的天然气等气体，气体便能顺着指定的路径输送到对应出口。宋繁缕手下的那些工作犬的日常训练，都依靠这个系统。像巴菲特和赵子龙对人的气息特别敏感，皇甫公羊则一闻煤气、天然气就吠叫个不停，还能马上找到泄露源。

市里的消防队排查消防隐患，曾经多次借用过皇甫公羊，去年干脆把自家消防犬和训练员都一起送过来训练了大半年。宋繁缕这人仗义又好面子，没好意思收钱，倒是接受了对方送来的两面锦旗，张扬地送去野蜂队部里高高悬起。如今基地遭到重大打击，他也藏着掖着，生怕别人送钱送物过来。

---

① 文中提及的工作犬嗅探训练系统为厦门曙光救援队王友鹏队长自行研发。

基地完工，许漫也松了口气，摩拳擦掌酝酿着怎么和应峤提爱心社培训的事儿。

方勤却悄悄拉她：“我和你商量个事儿，野花哥这次修基地，欠了大笔钱。你别邀请我表哥了，就邀请野花哥。”

许漫不解：“可我们社团讲课，没钱……”

“我有呀！”

许漫：“……”

方勤挨得更近了点，细声细气地道：“但你可别告诉他，就说是你们学校拨的活动经费……”

许漫登时就肃然起敬了：“野花嫂，你简直是模范家属！”

方勤有点得意，看许漫这个嘴甜的小姑娘是越看越顺眼，嘴巴也痒痒的：“我这其实也是帮你——我表哥也想帮忙呢，都打算回家相亲赚钱了。”

她语气里都是庆幸，落进许漫耳朵里，却不啻于一枚深水鱼雷。“嘭”的一声炸裂在心海深处，产生的气泡膨胀又压缩，压缩完膨胀得更大。在海面上，却不过一丝小小的波动。

“他又想去相亲啊——”

“所以啊，你可千万别给他机会。”方勤八卦兮兮地道，“谁知道相着相着，会不会相出个什么事来。”

许漫“嗯”了一声，扯扯衣服，往射击区走去。她今天穿了件清爽的雪纺短袖，牛仔短裤下露着双漂亮的长腿，也算是精心打扮过了。

应峤正在那儿射击，拿着支大口径步枪，身上还穿了皮衣。

许漫才走到门口，就被小跑过来的安全员递了耳罩：“戴上戴上！”

许漫只得戴上，应峤听到动静，放下枪走过来：“我也正要找你。”

“找我？！”许漫受宠若惊。

“嗯，”应峤示意安全员把枪收起来，一边脱皮衣，一边示意她跟着自己往外走，“上次大屿岛的事，怎么说？”

“啊？”许漫茫然地看着他。

“擅自前往任务地点，你也不是第一次了，队规里怎么说的？”

许漫噎住，忐忑地看着他胸口的黑蜂logo。她以为同生共死过了，就算揭过不提了，没想到，他还在这儿等着秋后算账呢！

“队规……你怎么罚我都行，”她焦急地道，“只要别开除我！”

应峤凝视了她半晌，转头往外走去。许漫赶紧跟上，步子差距大，时不时还得小跑上两步。

经过队部时，应峤敲了下门：“你们几个，出来下。”

队部里一共也就两个人，捧着茶杯蹭空调的徐安和暑假结束了无所事事的欧阳畅想。

欧阳畅想莫名其妙地跟出来，小声问许漫：“咋了？有任务？”

许漫哭丧着脸摇头。

一路走到太阳猛烈的射击馆门口，应峤才停下：“小勤，小南，你们俩也过来。”

方勤“哦”了一声，和马小南一前一后走了出来。

“许漫漫屡次不服从指挥，擅自前往救援地点，本来应该开除的。但毕竟救了人，她也认识到了错误，罚……”应峤瞥了她一眼，“三十公里负重越野，五百个仰卧起坐，两百个深蹲跳……”

“够了够了。”方勤赶紧拦道，“我一年都没这么大运动量——可以分次做的吧？”

应峤没吭声，只看着一边的许漫：“行吗？”

“行。”许漫解下身上的小包，交给方勤，跳下台阶，蹲下就开始做深蹲跳。

欧阳畅想看看徐安，徐安往室内退了一步，引得门铃叫起来。徐安只得再一次迈步走出来，干咳一声，劝道：“外面太阳太大了，咱们射击馆里不是有热身的场地，去里面跳嘛。”

徐安都这么说了，应峤也只好点头，但即便是室内，这两百个深蹲也不是那么好完成的。

更何况，许漫做完之后，还逞强把那五百个仰卧起坐给完成了。

欧阳畅想龇着牙感慨："现在的女孩啊，太厉害了——"

马小南也看得心软，给拿了瓶矿泉水。

许漫浑身是汗，雪纺料子贴着皮肤难受极了。冰凉的塑料瓶落进手里，她突然就有些委屈。事情是她做错了，罚也是她自己认的，但也实在罚得太狠了点。难怪会因为兄弟缺钱，就回家相亲，人家心里压根儿没自己这个人呢，如果不是怕她另投青穹，没准就直接开除了！

她越想越是这么回事，一口气喝下去半瓶，爬起身，梗着脖子向应峤道："我还能跑，现在走吧。"

应峤没反驳，她便自己跳起来往队部走。方勤犹豫地看看应峤，又看看她背影。

应峤叹了口气，道："小勤，去仓库拿装备给她吧。"

十五公斤的装备穿在身上，蜗牛的房子一样沉重。许漫气喘吁吁地跑着，偶尔回头，能看到身后那个不远不近的背影。

哼！怕我偷懒吗？她紧了紧背包，继续往前跑去。

上了山道，道路就更崎岖了，好在林木繁盛起来，树影重重，遮挡了不少阳光。许漫穿的虽然是板鞋，却和专业的登山靴不同，走得多了脚指头便火辣辣地疼。她咬着牙忍着，抓着道边的树根藤蔓往上挪。

身后的尾巴仍旧跟着，不远不近地维持着一米左右的距离。

她汗流浃背，他却连气都不喘一下。

翻过了山，又遇上了拦路的溪流。许漫脱了鞋，露出血淋淋的脚指头，挽起裤管打算蹚水过河。

她身后的应峤总算加快脚步跟了上来，伸手拽住了她胳膊："你的脚……"他拿起她手里的鞋，手指稍微捏了捏材质，就看出了原因——这种模样好看的"小白鞋"，还真应付不了这么长时间的攀爬和奔跑。

"还给我！"许漫劈手夺了回来，手臂也挣脱了他的束缚。

"穿这种鞋跑什么步？"应峤忍不住斥责道。

"我本来就不是来跑步的！"她回嘴道，说完，两颗豆大的眼泪滚落下来。虽然掉了眼泪，她倒是忍着没哭出声，带着鼻音嗡嗡地争辩，

“都是汗！”

应峤尴尬地站了一会儿，软下语气：“那坐着休息一会儿吧。”许漫没应声，他于是又加了句，“我让小勤在包里放了些纱布和创可贴，你先处理下伤口再走。”

许漫怔怔地看了他一眼，这才把脚从溪水里收回来，避开尖锐的沙石，一瘸一拐地往树荫下走去。背上那个登山包又重又沉，她费劲地卸下来，拉开拉链，然后，就呆住了。

这哪是负重越野的装备，这……分明是春游百宝袋啊！牛肉干、矿泉水、纱布、创可贴、云南白药气雾喷剂……最底下甚至还有块郊游用的防潮野餐垫，以及一盒未拆封的保险套！

看着她翻出来的东西，应峤也愣了：“小勤这丫头……”

这个表妹，还真嫌天下不乱，他只是让她稍微减点装备，放些常用药和干粮、矿泉水而已，她都给放了些什么啊！

许漫却也心虚大发了，放野餐垫和零食是很贴心啦，保险套是什么鬼？！

小方姐姐你要害死人了！

她有些慌乱地攥紧了盒子，干笑：“东西还不少哈。”说完，用自以为隐蔽的手法，将盒子重新扔回了登山包里。

应峤只当没看见，等两人脸上的红潮都退散了，才将野餐垫铺开，蹲下来帮她处理伤口。

许漫毕竟也是常年锻炼的人，脚指头看着血淋淋的，其实也不过是严重些的擦伤。

他拿碘酒上完了药，再看看她那鞋，无奈地道：“今天就算了吧。”

许漫眨巴眼睛，试探道：“那队规……不遵守了？”

三十公里，现在可才走了三分之一呢！

应峤沉默，拿了瓶矿泉水给她，接着，又剥了个山竹。

许漫其实最讨厌山竹了，滑溜溜、黏糊糊的。但看着他递过来的白色果肉，她还是硬着头皮接了过来。

她也不敢多看，囫囵着就吃了下去。

应峤却没看懂，嘀咕了句“这么爱吃啊”，又给剥了一个。

许漫：“……”

一连三个山竹下肚，她觉得整个人都变得黏糊了起来，只得使劲儿灌矿泉水。

“这么渴……”

应峤话没说完，就被她急急忙忙打断了：“不渴不渴，我喝不下了！”

为了证明似的，她还直接把瓶盖给拧紧了。

应峤于是又失去了话题，干巴巴地坐着，干巴巴地仰头去看头顶伞盖似的树冠。

周围一时间安静了下来，只有虫鸣声不知疲倦地响着。偶尔有鸟雀探头，“嗖”的一声从一棵树飞到另一棵树。

许漫拿着包牛肉干，有一搭没一搭地撕一条往嘴里送。

夏日的烈阳被浓荫过滤之后，只剩下金箔般善良的颜色，山林里的轻风还带着泥土的清香。身下的垫子干燥而柔软，身边的人帅气又可靠。许漫的眼皮越来越沉，人也慢慢往树干上瘫倒。

轻轻的呼噜声响起的时候，应峤先是一怔，回头看到许漫歪着头将倒未倒的辛苦姿势，不由自主地弯起了嘴角。她这入睡也真够迅速的，一只手拿着包装袋，另一只手指上还捏着两根牛肉丝。头发也长了不少，都到耳朵边了，刘海软软地垂在额前，透着点少女的娇憨。

应峤看得入神，嘴角的笑意也不知不觉扩大了。

许漫醒来的时候，头顶的太阳已经西沉到了山的另一侧。她霍然站起，脚指头剧烈的一痛，差点跌倒：“这么晚了，你怎么不叫我？！”

应峤已经把垃圾和剩余的零食都规整好了，连矿泉水瓶都压扁装进了垃圾袋里：“看你呼噜打得这么响，不好意思叫你——站到那块石头上去，我把垫子收一收。”

打呼噜？！许漫脸腾地红了，火辣辣地疼。她神思恍惚地走到被太阳晒得热乎乎的岩石上，喃喃自语：“我怎么能打呼噜呢？”

应峤三两下把垫子收好，装进登山包，垃圾袋和食品、药品，也分门别类装了进去。

许漫见他连自己的鞋子都包好塞了进去，慌道："我就一双鞋，还光着脚哎。"

应峤没吭声，直接把拉链一拉，将包反背在了胸前，然后弯腰蹲了下来："这鞋太紧了，我背你回去吧。"

许漫呆住，好半晌才犹犹豫豫地趴了上来。

今天到底是什么日子啊?！这一起一落的，她的小心脏简直承受不住!

山风拂面，夹带着丝丝野花香气。许漫手扶着应峤的肩膀，感受着手臂下方传过来的体温，简直像在云端飘着。

虫鸣也成了仙乐，一声一声绵长如远方的地平线。出乎她的意料，下了山之后，应峤也没打车，仍旧背着她沿着人行道往前走。

"前面路口能打车了。"许漫提醒道。

虽然有点舍不得结束这样美好的时光，但看他这么辛苦也不忍心啊——

哪知应峤一步不停，仍旧往前走去："三十公里还是要完成的。"

许漫登时僵在了他背上。

这样的二十公里，也能算吗？何况，也没人看着啊？！

应峤却是真打定了主意要老老实实走完。过马路、上天桥、走地下通道……这漫长而又短暂的二十多公里啊，从晚霞漫天到华灯满街，走了四个多小时。

回到学校的时候，天早已经全黑了。宿管阿姨见许漫脚上包着纱布，破例放了应峤进女生宿舍楼。上楼前，阿姨还亮着嗓子吼了声："楼上女生关好门穿好衣服，有特殊情况，有男家属要上一下三楼！"

吼声一出，底下三个楼层都是"乒乒乓乓"一阵乱响。

许漫尴尬地道："放我下来吧，我自己能走……"

"那怎么行？"应峤还没开口，宿管阿姨先阻止了，"万一更严重了，家属不担心的？"

“他不是我……”

“听话听话，都快熄灯了，赶紧上去，咱们校门十点关哦。”阿姨生怕人真被留在楼下，万一走不上去，还不得她来背？

应峤便一路绿灯，在阿姨的带领下直上三楼。

毕竟是洗漱时间，阿姨喊得再响亮，也还有女生穿着清凉地在走廊上。更有女生趴在床上，透过玻璃窗往外看热闹。

待到推开许漫宿舍的大门，应峤额上也再一次渗出了汗珠，许漫也掩面埋进了他背上。

宿舍内，阿橙和小圆穿戴整齐，满脸笑容地一左一右站着。屋内书桌上，果盘、热茶、瓜子全都准备得妥妥当当。

“谢谢应队长送我们漫漫回来！”

看着应峤把人小心地在椅子上放下，阿姨也松了口气：“辛苦了辛苦了，喝口茶就一起下去吧，马上要熄灯了。”

应峤点头，将背包重新背好，便要离开。

许漫这才想起来忘了提爱心社的事：“队长！我们学校搞了个爱心社，组织了一群学生志愿者，想要请宋哥讲个课。”

应峤呆了一下，神色有些失落地道：“可以。”说罢，转身就跟着阿姨往外走去。

大门一关，小圆立刻就推许漫：“天哪，那么好的机会，你干吗不直接邀请他？”

“对啊，人家脸色都变了，超失望的。”阿橙也跟着嘀咕。

许漫被说得慌起来：“可我都答应小方姐了……”她犹犹豫豫地，把宋繁缕的事儿说了出来。

“那就邀请他来纳新游园会呀，”小圆道，“总不能厚此薄彼！”

许漫听完，在室友们的帮助下，忐忑地补发了条邀请短信过去：队长，还有下周的纳新活动，能请您来帮忙指导一下吗？

三个女孩六只眼睛，一眼不眨地盯着屏幕，一直盯到头顶的灯“啪”的一声黑了下来，才终于等到一个姗姗来迟的“好”字。

纳新活动前夕，21号台风如期而至。

这台风前劲虽足，到了中途却拐了个大弯。然后风力持续减弱，刚刚升级的橙色警报很快又降为黄色，继而变成蓝色，浦州市民们一点儿损失没有，平白得到数天假期，植物们也痛痛快快地淋了好几场雨。

野蜂和其他几个救援队的人，却还是按着市里的防汛抗洪预警安排，分散到各处需要加固堤坝、疏通河道等地方备战待命。

应峤水性好，仍旧带着欧阳等人去了大屿岛。台风警报解除之后，他们又在岛上多待了一天，才正式撤离。竹屿岛婀娜依旧，猫头礁也将迎来新一批的游客。

应峤站在船头，看着愈来愈远的海岛，神思恍惚，犹似梦中。

那个一闪即逝的黄色身影，在海水中沉浮着变作了藏青的颜色——就连那有些肥胖的五官，都褪尽水渍，变幻成了另一张他更熟悉的英气脸庞。

更年轻，也更张扬。

他会毫不犹豫地信任队友，会在关键时刻让出面罩给被救援人，会在救援结束之后大声地唱着乱七八糟的歌……

离岛越远，离浦州越近，海水的泥沙含量也逐渐增加，逐渐从湛蓝转变成污浊的黄色。浪涛却依旧凶猛，拍击在船舷上，飞溅起半米多高的水花。

灵魂失去庙宇，雨水便滴落在了心上。

那些透明的，泛着白沫的水，热带的藤蔓一样疯长着向他涌来。

船靠岸之后，应峤破例没回射击馆，他随手拦了辆出租赶回别墅。家里还备着他的潜水装备，他却不愿意穿戴，仍旧只戴一个面罩，反复地潜至池底。

水底除了浅色的瓷砖，什么也没有。他静静地躺着，想象着那些溺水之人弥留之际可能产生的情绪。

每当快到极限了，却又不由自主地上浮出水面换气。那是身体对生的本能渴望，他无力阻止，也没理由去阻止。生命可贵，即便终究要走到尽头，也不应该止步在一个没有波澜的游泳池里。

临近中午的时候，许漫终于又发了条消息过来：队长，我们爱心社的摊位就在南校门门口，你找得到吧?

他愣愣地盯着这条充满烟火气的短信好几秒，才终于记起来，今天，正是浦州大学举办纳新游园会的时间。

纳新游园会几乎霸占了整个南校区，树荫下、喷泉边、体育馆门口，到处都是。小社团为纳新使出浑身解数，宣传单、小赠品怎么吸引人怎么来。大社团则审核严格，填完报名表还得面试。

爱心社因为是新社团，有幸被安排到了“扶贫”的黄金位置。

路佳佳作为副社长端坐太阳伞下,旁边坐着盘靓条顺的蟋蟀哥哥,帅哥美女的吸引力巨大,小小摊位前排满了人,火热程度堪比隔壁乒乓球社。

至于许漫嘛，她一大早就在校门口等着应峤了，穿着印了大红色爱心的社服，昂着脖子，活脱脱一块望夫石。

路佳佳拿着小电动风扇，忧虑地看看她，又看看身侧目光火辣的蟋蟀哥哥，以及他身侧冲所有帅哥都笑得特别灿烂的小圆。这社团里的人，分泌的多巴胺一个比一个浓烈。真的能帮助到其他人吗？不会变成一个大型联谊组织吗？！

回答她的，是对面戏剧社一浪高过一浪的背景乐：

青青荷叶清水塘，鸳鸯成对又成双。

梁兄啊，英台若是女红妆，梁兄你愿不愿配鸳鸯……[①]

一直到午餐盒饭送到，许漫也没等到人。她有些失落地蹲在太阳伞下，一直到一大片阴影遮住了她面前火热的太阳，她也懒得抬头，没精打采地开口道：“报名是吧，报名先填表——”

“不好意思，来晚了。”应峤穿着件简单的灰色T恤，戴着顶棒球帽，视线正从长长的帽檐下探出来看她。

“队、队长！”许漫飞快地合上刚打开的盒饭，“你……你吃饭了吗？”

应峤这才发现确实已经是中午了：“那我请你们吃饭吧。”

阿橙和小圆登时两眼放光，才要起身，被路佳佳轻轻按住：“我们

① 越剧《梁祝》唱段。

吃过了，就剩漫漫了。”

许漫简直感激涕零，随即又感觉到路佳佳往她裤兜里塞了什么东西。她探手摸了下，隐约是个管状物……口红？她微微侧头，路佳佳回了她一个人畜无害的笑容。

啧！这位才是真高手啊！

头顶的金合欢树招摇着晃动着枝叶，耳畔是轻快的音乐。许漫大大方方地走在应峤身侧，两人的影子投射在地上，时不时重叠在一起。

“你腿上那个文身呢？”

许漫诧异地“啊”了一声，然后反应过来，走路都不大灵便了：“假、假的，洗掉了！”

应峤“哦”了一声，扭头去看两旁的店铺。

“甜蜜多一点”“钟情”“衣恋一生”……许是他心里有鬼，在这些花花绿绿的招牌上，看到的也都是各种暧昧。

在那家名为深咖啡的西餐厅门口停下的时候，许漫的嘴抽搐了一下：“这家啊？”

“嗯。”应峤淡定地点了点头，率先抬脚迈上台阶。

许漫跟在他后面，目瞪口呆地看着他径直走到上次相亲的位置，如上次一样选了靠近走道的位置，点了上次喝过的黑咖啡，甚至，连背景乐都一模一样！

她控制不住就杯弓蛇影了，前后左右观察了好几遍，并没有找到方勤，也没看到应太太或者应泽。倒是她对面的应峤，如上次一样，开始沉默地一口接一口地喝咖啡。

许漫犹犹豫豫地坐下来，裤兜里的管状物凸显了出来。她反应过来，起身：“我、我去下洗手间。”

洗手间？应峤点头，这也算是他的相亲经验了——无论什么样的女孩子，约会是一定要去洗手间的。

许漫矜持着走了几步，一拐过墙角，立刻小跑着进了洗手间。她站在巨大的化妆镜前，连做了两个深呼吸，才认真地打量镜子里的自己。

流了一早上的汗，T恤显得皱皱巴巴的，头发也乱糟糟的。

她洗了把脸，擦干手整理了头发，这才把裤兜里的东西摸出来。出乎她的意料，那是瓶小巧的香水，拧开盖子，一股扑鼻香味袭来，甜而不腻，清新涩嫩。

许漫拿着喷头冲着脸和胸口喷了几下，被浓香刺激得直打喷嚏。有心电感应一般，兜里的手机振动了起来。

路佳佳：香水不要直接对着脸喷，手腕上喷点，再蹭点在耳朵后面就够了。

路佳佳：实在不会就对着空气喷，喷完站进水雾里去！

许漫："……"

大姐你就不能早点告诉我呀！许漫叹了口气，狠狠心，又往空气里喷了好几下，然后飞快地站进水雾里熏了一会儿，这才昂首阔步往外走去。

她在里面磨蹭了太久，服务生都已经上好菜了。应峤正耐着性子在那切牛排，蓦然一股浓重的香气扑鼻而来，刺激得他不由自主打了个喷嚏。

许漫正俏生生地站在对面。

"阿——嚏——"

"怎么了？"许漫拿起纸巾递过来，举手投足间，香气挥发得更加浓郁。

应峤拿纸巾捂住鼻子，喷嚏更加频繁地一个接一个地打出："阿——嚏——阿——嚏——阿嚏！"

"没事吧？"

"好像阿——嚏！好像有点过敏阿——嚏！"应峤一手捂着鼻子，一手连摆了好几下，撑着椅子站起来往门口通风处走去。

许漫在后面跟了两步，又尴尬地站住了。

两人分开一些距离后，他的喷嚏果然就好多了。

只是……这样一个站在餐厅内，一个都走到店门外了，怎么看，都不像是约会的氛围。

店员好奇地瞄瞄这个又瞄瞄那个，然后和收银台前的小姐妹咬耳朵："闹分手吗？"

小姐妹正襟危坐，从牙缝里挤出字来："不知道，帮看着点，还没付钱呢。"

应峤在门口吹了阵风，自觉这么站着也不大好，又走了回来。许漫赶紧往后退，一直退到餐厅的最里面才停下。

"你……"应峤鼻子又痒痒的，还好勉强克制住了喷嚏。

"我叫店员把我的餐送过来，"许漫遥遥地道，"咱们先、先吃饭！"

应峤往前走了一步，一阵微风吹来，又是一个响亮的喷嚏。

看来，也只能这样了。他无奈地点头，按铃喊来服务生，将许漫的意面送去了三个卡座之外的最里面的桌子。两人遥遥地面对面重新坐下，仿佛完全的陌生人一般。

许漫苦哈哈地拿叉子戳着意面，背后的空调风呼呼直吹，让她整个人都如散发着花香的大块厕香球一般，面前的手机却突然响了一下，是应峤发来的消息：你们办的社团挺好的。

许漫一愣，嘴角不自觉地就翘了起来。她手指在亲亲的表情上犹豫了下，最后还是挪到了微笑表情上，点了发送。

几秒钟之后，对方也回了张一模一样的笑脸。

简直要甜哭了！她克制地关掉和应峤的聊天窗，给路佳佳和方勤各发了一长串咆哮：怎么办！他好像也不讨厌我！我好想表白！好想要男朋友！

路佳佳：克制。

方勤：控制你自己！

许漫这才清醒了些，胡乱地把盘子里的面条消灭完，站起身，又冲应峤发了条消息：我在门外等你！

应峤拿着手机，看着她有些笨拙地远远绕过自己这一桌，脸红红地指指门口，小跑着出去了，笑意不自觉就溢了出来，然后一发不可收拾。

他微低下头，肩膀颤抖的同时，牵连着手上的刀叉都在白瓷盘子上磕碰了好几下。叮叮当当，清脆如晨曦下迎风的铃铛。他三两口将剩余的牛肉塞入口中，招手唤来服务生结账。

应峤刚推开门，许漫就警觉地转过了头。

四目相接的一刹那，许漫离弦的箭一般飞奔出好几米远，才堪堪站住。

“没事，”他差点又没憋住笑，一边朝她走去，一边解释道，“室内封闭，室外应该没事。”

许漫犹豫地站定，一副如临大敌的模样。

或许是刚才的“吹风”真起了效果，也可能是室外流动的空气冲散了那股香味，一直到两人距离不到半米，喷嚏也再没找上他。

亲密社交距离。

友达以上，恋人未满。

两人沿着小吃街并肩往学校走去，身侧来来往往都是结伴而行的年轻学生，应峤有种重回学生时代的错觉。

熙熙攘攘间，不知谁的手先碰到了对方。若即若离，将将要牵住，身后却蓦然响起一声轻快的喊声：“漫漫！”

许漫茫然地转过头，林持瀚一身白polo衫配白西裤，好像刚从高尔夫球场下来一般，正挥着手朝他们这边走来。

“小瀚哥，你怎么来了？”

“来参加游园会呀!”林持瀚兴致勃勃地，冲她扬了扬手机，“响应你许大社长的号召！”

我那是在朋友圈号召同校同学好吗？！许漫无声地在心底呐喊。

林持瀚看向应峤，笑得恍似一块裹了糖霜的白巧克力：“应队也来了？咱们还真是英雄所见略同。”

应峤扯了扯嘴角，没笑出来。

林持瀚于是揽住许漫肩膀，一副哥俩好的样子：“来，带哥哥去看看你们学校社团。”

许漫挣扎着推开他胳膊：“别动手动脚的呀。”

“你刚不还喊我哥？”

“我那是客气！”

“咱俩客气什么？”

两人一斗起嘴，应峤自然而然就落在了后面。

午后天气不错，许漫领了三张游园卡，拍掉林持瀚又一次搭上肩头的胳膊，回头冲着应峤笑：“队长，咱们也集个徽章吧？”

那期盼的目光里似有小鹿在跳动，应峤哪还说得出拒绝的话。

林持瀚不高兴了：“偏心，你这拍上级马屁也拍得太明目张胆了，我呢？”

这个大灯泡，还真是无时无刻不彰显着存在感。

许漫无奈地将另一张卡片塞给他：“喏，我也帮你拿了。”

“这还差不多。”

集徽章活动本是为了增加学生们的参与感，各大社团几乎不设什么门槛。但偶尔也有一两个小社团，提点无伤大雅的小要求，譬如扫个二维码关注公众号。

篮球社的摊位就在篮球场边，运两下球就能盖章，要是技术不错，还能投篮赢个小礼物。线内投篮送张小书签，线外三分球则送兔子布偶。

许漫技术一般，拍皮球似的拍了两下，勉强过关拿到了徽章。林持瀚明显是会玩的：“你看上哪个，我给你投！”

许漫于是一指最右边的书签：“那张兔子吃胡萝卜的。”

林持瀚把手机和车钥匙往她手里一塞，接过篮球，炫技似的运球到篮筐下，跃起，投篮。

咚！橙色的篮球撞了下篮筐，利落地滚进篮筐当中。

人帅、姿势美、球技还不错！

围观的学生们大声喝彩，林持瀚笑嘻嘻地接过书签，转头递给许漫：“胡萝卜。”

“谢谢！”许漫笑得肆意，还猛拍了两下他的肩膀。

身侧的应峤蹙了下眉，拿起篮球，放低身体重心运着球，往篮筐那走了两步。

中线以北，三分线外。

篮球社的社员站了起来——这身高，这运球姿势，一看就有戏。

许漫也有些激动，手搭成喇叭，喊："加油，加油！"

应峤没回头，眯着眼睛看着阳光下有些重影的篮筐……他并不是没被人围观过投篮，但这么关注场外人的反应，却还是第一次。

明明只听到声音，却仿佛看到了她笑着露出两颗虎牙的样子。

不应该和林持瀚一般见识，更不应该在这种小事上炫耀出风头……道理他都懂，球却还是划着漂亮的弧线，飞向篮筐。

砰！线外三分球，空心入网。

"哇！"

"帅哭了简直！"

林持瀚今天下午本来是要去开会的，无意中看到许漫的那条青春洋溢的纳新消息，鬼使神差地，就决定来浦大看看。

他离开校园的日子并不算太久，但即便在学生阶段，也是颓靡而混乱的。别说参加什么社团活动，连上课攒学分都懒洋洋的，能够按时毕业，已经是谢天谢地了。

而许漫不同，光看她朋友圈那些动态，就一股蓬勃的生命力。林持瀚心痒痒的，到底还是来了。

偏偏来得又不够及时，不早不晚，恰恰比应峤晚了那么一步。

在爱情里来晚一步，基本上就提前出局了。

投完篮，应峤被篮球社社员围住问个不停，林持瀚的注意力却全都集中在了身旁的许漫身上。

女孩眼睛里溢满了骄傲，比自己灌篮成功还要开心。

"漫漫……"他徒劳地唤了一声，许漫压根儿没听到，挤啊挤地也挤进了人群里。

两人的手不知怎么拉在了一起，冲出包围的时候，应峤手里还攥着那只赢回来的硕大粉色兔子布偶。

风自额上、脸颊、肩头吹过，金合欢树簌簌地摇动着叶子。

林持瀚在原地站了半天，才不得不接受自己被落单的现实。他叹了口气，抬着两条沉重的腿往前走去。就和后悔没能早点听爷爷的话接手公司事务一样，他又开始后悔打篮球的时候为什么三心二意没学精。

三分球，他确实是没投成功过的。

吊儿郎当地活了这么多年，才终于明白那些营销号为什么总说“因为遇见你，我变成了更好的自己”。

不改变，哪会有未来呢?

改变了之后，哪怕失去爱情，至少还多了项生存技能。

许漫跑过拐角的时候，觉得连擦过耳畔的风，都带着凛冽的呼啸声。被她手掌攥着的另一只手皮肤滚烫，也牢牢地回握住她的。

体育馆、行政中心、荷花池……身后的喧嚣远了，她慢下脚步，有些不舍地松开了手。两人靠着艺术剧场的台阶坐下，呼吸声都有些粗重。

应峤抬起手，布偶被他甩得有点狼狈，长耳朵上的蝴蝶结都松开了。

他笨拙地绑了半天，也不得其法，最后干脆打了个攀岩常用的工程蝴蝶结。缎带不比攀岩绳的材质，软趴趴的立不起来，这个千辛万苦打好的另类蝴蝶结，也显得有些疲软。

他有些尴尬地冲着许漫递过去，闷声道：“没留心给弄坏了，你别嫌弃。”

许漫早在篮球场就等着接受礼物了，刚看他折腾半天，还以为他是给别人准备的。这一下简直是意外之喜，她脸上也立刻漾起了笑容：“谢谢！”站起来结过布偶兔子。

兔子柔软而巨大，加上耳朵足有半人多高，将脚下的台阶也遮挡得严严实实的。许漫接过来忍不住搂怀里轻蹭了下，蹭完脚下没踩实，一个趔趄，身体一下子失了重心。

“啊——”

应峤才刚坐下来，身前光线蓦然一暗，抬头就见许漫和兔子冲着自己直扑过来。他下意识地张开手臂，连人带兔子一并抱住，自己也跟着惯性从台阶上一路滑至地面。

“对不起对不起！”许漫真是吓慌神了，挣扎着要去看他后背。

“没、没事。”应峤轻拍她后背，忍着疼痛安慰道，“估计就擦破了点皮。”

“那让我看看……”许漫话还没说完，身后蓦然响起一声厉吼。

“你们干什么呢？！”

许漫和应峤诧然回头，正看到林持瀚满头大汗，捂着肚子用比走还慢的速度朝着这边小跑过来。他跑得慢就算了，明明上气不接下气了，还“身残志坚”地要维持形象和多管闲事。

两人眼睁睁看着他为了不弄脏白球鞋，愣是不从长了青苔的石板桥上过，绕着荷花池“跑”了半天，才终于赶到了剧场前。

“你、你们……简直……过分……把我……一个人丢下……大白天在这儿搂搂抱抱！”林持瀚气喘吁吁地瞪着他们俩，双脚颤抖，手指头也颤抖，“许漫漫，你还是学生呢！”

“队长他摔伤了。”许漫有些尴尬地解释道。

林持瀚“咦”了一声，撑着腰绕到应峤身后，果然看到他连衣服都磨破了一道大口子。灰色的T恤沾了血迹虽然不明显，破洞处却明显可见严重的擦伤。

“怎么搞成这样？”他嘟囔道，“三岁孩子才会摔台阶吧。”

许漫内疚地打断道：“都是因为……”

“是我自己不小心。”应峤说着，就要撑着台阶站起来。

她赶紧去扶：“我扶你去校医室看看。”

这样亲昵的举动，看得林持瀚眼皮直跳。这个趋势不对啊！当着我的面和我喜欢的女孩卿卿我我，当我林持瀚是死的啊！

他撑着两条累得快抽筋的腿，咬牙上前：“我来扶吧，女孩哪能做这个。”说着，硬是将许漫挤开，将应峤的手搭在自己肩膀上。

应峤看着他抖个不停的双腿，嘴角无奈地抽了两下，干脆把整个重量都往他身上压去。

林持瀚往前一个踉跄，差点摔倒，慌乱中拽住许漫胳膊才勉强站住。

应峤："……"

许漫："……"

"算了，还是咱俩一起扶吧。"许漫说着，绕到另一边，一手抓着那只兔子布偶，一手抓着应峤左胳膊搭到自己肩膀上。

林持瀚一口血噎在喉咙，吐不得咽不下，只得扶着人一起往前走去。

不知是不是他的错觉，应峤似乎把重量都压在了他这边。

许漫一个瘦瘦弱弱的小姑娘，愣是走得比他轻松许多，甚至还有空给他们介绍路边的校友林。间或，隔着应峤问他："小瀚哥，你没事吧？"

有事！应峤这个混蛋是吃铁块长大的吗？一条胳膊居然比他爷爷整个人还重！少爷他也是背过祖父上楼梯的人！

林持瀚心里翻江倒海，脸上倒还维持着坚强的微笑："小、小意思。"

从艺术剧院到校医室，一共不到一千米的距离，愣是因为林持瀚的"虚弱"而走了二十多分钟。

踏进校医室那一瞬间，林持瀚膝盖一软，松开应峤瘫倒在候诊的沙发上。应峤倒是神清气爽，被许漫当宝贝似的扶着，腰背挺直地慢慢坐了下来。

校医眼睛在三人身上扫了一圈，犹豫着迈步往林持瀚那儿走去："同学，哪里不舒服？"

林持瀚吃力地摆摆手，近乎怨毒地指向应峤："他有病，你给他看！"

"他刚从台阶上摔下来，背上摔伤了。"许漫扶着应峤站起来，转了个身，背朝着医生又坐了下来。

校医这才走近，撩起他破破烂烂的T恤，眯着眼睛检查伤口："怎么摔成这样，年轻人要小心啊。"

"是是是！"许漫在一边殷勤点头，"老师您给他包扎一下吧。"

"包扎什么，消个毒，擦伤地方涂点药水，撞伤地方我给你开几贴膏药，这几天别碰水就行了。"校医说着转身去拿碘酒，"上衣脱了。"

应峤余光瞥了许漫一眼，对方抱着那只大布偶，并没有回避的意思。他吁了口气，三两下把T恤脱了下来。

他看着不胖，脱了衣服身上却都是明显的肌肉。后背擦掉了好几块皮，还有好几处瘀青，红红紫紫凄惨一片。

更让人心惊的，则是新伤之下疤痕累累的旧伤。从前胸到后面，一直蜿蜒进腰腹背臀深处。

“哎哟，怎么这么多旧伤啦？”校医刚才就觉得应峤不像学生，如今看到他身上的伤，更觉得这人身上一股匪气，狐疑道，“你是不是我们学校的学生？几班的？”

“我……”

“老师，他是我们浦州野蜂救援队的队长，今天来给我们爱心社做公益活动指导的。身上这些疤，都是出救援任务时候留下的！”许漫真假参半地解释了一通，怕校医不信，还抓起应峤的双手，展开给她看，“您看，这是他五年前救我的时候，被重物划伤的。”

“噢，”校医露出似懂非懂的表情，“公益救援啊——”

不管听懂没有，反正伤口是给他处理了，还开了点药和贴膏。

“前三天每天清创，膏药不要连着贴，中间稍微让皮肤休息下。”她说完，把药品塞给了许漫，顺便接过许漫的校园卡“嘀”的一声刷卡。

一直瘫在沙发那的林持瀚终于找到突破口，用保证全屋人都能听到的声音“哼”了一声：“有肌肉了不起，能吃软饭咯。”

才穿好衣服，正打算自己站起来的应峤，脸色一沉，蓦然又重新坐回沙发上去：“还真挺累的，得辛苦你们再扶我回去。”

林持瀚这辈子干过的最粗重的活，大约就是在祖父中风的时候，背着老人上了救护车。平时虽然不说衣来伸手饭来张口，那也是绝对的养尊处优。甚至，连洗衣机盖子从哪边开都分不清。

从艺术剧场到校医室，手机导航显示步行距离九百八十七米。而校医室到南门边的爱心社摊位，一共是一千零九十五米。

压死骆驼的，从来就不只有最后一根稻草。

这一千多米的校园小道，长得像是永无尽头一般。林持瀚扶着应峤，全身汗如雨下，白polo衫湿得透透的，球鞋里的脚底板也针扎火燎一般疼痛。

看到爱心社摊位的瞬间，他激动得差点跪下来。明明已经精疲力竭了，愣是挣扎出最后一点力气，拖着应峤往小圆边上的空椅子奔去。

刚才还走得挺利索的应峤，这时却不动了，一双脚简直就像长在了地上一般。就连许漫也一起停了下来，睁大眼睛看着前方。

不比早上的风光，现在的摊位前只剩下一个人。

那大男孩穿着白衬衣和浅蓝的牛仔裤，正一脸凝重地看着路佳佳："为什么非要分手？"

"我说了现在没有心思谈恋爱，社团的事情很多。"

"你是没有心思谈恋爱，还是没有心思和我谈恋爱？"

"没有心思和你谈、不想看到你，不行？"路佳佳仰起头，眼眶微红，"李文忻，你没看到吗？他儿子才三岁，母亲八十多岁……为了救我们……现在他整个家都垮了。我们有什么资格继续岁月静好现世安稳？"

叫李文忻的男孩被问住，徒然地又站了一会儿，苦笑道："没有资格……如果死的那个人是我，大概就不会有这么多悲剧了。"

"我……"路佳佳想要争辩，他却已经转身离去。

路佳佳呆了呆，咬咬牙低头继续整理报名表，手却抖得不成样子，半天没掀过一页纸。

对面的戏剧社又换了背景乐，凄凄惨惨地唱着：

忆往昔，往昔夫妻甜似蜜，

忆往昔，往昔夫妻似胶漆。

谁知晴空起霹雳，谁知无端生嫌隙……①

许漫怔怔地站在原地，嘴巴张了半天，也挤不出一句安慰的话来。

一棵乔木倒下，被毁灭的却不只有一棵树木。树冠上的鸟巢，树洞里的松鼠窝，树根附近的虫蚁……甚至，还有被枝干压垮的野花和失去了阴影庇护的小株蘑菇。

就连许漫也被内疚和自责逼得沉郁了很久，更不要说，身为当事人

① 越剧《孔雀东南飞》唱段。

的他们了。

只是不知道，时间是不是也能像治愈她和应峤一样，治愈他们。

许漫不由自主地回头看向应峤，应峤却看着李文忻离去的方向，紧紧地蹙起了眉头。

“队长？”

“我过去看看他。”应峤说着，将手从她和林持瀚的肩上收了回来，大步朝着李文忻离去的方向走去。

“喂！漫漫你看，他原来能走！”林持瀚忍不住大声抱怨。

许漫却无暇顾及这些了，也小跑着追向应峤。林持瀚绝望地叹了口气，扶着膝盖的手哆嗦了半天，蓦然看向对面的停车场。

李文忻走得极快，几步之后便跑了起来。熙熙攘攘的人群，花花绿绿的小店铺……他跑得茫然而无措，眼前的道路都似在旋转一般晃动。

就像那个台风袭来的深夜，浪涛声震天，无数人头在对面攒动。

已经整整过了一个多月了，那沉沉浮浮的橙色身影却仍旧几乎夜夜造访。他没参加学校给安排的所谓心理危机干预，在家休息了一阵子之后，面对的便是女友的疏离和指责。她责怪他在台风天约自己上岛，责怪他不参加危机干预，责怪他不参与她的公益爱心社……

那么大的自然力量面前，他们这点渺小的力量能做什么？成为下一个王庆栋吗?

李文忻恍惚地跑着，有树枝打在他脸上，拨开之后便看到了没几个人的公交站。

走吧，走吧——王庆栋走了，他也应该走了。

他抬手遮挡了下头顶直射下来的阳光，脚步虚浮地踩上了站台的方砖。一步、两步、三步……迈入公交车道的瞬间，一辆黑色的小车呼啸着自旁边车道驶过，扬起一地的灰尘。

“哎呀，危险！”

“同学，你别站马路上呀。”

许是那阵风吹得太过凛冽，又或许是车轮碾过的气势太过震撼人心。他忍不住再次往前迈步，跨过虚线，踏入中间车道。

“小心！”身后蓦然传来一声夹杂着愤怒的呵斥，整个人随即被往前推去。

“砰！”李文忻重重地撞在绿色的金属护栏上，身后的人紧压在他背上，颈项处一阵湿热。他愣愣地趴了一会儿，抬手摸了摸脖子，摸到满手黏稠的鲜血。

许漫跟着应峤出了校门，就见李文忻近乎横冲直撞地跑在小吃街人行道上。围墙边的蔷薇花枝噼里啪啦打在他脸上，也无知觉一般。出了小吃街，他更是径直往公交车站台那挤。她以为他是要回家，才松了口气，身侧的应峤却惊喝着冲了上去。

一辆黑色小车，两辆银色商务车。许漫眼睁睁看着应峤冲入车流之中，将李文忻整个人往前推去。

两人的身影被银色商务车挡住之后又再次出现，一动不动地趴在对面的护栏上。

那辆商务车也缓慢地靠边停了下来，忐忑地骂着：“怎么回事，不要命了……怎么能在机动车道上走……”

许漫觉得心都提到了嗓子眼上，偏偏车道被占住了一条，所有车都往公交车道挤。

她视线一刻也没离开那护栏，沿着马路一直跑到斑马线，横穿过去，朝着应峤狂奔。距离一步步缩短，她也终于看清了应峤的模样。

许是被后视镜剐蹭到，他后背的衣服被整个撕开了，原本还只是在渗血的擦伤如今被划开了一道巨大的口子，正汩汩地流着血。

“队、队长！”她几乎是扑到他旁边的，顺便将那商务车司机也挤到了一边，“没事吧？！没事吧？”

应峤疼得吸了口气，手撑着李文忻身体两侧的护栏，半天，才勉强站起身，苦笑道：“这下，还真有点事。”

“我给你叫车！叫救护车！”许漫手忙脚乱地掏出手机。

身后却传来林持瀚的声音："叫什么车，坐我的车去呀——快，扶后座来。"

许漫倏然扭头，这才发现林持瀚不知什么时候把他的小车开了过来，正龟速地在她身后的辅道上行驶着。

"谢谢！"她道了谢便扶起应峤往护栏外撤。

那商务车司机刚拿了个警示三角牌放在他们身后的车道上，赶紧小跑回来帮忙。他见应峤被扶走了，便来搀仍旧在护栏边站着的李文忻："你没事吧？我扶你过去……哎呀，你们哪能往机动车道上跑嘛……"

李文忻站着没动，愣愣地看着兀自滴着鲜血的手掌。

那，都是应峤身上的血。

司机见他白衬衣上满是血渍，伸手在他眼前挥了挥："喂，喂，没事吧？"

李文忻这才回神，担忧地看向趴在后座的应峤："我……"

我不想再连累人，我不需要你们帮忙……那些任性的话哽在喉头，一个字也吐不出来。

司机以为他真的伤得挺重的，火急火燎地扶了人塞进副驾驶室。他推拒的手伸到一半，又放了下去。

林持瀚拿余光瞥了他一眼，不动声色地按下了童锁——这要是再玩一次跳车，他可没有应大队长的身手和良心！

后视镜里，许漫让应峤趴在自己腿上，一手拿手帕压着应峤背上的伤口。她那条牛仔短裤坐下之后就更短了，应峤有些尴尬地侧过脸，正对上林持瀚审视的目光。

应峤愣了一下，随即提醒道："看好前面路况。"

林持瀚在心里破口大骂，恨不得自己才是那个趴在许漫腿上的伤号！

应峤虽然受伤了，却一点儿也没耽误该干的事儿。他不但有空指挥林持瀚如何开车，甚至还提前联系了游乐玫。

是以，车子在医院楼下停下的时候，冲出来接人的，除了推着推床的医护人员，还有一身风情打扮的游乐玫。她应该是在逛街临时被喊来的，大波浪卷发、黑超墨镜、烈焰红唇，身后还跟着个拎了满满好几个购物袋，一脸不爽的荆思瑶。

这组合，真是看呆了许漫。

应峤看到荆思瑶，也有些意外。但他身上伤口已经越来越严重了，才来得及和游乐玫点了个头，就立刻被推进了大厅里。

许漫紧紧地跟在后面，一路跟进了清创室。伤口看着虽然可怕，倒是单纯的外伤，打上麻药之后，连缝针都感觉不到疼痛。

那一针一针戳得许漫心碎，应峤反而劝她："我这儿没事，你去看看游医生和李文忻吧。"

许漫犹豫，护士却在这时候发话了："家属可以出去等，但人还是要在的，病人上了麻药呢。"

应峤还要反驳，头一转带着身体都动了起来，还在缝针的医生只能停手。

许漫赶紧摆手道："你别动，我这就出去！"她推开门，却意外发现李文忻居然也在门口站着。

见她出来，他不由自主上前一步，嗫嚅着问："他没事吧?"

许漫看了眼站在他身后的游乐玫，对方无奈地冲她做了个口形："拦不住。"

"都是外伤，"许漫于是开口道，"缝完针，还得打个破伤风——医生的意思，创口挺大的，最好住院观察两天。"

"观察好，观察好……"李文忻似松了口气，喃喃重复道。

见他脸色苍白得吓人，许漫也没好意思责怪，在空荡荡的大长椅上坐了下来。长椅的另一头，便是荆思瑶和那满当当的购物袋。

"你也坐会儿吧，应峤一会儿就出来了。"游乐玫说着，将李文忻拉坐在另一边的长椅上，"大家都是这么过来的，不怕。"

李文忻明显不大相信的样子，游乐玫于是指指荆思瑶："你看她，青穹滇南分部领队，干公益救援这么多年了，还时不时找我做心理疏导呢。"

李文忻大受震动，扭头看了荆思瑶两次，目光里全是惊讶。

“喂！我可不是……”荆思瑶瞥了眼李文忻，硬生生把反驳咽了下去，“我可不是滇南分部的了，我回浦州了。”

“这都是小细节，不重要。”游乐玫摆摆手，接着道，“因为这些事情受影响是自然的，但是你要真这样一直想不开，困在这样的情绪里，那王哥真的就是白牺牲了，应峤也白受伤了。”

李文忻沉默。

许漫想起王庆栋那张有些油腻也有些亲切的圆脸，心里一阵酸楚。荆思瑶有些烦躁地站起来，走到窗户边看外面正纷纷扬扬落着叶子的梧桐树。

游乐玫的声音软软的，却有股叫人信服的力量。她聊着聊着，居然还邀请李文忻一起去外面的紫藤游廊溜达一下。

“那边专家墙上有个医生，也是个救援队员呢，要不要去看看？”

李文忻果然站了起来跟着走：“医生也有时间去参加吗？而且救援那么危险……”

“术业有专攻啊，你看我手无缚鸡之力，但是我能做心理疏导、能做危机干预，我也能帮上不少忙。”

两人越走越远，声音也越来越小，直至消失在拐角处。

许漫探头往清创室里看了看，正想再次往里走，荆思瑶却突然道：“你可别听奶茶姐姐乱讲，我不过是找她逛个街而已。”

许漫：“……”

“倒是你，”荆思瑶有些嫌弃地瞥了清创室一眼，“不会是因为他，才去的野蜂吧？”

“是啊，不行吗？”许漫应得爽快，脸颊却还是红了。

“可以啊，只要你不怕死就行。”荆思瑶话里有话道。

“你……”许漫蹙起眉头，忍不住道，“你到底对我们队长有什么意见，干吗每次都冷嘲热讽的？”

“你知道孟晨光吗？”荆思瑶反问。

孟晨光？宋繁缕口中的那个“晨光”？

“孟晨光是他最好的兄弟，他当年自己亲口说的。可是实际上呢，在装备不行，条件也不允许的情况下，他让潜水技术没他好的好兄弟下去封闭水域逞英雄……”荆思瑶声音不大，每个字却都开了刃一般带着锋利的光芒，“结果你也看到了，孟晨光死了，他却依旧好好活着。”

“他……”许漫动了动嘴唇，怔怔地看着荆思瑶。

那张艳丽的脸庞仍旧漂亮如昔，却沾染上了一点说不清道不明的刻薄和怨恨。像是朱槿花蕊上刺目的明黄色花粉，又似罂粟枝头明灼的花瓣。

轻风一过，吹落了一地的哀伤。

爱着一个人的时候，就特别容易看懂别人的缱绻深情。

许漫怔了许久，蓦然福至心灵，小心翼翼问道：“你是不是，喜欢晨光？”

“我……”荆思瑶噎住，半晌，傲然道，“是他喜欢我，他先和我表白的……”说到这里，她语气终于软了下去，全是懊悔和哀恸，“就在出事的前一天晚上。”

世事无常，她怎么也料想不到——当初那份少女独有的矜持与骄傲，竟让她永远失去了答复的机会。

一别永诀，参商难见。

“对不起……”许漫徒劳地安慰道。

“我和你说这个干什么！”荆思瑶抹了抹眼泪，硬挤出几分气势，“总之，你知道应峤这个人不靠谱就行了！”说罢，她将长椅上的购物袋一提，姿态潇洒地挥手道，“忠言逆耳，我也就说这一次——走了！”

看着那个脊背挺直的背影，许漫几乎都要可怜她了，呆呆地站了半晌。

湿热的海风从窗外吹进来，摇晃着走廊输液架上空荡荡的吊钩。

“叮当——叮当——”

“你怎么还趴这儿，家属呢？”

许漫悚然一惊，转过身，这才发现应峤的那张推床不知什么时候已经被推到了门口。

房门半开，那张脸也便一半沉浸在清创室的灯光里，一半叫走廊的过堂风吹乱了额角的头发。

不知他听了多久，又听到了多少。

应峤这伤口，颇有些富贵病的意思。饮食需要忌口，身体不能乱动。每天大部分时间，都如某种大型的爬行动物一般，脸朝下在床上趴着。

他本来话就少，那天之后更是近乎不和外界交流。许漫帮他打好饭，便坐床边看着他趴那儿一口一口，认认真真地往嘴里送饭。冬瓜汤、炖排骨、肉末炒蛋，送什么他吃什么。来者不拒，甚至，连水都没主动要过。

野蜂的人听说自家队长受伤了，陆续来探望。连路佳佳，都拉着被游乐玫好好开导过的李文忻，来道歉赔罪。

年少的爱情来去如风，闹得轰轰烈烈，和好起来，也快如闪电。

许漫又是羡慕，又是失落。突然，她就明白了荆思瑶的那种绝望和不甘。只要人还在，总还有机会去争取或者放弃。而荆思瑶，直接失去了一切的可能。

傍晚的时候，淅淅沥沥地开始下雨。

秋雨绵绵，一场比一场凉爽。许漫坐在病床边，看着沉沉睡去的应峤眼睑下方的黑色阴影，鬼使神差地，伸手轻蹭了一下。

那双紧闭的眼睛蓦然睁开，清明而又警惕。

许漫吓了一跳，蓦然跳起，“砰”的一声将凳子也绊倒了：“你、你没睡呀！”

“睡不着。”应峤看着她，“怎么了？”

“哦……有、有蚊子！”为了证明真有飞虫经过，许漫徒劳地冲着空气挥了下手。

“没事，你早点回学校吧。”应峤说完，将枕头掉了个头，改成脸朝窗户趴着。

玻璃窗紧闭，倒映着他沉默的脸庞，眼睛也再一次闭了起来，模样和刚才几乎一模一样。

许漫迟疑着唤了一声："队长？"

"你要睡不着，"许漫放软声音，劝道，"咱们聊聊天吧？"

这样每天对着墙壁不说话，可别憋出事来。

玻璃倒映里的应峤垂下眼睑，好一会儿，才重新把头转过来："聊什么？"

"聊……宋哥今天来我们学校，给我们新社员讲课了，还带了赵子龙和皇甫公羊。"许漫尽量让自己的语气显得轻松兴奋，"可受欢迎了，路佳佳拍了好多照片和视频！你要看不，我这儿都有……"

许漫说得嘴巴都干了，手机里存的照片和视频也都放完了，应峤还是什么反应都没有。

她呆了一呆，又另起一个话头："还有欧阳，他可好玩儿了，一直问我为什么不邀请他去讲课。我还以为他是喜欢热闹，后来才知道，他是喜欢吃我们学校外面的网红肉夹馍。不过那个肉夹馍真的很好吃，特别地道，每次都要排好久的队。而且还限购，每人限买两个，每天限卖一千个……"

"你是想问我晨光的事吧？"

许漫的声音戛然而止。

应峤接着道："荆思瑶说得没错，我当年确实……"

"我相信你一定不是故意的，"许漫焦急道，"你一定比谁都希望他没事！"

应峤定定地看着她，一直紧蹙的眉头也终于有了一丝松懈："谢谢。"

"你千万别有负担，"许漫趁机安慰道，"好好养伤，过去的事情就让……"

"那天的责任，的确在我。"他撑着枕头坐起来，"我是现场指挥，是我没有评估好水下环境，贸然同意他下水作业……我们甚至没有联系警方和救捞局，连第二备选的方案都没做，直接让晨光进入到满是积水的洞穴内部。

“洞潜专家海尼斯说过，洞潜救援的第一原则是永远不要着急，因为大部分时候所能找到的只是一具尸体而已。我们偏偏不相信，以为自己能创造奇迹。荆思瑶说我技术比他好，确实，大约也就是因为这样，我比他更自信，自信到认为我们能胜任这样的任务……”

结果，人没救回来，反而多赔上了一条生命。

许漫第一次听他说这么多话，从当年接到消息时候的紧迫，到制订方案的不成熟，一路说到了打捞到尸体时的绝望。

那个记忆里的“应峤”不再沉稳，不再步步谨慎。轻狂张扬得，简直不像是她认识的这个人。她印象里的应峤，刻板自律得像是钟表大楼上那只定点报时的老旧大钟。

日日夜夜，一分不差。

他会因为年龄不达标就直接将考核成绩最高的队员踢出队伍，会因为马小南一个不规范操作骂上半天……甚至，宁可背着人暴走几十公里，也不放弃惩戒。

“晨光”两个字，像是一个画地为牢的闭环，禁锢住了年少的那个他，背负枷锁，苦行至今。

窗外的树影哗啦啦响着，仿佛摇曳着整个初秋的哀伤。雨愈下愈大，天色也愈来愈黑。

“可你知道，在我们这些获救者心里，你们这些决定意味着什么吗？”许漫的手微微蜷曲了下，下定决心一般说道，“五年前，我被埋在废墟下面的时候，什么未来，什么过往，都没来得及想。我一刻也不敢闭上眼睛，哪怕什么都看不到，就瞪着眼前黑漆漆的一切，拼尽了全力去听动静……听不到声音的时候，害怕是不是永远不会被人发现了。听到声音的时候，又担心再发生坍塌，唯一的那点生存空间都没有了……看到你和Black的时候，我简直像是看到了生命里的光……给生者希望，予逝者尊严，你们确实做到了。”

对面的那双眼睛终于有了一丝波动，涟漪一般，细细地漾出纹理，缓慢而不断地震颤、跃动。

许漫大着胆子握住他一直紧攥着拳头的手，仰起头凝视他："没有人舍得随意付出生命，晨光去世，你当然会自责。可是，如果你是他，如果那个牺牲的人是你……你会后悔吗？"

"我……"应峤看了她半晌，苦笑道，"我当然不后悔，但我……不是晨光。"

"所以你就替他后悔？"

应峤沉默。

楼下，一辆白色的急救车鸣着笛，自绿色通道驶出，冲出医院大门。车轮溅起一朵朵无声的水花，不知开错了哪一朵，道边的路灯蓦然一盏接一盏地亮起。

华灯初上，一路通明。

秘密，有一种神奇的羁绊力量。你把秘密透露给一个人之后，无形中，也和他一起构建起一个对抗外界的保护屏障。

那夜之后，许漫总觉得自己似乎与应峤走近了许多。那微妙的距离变化虽然看不见也摸不着，却比初夏的栀子花还要芬芳。

方勤最先发现了表哥的转变，拉着许漫到走廊上咬耳朵："你老实交代，到底怎么回事？"

许漫茫然地"啊"了一声："什么怎么回事？"

"我表哥刚才居然吃了你削的苹果，我从来没见他从别人手里拿过削好的苹果！"方勤一惊一乍的。

"他趴着不方便削呀。"许漫无奈地解释道。

"不对，不对，一定有问题！"方勤拿手指头敲着墙面表示。

回到病房，应峤已经把苹果吃完了。方勤顺手拿起一只水蜜桃，费了半天劲才把皮剥掉，递给应峤道："表哥，吃桃子。"

应峤嫌弃地看了一眼坑坑洼洼的桃子，果断摇头。

方勤冲许漫使眼色：看吧，我没说错！

剥得这么惨不忍睹的桃子，正常人都不会吃好嘛！

但期待的种子，一旦种了下去，便总有些蠢蠢欲动。许漫借口老师年假，主动要求和轮到陪夜的欧阳畅想调班。出乎欧阳等人的意料，应峤居然干脆利落地答应了。

“不是，我晚上调课了呀！”欧阳畅想大呼小叫道。

“你不还有泳队的训练？”应峤难得有些结巴，“晚上我和林老师约好一起调试新电台，她明天早上没课，也正好学习观摩一下。”

既然是为了“学习”，欧阳老实闭嘴了。

马小南红着脸，磕磕巴巴地道：“照顾老板也算我的工作吧，我顺便也能……”

“你不是答应帮我一起整理仓库吗？”方勤立刻提醒他道，“可不能反悔！”

“可我的呼号①也刚下来……很想参加……”马小南难得勇敢一回，争取道，“仓库可以晚点整理吧？”

“那你就跟着我吧，我这边也缺帮手。”一直沉默的林中磷这才出声道。

许漫感激地看他一眼，在心里比了个巨大的V。

林中磷似毫无所觉，照旧横着眼睛看人。

“那咱们就约晚上七点吧，我到时候会把指挥车开到医院门口。”

许漫连连点头答应，顺便还回学校背了自己的小毯子和小睡袋，一路哼着歌回到病房。

一推开门，她却意外地发现，野蜂的人都走完了，而应峤，沉沉地睡着了。

不是前几天那种稍有动静就睁开眼睛的睡法，他几乎把整个头都埋进了枕头里，胳膊伸到了床外面，被子也半耷拉着，还轻轻地打着鼾。那模样意外的有些孩子气，甚至可以说有点可爱。

许漫放下东西，先帮他把胳膊放回床上，再把被子盖回去。凑得近

---

① 呼号：无线电通讯中使用的各种代号，文中指业余无线电台的代号，一般包含国籍、地域、性质等信息，具有全球唯一性。

了，呼吸间全是对方的味道。她忍不住轻轻地摸了摸对方蓬乱的头发，粗短的头发在指缝间摩挲，像是一簇簇满是生机的松针。

以后，我也会努力保护你的！

少年人总是容易被自己的热情感动，许漫这样想着，胸膛里满是翻涌的热血和缱绻的情思。她不由自主的，低头轻吻了一下他头顶的空气。投映在墙上的影子，却将这隔空的一吻结结实实地落到了他的发间。

就仿佛，这一吻当真存在一般。

许漫盯着那对影子看了良久，自觉怂得有些可悲，正要起身，脑子里蓦然警铃大作。屋里那规律起伏着的呼噜声，不知什么时候消失了。

房间里霎时，安静得有些可怕。

醒了？许漫咽了下口水，有些僵硬地直起身："队长……你醒了？"

"嗯。"应峤应了一声，却没把头抬起来。

她更尴尬了，往后退了一步："我、我去打开水。"说完，头也不回地往外冲去。

许漫跑得极快，一路冲到开水房才想起来自己连热水瓶都没带。

她漫无目的地沿着走廊瞎走，脸上火辣辣地发烫，羞耻感逼得她眼泪都涌了上来，终于"哇"的一声蹲下来，将头埋进膝盖间。

被发现了！

也一定被嫌弃了！

自己刚才到底在做什么？！

实在是太猥琐，太难看了！

马小南吃过饭，就兴冲冲地跟着林中磷上了通讯指挥车。

徐安挺着个大肚子，一边发动车子一边和林中磷唠嗑："又换新设备？最近队里经济状况不错啊。"

林中磷从来不关心这些，坐在指挥台后面埋头擦拭新机器。

"小南？"徐安点名。

马小南这才依依不舍地收起自己新买的对讲机："射击馆不是招了

几个新人，终于不用老是关门，营业额也就上去了。”

徐安愣了下，恍然失笑。

车子开到了医院，却迟迟不见应峤和许漫出来。

林中磷焦虑地直抖腿，打应峤电话一直通话中，打许漫电话则干脆关机了：“搞什么！”

“会不会队长家里人来了，不让出来?”马小南揣测。

“不可能，”林中磷道，“他压根儿就没告诉家里人他受伤——小南你上去瞧瞧，再晚出不来了！”

这边医院九点钟停止接待访客，病号想要偷溜，当然也没门了。

马小南只得下车，裹紧外套往住院楼跑。他才出电梯，就听到了对门病房应峤和护士的响亮争吵声。

应峤不知怎么回事居然下床了，被个纤细的小个子护士拦在病房门口：“说了你得卧床休息，怎么就听不懂？”

“我联系不上照顾我的朋友，”应峤解释道，“得出去找一找。”

护士两手一叉腰，提高声音：“你打个电话不就得了？”

“关机了。”他无奈地冲她展示还在拨出的手机。

“那也不行！”

“队长，”马小南没勇气和小护士吵来吵去，但也不能不管自家队长，干脆埋头往里闯，“我回来了！”

小护士被他挤得往边上退了好几步，瞪圆了眼睛骂：“慢点！有你这么照顾人的吗？看把病人急成什么样了？”

应峤：“……”

马小南：“……”

这两人一个不耐烦解释，一个没胆子解释，结结实实挨了护士一顿好训，终于借着“上厕所”的借口溜出了病房。

应峤一出病房就走得飞快，马小南当然不敢拦他，扶着他小心翼翼地问：“队长，许漫漫怎么就走了？”

应峤看了他一眼，脸颊诡异地红了起来：“她刚才以为我睡着了，就……”

“骂您了？”马小南蚊蚋似的猜测道。

应峤脸唰地黑了，狠瞪了他一眼，闭紧嘴唇走得更快。

看那表情，一定骂得很难听！然后，队长肯定就直接暴起回骂……马小南脑补完，浑身都是一个激灵。这要是他，确实死也不敢接电话了。

两人绕着病区转了两圈，连女厕门口都瞄了好几眼，始终没能发现许漫的踪影。林中磷在楼下已经急得火烧眉毛了：“你们不是想在医院试吧？医院不让调试这玩意啊！”

“你再等等。”应峤只说了简短的四个字就给他打发了，看得马小南佩服至极。

林中磷的骂人功力，马小南是见识过的。不说能把死人骂活吧，游乐玫做心理危机干预的时候最不许他插嘴。一插嘴必然破坏人心情，从天台上抱下来的轻生者，也能给骂得跑回去跳楼。

想到这里，马小南提醒应峤：“队长，你说她会不会一时想不开，上顶楼了？”

应峤愣了下，下意识想要摇头，最后还是转身往电梯间跑。

住院部的电梯最高只到二十一层，再往上直接被铁栏锁住了，上不去。

应峤仰头望着那个铁栅栏半晌，狠撸了一下马小南脑袋，干脆沿着楼梯一层层往下找。

马小南也挺委屈的，他看电视剧里绝症病人动不动爬顶楼自杀，哪儿知道这边医院直接给封死了隐患。果然姜还是老的辣，安全防范才是最重要的！

应峤的病房在五楼，这一层层爬下来，还真是个体力活。

马小南跟在后面，明显看到自家队长的病号服颜色不大对：“队长，您背上又流血了，咱们还是坐电梯吧！”

应峤没搭理他，三步并作两步地继续往下走。走到十楼左右，下一层的感应灯早早地透了光上来。

应峤的脚步蓦然慢了下来，忐忑地探头往下看去。马小南也看到了——蜷在楼梯角的那个，可不就是许漫。小姑娘大约真是受了大委屈，小小的一团缩在墙角，肩膀还一抽一抽的。

手机黑着屏，随意地扔在脚边。那模样，狼狈而凄惨。

马小南正要往下走，被应峤抓住胳膊，拉开十层的安全门直接塞进了病区走廊："你从电梯下去，和林老师说今晚不调了。"

"啊？我……"

"咔嗒"一声，安全门严丝合缝地关上了。

在医院里哭，甚至是大声号哭，其实都不算什么新闻。

许漫在开水间附近哭了一小会儿，就收获了不少路人和医护人员的安慰。人间自有真情在，耳畔充满了诸如"现在医学这么发达，小姑娘不要灰心""相信奇迹，战胜病魔"之类的温暖劝慰。她没好意思说自己其实只是失恋了，一边抹眼泪一边躲，不知不觉就走到了楼梯间里。

五楼有人抽烟，六楼有病患在偷吃违禁食品，七楼俩小情侣在亲昵……走着走着，就到了九楼。

她痛快淋漓地大哭了一场，正迷迷糊糊快要睡着的时候，肩膀蓦然被谁摇晃了一下。

"许漫漫。"

她茫然地抬起头，眼前一片模糊，好半天视线才成功对焦。

看清来人之后，她整个人便痉挛似的抖了一下："队、队长。"

"你怎么在这儿睡觉？"

"我……"她往后缩了缩，慢腾腾地贴着墙站起来，偷偷去看对面的人。

应峤额头都是汗，眉头也紧蹙着，像极了平时要发火的前兆，就连语气也一样的焦躁不安。

"还有，为什么关机？"

许漫觉得舌头都僵硬了，咽了下口水，壁虎一般更紧地贴住墙壁。

那看到洪水猛兽一般的模样实在是有些刺激人，应峤心里酸涩难耐，恨不得上前晃一晃她的脑袋。说喜欢的明明是你，为什么要摆出这样一副受欺负的表情呢?

喜欢他，就这么难以接受？他忍不住往前迈了一步，许漫却立刻露出了害怕的表情，连眼睛都闭上了。

“对不起，对不起！我刚才不是故意的，我就是不小心！我下次再也不会了！”她放弃一般地大喊出声。

“不小心吗？”应峤像被打了一拳，整个人都蒙了，“可你上次……不是说喜欢我吗？”

许漫唰地重新睁大眼睛，难以置信地瞪着他。半晌，她愤然地涨红了脸：“说过又怎么了？喜欢你又怎么了？我还那么年轻，没准明天就不喜欢了，后天就变心了，大后天……”

嘴唇被覆盖住的时候，她还试图费力地将“深爱上别人”几个字从牙齿间顶出去。那张熟悉的刚毅脸庞贴近到了极点，眼睛里的光芒锋利到近乎要割伤人。

然后，她才后知后觉地反应过来——被吻了。

不是那种隔空试探的错位假吻，而是唇齿相依，呼吸交缠，灼热到要融化一般的真真正正的亲吻。

眼睛、眉毛、鼻子、脸颊……全都是对的，就连气息也熟悉到无法伪装。许漫甚至分不清楚自己到底是靠在墙壁上，还是靠在对方的胳膊上。

眼前的人愈来愈近，也愈来愈模糊，甚至连声音都开始远离……

年轻的许漫漫同学，没能承受住幸福的重量，在爱来临的那一刻，非常不优雅地，晕了过去。

▼

第9章

— 十分之一概率 —

“被亲晕过去？你不是被骂晕过去的？！”方勤在电话那头兴奋地八卦，一点儿淑女风范都没有了。

“我哪有那么脆弱，被骂一下就晕了……小南哥不了解情况。”许漫扭捏地道，宿舍里的其他人立刻做呕吐状嘲讽。

“被亲晕过去就很坚强？”方勤嘲讽道，“真丢我们女人的脸！”

“就是，”小圆凑过来加入谈话，“花痴得没边了——小方姐你不知道，她现在还迷上无线电了，去图书馆借了一大堆教材，还打算考什么无线电操作证……”

“停停停，”方勤在对面阻止道，“先说说后续，漫漫，后续呢？我表哥怎么表示的？”

说到这个，也是许漫困惑和迷茫的地方了。按道理说，应峤都这么主动了，这恋爱关系就算确定了。但自打她悠悠转醒，被马小南等人送回来之后，应峤愣是没联系她，一个电话，一条短信都没有。她试着发了条自己安全回学校的消息，对方也只回了个短短的“嗯”字。

“你说，我们这算确定关系了吗？”许漫忐忑不安地问方勤。

要是搁几个月之前，方勤肯定是不认同的，追女孩哪那么容易啊！

强吻一下就算女朋友了？不表白的？不送花送礼物的？不主动问你能不能做我女朋友的？难道还想等着女孩自己来追问？那是你追我还是我追你？可是，她自己和宋繁缕……毕竟也是自己先主动憋不住的。谁先主动，也不一定那么重要。更何况，应峤这人榆木疙瘩一块，许漫早前还告白失败过。如今难得守得云开见月明，凑合凑合，也就算个美好结果了。

她于是笃定地道："算！"

许漫安心了，上完上午的课，又去学校外面买了甜点，开开心心地坐上了开往医院的公交，亲亲男朋友背后的伤口又撕裂了呢，赶紧回去安慰一下。

到了医院，病房里却不只有陪护的马小南，应太太、应泽全来了，还请了护工，正张罗着要给应峤换VIP病房。

"我说了不用，我过两天就出院了。"

应峤黑着脸趴在床上，想要起来，立刻就被应太太眼泪汪汪地哄了回去："阿峤乖啊，躺好躺好！"

一边站着的应泽"扑哧"笑出了声，马小南也艰难地绷着脸，脖子都憋红了，然后，他们便看到了许漫。

"哎呀，漫漫小妹来了？"应泽热情非常。

马小南瞥了眼应峤，很是佩服地看了许漫一眼，昨晚都被训晕了，今天又赶来了，真是女中豪杰！

应太太也回过头，慈爱地道："许小姐呀，快进来吧。"

这回是真见家长啊！队长怎么不提前告诉我呢！我都没准备！

许漫心里惊涛骇浪，脸上的微笑倒是维持住了，用自己所能发出的最甜美的声音向应太太和应泽打招呼道："妈妈好，小叔叔好——"

屋子里一片寂静，应太太和应泽都呆若木鸡。

就连马小南，也瞪大了眼睛，木头人一样地看着胆大包天的女孩。天啊！原来她是因为对队长有非分之想，才被骂的吗？！

最先反应过来的还是应泽，他把"妈妈""小叔叔"几个字咀嚼了好几遍，扭头去看自家大哥。应峤趴在那儿没动，耳朵却通红通红的，一副默认的样子。

应泽在心里为林持瀚捏了把汗，干巴巴地笑道："大哥和漫漫小妹妹谈恋爱了？怎么也不早点告诉家里？"

应峤这才转过头，脸颊有点红，表情倒还是严肃的："没礼貌，叫嫂子。"

嫂……家里父母同意了吗？订婚了吗？领证了吗？这就逼人喊嫂子了！

应泽在心里大骂，扭头去看应太太："妈，您听听他这恩爱秀得，好像您和爸爸就不存在似的。"

应太太瞪了小儿子一眼，主动把被晾在一边的许漫拉过来："孩子，你多大了？"

"二十岁了。"

"哦——"应太太松了口气，还好成年了。

"现在还在上学吧？哪个学校，大几了？"

"大三了，浦州大学，学的教育方向的汉语言文学。"

"教育方向好，"应太太听得心花怒放，在她手背上鼓励似的轻拍了两下，"老家哪里的，父母都忙不？"

"我是鹿城的，妈妈今年刚退休，爸爸还在教书。"

哎呀，还是个教师家庭，书香满屋！应太太越听越是喜欢，再想想应峤那些失败的相亲史，暗暗下了决心。她三两下撸了自己的翡翠镯子下来，塞进许漫手心："阿峤这孩子之前没说清楚，我也没准备什么见面礼，你可别嫌弃。"

应家母子这一番操作猛如山虎，看得马小南彻底傻眼了。他呆呆地走出病房，给欧阳畅想发了消息：队长脱单了，还带女朋友见家长了。

欧阳畅想简直秒回：谁？

——许漫漫。

欧阳畅想：……

这年头的女孩，都是受虐狂吗？！队长这么暴戾，这么残忍，这么不近人情的男人，居然都能泡走队里仅有的三个女同志之一？！

欧阳畅想于是发朋友圈感慨：队里的单身女孩又少了一个，什么时候才能轮到我呀！

几秒钟之后，游乐玫回了一条：今晚八点，一起吃个饭？

欧阳畅想颤抖了一下，立刻删掉了整条动态。他喜欢温温柔柔的软妹子，可不敢碰奶茶姐姐这样的肉食系御姐！仅剩的单身女孩他不喜欢，队长的八卦他还是热爱的。不过几分钟，全野蜂的人都知道自家队长谈恋爱了！

队群里齐刷刷地发祝福语：

队长嫂子，百年好合，红包快发！

队长嫂子，早生贵子，红包赶紧！

一个人开始发，众人就敢跟着闹。像徐安这种大胆的，直接“倚老卖老”来电话了：“队长交女朋友了，得跟大家一起庆祝一下呀。”

应峤“啪”的一声给挂了电话，他交女朋友很奇怪吗？怎么就得庆祝发红包了？！他明明也是凭自己的本事和魅力“追”的女孩！

许漫有点不好意思，见群里越闹越夸张，自作主张地发了个红包上去。

片刻之后，欧阳带头喊了声“小嫂子”，率先抢了个红包。其他人这下反应过来了，也立刻跟上。

许漫被大家一口一个“小嫂子”喊得心花怒放，笑得虎牙都露出来了。

应峤（手气最佳）： 85.81元

高楠：8.01元

闵涛：4.01 元

宋繁缕：0.81 元

李波波：0.15元

……

欧阳畅想：0.01元

欧阳畅想哀号：小嫂子，你们的爱情就值一百块钱？！大头还被你男人抢走了！

其他人这时也反应过来，纷纷“+1”“+2”表达同愤。

加到七的时候，整个群仿佛被禁言了。

应峤：再闹都给我滚去跑圈！

“你这就喊人妈了？”许妈妈手抖啊抖地捏着那个玉镯，脸色发白。

“是、是啊，”许漫小心翼翼地答道，“不行吗？”

“没有轰轰烈烈的表白，没有浪漫非凡的求婚……”许妈妈长叹一声，瘫坐在沙发上，向着许峰道，“你看看她，人家点个头，她就把自己嫁了！”

“不至于，还不至于。”许峰安慰道。

“还不至于？”许妈妈瞪向他，“都喊妈了，礼物也收了，就差个证了！”

“现在社会开放，也就是一个称呼……”许峰一边安慰妻子，一边挥了挥背在背后的手。

许漫看懂暗示，趁机默默溜进房间。

“咔嗒”一声，房门上锁的声音提醒了许妈妈：“你瞅瞅，还学会锁门了，青春期都没锁过呢！”

“谈恋爱了嘛，谈恋爱了当然更加重视隐私。”许峰分析。

“你给我闭嘴！”

许漫锁门却不是因为应峤，刚回来的路上，方勤给她打了好几个电话。

电话一接通，方勤就在那头哭个不停。

“小方姐，怎么啦？”

“我问你，野花哥的培训费，你是怎么给的？”方勤哭得抽抽搭搭的。

许漫愣住：“我就把你给的那些钱，都给他了呀。”

“你得分批给呀，哪有上两节课，一次性给五万的。”方勤声音哑哑的，“他回来就和我吵架了，钱也还给我了。”

许漫沉默，这件事情是她没考虑周全。

应峤这两天受伤，她几乎都在医院和学校之间跑来跑去，社团的事情全靠路佳佳撑着，钱也是托路佳佳拿给宋繁绥的。都怪她，没把事情交代清楚。

“小方姐，你先别急，”许漫安慰道，“我去跟他解释一下，就说我们学校想长期找他做课程顾问，所以给批了大笔的资金。”

“晚了，”方勤郁闷道，“我已经承认，顺便还把他给拉黑了。”说完，她又哭了起来。

许漫：“……”

恋爱中的女人啊，真是阴晴不定。许漫腹诽归腹诽，还是老老实实收拾了行李，准备回去帮忙收拾残局。

房门一打开，许妈妈刚被许峰哄缓和的脸色，一下子又垮了：“才刚回来，你又要去哪儿？”

“我朋友出了点事儿，”许漫拖着箱子，咕噜咕噜走到玄关那儿换鞋子，“我去陪陪她。”

“你——”眼看着许妈妈又要发火，许峰赶紧拉着妻子往沙发上坐，“年轻人有自己的空间，今天恋爱明天分手都很正常，来来，咱们听戏。”

他一边劝，一边随手把唱片机打开：一言激起心愤慨，你作茧自缚为何来？青春淑女锁深闺，鸟入樊笼太可悲。①

“你这放的什么啊！”许妈妈急了。

“开错了开错了！”许峰赶紧去换曲目，心一慌按到了音量键，声音一下子冲天响起：小姐呀，人生难得逢知己，管什么家规不家规……②

“啪！”许妈妈亲自动手，狠狠地关上了唱片机，再一回头，女儿早已经开门下楼去了。

许漫匆匆来，又匆匆回。一直到车子过了跨海大桥，才看到应峤打来的未接电话——他似乎极少发消息，偶尔发上一条，也简洁得可怜。

“喂？”

① 越剧电影《红丝错》唱段

② 越剧电影《红丝错》唱段

电话拨回去，那边几乎是秒接。

“到家了吗？”

“到了，不过……”许漫迟疑了下，老实坦白，“我又回来了——都怪我没把事儿办好，害得小方姐和野花哥吵架了。”

她把事情简单说了下，应峤也陷入了沉思。宋繁缕为什么生气，他是明白的——可方勤明明做错事了，老实承认不就得了？干吗非得把人拉黑？

许漫被他气笑了：“那小方姐也是好心嘛。”

“那也不该骗人，老宋迟早要知道的。”应峤认真分析道。

“这是善意的谎言。”

两人有一搭没一搭地聊着，偶尔冷场，电话里便只剩下模糊而轻浅的呼吸声，绵长起伏，像极了高远天空上的白云。光是听着，也觉得安心。

许漫下了车，又过了个街口，就到方勤家了。方勤穿着睡衣，眼睛红肿着来开门。屋里除了她和一台正在“呜呜呜”工作着的扫地机器人，一个人也没有。

“方阿姨呢？”

“你该关心的人是我！”方勤说着又掉了好几滴眼泪，“他到现在都没有联系我！”

“呃……你不都拉黑了？”

“拉黑了他不能直接来我家找我？”方勤一屁股在沙发上坐下来，裙角歪在一边，像朵干瘪的百合，“他应该带着狗亲自上门道歉！”

方勤絮絮叨叨地把自己的良苦用心又复述了一遍，再痛骂了宋繁缕一遍。其间她站起来又坐下去，活像处在爆发边缘的火山。

许漫看着可怜，躲到厕所又联系了应峤：“队长，你能不能帮忙劝劝野花哥，让他主动打个电话……”

“我正和他在一起，”应峤迟疑地道，“他说电话也被拉黑了。”

“那就请他来小方姐家，当面说清楚啊。”她还没有说完，应峤那边传来玻璃破碎的声音，隐约还有喧嚣的舞曲和鼎沸的人声。

“你们在哪儿？” 许漫狐疑。

“酒吧……”

“夜店！夜店！” 宋繁缕的声音醉醺醺地传来，“老子泡的是夜店，老子失恋也不怕，老子靠自己也能活得很好，老子不需要谁怜悯！”

“他喝醉了……” 应峤匆匆解释了一句就把电话挂断了。

夜店这个词，实在是震惊了还在象牙塔里的许漫。她也不敢告诉方勤，自己默默地酸了半天，发了消息过去：你伤才刚好呢，早点回家吧。

应峤那头果然没有回应，许漫拿着手机在厕所走了个来回，也猛地油然而生一股拉黑的冲动。

冷静冷静！理智理智！不能学方勤不能学方勤！

等她做完心理建设从厕所出来，方勤瘫坐在沙发上，高举着酒瓶，拍着桌子冲她喊：“去夜店有什么了不起！来，我们也喝！”

原来，你听到了啊——

许漫叹着气坐下来，见她拿着酒瓶喝了不少，顺手就拿过来喝了两口。

这一喝，就停不下来了。

“臭男人死要面子！”

嗯，还没情趣，许漫在心里补充道。

“臭男人拉黑了就消失，大混蛋！”

是，老半天不回消息，差评！

方勤正骂得高兴，门铃蓦然响了起来。

“肯定是我妈回来了。”方勤踉踉跄跄地爬起来，要去开门。

“不不，我去开。”许漫喝得不多，脑子还算清醒，扶着她进了房间，这才扯扯衣摆，小跑着去开门。

“阿姨您回来了，小方姐都睡……”她的声音戛然而止，酒也醒了大半。

声控灯下站着的人一身酒气，眼神却清明严肃，可不就是刚刚还被她骂过的应峤。

“小勤睡了？”

“还没，”许漫往后退了一步，“你要、要去看看她吗？”

应峤便不客气地换鞋——他显然不是第一次过来，一次性鞋套在哪儿都清清楚楚——径直往方勤卧室走去。

“野花哥呢？”许漫跟在后面，小声地问。

“他醉了，还在我车里。”应峤也压低声音解释，然后蓦然停下脚步，回头看她，“你也喝酒了？”

“我……”许漫噎了一下，转念一想随即勇敢反抗道，“你们都能去夜店买醉，我们怎么就不能喝酒了？！”

应峤看了她半晌，叹气道：“我没喝酒，那也不是什么夜店，就一普通的小酒吧。”他伸手揉了揉她脑袋，微微推开门，见方勤趴床上没动，又把门合上了。

“小孩子脾气，明天就好了。”说完，他拉了许漫就往外走。

“去哪儿呀——”许漫一脸的拒绝，声音却软软的，人也顺从地跟着往外走。

应峤没说话，一直把人拉到了门外，等声控灯都暗了，才俯身拥了上来。呼吸之间全是对方的味道，哪怕衣服上还残留着点酒味，她也立刻就原谅他了。

“你为什么总不回我消息呀？总不回消息让人好失落啊，好像只有我特别在意，好像……”

回应她的，是他灼热到烫人的吻。唇齿交缠，隐约带着点甜腻的橙汁味道——他确实没有撒谎。但想到这么一个大男人在酒吧喝橙汁，许漫又有些忍俊不禁。

“你笑什么？”应峤贴着她脸颊问。

“为什么不喝酒？”许漫干脆把身体重量都倾到了他身上，“果汁那么好喝吗？”

“喝酒容易影响救援队的工作，”应峤大约是弯腰弯得累了，箍着她的腰将人离地抱了起来，脸仍旧埋在她颈项间，“你和小勤也少喝，这又不是什么好东西。”

许漫吓了一跳，一边箍紧他脖子怕掉下去，一边忍不住担忧：“小心啊——背上的伤……”

“嘟——”的一声，应峤的耳朵里振动了一下。他倏地将人放了下来，伸手按下蓝牙耳机的接听键：“喂，野蜂救援。”

一长串慌乱的南方方言自耳机里传出，连贯而没有一丝停顿。许漫分辨了好一会儿，才终于听明白求助的内容：又有人留书出走了，这一次，失踪人还带着个尚在襁褓中的婴儿。

A类任务，生命救援！

产后抑郁、家庭矛盾、轻生短信……许漫抱着应峤的笔记本，有些慌乱地整理着家属发来的资料。年轻妈妈看起来也并不比她大上多少，抱着孩子歪头浅笑的模样看起来幸福而美好。小婴儿的照片更多，躺着喝奶的、闭着眼睛睡觉的、撇着嘴巴哭闹的……当然，最多的，还是两人失踪前的照片。

照片里的孩子虎头虎脑的，眼睛大而黑亮。许漫实在不能理解，看起来那么温柔阳光的年轻母亲，怎么突然就陷入了“带他来到这个残酷的世界，就是个最大的错误”的死胡同里。

母子俩住在隔壁市，失踪已经超过二十四小时了，家属第一时间报了警，也发动了周边的亲戚朋友去寻找。

今天扩大搜救范围，在浦州市内的监控里发现了人影，家属便又来求助当地的救援队伍。

任务群“嘀嘀嘀”地响着，不时有队员看到任务通知扫码进群。

许漫把整理好的简易任务指南发到群里，同时也挂出了带着任务编码、失踪人照片的寻人启事。骑手群、爱心社群、公益联盟群……小小的一页求助信息长了翅膀一样飞向城市的各个角落。

马小南睡在射击馆，带着住得近的几个队员最先赶往任务现场。

应峤挂了电话，看看时间，又看了眼在后座睡得人事不知的宋繁缕，一脸烦躁——带着这么个醉鬼出任务，实在是不方便，但直接扔马路上，他也干不出来。

许漫自前座探出头，犹豫着建议道：“不然，交给小方姐？”

应峤果断摇头：“孤男寡女，又都醉得那么厉害，不合适。”

就是孤男寡女，才容易和好呀！

许漫抿了下嘴唇：“其实……小方姐刚才是装睡。”

应峤：“……”

几分钟之后，方勤果然穿戴整齐地下来了。她脸色酡红，走路也有些踉跄，说话却还是带脑子的：“没、没事，人就交给我吧！”

话是这样说，应峤还是有些不放心的。他扶着人重新上了楼，左瞧右瞧，最终把宋繁缕关进了书房，随手还从兜里摸了把快挂，在门外将门把牢牢扣住。

许漫试着推了推门，不拧开快挂，最多也就推开半指头宽的门缝。万一宋繁缕当真发起酒疯，或者兽性大发，肯定出不来！

两人于是挥手告别方勤，急匆匆地下楼去了。

“老封建！”方勤靠着墙哼了两声，摇摇晃晃着走去卫生间洗澡。

失踪的母子俩最后被拍到的地点，就在浦州某个地铁站附近。这里紧邻着公交总站，四通八达，他们消失的地方，正是入站口。那个小小的，抱着孩子的单薄身影，便在车流中失去了踪影。

警方这边联系了公交总公司，将那个时段的站内监控和车辆监控都翻了出来，也没找到一点线索。

应峤和许漫赶到时，马小南等人已经被王羽坤编入了沿街搜救的队伍。黑漆漆的总站附近到处都是拿着强光手电寻人的年轻人，许漫不意外地看到了青穹的人。

荆思瑶并不在这儿，按王羽坤的说法，青穹的水上救援力量基本全去浦州大桥附近了。

毕竟失踪的是位抑郁症患者，还有明显的“扩大性自杀”的念头，而浦州的“自杀圣地”，排名第一的便是彻夜通明的跨海大桥。

监控找不到人，接下来的人肉搜索凭的就是耐心和人力。许漫拿着手电，跟着应峤沿着小巷子一步步寻找，甚至没放过一处阴暗的草丛。

总信息群里，不时更新着搜索进度。全市的旅馆登记信息也被警方筛查得差不多了，仍旧没有半点消息。

天蒙蒙亮的时候，有送早餐的骑手在一处小区附近遇到一位衣着相似的年轻母亲。他悄悄拍了照片传上来，立刻被家属否认了。

七点、八点、九点……入秋之后，浦州的天气就总是阴沉沉的，带着股南方特有的阴郁和哀愁。被重重浓雾包裹的太阳慢慢升上了头顶，搜救任务却还是没有任何进度。

吃中饭的时候，高楠分析道："队长，这看着不是个好兆头，她可以不住旅馆，孩子呢？"

刚满月的小奶娃，哪个出行不得带上大包小包的日常用品？而她，连孩子的纸尿裤都没带。

应峤放下筷子，催促："都吃完了吧？吃完了继续找。"

高楠站起身，也顺便拉起了一边眼眶发红的另一个队员，这位是初为人父，最听不得与孩子相关的东西。

那个求助的年轻丈夫，也还在不断尝试联系自己的妻子，但从昨天傍晚开始，妻子的手机就已经关机了。家属们从初期的互相指责，变成了自责。一次小小的家庭矛盾，每个人都似乎没有错，却成了整个事件的无形推手。

没人知道那位年轻的母亲在向出差的丈夫抱怨起夜劳累，担忧奶水不足时到底是什么样的心情。她沉默而安静，连一次歇斯底里的爆发都没有，直接选择了最决绝的离开。

下午一点多，徐安到了，宋繁缕也肿着半边脸归队加入搜救行动。应峤瞪着他馒头似的左脸半晌，终于还是没忍住："你昨晚干什么了？"

宋繁缕破例没吭声，锯嘴葫芦似的翻着任务群的记录。

"老宋？！"

"大表哥你别添乱了，"宋繁缕缩了缩脖子，含含糊糊地道，"谁叫你把我送她家去的……她妈正好回来，一开门见我们俩……直接把我砸出来了。”

他说得含蓄而小声，欧阳畅想和马小南却都听到了，纷纷扭头来看他。每个人的眼神都露骨非常，写满了询问：看到你们俩干什么呢?

应峤没问，只抬手给他后背来了一拳。宋繁缕被打得一个踉跄，结结实实、毫无怨言地收下了。

应峤气结,其他人也更确定猜测了。要不是还在搜救路上,连许漫都想发消息去问问方勤,事情,是不是真是他们想象的这样……发生了?

关于扩大性自杀，徐安一直到三十出头的时候，才第一次听说。给他做心理疏导的游乐玫指着这几个字，温柔而又严肃地解释：“这是抑郁症杀人的一大诱因，又被称为‘怜悯性杀亲’。”他职高毕业就没有上学了，子承父业开了家小小的饭店。早早地结婚，早早地生孩子。生活像是蜿蜒的溪流，虽然没有磅礴的气势，却也潺潺有声。

妻子比他小上两岁，白白胖胖的，圆脸上总是带着笑意。生下二胎女儿之后，家里的氛围就有了微妙的变化。

徐安的母亲传统而有些老派，对孙子的渴望也就十分的明显——徐安在后厨忙碌时，也曾听过老母亲的几句抱怨。老一辈的人嘛，总有些固执的思想。他不当回事，也劝妻子不要当一回事。母亲那些“重男轻女”的念头，在他看来，也仅止于口头上。她仍旧是那个牵着叽叽喳喳的大女儿上幼儿园的好奶奶，也依旧会在一通抱怨之后，给还在月子里的儿媳妇送去饭菜和点心。

突然有一天，他关了店回到家，意外地发现妻子和女儿都不见了。热热闹闹的家显得空荡荡的，原本应该在家做饭的母亲也不见了踪影。

他打了一圈电话，才终于找到在邻居家哭得一把鼻涕一把眼泪的老母亲。

“我这么大年纪了容易吗？我当牛做马的，我就想抱个孙子怎么了？我抱不到我还不能说两句了？”

至于妻子和孩子，两天后才从冰冷的水底被打捞上来。小女儿年纪最小，遗体被暗流卷进了岸边水道之内……

按游乐玫的说法，十个产妇里，就可能有一个患上产后抑郁症。而产后抑郁的患者，最容易伤害的人往往就是自己的孩子。自己一个人走了，留下孩子孤孤单单地面对这个残酷的世界，该有多可怕？

徐安在那几年里，一闭眼便是妻子抱着孩子坐在窗前的模样。那样孤寂，那样脆弱。他当时，怎么没想到好好地安慰一句，好好地关心体贴一下呢？

看到许漫发出来的任务讯息时，他刚做好大半锅辣椒油。满屋子都是呛人的辣味，滚油还在辣椒面上嗞嗞作响——他瞥了眼手机，拿着勺子的手便是一哆嗦。

年轻母亲、婴儿、失踪……他迅速熄了火，在徒弟咋咋呼呼的询问声里发动车子，开往任务地点。

参加救援队这么多年，类似的案例经历得也算多了。如果足够及时，足够幸运，他们往往能在各色各样或破旧，或高档的酒店里找到抱着孩子哭得面红耳赤的年轻妈妈。而这一次，他们找了一天一夜，也没获得一个有用的线索。时间一分一秒过去，加入搜索的人愈来愈多，徐安的心却越来越凉。

失去踪迹的人，失踪的时间越长，线索中断得越早……生还的概率，也就越低。

他有些焦虑地开着车，留意着负责水域搜索的队伍的消息。后座的许漫似乎是睡着了，挨着脸肿成猪头的宋繁缕，整个脑袋都快搭到人肩膀上了。坐在她另一侧的应峤似乎很想把人脑袋扳到自己的肩膀上，但蹙着眉头在意了半天，也没行动。看起来，应峤也有些心不在焉的神游。

徐安心里暗暗一沉，说不清是什么滋味。

为了转移注意力，也是搜救需要，应峤又一次打开了平板电脑里的寻人助手，地图上显示着一道道不同颜色的搜索轨迹，说是地毯式搜索，也不为过了。

屏幕下方的消息提示，却突然亮了一下。他愣了一下，对讲机里也响起了轻微的电流声，然后就听到了王羽坤的声音：“双林小区南面发现了孩子的汗巾，家属确认了。”

应峤的手在通话键上，连按了好几下，最后也只憋出一句：“收到。”

南方多河湖，双林小区便紧挨着浦江。那孩子的汗巾，是在浦江边发现的。

青穹的几个水域搜救高手也很快转移到了这边，还用上了老仔队长发明的老仔钩，三脚架和绳钩都下去了，沿着这段河道搜索了大半天也没有收获。

老仔钩其实就是一个三角铁架或者一段长绳上连接了许多挂钩，再利用自身重量或者石头、秤砣等配重悬在水中，通过拖曳、提拉的方式寻找溺水人。不管是沉得只剩个头顶的，还是站立着的，还是沉入湖底的遗体很容易被钩挂到——这种来自民间救援高手的小智慧，土是土了点，实用性还是非常强的。

船带着钩子来回三趟，果然挂到了人——那具已经被泡得有些肿胀的成年女性尸体被捞上来时，年轻的丈夫再也绷不住情绪，摔在水泥地上怎么都扶不起来。

然后，搜救行动的线索就又中断了。

他们甚至派了潜水员去人工搜索，也只摸回来一条小朋友的小小的被子。人肯定下水了，至于遗体，愣是蒸发了一样，找不到。

双林这种改造而成的老式小区是那种开放式的，没有围墙，没有正大门。就连小区里的绿化带，也野蛮生长到可怕的程度。杂草足有半人高，道边一溜用来种食用的小葱。

打捞遗体的水域范围扩大了好几倍，徐安和车子一起等在小区外。他一根接一根地抽着烟，近乎麻木地看着不远处不肯离去的那个年轻丈夫——太阳底下无新鲜事，他经历过的一切，正在这个年轻人身上重演。

烟头烧到了手，他才觉得烫，再想点一根，手摁了打火机好几下，也没能点着，一抬头，才发现自己满脸都是泪水。他抹了把脸，晃晃头跳下车，有些尴尬地往小区里避了避，才走了两步，意外地撞上了应峤。

应峤穿着野蜂藏青色的队服，低着头在树荫下一寸寸地搜索着长满杂草的草坪，身后，还跟着背着大背包的许漫。一高一低，一前一后。互相没什么交谈，但也算配合默契。

徐安愣了愣，开口道："这里刚才他们不是都搜过了？"

许漫最先抬起头，应峤只瞥了他一眼，解释道："我再找找，亲眼看过了放心。"说话间，他们已经又往另一侧的草丛走去。

城中村改造的小区，楼与楼之间甚至还保留着水井。这种南方特有的汲水井并不设置导流装置，井口井壁都窄得可怜，但用个底部钻孔后贴着活动皮料的水桶却能轻松取水。应峤经过时瞥了眼那口狭窄的水泥井，许漫便认真地趴着看了好一会儿。

这类水井因为窄小，水位下去快，涨得也快。许多居民夏天傍晚时候打水冲个水泥地乘凉便能将水位降得很低，隔天一早起来，又是满满的一井清水。他们在这儿翻检草丛，不时有附近的居民来取水使用。井边放着铁皮水桶，直放下去就行。

"哐啷""哐啷"，声音从清脆到沉闷，放绳的时间却没什么变化。

"哎哟，谁这么缺德，把袜子往水井里扔？"

中年妇人的骂声响起的时候，许漫倏然扭头。她看了应峤一眼，应峤没吭声，只快步往水井方向走去。

徐安离得最近，最先看清楚那只小小的，印着卡通头像的棉袜子。他觉得脑子里嗡嗡作响，捏着烟头站了半天，愣是没勇气往前多走一步。

应峤和许漫脚步不停，冲到井边，也仍旧没找到袜子之外的线索。

"你在这儿看着，我去车里拿提升器。"应峤说完就往指挥车那儿走，经过徐安身侧，脸上表情一滞，拍了拍他肩膀，"这儿忙得过来，你早点回去吧。"

应峤去取提升器的时候，顺便也把新线索告诉了其他人。不少队员聚集了过来，竖井提升器也被一节一节安装起来。

那位年轻的父亲不顾劝阻，还是赶了过来。

高楠联系了游乐玫，也和几个年轻力壮的队员悄悄地守在了这位家属身后。他悄悄把手背在身后，控制着轻微的颤抖。

旁人尚且如此，当事人该有多悲痛。

应峤在提升器上装的四角钩，一路加长到近三十米，终于钩到另一只小袜子。

青穹的人接了抽水泵过来，抽了半天，水位也没什么变化。那位打水的中年妇人终于忍不住提醒道："这口井连着浦江，抽不干的。水也不干净，我们都打来冲洗水泥地什么的。"

许漫呆住，然后想到了另一个可怕的可能。母亲是在江里捞到的，孩子的汗巾也丢在江边，水井里却出现了小袜子。这连通浦江和水井的地下暗河，到底有多宽?

青穹的潜水队员又一次下潜探寻。这一次，几乎是贴着靠近水井的岸边下去的。他们常年从事水上救援工作，四人小分队配合默契，下水的、指挥的、穿着潜水服待命的，互相之间一个手势，拉一拉绳索便知道需求。

近十次下潜之后，疲惫的潜水员扒着船舷摇头："下面的暗流太急了，通道也太窄了，我过不去。"

他年过三十，体形也有些微胖，遇到狭窄水域，确实有些麻烦。待命的潜水员体形比他还大，自然没办法下水。

王羽坤联系了隔壁市的瓯江打捞队，对方倒是有体形娇小的女队员，但是她只有开放水域的潜水资质。开放水域与封闭水域的危险性完全不同，拥有两名洞潜专家的青穹已经算是储备人才丰富的队伍了。

徐安全程旁观，不时去打量一直沉着脸的应峤——他虽然不胖，体形却不小，按青穹潜水员的描述，肯定也是没办法通过的。他不行，还有一个人……却是有希望的。

徐安是后勤组里的老员工，看过所有队员的资料，自然也看过许漫的。小姑娘从他们开始讨论队员体形开始，表情就变个不停，不时去偷瞄应峤。应峤的脸色，便也在她一次次的试探中越来越难看。

这是永远不用着急的“洞潜救援”，严格来说，甚至不属于生命救援的范畴。按野蜂的任务划分系统，应该归为B类任务。可看着那位死盯着水面的年轻爸爸，谁又说得出放弃的话呢？

许漫到底没勇气直接和应峤开口，她挨到徐安身边，仰着脸小声地询问他：“安子哥，你能不能送我回去取点东西。”

徐安沉默，半天才问：“潜水服？”许漫点头，忐忑地拿余光瞥了眼应峤。

“队长不会让你下去的，”徐安劝道，“我也不能送你去。”

她今年几岁了？二十岁？大三刚开学不久？徐安看着这张年轻脸庞上的希冀逐渐消失，然后又如同被压在岩石底下的藤蔓一样，试探着继续往上攀爬。

她没再和他纠缠，拉了拉背包带子，往马路那边的方向走去。没人送，她自己也能去取回来。应峤一直留意着她的举动，很快跟了上去。

两人一前一后拉扯了几分钟，声音蓦然就都高了起来。

“你为什么总不相信我可以？因为一次意外，所以就放弃一切可能的尝试？”

应峤回头看了眼家属，捂着女孩的嘴巴往远处走去。

徐安突然觉得，这一趟任务，真的出得没意思透了。

“你拉我干吗？！”许漫一被放开，就狠推了应峤一把。

“不要在家属面前争论孩子的情况。”应峤显然也在克制情绪，眉头整个蹙起。

“那现在可以谈了？”许漫仰着脸，呼吸有些急促，“你看过我的资料，证书原件复印件我也都提供了——我就跟着下去看看，万一我能进入暗河，万一暗河里有气室，万一……”

“我们都知道这种概率有多低，更明白洞潜是死亡率最高的潜水方式。”应峤叹气道，“当年我们也是抱着自然形成的江边暗河水道里可能有气室，可能会让孩子存活下来，才让晨光下水的……后来的结果，你也知道了。”

许漫沉默。

应峤自觉已经劝住了她，远远地向徐安招手："安子哥，你看着她点，我过去看看。"

许漫看了他一眼，犹豫片刻，老老实实地往徐安那边走去。

应峤松了口气，徐安一直悬着的心，也算放了下来。许漫手指在手机屏幕上快速地摁着，似乎是和人在发消息，半天没说话。

徐安手在烟盒里摸了半天，最终还是忍住了："你别怪他，他也就是担心你做无谓的牺牲。"

许漫"嗯"了一声，收起手机时，却又道："如果我是晨光，我不会后悔。"

徐安的手顿住，半晌，有些悲凉地道："可我后悔了，特别后悔。"

许漫诧然地看向他。

徐安怔了好一会儿，才恍然道："他没告诉你呀？"

许漫摇头。

徐安看向不远处的那个年轻丈夫的背影："晨光当年下水想救的，就是我的小女儿。"

许漫浑身一震，瞪大眼睛看着他。

"我妻子、两个女儿、晨光……都死在这条江里。"他又掏了烟出来，倒了半天，又塞回了口袋里。

"所以，别总说你不后悔——你永远不知道做错一个决定，会有多沉重的后果，会有多少人伤心绝望。"

秋风乍起，一只白色的鹭鸶自对岸起飞，掠过灰暗的天空，消失在树影之间。

许漫试图安慰他，张了好几次嘴巴，也没憋出一句合适的话。口干舌燥，喉咙生痛。她只好低头去看手机，每一秒都很难挨。

电话铃终于响起的时候，许峰的那辆私家小车也在马路对面停了下来。许漫如释重负地站起身，朝着小车跑去。跑出去好几步了，她又忍不住回头，冲着徐安道："安子哥，加油！"

她说得没头没脑的，还站在原地的徐安却听懂了。

这些年，他生活得这样艰难。开始那几年，光是坚持活下去，就几乎用尽了全部的力气。慢慢地，重新交上了朋友，重新学会了微笑。可他明白，他和应峤一样，恐怕一辈子都没办法从那个盛夏的午后走出来了。

加油。

要活下去，要走出来，要勇敢向前看……

那些魔咒一般的愿望又一次浮现出来，每一句都折射出妻女和晨光的微笑，显得那样讽刺。

他走出去了，他们怎么办？

他眨眨眼睛，努力让自己的表情显得开朗一些。

然后，他看到小车的门被打开了。一个看着比自己也大不了多少的漂亮妇人走了下来，揽了一把许漫，动作轻巧地将后备厢打开了。

那里面，赫然是一整套的潜水装备。

徐安脸上的那点僵硬的笑意消失了，他飞快地掏出电话，拨了应峤的号码：“你快过来，许漫漫找人送、送了潜水服过来！”

他这边通风报信得快，许漫换衣服更快，不过几分钟，她就穿戴整齐地从车上下来了。母女俩一起抱着气瓶、仪表盘，往王羽坤临时设立在江边的指挥部跑去。

徐安焦虑地看了眼还在江心的船只，“啧”了一声，迈步跟上。

她们带的东西也真齐全，甚至包括许漫所有相关资质证书的原件。

“王会长，您就让我下去试试吧，”许漫哀求，“我没有逞英雄，我是真的一直有坚持下水训练的——您可以请前辈们陪我一起下去，当我的潜伴。如果暗流太急，我就直接放弃……”

王羽坤看看她们母女，又看看那边失魂落魄的家属，最后有些艰难地点了下头。

应峤赶回来的时候，许漫已经由潜水小队的老队员陪着，下水开始适应性练习了。

“可以，可以！”陪着潜了一次的潜水员拉下面罩，连连点头。

应峤往前走了两步，拉住满脸忧虑的许妈妈："白阿姨，漫漫她这样太危险了，下面有暗流……"

许妈妈听到"白阿姨"三个字，立刻就要变脸，深吸了一口气，才控制好情绪，平和地道："别急，给她点信心，让她试试——你刚才叫我什么？"

应峤愣了一下，随即顿悟，脸火烧一般越来越烫。

许妈妈想得倒是挺简单的，你娘占了我女儿便宜，我这个当妈的，当然是要找回场子的。如果不是因为许漫马上要下水，没心情为难人，她没准还要好好作弄作弄这位"好女婿"。

应峤却给想岔了，磕巴半天，还是老老实实地喊了一声："妈。"

毕竟丈母娘都亲自承认了，他再客气，就说不过去了。

丈母娘同志人生第一次被女儿之外的人喊"妈"，百般滋味在心头。

看着大半个身体都泡在水里的女儿，许妈妈也终于涌上一股哀愁："谁不心疼自己的孩子，可别人家孩子也不是天上掉下来的——要是你家也这么心疼，也在你每次想要救人帮人的时候拦着……五年前，我就没这个女儿了。"

应峤听得愣住，好半天才道："我陪她下去。"

他这话一出，许妈妈还只是感激，徐安却变了脸色："应……"

"安子哥你也别担心，我这段时间也有频繁的潜水记录的。"应峤道，"我和她互相熟悉些，当潜伴比较好沟通。"

潜伴，dive buddy。

这个词，大约在发明的时候就被寄予了厚望。潜水时，潜店甚至要求必须和潜伴一起下水。

水下世界危机四伏，一个暗流、一次恐慌、一点撞击，甚至稍微快速一点的上浮，都可能导致意外。潜伴们在岸上的时候互相检查装备，下了水则能互相用熟识的手势交流提醒，甚至分享赖以生存的面罩和气瓶。说是生死之交，亦不为过。

应峤的指挥车后面，一直也备着相关装备的。许漫看着他熟练地检查自己身上的主二级气管和备用二级气管，也老老实实地帮着穿戴起装备来。

“脚抬起来，我看下脚蹼颜色。”应峤说着，也让她看了看自己脚蹼的颜色。深黑配湛蓝，像是某种鱼类的鱼鳍。

许漫自水中抬起脚，露出明黄色的脚蹼底部。

“下水离我不要超过两米，老刘他们也在不远处等着。过暗流时要抓紧安全绳，别急着进洞，万一情况不对，记得拉绳示警，我们都在你身后……”

王羽坤从没见过应峤这样唠叨的样子，一样换了泳衣，在船上待命的欧阳畅想也一脸便秘的模样。

许妈妈倒是被“准女婿”念得安心了不少，看着两个背满装备的人一前一后下了水，颇有些感动。接到女儿求助的消息时，说不担心是不可能的。但她家本来就是这种“无私”公益的获利者，她也实在说不出“咱不管他们了”的话。

善意，都是相互给予的。

应峤比许漫晚一步下水，那对明黄色的脚蹼就在前方不远处，火苗似的摆动着。

刚才的几次下潜练习显然让她对附近的水域环境熟悉了很多，她毫不犹豫地朝着暗流的方向游去，身体一个灵活的扭动，便顺着暗流的方向向下潜去。

要不是还有安全绳，应峤几乎要怀疑她是被卷进去的。他继续往前游了游，停在最后约定的安全区域，眼睛一眨也不眨地盯着许漫消失的方向。

安全绳被暗流带得有些弯曲，却始终保持着还算紧绷的状态，这是刚才老刘他们不顾危险游到暗河边缘做了锚点固定上的。

这段水域距离入海口还有些距离，入海口附近泛黄的泥沙也还没侵染澄清的江水，稀薄的阳光透过水面，照亮了阴冷的水域。偶尔有银色的小鱼自他眼前悠哉游过，像盏扯断了电线的小小装饰灯。

他留意着时间，每一秒的跳动都仿佛和脉搏连接在了一起。

一起，一落。

有如潮汐，又如飞鸟在胸膛里嘶鸣。

他在这里失去兄弟，失去肆意青春，也在这里禁锢希望。

游乐玫总说他是她见过的最顽固的病人，病入膏肓，还不肯配合治疗。其实，他和李文忻又有什么不同呢？

安全绳突然剧烈地颤动了一下，一个熟悉的人影自下而上直冲上来。那样的上浮速度把应峤吓了一跳，他四指并拢做了个停止的动作，伸手接住直扑过来的潜伴。

耳压平衡出问题？空气用尽了？他尽力保持着冷静，想要去检查她的气压表。

许漫一把拦住了他，面罩下的脸庞满是笑意，是抑制不住的喜悦。她一边拉着他上潜，一边做了个OK的手势。

找到了？找到了人？！

应峤的手，也颤抖了起来。

浮出水面的瞬间，阳光直落在脸上。阴霾不知什么时候已经散去，太阳高悬在头顶。许漫却没时间注意这些，她一把摘了面罩，抓着应峤的胳膊，激动地道：“里面有气室！我能爬进去半个身体，孩子就躺在那儿，脸朝上！还有呼吸！气室上面有透气孔，长着棵开黄花的野菊！我把备用的防水手电留在那儿了！”

孩子找到了！还有呼吸！

喜讯像遇着风的蒲公英种子似的飘散开来，王羽坤联系起其他水域救援相关的队伍，寻找能运送孩子的防水保护装置，许漫则带着人找起那棵美丽非常的野菊花。

徐安愣愣地站在一边，直到那位年轻的丈夫风一样从他身侧跑了过去，才恍然回神。应峤连衣服都没换，顶着湿漉漉的头发跟青穹的领队一起商量救援方案。

如果能找到气孔，且顺利开挖，那肯定是最保险的。万一土质不合适，便只能从水下救人。两个方案都有风险，也都有缺陷——可这世界上，本来就不存在着完美无缺的条件。能找到还有生命迹象的孩子，本身就不啻一个奇迹。

许漫凭着自己在暗河里摸索的印象，沿着暗流附近的江边陡坡一路西行，乍然看到一小片野菊花。

这片花丛矮小而稀疏，连只猫都藏不住。

之前地毯式搜索的时候，几乎没人踩进去查看，没想到便这样错过了线索。那一线裂纹似的细孔掩藏在摇曳的花枝下，渗出点被稀释了的白光，一只黄绿色的蚂蚱扑着翅膀从她眼前跳了过去。

那在阴暗气室内看着有如太阳一般耀眼的野菊花，在此时却渺小而残破。原来是被风吹倒了身躯，这才匍匐向下，半落在气孔之上。

“就是这个位置！这是我留在气室里的防水手电的光！”

确定了位置，高楠他们果断开始检查土层情况。这和废墟救援情况不同，原理却有些相似——欲要开挖，先得加固。

气室位置足够高，又是半边岩层，半边软土的构造，不用靠大型工具就能挖下去。唯一的危险，大约就是如何避免在挖掘过程中的坍塌。靠着那束手电光带来的信心，他们一边加固一边避开岩层迅速开挖。

小小的气室当真如许漫所说，仅能容得下半个成人。那婴儿只穿着身湿漉漉的连体爬爬衣，缩成一团躺在泥水之间，脸对着气孔方向，吃力而微弱地呼吸着。

徐安的手一抖，那朵野菊花混着点泥沙簌簌落下，正好掉在婴儿的脸颊旁。

“别发呆啊！”宋繁缕嘟囔了一句，长臂一揽，便把孩子抱了起来。

救护车就在不远处，不知是谁脱了上衣递过来。宋繁缕看都没看，包起来便跑。

许漫一屁股瘫坐在泥地上，无声地傻笑了半天。

一边的徐安直接躺了下去，胖胖的肚腩小山似的耸着，捂着脸，手掌下却淌出一滴滴眼泪。

“安子哥……”

许漫试图安慰，被应峤一把拉起来：“咱们先送妈回去吧。”

许漫愣了一下：“可是……”

应峤拿了块毛巾，一把盖住她脑袋，一边擦她头发，一边把人推着往前走。

几个月没剪，她短短的头发已经长到了耳朵边，痒痒的，茸茸的。

许妈妈坐在后座，拉着许漫的手，絮絮叨叨说个不停。这一天过得大起大落，作为旁观者的她也是感慨颇多。

应峤在前面开车，双眼目视前方，嘴角却不由自主弯了起来。

许妈妈说了半天，无意中看到后视镜里他的表情，抿了下嘴唇，到底还是按捺住了欺负“女婿”的冲动。刚才真是想岔了，那一声“妈”，便宜是占来了，却把名分定了下来，现在后悔也来不及了。

到了许家，事后才知道许漫母女俩“壮举”的许峰已经下班买好了菜，正在厨房忙得满头大汗。听到开门声，他拎着勺子就迎出来了。

应峤心头一紧，脱口而出一声“爸”。毕竟“妈”都喊了，总不能厚此薄彼。

“哎哟，甭客气，喊叔叔就行。”许峰一边笑着把人往里让，一边四两拨千斤地把这个亲昵的称呼推了回去。

应峤一呆，许漫已经开开心心地换鞋进去了。

“你们去客厅坐坐，漫漫给客人端点水果，我都洗好放冰箱里了。”他说着拿勺子指了指厨房，“菜一会儿就好！”

礼貌、热情、进退有度，简直完美得天衣无缝。许妈妈在这一瞬间，真觉得自家老公是上得厅堂下得厨房的典范。

许妈妈心情舒爽，借口端水果，挤进了厨房：“老许，你怎么反悔了？之前不还劝我？”

“我反悔什么？”他拿着菜刀在砧板上快速而规律地切着土豆丝，“谈恋爱是一回事，结婚又是一回事。咱闺女还小呢，没准明天又领回来别的帅小伙。一个个都喊爸爸，我得养多少儿子？”

许妈妈暗暗点头，随即反应过来："那他喊我妈，我都答应了，怎么办？"

"那就喊呗——白老师你喂我块西瓜，"许峰笑嘻嘻地自她手里叼走块切好的瓜瓤，"反正我是孩子她爸，'老丈人'看'女婿'，天生不顺眼。"

许妈妈"扑哧"一笑，又往他嘴里塞了颗樱桃，开开心心地端着果盘出去了。

这红脸白脸的分配方式，她相当满意。

客厅里，许漫开了体感游戏，两人各自拿了手柄，选了肢体动作不那么夸张的保龄球玩。

应峤谈恋爱的技能没点亮，运动细胞确实不错，几乎把把命中。许漫正有些小郁闷呢，就见应峤有些拘束地放下手柄，伸手去接许妈妈端来的果盘："妈您坐着休息吧，我来。"

他这个"妈"字叫得这样自然，许妈妈脑子里立刻闪现许峰那张老谋深算的脸。

她打量打量女儿："漫漫，那江里水多脏，你去冲个澡。"

许漫下意识地摸了摸脸，偷觑了应峤一眼，果然站起来乖乖冲澡去了。

许妈妈望了对面枯坐着的应峤一眼，拿起许漫撂下的手柄："那咱们玩吧。"

"哦——好。"应峤深吸了口气站起来，看着许妈妈慢悠悠地击倒一个瓶，又击倒一个瓶，然后直接被取消了最后一次投球机会。

这水平，他就是放水放到水漫金山，估计也输不了。

许漫冲完澡从卫生间出来，就见应峤跟电线杆似的站在客厅，手腕有些僵硬地一摆，把球从球道扔了出去。

屏幕上跳出鲜红的失败提示，然后许妈妈就高高兴兴地跳起来，奋力一击，倒下了一个瓶子。

许漫："……"

一局球打完，应峤立刻把手柄让给了许漫："我去帮爸爸做菜。"

“你还会做菜呀？”许漫和许妈妈的眼睛都亮了起来。

应峤有些不好意思：“水平一般，但打个下手还行。”

这还真不是谦虚，他那点做菜做饭的技术，全是野外救援时锻炼出来的，也就是把东西做熟的水平。

许峰倒是不客气的，应峤要打下手，立刻就安排了一堆活儿。

剥大蒜、洗小青菜、抠南瓜瓤、剥毛豆壳……甚至连本来不打算做的一条养在水槽里的黑鱼，都让他帮忙杀了。待到饭菜做完，摆了满满一桌子，光鱼就做了两大条。

“爸，您这也太偏心了！我哪回放假，都没这么好的待遇！”

“家里有客人嘛。”许峰淡定地道，“你别光顾着自己吃，也招待下应队。”

如果刚才还只是怀疑，这一回应峤算是真听明白了。“老丈人”同志，对他和许漫的关系，还是保持着严肃的有待商榷的态度。

林持瀚是在新闻上看到许漫的照片的。小丫头穿了一身潜水装备，满脸水渍地被人从江里往上拉。虽然狼狈，却显得青春洋溢，英气勃勃。

林持瀚心里痒痒的，不顾系统里跳个不停的业务提示，掏出手机拨了号：“漫漫，我在新闻里看到你了，好厉害！”

“哪有哪有，我就是运气好。”许漫的声音里满满都是快乐。

“听说你们学校道路翻新，要多放几天假，要不要一起出去玩？我们骑行队正好有露营活动。”

“好呀，”许漫犹豫了下，问，“我能带家属吗？”

家属？林持瀚一激灵，然后就听许漫在那边有点害羞地解释道：“我男朋友。”

男朋友？！你怎么就有男朋友了？！我这都还没心理准备呢！

林持瀚心里惊涛骇浪，声音倒还是保持着稳定：“行啊，谁呀？”

“应峤呀。”小姑娘甜蜜蜜地留下三个字，和他约定了时间，就痛痛快快挂了电话。徒留林持瀚一个人呆若木鸡地看着密密麻麻跳着提示的电脑屏幕，半晌没能站起身。

一个人就那么点精力，商场得意了，可不就得情场失意。

应峤从许漫家回来之后，几乎都住在射击馆里。

许漫探头探脑背着包出现在门口时，马小南都难得激动了：“你快去看看队长，他最近几乎都不出门，可别闷出问题来。”

许漫瞥了眼收银台：“小方姐还没回来？”

马小南摇头，看样子，方妈妈的火气还没消呢。最近就连他们几个“同事”打她电话，都没人接。

许漫暗暗摇头，过了安全门，意外地没有听到枪声。安全员给她指路：“老板娘，人在会议室呢。”他这喊得顺口，她却听得满脸通红。

老板娘，听起来好有气势啊！

安全员嘴里的会议室，其实就是野蜂的队部。许漫还没走到地方，就看Black甩着尾巴在门口走来走去，嘴里叼着个黄灿灿的玩具。

见她过来，Black犹豫着走了两步，到底没舍得吐掉玩具向主人示警。许漫往门里探头一看，就见应峤背对着她，正弯腰蹲在一只大纸箱前，不知在看什么。

她冲Black做了个噤声的动作，蹑手蹑脚地往里走去。Black眨眨眼睛，也悄无声息地抬爪跟上。一步、两步、三步……应峤蓦然回头，就见一人一狗缩着脖子弓着腰，做贼一样在他身后排成一排。

许漫：“……”

Black：“……”

要是她没有看错，队长大人似乎刚刚哭过，眼眶通红的！

许漫干咳了一声，慢慢直起身：“我就来……来玩……”

Black也叼着玩具，轻轻地甩了甩脑袋。一副“不干我事，你自己警惕心不够”的模样。

应峤直起身，声音有些粗地说道：“你坐，我去个洗手间。”说罢，也不等她回应，抬腿就往外走。

许漫没敢跟上去，和Black一起在屋子里瞎转了一圈，最后把目光落在了那只仍旧开着盖子的纸箱上。最上面是个木质的旧相框，里面四个年轻人挤作一团，在满是泥泞的滩涂上笑得开怀不已。

右边的黑高个明显就是宋繁缕，他旁边是个身高和他差不多的圆脸男孩，一个戴着棒球帽的白净少年，最左边的这个，长着和应峤相似的五官，抱着小小的黑狗笑得肆意而张扬。明明是很熟悉的模样，却全然是不同的气质。

相框下面，是一张白净少年的单人照。那显然是在救援现场拍的，他背上还背着人，身后则是漫过膝盖的浊黄色洪水。再下面，是一些泛黄的奖状和锦旗。全都码放得整整齐齐，按年月日排着序。而受赠者的名字，无一例外都是孟晨光。

原来，他是长这样的。

许漫看着照片里的少年，那样温柔可亲的眼神，笑起来还带着梨涡……她往桌子那儿靠了靠，一只文件夹被撞落到地上，洒了一地文件。

她赶紧弯腰去捡，手触碰到了纸面，目光却蓦然凝固在了白纸黑字上：

自立遗嘱

立遗嘱人应峤，男，25岁，浦州人，身份证号码……

我深知救援固有的风险，并谨慎选择了值得信任的队友和伙伴。如在救援过程中有不幸发生，不需要他人承担任何经济上和道义上的责任，感谢他们在生命最后时刻的陪伴，感恩并肩战斗的岁月……

射击馆相关事宜交由父亲应绍杭与母亲邱心意处理，东德牧羊犬Black交由宋繁缕饲养……①

文件最后的日期，是前年的夏天。

许漫一颗心落到了冰窟里，抖着手一张一张翻过去，全是不同年份的手写遗嘱。最新的一份日期，就在两个月之前。

① 每年撰写遗嘱的救援队长原型为曙光救援队队长王刚，部分词句参考其2018年11月版本遗书。

她有些茫然地看着白纸上铁画银钩一般的签名，实在想象不出这人是在什么样的心境下，一年一年地坚持着写这样的东西。

房门在这时“吱呀”一声被推开，应峤迈进门，就看到了蹲在地上，抱着文件夹发呆的许漫。

“你……”

许漫抬手抹了下眼睛，有些慌乱地把遗书重新塞进文件夹里，爬起身：“不好意思，我……不是故意偷看的……”

“不要紧。”应峤接了过去，拉开抽屉，塞入深处。

许漫怔怔地看着，满腔的情绪蜂拥到了喉咙里，却一个字都吐不出来。让他不要写遗书了，还是不要参加救援活动了？

她看着眼前这个高大健壮的背影，却恍惚觉得看到了一根在寒风中战栗的芦苇。过刚易折，过季而衰。

应峤才关上抽屉，就觉得后背一暖。小小的女孩跟树袋熊似的，紧紧地拽住了他两侧的衣摆，连脑袋都紧贴着他后背。

“我身上都是汗。”他轻声提醒道。

许漫没动，过了好半天，才带着哭腔唤了一声：“队长——”

这一声唤得这样委屈，这样小心翼翼。应峤也无端有些鼻酸，他不由自主地想起那对在水中火苗一样跳动着的黄色脚蹼，在幽暗的江底鲜妍如怒放的春花。

带着希望，也带着芬芳。一路蔓延，落入眼底，渗入皮肤，侵入骨髓深处。

“都是以前写的，我以后……”他抬手捉住她冰凉的两只手掌，犹豫了好一会儿，用手掌整个包住，“我以后再要写，一定不再是那样的心情。”

至于那原本是怎样的心情，他没说，许漫也没问。他只是转过身，有些笨拙却又坚定地将人拥进怀里。

半开的窗户外面，绯红朝阳正在升起，染红了一地平线的云絮，也染红了满树梢的白色玉兰花。

夜已过，东窗透白孤灯灭。

“调我进抢险救援组？！”许漫瞪大眼睛，兴奋得站起来又坐下去，唬得一边的Black都不吐舌头了。

应峤“嗯”了一声：“你刚才说有事找我，什么事？”

许漫有些不好意思：“小瀚哥的骑行队要去露营，约咱们一起，去不？”

两人说是确定恋爱关系了，但习惯使然，她面对应峤还是有股高中生面对政教处主任的战栗感。单独相处时，两人之间更是弥漫着一股诡异的尴尬氛围。

小瀚哥？应峤抿紧了嘴唇，这称呼够亲热的，林持瀚的邀请对象恐怕并不包括他。目的，也绝不只是“露营”而已。

“你想参加？”应峤闷闷地问。

“反正学校放假了，你也没事嘛。”许漫大着胆子怂恿道。应峤欲言又止地看了她一眼，终于还是点头：“行吧。”

“那我去报名！”许漫高高兴兴地掏出手机，转身就往外跑。

“小心！”应峤话音未落，许漫已经一头撞在了刚出现在门口的方勤身上。

“哎哟！”

许漫平时锻炼惯了，身手灵巧，手在墙上一撑就站住了。方勤却娇弱多了，摔了一屁股蹲，手里推着的大箱子也“砰”一声倒地上了。

“没事吧？”许漫吓了一跳，赶紧弯腰来扶她。方勤皱着脸抬起头，脸瘦了一圈，眼睑下难得还挂着两个黑眼圈。

“漫漫——”她带着哭腔爬起来，揽住她脖子，眼泪吧嗒吧嗒掉个不停。

“对不起对不起，不哭了不哭了啊！”许漫拍着她后背，一下一下顺着。

方勤痛痛快快哭了好一会儿，这才擦了眼泪坐下来。应峤瞥了一眼地上的箱子，幽幽地问：“你这是离家出走？”

方勤撇嘴，嘟囔：“我以后就住射击馆里。”

“不怕你妈找上门？”

“我和她没关系了，”方勤鼓着嘴道，“以后我是我，她是她！”

应峤叹气，叹完气，掏出手机拨号：“老宋，来一趟队里。”

宋繁缕来得迅速极了，手里还抓着个训狗用的护袖。方勤一见到他，眼眶立刻就红了。

宋繁缕瞧瞧她，又看看应峤和许漫，一副“想冲上拥抱安慰又不好意思”的模样。

应峤干咳了一声，抬脚往外走。许漫拉起Black，也赶紧跟着出了门。

房门才扣上，里面就爆发出方勤惊天动地的号哭声：“都怪你都怪你！我现在家也没有了，爸妈也不要我了！”

许漫瞥了应峤一眼，庆幸道：“还好咱们爸妈都开明。”

应峤没吭声，只在心里深深地叹了口气。泰山大人的心啊，他是真没揣摩透。

失踪事件之后，林持瀚基本已经不参加骑行队的活动了。原本约许漫，本就抱着孤男寡女单独约会的念头来的。若是小姑娘问起，一句其他人临时有比赛邀约，也就搪塞过去了。可如今多了个扎眼的大灯泡应峤，事情就没那么简单了。

虽然他一万个不想承认，但人家既然是正牌男友，他这司马昭之心，就得稍微掩饰一下。万一许漫因为他的几句谗言疏远自己，就有点得不偿失了。

林持瀚默默地安排好手上的工作，告了几天假，又让秘书买了一大堆骑行装备送去原骑行队，狠狠地收买了一下人心。

正所谓吃人嘴软，拿人手短。骑行队的金队长哥俩好地拍着他肩膀：“老林你也太客气了，咱俩谁跟谁？”

“应该的，上次让大家担心了。”林持瀚道。

“哪儿的话，是自己人就别说这种话，”金队长拍着胸脯道，“你的事儿就是我的事儿。”

林持瀚于是做出一副欲言又止的样子，隔了好一会儿才道：“要说事儿，也还真有。”

“说！”

“上次救我那女孩儿，你记得吧？”

“女……那是个女孩啊？”金队长惊叫。

“对，”林持瀚叹了口气，“我都追了有小半年了，眼看着胜利在望，有情人就要终成眷属了，她那个阴险的救援队队长，突然横插一脚，愣是利用职务之便，把人给抢走了。”

他说得悲痛不已，听得金队长也义愤填膺：“亏我还佩服他干公益救援这么多年，没想到这么不厚道！”

男人嘛，对这种横刀夺爱，挖人墙脚的行为，都是非常唾弃的。

“是啊，”林持瀚道，“他还约了我明天和他们一起骑行露营，我……”

“不用怕，我带人陪你一起去！给你撑腰！”

隔天一早，林持瀚带着一大帮队员，背着露营装备，雄赳赳气昂昂地赶到约定好的地点。

林少爷今天也是开车来的，车上除了山地车和露营装备，还装了足够全部人三天消耗的物资。众人自动自发地把东西分好，装在各自的背包里。林持瀚背着的包看着大，重量反倒是最轻的。

一帮人在小山坡上等了半天，一直到距离约定的时间还剩大约五分钟，才看到应峤等人骑着车慢悠悠地过来。

应峤骑在最前面，背上用背带绑着只大黑狗，车屁股上则驼着大包的露营装备。他身后则依次跟着许漫，背着大包、车屁股上驮着小山包大物资的宋繁缕和背着个干瘪小包的方勤。

狗、男、女，这组合真是绝了！林持瀚愤愤腹诽。

几个年轻小伙子的注意力却都落在了方勤身上，美女哟！仅有的几个女队员，则纷纷把目光投向了应峤。

小林总的这位情敌，确实长得可以嘛。身高腿长，难得的是还不娘气。背着狗骑车这么奇特的造型，都还这么荷尔蒙爆棚！

“小瀚哥！”许漫单脚落地，热情洋溢地打招呼，“我多带了两个朋友来，不介意吧？”

“不介意，人来齐了，咱们这就走吧。”林持瀚笑得阳光灿烂，情敌我都忍了，朋友算个屁！

金队长于是一声吆喝，大家纷纷上车。

一行人骑出去一公里，应峤便觉出不对来了。他和许漫原本是并排骑着的，那骑行队的几个小伙子一个劲儿地往他俩之间插，渐渐地许漫便落到了后面。

接应一般，林持瀚便补了他刚才的位置。他慢下速度，这几个人也慢下速度，铁锁横江一般，隔开了他和自家小女友。山风自背后吹来，夹杂着许漫和林持瀚的说笑声。一声一声，听得人烦躁愤懑。

这次骑行行程三天，第一个露营地就设在浦州与南湾市交界的凤凰山。到了露营地，大家选好营地便准备搭建帐篷。

金队长说着“男士们先帮妹子们平整下营地”，自然而然地，将男女营地分开了。林持瀚感激地看他一眼，对方回了个“我这是正义之举”的眼神。

看着泾渭分明的男女营地，方勤噘着嘴唇踢了宋繁缕一脚：“这一点都不像是私奔，倒像毕业旅行。”

“这附近有温泉，”宋繁缕凑她耳朵边嘀咕，“晚上咱们去泡温泉，就咱们俩。”方勤涨红了脸，心情却还是不由自主地好了起来。

说实话，自己亲妈要把凳子往宋繁缕脑袋上砸的时候，她是真害怕了。害怕他受伤，也害怕他受挫退却。没想到，一向对自己无底线纵容的好脾气先生，居然也敢硬扛她爸妈两尊顽石。

古人还会在投木桃、报琼瑶之后，直白地表示“匪报也，永以为好也”。她一个二十一世纪的新时代女性，怎么能辜负心上人的付出呢？

所以，她才和父母据理力争，才在抗争失败之后，干干脆脆地拎了行李离家出走。

既然都“私奔”了，当然，是要住一起的！

许漫把睡袋铺好，回头就见方勤拿着气垫在那认认真真地补妆。

“都快睡觉了，你干吗还化妆？”

方勤回头瞥了她一眼，放下粉扑，拧出口红，一边涂一边道：“化妆当然是要去约会——你和我表哥到底怎么谈恋爱的，我怎么觉着，他跟Black在一起的时间都比和你在一起的多？”

许漫噎住，半晌才说：“都在赶路嘛。”

“赶路也没碍着你和痴汉少爷嘛，倒是对我表哥这个正牌男友冷淡极了。”方勤满意地对着镜子抿了下嘴唇。

“什么跟什么，我们就普通朋友。”

方勤放下口红，歪着头瞅了她半晌，冲她招手：“你过来。”

许漫老老实实爬了过来。

“一个男人无缘无故地接近一个女生，而且死活要和她做朋友，还非得带她见家里人，为什么？”

许漫：“……”

“这个男人还邀请女生和男友来露营，全程就缠着女生说个不停，又是为什么？”

许漫：“我……”

“你这情商也太低了。”方勤怒其不争，“而且，就算人家是无心的，你也应该懂得避嫌呀！”

许漫连连点头，还赶紧把手举了起来：“我明天一定注意保持距离！”

“等什么明天呀，现在就去！”方勤说着硬把她摁坐在睡袋上，拿起自己那些化妆工具，飞快地给她化妆，“一会儿从我包里挑条裙子……算了，我给你选，就这条！换上换上！”

方勤在她身上忙活半天，最后一看时间，从小包里掏出个小东西往许漫手心里一塞：“一、注意安全！二、不许去温泉那边打扰我们！”说罢，小鸟离笼一样冲出帐篷，消失在许漫的视野里。

许漫摊开手心，就看到一枚未拆封的安全套。她在帐篷里发了半天呆，终于还是把东西塞进裤兜里，探头探脑地往外走去。

大部分人基本已经各自进帐篷休息了，篝火边还坐着几个骑行队员，兴致不错地喝着啤酒。应峤和宋繁缕的帐篷在营地的最西边，隐约还亮着灯。

既然宋繁缕和方勤一起去泡温泉了，那帐篷里的，自然就是应峤和Black了。许漫大着胆子出了帐篷，越往那边走，脸就越红得厉害。

露营地差不多是在山顶，应峤的帐篷位置又远，最短的路程便是直穿过篝火边。可一女孩子大晚上不睡觉往男友营地跑，她也实在没这么厚脸皮。

她绕了一大圈，蹑手蹑脚地走到应峤帐篷边，做了半天心理建设，才冲着里面小声唤道："队长——"

里面灯光依旧，却没有什么反应。

"应峤！应——"

"汪！"

许漫吓了一跳，转过身，就见应峤拉着狗："有事？"

"我……"她脑子飞转，结结巴巴道，"我想问问……问问申请呼号的事儿。"

"哦——"应峤压下那一点点微妙的失落情绪，简洁明白地解释道，"拿呼号要两个证，无线电协会业余电台操作证书参加考试就能拿，教材我那儿有，你也可以找王羽坤报个培训班。至于无线电台执照，买回来的机器包装不要扔，一起带着去做验机，验机通过就行。"

他这解释毫无疏漏，许漫问无可问，只得垂着头转身慢慢地往回走。她身上穿着方勤的棉布连衣裙，长腿和纤瘦的胳膊都露在外面。叫这惨兮兮的月光一照，背影显得尤为脆弱。

应峤欲言又止，低头看到叼着帐篷拉链在折腾的Black，终于找出了个连自己都觉得非常可信的理由："我要去遛狗，你要不要一起？"

"要！"许漫立即回头，一脸雀跃地迎上来。

那笑容看得应峤心里也甜滋滋的，他扯扯绳子，硬是将半个狗头已经钻进帐篷的Black拉了回来："走吧。"

Black：我明明已经溜达完一整圈！屎尿也都排干净了好吗？！

应峤可不管它的不情愿，拉着狗，陪着姑娘，重回旧路，大有重新走一遍遛狗之旅的架势。

秋月如镜，那点柔光洒在人身上，轻纱一样缱绻。山路蜿蜒而崎岖，陡峭处连Black都有点控制不好速度。

应峤解开了牵引绳，团成一团塞进兜里，回头将手伸向许漫。这顺序虽然有种做了宠物代替品的错觉，许漫还是高高兴兴把手伸了过去。

十指相扣，掌心相连。人和人的距离，便一下子缩短了。

许漫想着方勤的话，磕磕巴巴地道："那个……白天……呃，我和小瀚哥就是普通朋友。"应峤"嗯"了一声，绷住了微微上扬的嘴角，提醒，"这里有点滑，小心。"

"嗯——"

下了山顶，林木茂盛了不少，山风也被阻隔住了。飞虫便开始肆虐，许漫只穿了条短袖连衣裙，不断有蚊子往身上扑。

她没带驱虫的东西，便只好一个劲儿地拍打胳膊。

"啪啪啪，啪啪啪！"

破坏了这大好的月色，也破坏了这难得的温柔氛围。应峤看着有些心疼，犹豫片刻，开口冲着黑漆漆的树林喊了声"Black"。

Black很快蹿了回来，嘴里还叼着朵不知名的野花。

应峤弯腰摸了摸它毛茸茸的狗头，解下它脖子上的驱蚊项圈，递给许漫："拿着这个，驱蚊的。"

许漫："……"

Black："……"

一人一狗都被他的操作震惊得在风中凌乱，Black最先反应过来，摇着尾巴"呜——"的一声跑远了。

"队长，那个……Black是不是生气了？"

“一会儿就好了，”应峤说得云淡风轻，“女孩子，有点娇气。”

还是条母狗啊——许漫更觉得手里的项圈烫手，但眼见扑到身上的蚊子确实少了，她又高兴起来，甚至，还带了点被优待的得意，谁说我男友对狗比对我好的？我明明排第一位！

没了灯泡狗的打扰，静谧的空间里更显得暧昧。脚下的山道铺满了枯叶，踩上去软软的，像踩着云朵似的。许漫整颗心都飘飘荡荡的，不知不觉走到了山腰的尽头，再往前一步，便是数丈高的悬崖了。

崖下水声潺潺，隐约是他们来时路过的小瀑布和积水潭。潭水被月色浸染，潭中的那对穿着单薄，搂成一团、亲得忘我的两个熟悉身影却让她即刻清醒了。

方勤所谓的“温泉”，原来是这么个意思？！冰凉凉的潭水，泡两个热情似火的小情侣，这就“温”上了？！

许漫有些慌乱地转过身，拦住正要抬腿走上来的应峤：“我、我们回去吧——Black刚好像往那边去了！”她随手冲他身后瞎指。

“汪！”Black却没那么配合，一听她提到自己，立刻从左侧的灌木丛里探出头来。

应峤于是握着她的手，顺势往上爬了一步。这一步，不偏不倚，正好走到了和她并肩的位置。也正好，看到了她身后山下大片的湖水，以及湖水里缠绵着的两个人。虽说知道这俩“私奔”出来谈恋爱，早已经没啥禁忌了，但作为娘家人亲眼看到，冲击还是很大的。

应表哥的脸倏地就黑了，伸手就要去摸手机。

“小方姐没带手机，”许漫在一边嘟囔道。

“……不像话！”

许漫缩了缩脖子，蚊呐一般地嘀咕道：“那我们不也在外面晃……”

“我们和他们怎么一样？”应峤忍不住反驳，“我……”

“们”字还没出口，脖子已经被重重揽住，随后嘴唇也被牢牢地堵住。女孩唇瓣柔软的触感稍纵即逝，蜻蜓点水一般。

许漫踮着脚，脸有点红，眼角眉梢都是勇敢：“有什么不一样？”

应峤噎住。

山风自林梢拂过，沙沙作响。月牙似在摇曳，高悬在云梢之上，随着流淌的云絮晃动。

他望着那倒映着星空与明月的眼眸半晌，不由自主地张臂回抱，低头将唇印了上去。迎接他的，是她青涩而热情的回吻，还带着股酸甜的柠檬味。

呼吸交缠之间，整个世界都似消失不见了。

看着黑漆漆、空荡荡的帐篷，林持瀚面色难得有些发黑：“我们明明看她们进了帐篷的，”瘦高个骑行女队员解释道，“我们仨也一直坐着，篝火都没灭呢。”

另一个队员也帮腔道：“对啊对啊……”

金队长揽住林持瀚肩膀：“你要是担心，我们组织人去找找？”

林持瀚看他一眼，苦笑着摇头：“算了。”

找什么？人家男女朋友一起“失踪”的，明显是要去过二人世界。他有什么立场去找？

林持瀚失落地往自己帐篷那走去，金队长犹豫片刻，也跟了上去。

“哎，你说你要是早一点儿告白，就不会出这些事了——我没说你错的意思啊，我的意思是说先发制人的重要性……”

他听着金队长絮絮叨叨说了半天，打断道：“早点告白，那要是被拒绝了呢？”

金队长愣住，然后一拍大腿：“那就继续追呀！烈女怕缠郎！”

被拒绝了，还能有机会？窗户纸捅破了，怎么维持面上的和平？怎么若无其事地邀约，怎么润物细无声地示好？林持瀚自小便是受着这样体面的教育长大的，每一次恋爱都是十拿九稳了才真正出手的。

被拒绝？不存在的！因为，他压根儿不会在可能被拒绝的情况下和人表白。

试探，接触，牵手，厌烦，分手……他熟悉着爱情的每一个流程，唯独忘了，自己可能真的会在试探时便深陷其中，继而连牵手的机会都没有，便直接三振出局。

老实承认自己的感情，放低姿态去追，是不是，一切就会不一样呢？

大抵，还是会被拒绝的。但是，正如金队长所说的，好歹让人知道了自己的感情。

精诚所至，金石为开。

机会，总是留给有准备的人的。

许漫一直晃到深夜才回到帐篷里。至于方勤，通宵未归，天都蒙蒙亮了，她才大摇大摆地穿着条新裙子回来。

“咦，你怎么穿裙子？”许漫拉紧骑行服的拉链，劝说道，“今天得骑一天车呢。”

“我们不骑了，”方勤声音娇滴滴的，“骑车太累了，还不如自驾游——野花哥回去开车了，我在这儿等他，天亮他就能回来了。”

许漫真被方勤的娇纵，宋繁缕的宠溺无度给震惊了！

这是什么神仙爱情啦！一个这么疯狂地作！一个还这么配合着纵容！估计下辈子，她也学不来方勤这样理所应当地向恋人提要求。

方勤得知她和应峤昨天出去，遛了一趟狗就回来了，也有点鄙视：“手拉手看星星看月亮，你们是琼瑶剧看多了，还是小学生附体？”

“我觉得还挺好的呀，”许漫一边收拾东西，一边喜滋滋地道，“队长还把Black的防蚊项圈给了我……不觉得很甜吗？”

方勤扶额：“你们俩，确实挺配的。”

宋繁缕是开着小货车回来的，他干脆利落地把自己和方勤的山地车、行李、装备，都搬上货斗，甚至还主动问其他人：“下一个目的地是璇玑山吧？你们要是不方便，我帮你们把东西送过去。”

大部分人都客气地拒绝了，只有两个年龄较小的骑行队员选择了让行李搭车。

方勤于是在高高的副驾驶座上和许漫挥手："那我们就先走了！"

方勤娇气归娇气，对宋繁缕却足够包容。宋繁缕开啥车，她都开开心心地坐上去，跟住进城堡的公主似的露出胜利的表情。

货车滚滚而去，其他人当然也背好行囊准备出发。

璇玑山已经出了浦州境内，左面山势陡峻，人工修出的盘山公路虽然比不上兰田山崎岖，也是东南方向的一景了。

山脚住满了橘农，每到秋季，放眼望去全是黄澄澄的一片。他们骑得不算多快，一直到临近中午，才过地界碑。

许漫今天全程跟在应峤身后，难得也没人来打扰。

秋风送爽，天阔云高。她心里高兴，奋力往前蹬了一段路，超到应峤前面，从兜里掏出颗五颜六色的水果糖抛给他。

应峤下意识抬手接住，看清楚是糖，笑了笑，剥开糖纸含进嘴里。口腔里刹那间满是熟悉的柠檬味，酸酸甜甜的，直往脑门里冲。

他不由自主想起昨晚那个缠绵缱绻的吻，"咔"的一声，一不小心把糖给咬碎了……

许漫自己也往嘴里塞了一颗，咔嚓咔嚓咬碎，登时就觉得吹到脸上的风都似带着股甜味。

她开心地转过头，大力往前蹬车，一下子从车队末尾骑到了中间。应峤也跟了上来。

"糖还有吗？"他声音不大，表情也算自然，目光却不由自主落在了许漫因为嚼着糖而微微鼓起的左侧脸颊。

往右是鼻子，然后是人中，再是唇瓣……

"原来你喜欢吃甜的呀？"许漫一手抓着车把，一手伸进兜里掏了掏，摸到软软的塑料包装，看也不看地掷给他。

好半天，也没见应峤那边有什么反应。许漫觉得奇怪，扭过头，就见应峤拿着包未拆封的安全套，满脸震惊地看着她。

扔错了！她在心里尖叫了一声，正要解释，蓦然看到应峤的车把歪了。

"小心！"

“砰”的一声，应峤回头已经来不及控制车速和方向，连人带车，一起摔进道旁的灌木丛里。

之后的行程，应峤一直骑在队伍的最后面。他腿上摔青了一块，额头贴着块创可贴。

Black倒是没受伤，就是受了点惊吓，现在牢牢地趴在主人背上，狗脸上满是委屈。

许漫骑在一旁，小声地解释：“我拿错了，那不是给你的……不是……那也不是我的东西……小方姐给的……啊……”

女孩子懊恼的声音，与空气中愈来愈浓重的橘子气息混在一起，酸涩里带着股甜。

应峤绷着脸没说话，眼底却全是笑意。

道旁的橘子地也越来越多，枝头上果实累累，树荫下果农忙碌不已。

这是一个收获的季节啊。

他们的午饭是林持瀚安排的，就订在一处开在橘园旁的农家乐里。吃的是时蔬和果农自养的鸡鸭，连猪肉都是圈养在梯田里的香山猪。

至于甜点，吃完饭直接进果园摘就行了。管饱管甜，吃了不够还可以上秤买了带走。

应峤吃完饭就开始给Black倒狗粮，许漫拿着手机蹲边上拍了半天照，百无聊赖，又去一边的地里拍橘子。这里的橘树全是嫁接过的优良品种，树身矮小，树上果实却一点儿也不含糊。许漫看着镜头里密密麻麻的橙色橘子，不由得感慨劳动人民的智慧。

大片的橙黄之间，偶尔有几簇绿叶漏进来，褐色的树干健硕而有力……镜头扫到林持瀚那张白皙的脸时，许漫还有一瞬的愣怔。

这个小哥哥，非常眼熟嘛！她“哈”的一声笑了出来，放下手机，看着林持瀚笑道：“小瀚哥，你傻站着干吗？不吃橘子？”

“我在看你呀。”林持瀚笑得有些克制，“就见你从那棵树到这棵树，走个不停，不觉得累吗？”

“不累！”许漫把手机塞进兜里，抬手摘了只橘子，剥开薄薄的橘皮，下意识想掰一半给他，想起方勤说的，又把手缩了回去。

林持瀚失落地看着她手里的那个橘子，也伸手摘了一个。去皮，掰开，自然而然地递给她。

“我这儿有了。”许漫举起手里的橘子晃了晃。

“你的没我这个甜。”林持瀚说着，硬是掰了两瓣，塞进她嘴里。手指轻触到唇瓣，摩挲一般轻抚了一下。

许漫吓得连退了好几步，脸都白了。

看，果然和面对应峤时候的反应完全不同。林持瀚心里失落地想，面上反而笑起来，声音清脆，甚至吓走了不远处散步的一只麻花色母鸡。

“馋鬼，哈哈哈哈哈哈哈哈，连蚊子都差点一起吃下去！”

许漫将信将疑地摸了摸嘴唇，刚才有蚊子？她怎么完全没感觉？

“漫漫，你水壶里加好水了没？”应峤的声音突然插进来，许漫一扭头，就见自家男友不知什么时候竟也走到了橘园入口。

“噢——来了！”许漫于是趁机和林持瀚告别，小跑着出了橘园，“我现在就去加！”

“不用了，”应峤和她并肩走着，“我帮你加好了。”

“那……”许漫茫然地看向他。

应峤没再解释，抽了包里的手帕出来，很是大力地擦去她嘴角沾着的一点果渍。那垂着眼睑，闷不作声的模样，看得许漫心里痒痒的，她才踮起脚，整个人却重心不稳地晃了晃。

水果吃多了？中暑了？

几分钟之后，整个农家乐和橘园都摇晃了起来。

第10章
— 地动山摇 —

“地震了？”

“地震了！”

在骑行队员们慌乱的喊叫声里，那点莫名的摇晃却又停止了。

大家面面相觑，眼中都是困惑。坦白说，浦州、鹿城附近多台风，却鲜少地震。几年里偶尔才会被一点余震波及，损失小到几乎可以忽略不计。难道，是被什么地方的余震波及了？

应峤掏了手机出来，问了一圈，没有什么地方发生地震的消息。

橘园农家乐的老板娘抱着儿子，笑嘻嘻着从屋里出来：“不要慌，不要怕，不是地震，是山那边的采石场在拿雷管爆破开石头啦！”

她那小儿子虎头虎脑的，举着个火炬造型的泡泡机，一边使劲制造泡泡，一边学着妈妈说话：“不要怕，不要怕！”

没多久，小院子里就飞满了大大小小的泡泡。伴着小朋友清脆的笑声，漂亮得有些不真实。

璇玑山附近，倒是真有个露天采石场。他们骑行过来时，也曾看到大片被开垦得像是吃剩下瓜瓤的残留山脉。

几分钟之后，农家乐的地又一次剧烈地震动了一下。这一次，大家凝神留意，果然听到了隐约的沉闷爆破声。

采石场那边，也确实浓烟滚滚。

“没事就好，”金队长大声地安抚着众人，“大家抓紧时间休息，咱们半小时后出发！”

许是因为采石场的爆破声过于猛烈，许是因为天气开始转阴灰蒙蒙的让人觉得压抑。再次上路的大家，心情都有些低落。

许漫跟在应峤后面不紧不慢骑着，意外发现连Black都垂着狗头：“队长，Black怎么了？”

“有点拉肚子，”应峤解释道，“我给它吃了药了。”

今天的露营地是靠海的风车山，山顶上便是本地最大的风力发电站，可算是一个天然风场。

风车山主峰足有一千多米，算得上东南方向的最高峰，同时也是浦江与瓯江水系的分界线。远远望去，几十台风力发电机错落有致，风车一般迎着海风悠然转动，衬得西下的夕阳都染上了点童真的色彩。

他们骑行到半山腰时，便开始频频近距离地见到各个风口上的风力发电机。白色机身，白色风叶，仿佛童话故事里的巨大风车。

途中休息，一个女队员转发了璇玑山附近的新闻——昨天夜里，一对小情侣在山脚的湖里鸳鸯戏水，今天，湖水害羞一般在迅速消失！

许漫下意识便觉得是标题党，点开一看，居然还真的有图有真相。方勤和宋繁缕戏水的照片，对比着湖水下降后半露出河床的照片。

许漫和应峤对视一眼，彼此都有些心惊。

大自然在短暂时间里展露的大部分奇迹，往往都是有迹可循的。湖水不可能凭空消失，河床底部肯定出了问题。岩层断裂，河床下陷，都可能造成这种后果。

他们不由自主都想到了那几次爆破引发的区域性小震——大量的人工爆破是很容易引发岩层断裂、下陷的。附近又多喀斯特地貌，岩层间多空隙。

这个湖本身就不大，如果湖底岩层因为爆破开裂，湖水下泄起来便非常快了。

应峤翻了农家乐老板的名片出来，拨了电话过去，老板在电话里乐呵呵地道：“湖水干了？我们都知道，今天客人多了不少，都来看湖呢！”

“采石场还在开采吗？”应峤打断他。

“在啊，老板、工人都要吃饭的嘛。”

挂了电话，应峤联系了王羽坤，说明了情况。王羽坤也有些忧虑：“我去联系防震减灾相关的部门，按道理不至于的，咱们不在地震带上……”

许漫的手机却在这个时候响了起来，是宋繁缕：“阿峤怎么回事，电话一直打不进去。璇玑山脚下的湖底裂了一道大口子，水全进地下河了，要是诱发地震就麻烦了，我们刚看到一大帮人往那边赶，说是要看‘异象’。”

“你去拦住啊，”应峤抢过电话，“不管是不是震前地貌异动，先把人群疏散了总没错。”

“好奇心害死猫，我哪儿拦得住？！”话是这样说，宋繁缕挂了电话，还是调转车头去劝说那一车嘻嘻哈哈的年轻人。

“喂，地貌异动可能是地震前兆，你们别往前走了。”

“咱们这儿就从没地震过，你吓唬谁呢？”领头的黄毛嚼着口香糖道。

“你仔细看看，我们俩像谁？”方勤蓦然探出头来，一手搭着宋繁缕肩膀，一手扶在车窗上。

“你……你……”

“是害得湖水跑掉的那个女的！”

方勤翻白眼，“那你们信不信？”

几个年轻人将信将疑，“我们……”话还没说完，马路和车子，都抖了起来。

“地震，真的地震了！”几个年轻人慌了起来，驾驶座上的那位忙里出错，一脚踩在油门上，车子离弦的箭一般往前冲去。

宋繁缕要拦已经来不及了，眼睁睁看着车子冲到两幢摇晃着的老旧楼房之间，车头才刚轻蹭到墙壁，水泥墙便已经开始土崩瓦解。

“别停！往前冲！往前冲啊！”宋繁缕一边拉着方勤下车，一边冲着车子大喊。

那群年轻人已经手足无措，蓦然听到他的提醒，也跟着疯了似的吼“别停”。

驾驶座上的青年看着眼前到头的路面，闭上眼睛狠踩油门，整辆车堪堪躲开倒下的楼房，掉入满是烂泥的田里。

风力发电机和地面开始摇晃的瞬间，应峤下意识伸手拉住了一边站着的许漫——也正是这个时候，身侧的一个骑行队员抬腿就想往山下跑。

他拖着狗和女友，愣是往前追了好几步，才拽住那人的胳膊，吼道：“趴下！抱住头！”

那队员被吼得整个人都呆呆的。许漫挣脱应峤的手，正想去拉他，应峤已经抓起头盔扣在许漫头上，硬按着他和她的头，将两人扑倒。

许漫啃了一嘴的泥，心里又是甜蜜，又是不甘。她想说自己也是救援队员，想说自己不需要照顾，想说自己也能帮助其他人……

身下的大地有了生命一般，剧烈地起伏着，停车区内的山地车发出巨大的哗啦声，倒地后滑向侧栏。

原本坚固的铁制护栏连同底下的水泥地一起被连根拔起，混着泥沙和碎石，与失控的山地车一道坠落高崖之下。

地动山摇，日暗云堆。

剧烈的摇晃持续了足有半分钟左右，待到许漫抹去头盔上的沙土，重新看到这个世界——整座山都变了模样。

好几座风力发电机塔架被拦腰折断，悬崖边的停车区整个消失了，山腰的盘山公路被撕裂一般从中裂开，山脚的古树被滑坡带来的泥沙掩埋得只剩下一小截树冠……

山顶上唯一的那家农家乐，因为是平房，倒还是牢牢矗立着。但老板一家和仅有的一个伙计，显然吓得够呛，灰头土脸地抱着东西冲出来。就连他们家那只土狗串子，都急惶惶乱撞。

许漫挣扎了下，应峤这才回神，再一次把她头按了下去，“再等等。”说完，他又冲着农家乐那几个人喊，“别急着下山，到这边空旷的地方来，可能会有余震。”

这话也提醒了他身后的其他人，金队长按住想要起身的林持瀚，鹦鹉学舌一般叮嘱道：“别动。”

林持瀚没吭声，只沉默地望着前方不远处那三个紧挨着的人影。如果刚才他能靠得更近，也一定会保护她的。

应峤口中的余震并没有到来，农家乐老板便有些后悔没把店里的几条贵价烟带出来：“好几千块钱，可惜啦。”

一直到他们平安撤离到山下，看到山脚不远处几乎被滑落下来的石块和泥沙树木完全覆盖掉了的小卖部，他才默默住嘴。

应峤让许漫将其他人带往距离山脚远些的空旷地带，自己绕着废墟走了一圈，放开牵引绳，拍拍Black上去搜索。Black灵活地跳上废墟，突然大声地冲着发生滑坡的区域吠叫了起来。

有人被埋在了下面？！应峤跟着它爬了过去，清理掉最上方的浮土和断树，露出了一只……被岩石压住翅膀的红冠花公鸡。

“汪汪汪！汪汪汪！”Black的注意力却不在这里，继续冲着下方吠叫。

应峤往后退了一步，拿了根断裂的树干，仔细地刨开浮土——下方露出的是整片的水泥板，看这形状和大小，似乎是小卖部的西侧墙面。

没有吊机，没办法清理这么大片的废墟；没有混凝土锯，恐怕也没办法打开通道。Black却仍坚持不懈地吠叫着，甚至还拿前爪在水泥板上刨着。

应峤掏出玩具递给它算是奖励，有些焦虑地绕着整块水泥板走了一圈。他联系了马小南，对方正在高速路上：“队长你放心，混凝土锯和八爪鱼我们都带上了！”

那农家乐老板又挤了过来：“同志，附近镇上有个建材市场，应该有混凝土锯卖。”他说完，又补充了句，“这小老板也可怜，父母都去世了，就他一个人，一把年纪了还打着光棍，你们可要救救他啊。”

应峤点头，望了不远处守着其他人的许漫一眼：“您有车吗？”

因为盘山公路被毁，他们是从树丛间攀爬下来的，山地车都留在了山上。有一部分车，早早锁进停车区，和滑坡从山上坠下来，早就不知摔哪儿去了。

老板点头：“有有有！那辆摩托车就是我的！”

应峤骑着摩托车走了。

许漫把狗交给林持瀚，拿背包里的纱布消毒水简单处理了下那只救出来的小公鸡。小公鸡身残志坚，一落地，就挺着胸膛竖着尾巴，单脚一蹦一蹦地走了起来。

Black好歹受过训练，还算能保持淡定。农家乐那只土狗串子可就没有那么强的自制力了，“汪汪汪”叫着要去扑它。一时间鸡飞狗跳，好不热闹。许漫无奈，只好把鸡抱了起来。

林持瀚羡慕地看着鸡，感慨道：“这兄弟比那两只宠物狗待遇还好。”

许漫瞪他：“这也是条生命。”说到这里，两人都不由自主地看向山脚那片废墟。

应峤回来得极快，除了混凝土锯，还带回来一小队骑着电动车穿着制服的工人打扮的同行。

卖混凝土锯那老板听闻他要去救人，立刻就把在店里休息的表弟摇醒：“我表弟也是搞救援的！免费救人！”

那表弟也是急性子人，不但马上联系了自己的伙伴，还让应峤把没拆封的混凝土锯还给了表哥：“买什么买，我们队里都有！”

表弟外号“老海”，叫来的伙伴也全是干建筑的。他们本来就是帮助建筑工地处理塌方事故的，也没个队服，一人一套工地衣服，加安全头盔就得了。这一帮人浩浩荡荡地过来，很有些气势。

许漫把鸡往林持瀚怀里一放，拉着Black迎了上去：“队长，这是……”

“他们是松鼠救援的人，”应峤没时间细说，径自向那支保安小队指了指山脚的废墟，“就在那里。”

几个人七手八脚地从电动车上卸下撑顶器、起重气垫、混凝土锯一类的东西，脚步不停，往那边走去。

Black刚一接近水泥板，就又吠了起来。

“先开通道吧。”老海说道，应峤点头。巨大的噪音声下，泥屑飞溅，水泥板很快被锯开一米见方的口子。

应峤冲着下面喊了两声，没有得到回应。

老海伸手试了试下方错综复杂的杂物堆的牢固度，冲着他们当中最瘦小的那个喊道：“耗子，你来试试。”

叫“耗子”的男人长着张不大友善的长脸，人是真的瘦，举止之间真有点鼠类的气质。他爬上水泥板，冲着下面看了看，又伸手抓着横七竖八的梁柱晃了晃，点头：“能下去。”说完，他把头灯戴了起来，又拿了几个撑顶器绑在腰上，双手扒住水泥板边缘，慢慢地往里爬去。

应峤蹙着眉，犹豫道：“要不要加根安全绳？”

“不用，”耗子的声音从水泥板下传来，“不行我就放弃，命比啥都重要。”他爬得极慢，偶尔还停下来清理面前的通道，或者对摇摇欲坠的地方进行加固。如同某种鼠类，一点一点，缓慢而坚定地消失在通道里。

周围一片寂静，连那只花公鸡都安静了下来。偶尔有一两声鸟叫，自林荫深处传来。

半小时后，通道里有了点动静。

窸窸窣窣，仿佛啮齿类动物在咀嚼进食。然后，是耗子的声音：“柜台下面困着个人！手都压坏了，还有气！再来两人帮忙，得把他身上的东西搬开。”

应峤立刻便要下去，老海一把拦住：“哎，别因为我们没队服，就怀疑我们能力吧？”

应峤无奈：“我没这个意思。”

“那就在这儿守着，”老海说着，站起来拉紧裤带，掏出头灯固定上，也慢慢爬了进去。

有了耗子的“开荒”，他的攀爬速度明显快了不少。没多久，便连双脚都消失在了通道入口。接着，是另一个年轻人。三人都下去之后，下面便传来了沉闷的物体移动声。似乎有玻璃在刮擦地板，又似乎有石块抵住了木梁。

许漫知道，那是他们在给空间搭建新的支撑点，转移承重重心，搬动伤员……半小时之后，通道口终于再次有人爬出。

最先出现在通道口的，是一只沾满污泥、碎玻璃和鲜血的胳膊，然后是脑袋、肩膀……小老板已经完全昏迷了，右腿和右边胳膊被砸得血肉模糊，几乎是靠着耗子一点点推出来的。

救护车也已经赶到，拿担架将人小心翼翼地抬上了车。

耗子吐了口满是泥沙的唾沫，把一只沉重的提包扔上了车，骂道："这王八羔子，死到临头还抓着钱。"

其他人一愣，随即哄笑出声。跟车的医生皱了皱眉，抬头看到耗子和老海满身污泥的狼狈样，也憋不住扬起了嘴角。

人生百态，能有几个完人？见伤者就救，看不惯就骂，也算得上活得痛快淋漓了。

送走了救护车，老海和耗子等人骑上电动车，准备往璇玑山那边走。

应峤看了眼时间，问道："我们的队伍马上就到了，要不要搭便车过去？"

老海"嘿嘿"一笑，摇头道："你们车子快，我们电动车灵便，咱们分头走，有事互相打电话。"应峤点头，他们便挥挥手扬长而去。

金队长伸着脖子瞧着，大声感慨："多有侠义精神啊！就是这个队名取得不好，松鼠救援，听着跟啥动画片似的。"

许漫没吭声，心里却是一动。

所谓"松鼠"，法语叫作 écureuil，在国外不少废墟救援的队伍里，其实扮演着一个探路者的角色。他们或身量娇小，或方向感奇准，或骨骼柔软，蜗行于各种狭窄通道内，最先与被困者建立联系，送去水源食物。说是希望的使者，亦不为过。

她在上次水域救援时扮演的角色，其实也是一种"松鼠"。

十分钟之后，马小南和高楠、欧阳畅想等人终于抵达。他们先将众人送去了镇上的临时安置点，这才驱车赶往璇玑山。

林持瀚抱着那只公鸡，眼看着那挂了醒目救援标志的指挥车愈行愈远，终于消失在群山之中。

金队长有些不忍心，安慰道：“别难过了，你们就不是一路人，在一起也别扭。”

林持瀚没应声，半晌，指着公鸡道，“你觉得叫它孔雀，合不合适？”

金队长：“……”

这次地震，远比他们想象的严重。车子沿路开过去，不时得停下来帮助路边被困的人员脱困。有被房屋的混凝土柱压伤的，也有被倒下的树木砸伤的，更有因为太害怕胡乱往山下跑而被滚石砸中的。

这个多台风地区的人民早习惯了每年盛夏的暴风雨，却在罕见的地震面前茫然如未通人事的天真孩童。

那套靠着应峤相亲才凑足经费的八爪鱼液压破拆系统，此次发挥了十足十的作用。液压泵、多功能扩张器、速断器、液压撑顶器……几套装备能整合能拆开，无论是撬起几百公斤重的混凝土柱，还是固定摇摇欲坠的危房抱出瑟瑟发抖的孩童，还是支撑事故车辆，牵引堵塞了逃生通道的水泥墙……统统不在话下。

欧阳畅想忙里偷闲，忍不住夸了应峤一句：“队长，你这个色相卖得实在是值得！”

应峤没说话，只狠瞪了他一眼。

许漫心里酸溜溜的，同时又有些异想天开，相个亲，未来婆婆都能出几十万给儿子买救援装备；这要结个婚，还不得把救援拖轮都买回来？

宋繁缕的紧急求助消息，却在这个时候火急火燎地发了过来：“速来橘园农家乐！三人被困，多人重伤！”

车开到距离农家乐大约一公里的地方，就开不进去了。因为，路被震断了。徐安换了路线绕到另一条路上，又被塌方的石块挡住了去路。应峤便只好领着大家下车，每个人分担一部分装备，背着包步行进去。

他有心让徐安留下，徐安指指Black：“你那狗都累成这样了，自己跑？我来帮你背狗吧。”

应峤沉默。

一条成年的德牧体重不轻，徐安背一段路，就得放狗下来，让它自己跑一阵。而后勤医疗组的赵知骞等人体力本来就差些，扛着铁锹、担架、药箱跟着爬上爬下，也都是满头大汗。

一行人好不容易赶到橘园，宋繁缕两手叉腰站在农家乐门口，老远就开始冲他们挥手：“这儿！这儿！”

橘园内一片狼藉，橘园边的建筑物更是毁得彻底。

这个农家乐是砖混结构的自建房，一整幢联排的房子压根儿没什么避震设计，几乎全都坍塌了。

来凑热闹的驴友和游客又多，地震时候不但屋子里客满，院子里也摆了好多长凳供人休息。

当地应急管理局的人已经赶去了伤亡最惨重的采石场，此时只有宋繁缕和几个志愿者在这边清理废墟救人。

挖掘机进不来，靠着人工清理，可想而知进度有多慢。

农家乐外面的空地上则临时支起了小棚，四五名伤者躺在地上有些艰难地喘息。方勤的连衣裙裙摆都给勾破了，此时正蹲在地上给一个伤患喂水。

应峤让赵知骞等几个后勤医疗组的人赶过去帮忙，自己仍旧拉着狗往废墟走去。

见搜救犬进来，几位清理废墟的志愿者都暂时停了下来。

宋繁缕带着应峤大步走到小山似的废墟边，指向右面山脚边的一堆砖石混凝土下的黑影：“这里有一个，腿上压了梁柱，梁柱被压在墙体下……”

那被压着的人全身都沾满了黄土，只有一个光头虽蒙了沙尘，但仍旧光亮。

听到人声，光头推开边上照顾着他喝水的志愿者，冲着他们喊道：“快救救我呀！我腿都被压得没知觉了！”

中气十足，想来只受了外伤。

“欧阳、高楠，准备些垫块，多功能扩张器上装扩张撕裂头接液压泵。”应峤说完，又问宋繁缕，“还有两个人呢？”

宋繁缕看了不远处失魂落魄的老板娘一眼，压低声音继续道，“没找到，但老板和那个小豆苗，都不见了。”

小豆苗，便是橘园老板那个玩泡泡机的儿子。

那老板娘和下午告别时判若两人，垂着头坐在废墟边，脸色灰白，额头贴着创可贴，渗着点血迹。

“我们刚才喊了半天，一点儿声息都没有。”宋繁缕不无忧虑道。

“你带着欧阳和高楠去把那光头救出来，我带Black搜一遍。”应峤说完，弯腰解开Black身上的牵引绳。

“Black，such[①]！”

黑狗眨巴了下眼睛，利索地跳上废墟，踩着有些松动的砖块，低头猛嗅。应峤掏出个小小的喷漆罐子也跟了上来，抿着唇看着它不断地甩着脑袋跳上跳下。

几分钟之后，黑狗在碎石间发出了第一声吠叫。

叫完，它犹豫了下，两只前爪抓着碎石块扒出个浅坑，将整个嘴巴都伸进去嗅了嗅，这才嘹亮地叫了起来：“汪汪汪！汪汪汪！”

应峤伸手将那些碎石块扒开，露出稍大的缝隙。Black叫得更响了，整个脑袋都塞了进去。

应峤将它抱出来，掏了个玩具塞进它嘴里安抚，顺手拿喷漆在小坑的位置喷了个圈做标记。那边宋繁缕等人已经安装好液压扩张器和液压撑顶器，再由软管连接到液压泵上——遥遥望去，当真像只八爪鱼。

扩张器开始发力，梁柱慢慢被抬起，再被撑杆一点点撑高。随着一声欢呼，那男子终于被成功从梁柱下拉出，抬上担架，送往外面空地上的临时棚。

宋繁缕没跟着走，而是搓着手回到应峤旁边，振奋道：“Black果然有反应？！那接下去怎么办，继续清理覆盖物？”

---

① such：德语驯犬口令，搜。

“打通道吧，我下去看看。”应峤拉紧手套。

宋繁缕瞪大眼睛：“你疯了，这是砖混结构的房子！”

砖混结构不比框架结构的房子牢固，即便没有余震，救援过程中发生二次坍塌的概率也很大。

应峤调试了下头灯：“我会多留心的，多带些撑顶器，及时加固。”

宋繁缕想说不同意，但是没有大型设备，清理废墟的时间确实太久了。人被埋的时间越久，危险也越大。

他看了眼和方勤一起蹲在临时棚边照料伤员的许漫，无奈地拍了拍应峤的胳膊。有感应一般，许漫也抬起了头，朝着他们这边看过来。

应峤迅速转头，弯腰去背包里翻找设备。

宋繁缕叹气，往手上吐了口唾沫，抓起铁锹，和那几个志愿者一起再次爬上废墟，快速而又谨慎地走到应峤画好的标志处。

铁锹只能清理碎石块和一些小块的杂物，堆叠的大件墙体他们不敢妄动，还是要靠混凝土锯和液压破拆工具。

应峤利索地安装好速断器，剪断钢筋，再换上混凝土锯，示意宋繁缕配合。

宋繁缕吁了口气，托住要被切割的墙体另一侧，嘟囔道：“悠着点，你现在也算有牵绊的人了。”

应峤没说话，电锯的声音覆盖了一切。

石屑飞溅，噪声震天。

拿掉被切割下来的墙体，下方露出一截完全变形了的扶梯。像是某种叠纸工艺品沾了水，溃败而扭曲地瘫在那。

应峤拍了拍Black，黑狗跃上那块区域，冲着下方继续吠叫。Black接受的是宋繁缕工作犬训练基地的那套人气训练，只对还能呼吸的活人气息有反应。

既然它还在吠叫，说明下面的人至少还有呼吸。他弯下腰，慢慢地往里爬去。

数步之后，便有一小块碎砖落在了眼前。他停了下来，手在前方的堆叠物间摸索了下，继续往里爬去。

推开一截门板之后，身下豁然出现一个巨大的缺口，应峤心里一喜，冲着下方喊了一声：“有人吗？”

仍旧没有回应。

他掏了对讲机出来，联系宋繁缕：“救援三脚架能搭起来吗？”

“能是能，就怕二次坍塌……”

“我拿强光手电往上照，看到了吗……对，就这个位置，找空隙放安全绳下来……没事，我身上带着下降器。”

那救援三脚架之前一直被折叠着背在马小南身上，像一捆不锈钢柴火。如今撑开了，足有一人多高，安全绳被小心地避开尖锐物放了下去。没多久，绳索就绷紧了。

许漫知道，那是应峤上绳了。

她紧了紧刚穿上的制服，也拿了套安全吊带往自己身上穿。

宋繁缕看了她一眼，没吱声。

应峤沿着绳索下降到那个狭小空间的底部，再往右边走了两步，终于听到了一点不大明显的呼吸声。

他拿撑顶器先给上方歪斜变形的水泥板做了固定，这才走到墙壁边，透过缝隙往里看去。

头灯光照在木板和砖石上，也照出了逼仄缝隙下的蜷缩人影。

那人几乎被桌板和桌凳固定在了碎碗和水泥地里，手脚向内收拢着，脖子被上方的断墙压得埋进了膝盖里，双腿前还垂落着白围裙，上面满是斑斑血迹。

应峤又往里探了探，灯光照亮了更多的地方。歪歪扭扭的桌板边，散落着一些碗碟。

空间狭小，他也没带破拆工具，只得再次向宋繁缕求援：“找到一个，生命迹象不明，再开个通道，把液压泵、速断器和多功能扩张器吊下来。”

“不用再下来人帮忙？”

“不用。”

沿着安全绳下来的，除了液压泵、多功能扩张器、速断器，还有两个液压撑顶器和全副武装的许漫。

“你下来干什么？”应峤的脸瞬间就黑了。

“帮忙。”许漫解开腰上的安全钩，探头望了眼水泥墙，利索地开始更换扩张器的端头。

应峤瞪了她几秒，到底还是蹲下来一起帮忙。两人合力将墙壁的破洞开得更大——开到一半时，还用撑顶器加固了头顶的天花板。

要把人带出来，通道必定得开得稍大一些，这样更安全一些。

他整个人挤进破洞的瞬间，那个蜷缩的人影微微动了下身体。头顶的废墟，也跟着轻轻晃动。沙石簌簌往下掉，落雨一般。

“你别动，我们一定会救你出去的！”应峤赶紧出声制止道。那人不知是不是被他的语气吓到，果然停了下来。

应峤于是指挥许漫把角落里倒着的木凳竖起来，撑住左上角摇晃得最厉害的横梁。

安宁并没有持续多久，那人影安静了不过几分钟，又剧烈地扭动了起来，摇下来一堆沙石。

应峤正想冲过去制止，那只搭在膝盖上方的左手蓦然直挺挺地垂落了下来。手指僵直，了无生机，膝盖上满是污血的白围裙，也被一下子掀开。

一个小小的脑袋露了出来，圆溜溜的脑袋，沾着血迹的脸蛋。手里，还攥着那只绿色的泡泡机。

“小豆苗……”许漫的喉咙有些发干。回应她的呼唤似的，小豆苗又往外爬了一点，接着，似乎想起了身后的父亲，又往后靠了回去。

这几下摇晃，让泡泡机重新工作了起来。五彩的泡泡纷纷扬扬地在狭窄的空间里飘起，撞到断梁、残砖上，再一只只破碎。“你别动，等叔叔过来。”应峤接过许漫递过来的最后一只撑顶器，固定在了饭桌的上方，再弯腰靠近，将孩子抱了起来。

“叔叔，还有我爸爸呢。”小豆苗试图回头。应峤按住他脑袋，将人拥入怀中，安慰道：“我知道，我知道……”

他维持着紧抱孩子的姿势，伸手去碰仍旧以那种诡异姿势蜷缩着的老板。触感冰凉而僵硬，人显然已经死去多时。

应峤的手顿了下，向下穿过那刚刚保护过孩子的，坚硬如磐石一般的膝弯，伸到他的口鼻下方。没有探到呼吸，只有几滴半凝固的污血滴落到掌心。

他蓦然就明白了小豆苗脑袋上那些血迹的来源。应峤缩回手，轻声道：“你爸爸太累了，睡着了，叔叔先送你去妈妈那，回来再喊醒他，好吗？”

也不等孩子回答，他便抱着孩子弓着腰退到墙边，将孩子递给许漫。小豆苗还试图回头去看爸爸，许漫赶紧将孩子的脸按进自己怀里。

那泡泡机又晃了几下，带出一大串泡泡。在头灯的照耀下，折射着七彩的光，缓缓地洒落到废墟里一动不动的老板身上。

按着应峤他们的要求，宋繁缕在救援三脚架的下方又开了一个足够一人通行的通道。

最先上来的是小豆苗，孩子睁着大眼睛，抱着他的泡泡机，童话里的小王子一般出现在一片狼藉的废墟上，连Black都不由自主地吠叫了一声。

一直烂泥一样瘫坐着的老板娘木着脸遥望了几眼，这才“哇”地大哭着，直冲过来搂紧孩子。

然后，便抱着孩子满怀期待地看着小山似的废墟。

高楠见跟着爬出来的是许漫，立刻起身挡住老板娘母子两人的视线：“哎呀，别在这儿站着，那边有医生，先带小朋友去检查一下……”他轻揉了下孩子的小脑瓜，连哄带骗地把两人往临时棚那儿带。

跟在许漫后面上来的，是液压泵……最后，才是应峤。

“好了！好了！”宋繁缕拍拍他肩膀，“这次任务完成得漂亮！”

应峤默默地将他搭在自己肩膀上的手推了下去，轻声询问道：“路面清理好了吗？挖掘机快到了没有？”

宋繁缕奇怪地看他：“人都救……”他的声音蓦然顿住。

他也终于想起来，失踪的人，还有一个农家乐老板。

“他卡在桌子和碎砖堆里，没办法带出来，只能清理了挖出来……好歹，也要给人留个全尸吧。”应峤的声音极低，生怕被风吹散了一般。

不远处，便是被高楠和赵知骞围住的母子俩。如果可能，还是再晚一点……告诉他们真相吧。

青穹算是第一批赶到震区的队伍之一，紧跟着官方应急救援管理局的队伍在行进。但是他们的搜救行动，却进行得并不顺利。

他们负责的是距离采石场最近的一处村庄的救援——和橘园农家乐一样，这里的房子全是宅基地自建房，完全没有避震设计。那橘园农家乐好歹还在平地上，这个村庄却是散落在山丘上的。山脚几户，山腰几户，湖边几户，田头几户，不少家庭只有几个老弱妇孺留守。

这里距离震源又近，房屋几乎全部被摧毁，数百名村民，平安逃出来的不过一半。大片的废墟看起来苍凉而可怖，哀号声、哭泣声遍野，到处都是伤亡。

现场指挥很快将救援力量拆分成多个小组，青穹有人有车有技术有设备，甚至还自带了一台小型发电机。唯独缺少的，便是如Black一般的探嗅搜救犬。

他们被分配在山脚，一共有六幢房子，一半全部倒塌，一半也破败不堪，摇摇欲坠。还能出声呼救的哀号者们是最先被救出来的，救援的过程中还挖到一些尸体和残肢。

求救的声音渐渐小下去之后，搜救的进度，便慢了下去。

他们这儿倒是有挖掘机，但是在没确认废墟内是否还有活人的情况下，却不好贸然清理。他们一遍遍地下放“蛇眼”，试图窥测那些倒塌房屋的内部情况。

“蛇眼”其实是种光学生命探测仪，因为主体呈管状，前端有微小的探头，可以蛇一样钻进空隙探索废墟深处，经常被拿来做快速定性像用。

但废墟下的情况复杂多变，有时候仅仅是一个角度的问题，就可能造成画面模糊不清或者误判。尤其是搜索大面积的废墟时，搜救犬的定位速度还是最快的。

野蜂的电话，便是这个时候打过来的。他们想要调用挖掘机，去挖一具确定死亡的尸体。

荆思瑶不假思索地拒绝了："我们这儿还有多少活人，都还没确认呢！"

对讲机那边的宋繁缕沉默了下，问道："需不需要搜救犬帮忙？""你的狗也带来了？"荆思瑶倒是知道这位宋副队的本行是干什么的。

"哪里来得及，都还在路上呢。"为了这趟私奔，他把狗全托付给了徒弟和助教，调配速度自然比不得自己平时在基地的时候，"但我们队长的狗一直随行，也训练了很多年。"

荆思瑶愣了愣，有些犹豫道："如果方便过来，那我们当然很欢迎。"

在灾难面前，个人的那点龃龉，显得那么的微不足道。她没办法拒绝，也没资格替这些废墟下的生命拒绝。

Black来得很快——它被应峤背在背上，骑着志愿者借的越野摩托，身后还带了一个托着狗屁股的许漫。

两人一狗甫一落地，便有人迎了上去介绍情况。

荆思瑶正拎着半袋刚从废墟里挖出来的大米，遥遥地望了他们一眼，抱着东西埋头往临时安置点走。

天马上要黑了，多点物资，也是好的。

应峤解下黑狗，放它上废墟。Black奔波了一天，脚爪和身上都被钢筋划破了好几处。但人命关天，没办法在这个时候不工作。

它灵活地穿梭在危机四伏的断墙残垣之间，每吠叫一次，应峤便用喷漆做好标记，再赶往下一片废墟。

青穹的队员就跟着这一个个鲜红的印记，开始了一次又一次的挖掘和救援。

许漫背包里背了不少赵知骞准备的伤药，有给人的，也有给狗的，甚至还有分属于应峤和Black的干粮和水。

那一人一狗，却始终没腾出空来休息。山脚的废墟搜索完了，山腰那边听说有搜救犬在现场，也马上发来了求救讯息。

看着荆思瑶他们刚刚从废墟里挖出来的鲜活生命，应峤也实在说不出拒绝的话。

他只能尽量地减少消耗Black的体力，上山也好，许漫给它喂水也好，他几乎全程背着、抱着它。

搜救的进度倒是肉眼可见地快了起来——在废墟搜索这方面，搜救犬确实有无与伦比的优势，灵活、高效、定位准确。

意外发生在搜索一幢半倒塌的房屋时。

那屋子有一半还维持着原貌，另一半则完全变形倾倒，如高悬在承重墙上的水泥瀑布，摇摇欲坠。

户主却守着屋门不愿意离去："求求你们了，我从地里回来就找不到我女儿和她奶奶，人一定还在里面，求求你们救一救她们吧！"

那男人长得高大壮实，若不是搜救队拦着，早就直接冲进去了。此时哭得像个孩子，双腿都紧张得在发抖。

Black绕着房子嗅了一圈，小跑着靠近那坍塌了的半边房子。应峤把狗喊了回来，和几个救援队员一起将晃得最厉害的那几大块水泥墙做了固定，这才放狗进去。

黑狗探进身体几分钟之后，余震毫无预兆地到来。

应峤下意识要去拉狗，被许漫一把扑倒在地上。

他徒劳地喊了两声"回来"，眼睁睁看着那瀑布在瞬间变得更加汹涌，潮水一般冲倒残余的墙垣，淹没那死守着屋门的户主和一直在给户主做思想工作的年轻消防员。

太阳终于在这时熄灭了最后一点余晖，彻底沉入地平线之下。①

来到野蜂之后，马小南第一次当了逃兵。

他职高毕业之后，就开始游荡在大街小巷的网吧、保龄球馆等地，

① Black原型为2016年7月16日去世的曙光救援队搜救犬黑豹，黑豹于2013至2016年期间参与近百次救援，参与江西水灾救援期间随队奔波20多天，因中暑、脑水肿殉职。

游手好闲，无所事事。就像他的学生时代一样，没有离家出走，没有逃课打架，单纯就是放空大脑，无心向上。

家里给找了好几个工作，高级点的进写字楼当销售，低端点的进工厂学手艺，甚至还去饭店当过几个月帮厨。无一例外，都没能做长久。

不是被辞退，便是他自己受不了苦和拘束，赖家里不肯再去。

这样浑浑噩噩地过了一阵子，终于又被母亲拉进了人力市场。招聘市场里摆满了各种摊位，一眼看去全是写着各种薪资、条件的牌子。

黑蜂射击馆的摊位在最角落里，连个工作人员都没有，只在空桌子上贴了张A4纸打印的招聘启事。

马小南一看到，就走不动了。平均每周只需要工作三天，工作内容就是看着人打枪？

他连薪资待遇都没看，就打了联系电话。接电话的，是听上去比他大不了多少的男生："最近有点忙，过几天联系你吧。"

一连隔了三天，对方才终于来电话。只简单问了两句他的情况，便发了地址过来。

离家也不远，马小南就去了。那射击馆开在郊区，装潢设计全都挺有档次的，就是生意差得离谱。

和他通电话的大男孩也不在，只有一个年轻小姑娘坐在收银台前用iPad 看电视剧，漂亮到马小南眼睛都不知道往哪儿放了。

"我……我是来应聘的。"马小南在偶像剧自带的浪漫BGM声里磕磕巴巴地自我介绍。

姑娘看了他一眼，"咔嚓"一声，嗑开一颗瓜子："老板出去了，你坐会儿呗。"

这一坐，就是一整个下午。其间，姑娘叫了一大堆吃的喝的，还好心地分了他一些。

这样坚持到晚上十点，姑娘合上平板，宣布今天的工作结束了："你明天再来吧，不管面试通不通过，今天的工资得让他结给你。"

这是什么样的神仙工作？！不给钱只包吃住都可以！

马小南第二天果断又赶了过去，姑娘依旧带着他一起吃吃喝喝，还抽空告诉了他自己的名字：方勤。

别看她名字里带个“勤”字，懒散程度几乎和他一模一样。两人就这样毫无羞耻心地守了一星期的店，其间以“老板不在”为理由，赶走客人无数。马小南甚至利用这段时间，新练了一个满级手游号。

在他正犹豫要不要下个新游戏的时候，高大帅气的老板终于带着一身的伤出现了——他额头、胳膊、膝盖全都打了绷带，背着个大包，难民一样进了店里。

姑娘似乎对这种事情习以为常，只熟练地给倒了杯水，问：“你这样，咱是不是得关几天店啊？”

老板点头，然后看向马小南，“你过几天再来上班吧，这几天的工资，到时候一起结给你。”

马小南便开始了长达半个月的休假，好不容易回去上班，老板——也就是应峤，总算抽出时间给他做了次还算系统的培训。

射击馆的安全员，要做的杂事其实并不少。除了在教练带着会员射击的时候得在一边站着，还要懂得基础的枪械知识，定期帮忙保养枪支什么的。

可黑锋射击馆的生意实在是太差了，动不动就关门休业。应峤还是个闲不住的全能王，除了在外奔波，便钻进射击区、仓库或者枪械库，折腾他那些宝贝东西，完全轮不到马小南动手。

要说真正需要干的活，负担最重的，也就是店里经常会来几个蹭吃蹭喝的年轻人。

有穿得花里胡哨的，有一开口就尖酸刻薄的，也有一人遛三四只狗一看就不大聪明的……

这些人来了一般也就往会议室跑，蹲里面唧唧咕咕不知说些什么。

有时候一大早开门进店，就发现前厅和会议室里满是烟头和吃过的泡面碗，打扫起来特别的费事。

除此之外，马小南对这份工作算是一百二十分的满意，工资虽然少了点，但工作环境舒适，伙食靠谱呀！

即便休业不上班，他也愿意晃到店里来，吹吹空调，玩玩手机。

顺便，躲避一下母亲无休止的唠叨。

至于应峤其人，马小南对他是很服气的。既羡慕他满点的投胎技能，又佩服这位富二代哥哥与众不同的下凡历劫方式。花钱白养着他和方勤这两只蛀虫并偌大一个射击馆不说，还有空没空带一堆东西往山上海里跑。

一副我不下地狱谁下地狱的傲慢劲儿，玩的就是心跳。

直到有一天，他在新闻里，看到了自家老板以及那几个店里常客的影子。

那是本地电视台拍的一个好人专题，那条新闻排在最前面。应峤、宋繁缕以及那个总爱穿花衬衫的欧阳畅想，三人在跨海大桥上拦下来个轻生的外地女孩。三个人陪着姑娘，沿着大桥一直往前走到城隍庙码头，最后终于把人劝上车，送回了家。

那视频只拍到一小段背影，三个年轻人保镖一样围着女孩，走得缓慢而坚定。

马小南打着哈欠关了电视，却始终没能忘掉那几道背影。他终于开始留意自家老板的日常，也渐渐知道了宋繁缕那几条狗的名字和技能专长……

接触到队部和仓库里那些物资、锦旗、奖状之后，有关公益救援的大门，终于缓缓向他打开。

或许，每个人心底都深埋着不自知的血性。一朝有光和热撩动，立刻就燃烧不止。他从冷漠旁观，到暗暗留意，再到心中向往，比队里的其他人多了两年的成长期。

他一直暗暗以此为傲，就连父母都认为自己的儿子“浪子回头金不换”。

可是今天，在好不容易挖掘出橘园老板的尸骨之后，他们又匆匆赶赴另一片废墟帮忙。

明明前脚还听得到人声的，甚至隐约能看到半张脸，砖块还没有搬完，整片废墟再一次剧烈摇晃，轰然二次坍塌。

声音没了，那张脸也被砸烂了。

这和他预想的救援，和他所经历过的救援，完完全全不一样。

马小南一个人蹲在开裂的田埂边哭了半天，哭到喉咙生痛，胸口的窒息感却丝毫没能缓解。最后还是高楠和欧阳畅想将他寻了回去，他们推着他坐上指挥车，拍着他后背安慰：“想哭就哭，哭得越痛快越好。”

这一回车子没继续往里开，而是往最近的临时安置点撤。

终于，要结束了吧——他擦干了眼泪，摇下车窗，迎面看到的，却是装着Black尸体的尸袋。

人尸和狗尸，差异还是很明显的。他一眼就认出了尸袋上那印着“野蜂救援”四个字的背带和牵引绳。

他第一次在店里见到Black时，它才出过几次任务。

毛茸茸的年轻狗崽身量虽然长好了，心性却还是调皮的。跟着宋繁缕基地的大狗一起训练时，偶尔还会贪玩转头去扑个飞虫什么的。随行的时候，挺着胸膛形影不离地跟随，仿佛一只黑色的大毛靴子。

应峤事情多，喂养Black的工作，渐渐就落到了马小南的身上。

他甚至好几次直接把狗带回家住几天，引得邻居家的孩子都来围观——经过专业训练的搜救犬比普通宠物狗可厉害得多，会匍匐爬行，会昂首随行，会叼回一切主人扔出去的东西……捉迷藏时，更是谁也别想逃过它的鼻子。

看着车窗外那个小小的尸袋，马小南突然就觉得不能忍受。

这个世界这么多血淋淋的哀恸，闭上眼睛就看不到——他为什么非得要赶上去，一遍一遍地刺激自己？

他在车上呆坐了半天，甚至还接了高楠递过来的一瓶矿泉水。大家排着队去和Black告别时，他悄悄下了车。

没人留意到他的离去，或者说，压根儿没人会相信他居然在这个时候离开了。

整个队伍里，除了应峤，Black就数和他最亲。他熟悉Black爱吃的每一种食物，听得懂它吠叫的每一声提示，甚至还跟着应峤和宋繁缕学过好一阵子德语训练口令。连他母亲都说，自家儿子当年学习要是有这个劲头，早就考上名牌大学了。

他脱了救援服和头盔，独自一人下了山，自长长的山道蜿蜒而下，抓着藤蔓从断裂的山路中间滑下。

深秋的夜风吹在身上，透骨一样的凉。马小南紧握着强光手电，一步一步孤独地往下走。

如果不认识这些人就好了，如果没有养过Black就好了，如果什么都不知道就好了。

人生难得糊涂，他从现在开始遗忘，不知还来不来得及。

璇玑山附近的救援，持续了将近一个月。

最初的一个星期，大家几乎二十四小时驻扎在附近。随着时间的流逝，废墟下还有活人生还的可能性一点点降低，废墟上的搜救队伍也开始逐渐减少。

这次地震最大震级5.2级，其实并不算高。但是震源太浅，发生的位置又出人意料，造成的伤亡远远超出了这个震级普遍意义上的影响。

许漫在开始的两个星期，也和大家一样，都待在震区。第三周开始，她不得不赶回学校参加期中考试。

就连方勤，也因为父母有所缓和的态度，而抽时间回了趟家。方家虽然还没有接受宋繁缕这个女婿的意思，对自家闺女却还是心疼的。

在新闻上看到女儿身影的时候，方妈妈的心都提到了嗓子口上，女儿肯回家，当然其他事情都暂且放在一边。

而其他人，也需要协调工作和生活……唯一一步也不曾离开震区的，便只有应峤了。

应太太他们当然也是担心的，但人劝不回去，又能有什么办法?

漫长的救援行动到了最后，其实已经变成了单纯的善后和重建。大量的废墟需要清理，遇难的尸体需要收殓和埋葬。还有相关的防疫工作、心理危机干预……

考试结束，许漫带着爱心社的同学们，以及募集来的物资赶回璇玑山的时候，应峤仍旧在那里。

Black的遗体已经火化了，放在指挥车里。他本人则忙得跟陀螺似的，帮孩子翻找废墟里的玩具火车，背砸伤了脊背的老人上车，清理被滑坡掩埋的橘园……胡茬都冒出来了。

看到许漫和那些穿着红马甲的同学用雇来的货车运了一大车卫生纸、纸尿裤之类的东西过来时，他怔了好一会儿，才喊了高楠他们一起帮忙卸货。

许漫欲言又止地看着他，愣是找不出安慰的话。

别伤心了？

他看起来，并不比别人多难过一些。

多休息？

至少表面上看来，他的饮食和睡眠都还挺规律的。

……

甚至，连马小南不告而别这事，他都平静漠然地接受了。

一切如常，波澜不惊。但就是太正常，才让她隐隐觉得不安。

傍晚的时候，天下起雨来。淅淅沥沥，一直落到深夜也不见停歇。

许漫躺在帐篷里，翻来覆去睡不着。身侧的阿橙呼呼地打着鼾，仿佛要把这小小的遮蔽场所给震翻了。

她轻手轻脚地爬了起来，拉开拉链，细雨密密麻麻地随着山风扑到脸上，带着点微凉的萧瑟感。

“许哥你干吗呢？”小圆抱怨着翻了个身，往里躲了躲，“雨都淋到我屁股上了。”

“上厕所。”许漫轻轻解释了句，也没拿雨具，探头钻了出去，再把拉链拉好。

应峤这几天都睡在指挥车里，这也算是大家给这位队长最大的福利了——指挥车有床、有热水，还有无线电设备和电脑、指挥台。

万一有什么突发状况，他也来得及应对。

许漫深一脚浅一脚地往临时停车场走去，到了那儿，却不见那台比普通车子大上不少的越野房车。

雨下得不算大，泥地里车辙的痕迹也十分鲜明。许漫摸出手电，循着车辙往前走去。那两道深深的车辙一路蜿蜒向前，绕过小丘陵，一路开到了采石场对面的堰塞湖边。

车门紧闭着，湖里却有水声。

许漫走到岸边，正见应峤换了气，又埋头深扎进湖水里隔了好半天，才又冒出头来。

雨下得细密，细网一样笼住了天地。许漫抹了把脸上的雨水，一阵山风吹来，重重地打了个喷嚏。

"阿嚏——"声音在旷野里传出老远，水里的应峤也冒出了头。他遥遥地朝这边望了一会，游过来上了岸。

扔在岸边的T恤早就湿透了，但他还是捡起来套上了："大半夜不睡觉，来干吗？"

许漫撇嘴："你不也没睡？"

应峤伸手在她脑袋上摸了下——那一头茸茸的短发终于长到了耳朵下方，此时全湿透了，滴滴答答地往下淌着水。

"先上车吧。"应峤习惯性地抓着她胳膊往前走，走了两步，又松开了，改牵住手。

许漫鞋子也湿透了，双脚像是包裹在湿布里。那被牵着的手，却温暖又可靠。

上了车，应峤先把灯和空调开了。

他又翻了套干净的队服并干毛巾出来，塞给许漫："去后车厢床边换。"说罢，他拉开车门跳了下去。许漫那句"不用出去"，便只好咽了回去。

换好衣服，她主动拉开门："队长。"应峤就在车门边站着，"嗯"了一声，重新爬了上来。

"你也换一下衣服吧。"她拿着那块半干的毛巾，犹豫着自己是不是也该出去。

应峤接过毛巾，示意她往后车厢走去。许漫慢腾腾地走了两步，再转过头，就见应峤已经把湿T恤脱到了一半。

见她回头，他下意识又穿了回去，无奈地笑了下。

许漫倏然回头，心跳“怦怦怦”快了起来。身后继续传来窸窸窣窣的声音，过了好一会儿，才停下来。

许漫怕再看到不该看的，仍旧僵着没动。身后脚步声响起，然后整个视线就被毛巾盖住了。

“淋了雨，也不知道擦头发。”应峤的声音淡淡的，手上力道却大，手指隔着毛巾摩挲在她头皮上，麻麻地有点痛。

许漫躲了一下，没能躲开。

直到满头乱发都被擦得被电了似的翘了起来，应峤才停下来：“以后车里还得备个吹风力发电机。”

“以后”两个字，听得许漫心里甜甜的，嘴角也如额前的刘海一样翘了起来。应峤摸了摸她额头，嘀咕：“傻笑什么，没烧呀。”

许漫于是抿住嘴，将那笑意压下去，顺便也伸手扒拉了下乱七八糟的头发。

应峤却再一次伸手揉乱了她好不容易按趴下来的发丝，手沿着后脑勺抚到后颈，将人往自己怀里轻带了一下，低头来吻她。

许漫配合着仰起头，感受着这如窗外秋雨一般温柔绵长的亲吻。

外面的雨势渐渐变大了，夜风裹挟着雨滴噼噼啪啪砸在窗户上。鼓点一般，一声一声敲打在许漫的心上。

一吻终了，两人都有些喘不过气。许漫被他紧搂着，感受着他将下巴抵在她右肩上，呼出的气息灼热而急促，落到她耳畔、后背，有了生命力一般生根发芽。

根须扎入骨骼，茎叶刺破筋肉，紧紧地将两人羁绊在一起。

车窗外漆黑一片，窗玻璃便成了天然的镜子。睁开眼睛，前后左右，便全都是他和自己。

她不由自主往后退了一步，双腿撞上床沿，整个人便重心失衡地往后倒去。一时间天旋地转，耳朵刮到床边的车厢壁，火辣辣地痛，后脑勺的疼痛却迟迟没有到来。应峤也被她带得扑倒在她身上，好在他反应够快，伸手扶住了她脑袋。

“流血了？”他抽出垫在她后脑勺的手掌，去查看她通红的耳朵。

“没、没吧……”许漫结结巴巴道。

应峤也终于反应过来两人贴得太近，而且……他干咳了一声，撑着床爬起来：“前面有药箱，我去拿。”

说罢，他转身朝前面走去，当先坐进装了指挥台的双人座，从底下的药箱里翻找出红药水。

许漫说不清是遗憾还是害羞，脸比耳朵还红，磨磨蹭蹭跟过来，左右看了看，最后选了他对面的椅子

应峤失笑，拍拍身边的座椅：“坐那么远干什么？我又不吃人，过来呀。”

“哦……”她这才站起身，慢腾腾地挪过来，挨着他坐下。

应峤拿棉签蘸了药水，涂在她薄而泛红的耳朵上，还张嘴轻吹了两下。许漫瞬间挺直胸背，目光慌乱地游移了一圈，伸手去碰指挥台最上方的一个纸箱，努力地转移着自己的注意力：“这是什么，没见……”

箱盖打开的瞬间，她的声音戛然而止。Black白色的骨灰盒静静地躺在里面，看上去孤单而寂寞。

“对、对不起。”

“没事。”应峤重新把纸盒盖上，将剩余的药水装回药箱，“我就想再陪它几天，过阵子，就送去安葬。”

许漫呆了半晌，回身去拥抱应峤。力道太大，把座椅也扑得放倒下来，人叠着人滚成一团。

应峤不由自主地回抱住她，感受着女孩带点颤抖的唇忐忑地落在嘴唇上，带着点水果香，也带着点讨好。

“漫漫……”应峤徒劳地躲避了下，耳畔、鼻尖、眼前，全是女孩的气息，呼吸也粗重了起来，“你……”

许漫紧箍着他脖子，吻得毫无章法，牙齿甚至磕到了他的牙齿，但还是努力而执着地表达着热情。

他咬紧了牙关才克制住自己，偏头躲开，将人按在怀里：“我没那么好的自制力。”许漫将头埋在他胸前，含含糊糊地“嗯”了一声。

她挨得那么近，当然知道他心跳得有多快。一声一声，仿佛和自己也心脉相连了。

“我是不是特别没用？什么都帮不上你。”

应峤怔了怔,伸手揉了揉她柔软的发丝:“你陪着我,我就很高兴了。

“走上这条路，当初是一时冲动，一时热血……像是飞蛾绕着火苗飞，明知道可能要出事，却忍不住为可能的牺牲而自我感动……现在已经不是那个时候了，却还是戒不掉那种牵挂。

“来了，会看到他们的痛苦和悲伤；不来，闭上眼都能想象到那些听不见的嘶喊……我已经走不出去了，也不想走出去……可你们不一样，我经常想，你们是不是应该尝试不一样的人生，不用背负那么多责任的人生。就像Black，如果它不是被我养大的，可能现在还在柔软的沙发上打盹休息……”

他的声音沉沉的，仿佛雨后灰白的天空。虽然还没有阳光透过云层，但乌云毕竟已经消散，待到入夜，星辰与明月又将升起。

许漫窝在他怀里，每个字都听得清清楚楚，却不再焦急去反驳，去劝慰。

其实，他们都明白。真正想要离开的人，谁也拦不住；而想要留下的人，谁也没办法赶走。

许漫醒来的时候，天已经亮了。她甚至忘了自己是怎么睡着的，又怎么被搬到后车厢的小床上。

身上，还盖着应峤的外套。

她爬起身，一边往车厢前面走去，一边打量车窗外面——应峤已经不在了，车子倒是开回停车场了。外面闹哄哄的，不知来了什么人。

她拉开车门跳下车，差点撞上抱着东西的欧阳畅想。

欧阳畅想看到她，也是一愣，接着非常快乐而嘹亮地喊：“哎哟，小嫂子你昨晚睡这里呀！”语调奇诡，仿佛璇玑山陡峭的主峰顶。

然后，许漫就看到了他身后抱着公鸡的林持瀚，以及装满物资的大车。

“小瀚哥！”许漫有些惊喜，“你怎么来了？”

“尽点绵薄之力，跟你们不能比。”林持瀚脸上带着笑，目光却没能从她身上那套明显过大的救援服上挪开。

救援服不分男女，但这套衣服，她光袖子就卷了好几卷。腰身、裤管，无一不过长过大，模样仿佛小孩子穿着大人的衣服。

衣领附近，还有点可疑的暧昧痕迹。

偏偏她又是从应峤的指挥车上下来的，叫人不多联想都难。

“你送来这些东西，才是他们现在最需要的。”许漫说着，弯腰打量他手里的公鸡，“这是？”

“这是孔雀，你们之前救助的那只鸡。”林持瀚伸手摸了下公鸡鲜亮的背羽，“养了一个星期，翅膀上的伤才好。我送回那边，一直无人认领，只好又给你抱回来了。”

那鸡被他养了一阵，也沾染了他身上的气息。毛发鲜亮，神情慵懒骄傲，还真有那么点儿孔雀的意思。

许漫有些新奇地接过公鸡，伸手在它脑袋上轻轻摸了两下。那公鸡“咯咯”叫了两声，倒没挣扎。

“好乖呀！”许漫兴奋道。

林持瀚又从兜里掏了一小袋谷子出来：“这个也给你。”

……

两人聊得喜笑颜开，欧阳畅想在一边看得很不是滋味。这纨绔少爷之前就追着许漫不放，如今人都有主了，他还想挖墙脚吗？

他们队长谈一次恋爱，可不容易！

欧阳畅想于是回过头，冲着那装物资的大车方向大喊：“队长，小嫂子醒啦！”这一吼声震四野，周围的人都转头看过来。

应峤脸色尴尬地从车后走了出来，看到许漫和她跟前儿站着的林持瀚，那点尴尬立刻变成了不悦——这位小林总，还真是醉翁之意不在酒！

“醒了就去吃饭，我让安子哥给你留了东西。”

“嗯。”许漫甜滋滋地应了一声。

“我也没吃早饭，”林持瀚接腔道，“一起吧。”

“好呀。”许漫应得飞快，回头还跟应峤摆手，“队长，一会儿见。”说罢，两人便开开心心地抱着公鸡，一道去徐安做饭的临时厨房那儿了。

欧阳畅想张着嘴巴呆了半晌，扭头看向自家队长：“她喊你队长，喊那骚包哥？！”这是要绿吧，队长。

应峤瞪了他一眼，转身继续去指挥卸货。

徐安还当真给许漫留了不少吃的，许漫帮林持瀚盛好了粥，也撒了一小把稻谷给孔雀。林持瀚看着她忙碌的样子，心情愉悦，连简单的白粥都变得美味了起来。

“你怎么这么厉害，把它养得这么漂亮！”许漫看着公鸡鲜红的鸡冠，由衷夸赞道。

“爱屋及乌，用心费神呗，”林持瀚拿筷子夹了根榨菜丝，轻轻放进她碗里，“谁叫我喜欢你呢。”

“喜欢……”许漫的声音戛然而止，“你刚、刚说什么？”

“说我喜欢你啊。”林持瀚慢腾腾地拿筷子搅着粥，仿佛真的烫得下不了嘴一般。

明明，粥上一点儿热气也没有了。

许漫盯着粥碗里的榨菜丝，夹也不是，不夹也不是。她犹豫着放下筷子，才要开口，手肘碰到筷子筒。

“哗啦”一声，洒了一地筷子。

“别紧张啊，”林持瀚苦笑着也放下筷子，“我就是和你说一声。”

许漫尴尬地看他：“可、可我有男朋友了。”

林持瀚的手顿了下，继而又十分迅速地重新挤出笑容，“那又没事，我没女朋友，我总可以喜欢你的。”

这样的逻辑，竟让许漫一时找不出反驳的话来。

“你可别有心理负担，咱们还是好朋友。”林持瀚弯腰把筷子捡了起来。

“我……”

“什么时候想换男友了，记得优先考虑我就行。”

那笑容灿烂得过分，当真晃得许漫有一瞬间的失神。

“什么时候想换男友了，记得优先考虑我就行。”

应峤和宋繁缕刚从帐篷后面经过，正好就听见了这一句。

宋繁缕立刻扭头去看应峤，应峤却盯着许漫——她正有些出神地望着林持瀚，既没点头，也没拒绝。

“挖墙……”应峤眼疾手快地捂住宋繁缕的嘴巴，将人拖到帐篷后面。

“情敌都打上门了，你还躲什么？”宋繁缕挣脱他，拍了拍自己被他弄皱的衣服。野花哥情场得意，如今也很注重外形了。

然后，就听那头传来了许漫的声音：“小瀚哥，谢谢你喜欢我。但是，我喜欢的人是队长，也没有和他分手的打算——虽然我可能没有他这么厉害，没有办法像他这么勇敢，但为了能够站在这里，和他一起并肩战斗，我也已经拼尽全力了。”

她的声音慢慢小了下去，林持瀚不知什么反应，没听见他出声。

宋繁缕有心想要探头八卦一下，被应峤一把拉住：“你刚说哪家还缺被子？”

“嘿，想笑你就笑！没必要跟兄弟我这儿装吧！”宋繁缕是真看不惯他在这儿装模作样。

这说话的要是小方妹，他早冲出去抱着人转圈圈了。应峤被他说得脸都红了，噎了半天……扭头走了！

许漫整个早上都有一点恍惚。

林持瀚似乎早就预料到会被拒绝了，痛痛快快地告白完，潇潇洒洒地跟着运送物资的车子一道回去了。

来去匆匆，朝露一般了无痕迹。若不是仓库里那一大堆东西，她还真疑心是自己出现了幻觉。

她找了一圈，才在停车场附近找到应峤。许漫轻手轻脚地爬上车，才要说话，应峤就已经直起身。

“你来了正好，”应峤笑了一下，把一大堆资料并一个U盘递了过去，“你不是快考无线电操作证了，给你整了点资料。”

“哦——”许漫接过来一看，密密麻麻的无线电知识上拿各种颜色的笔做满了标记。

“U盘里是一些操作视频，按你的机子型号录的。”应峤说得轻松，许漫却不由自主想起了他好几次在指挥台前写写画画的模样。

怪不得欧阳畅想上次吐槽他越来越自恋了，和人联通还要架个机器自拍自录……她拿着资料直接朝他扑了上去，嘟囔：“我一定好好考。”

应峤的手迟疑了下，也心满意足地回抱住小女友，只觉满怀都是希望和温暖。

两人的感情突飞猛进，那公鸡却当真变成了无主的野物。他们托人问了一圈，也没人认领。

倒是欧阳畅想对它兴趣盎然，抱着鸡非要宋繁缕给训练训练。宋繁缕开始还懒得搭理，被方勤激了两句，当真拿着小棍训起鸡来。

一大群孩子跑来围观，热热闹闹堪比马戏团表演。

几个星期训练下来，孔雀[①]居然还真被宋繁缕训出了点模样——它不但能跟着他的小棍子上蹿下跳，左奔右跑，还学会了跨栏和飞跃障碍物。

孩子们哈哈大笑，连原本愁眉苦脸的村民也都忍不住笑着探头多看

① 公鸡孔雀的原型，为曙光救援队在汶川救灾期间救下的公鸡，该鸡在曙光救援队王友鹏队长的训练下，熟练掌握了跳圈、跨栏等技术。

两眼。

春节临近，天气转凉。

救援队在这边帮扶的工作，也终于宣告结束。

许漫原本是不相信救援也有季节性的。可眼看着天气越来越冷，溺亡的、离家出走的、山岳寻人的任务数确实有所减少。与之相反的，抑郁症轻生、老人意外亡故相关的求助任务却变多了。

各个学校也相继开始放寒假，林中磷总算有时间每天泡在射击馆里，欧阳畅想的游泳馆客流也少了一大半。

爱心社趁着假期组织了好几次志愿者活动，去医院做志愿者教老人使用挂号机器啦，去特殊儿童学校陪小朋友们过节啦，上养老院给老人表演节目……

公鸡孔雀也跟着爱心社社员们走街串巷，集万千宠爱于一身，逗得小孩老人们哈哈大笑。

方勤给它定制了一身漂亮的背带牵引绳，绳上用金线绣着“野蜂救援”四个大字，衬得它更加威风凛凛。

应峤从旁边经过，目光落在那背带上，不由自主地笑了下，带了丝不易觉察的落寞。一转眼，Black也已经离开好几个月了。

许漫刚放假时在家待了几天，很快又回来了。她走得大张旗鼓，却回得悄无声息。甚至没让野蜂和爱心社的人知道——就连应峤，她也没通知。

她背了个大包，在浦州车站转车，到了风车山附近的瓯城下车，再转城乡公交，终于到达事先和老海等人约好的建筑工地。

老海和耗子正坐在旧轮胎上抽烟，抬头看到她，都是一愣——这姑娘看着干干瘦瘦的，能有几两肉?

野蜂救援队居然派这样的小丫头，来学习怎么当“松鼠”?

许漫可不含糊，摘了背包，脱掉羽绒服，里面还真穿着全套的野蜂救援队服。甚至，连安全吊带都穿好了，腰间还挂了一串快挂和牛尾绳。背包里，还有头灯、强光手电和安全头盔。

耗子还想再说什么，老海扯住了他胳膊：“算了，小姑娘来一趟不容易，咱就试试她。”

在国外，也确实有不少身材纤细的女性担任 é cureuil[①]，如果她真像她在电话里说的那样，绳索技术超群，还有救援潜水证，再学会了如何在废墟中攀爬穿行，那还真是未来可期。放在任何一支救援队，都将是尖刀一般的核心队员。

这片建筑工地其实是处违建原址，那边新楼拔地而起，这边废墟也还没完全清理干净。老海他们便将这些废墟做了简单的加固，改成了临时训练的场所。那由裸露着钢筋的水泥柱、木板组成的通道，看似危机四伏，实际上却牢固非常。

许漫小心翼翼地跟着耗子往里爬去，不时能听到他的提醒：“注意顶上，这样的地方，就该加固一下，还有这里的房梁……”

甬道幽长晦暗，似要通往地狱。然而，路的尽头，却是耗子提前开好的出口。甫一爬出，便是满目招摇的红旗——这里，正对着高楼半起的新建筑。

小年那天，应太太催着应峤一起去许漫家拜早年，顺便接亲家过来小住。一家四口开了两辆车，一大早就出发往鹿城去了。

应泽和应峤一辆车，俩兄弟一个前座一个后座，跟木头人似的半天没说话。最后还是驾驶座的应泽忍不住先开口：“你上女朋友家拜年，怎么就非得捎上我呢？”

“我的车送修了，你要肯借车给我，现在就可以回去了。”

“休想！”应泽看了眼外面的跨海大桥，愤然道，“女人和车，恕不外借！”

“你有女人？”

“我有仇人，我的仇人就是你！”

---

① cureuil，法语松鼠，此处指代清理废墟时，率先进入废墟和狭窄区域与被救援人取得联系的救援队员。

许漫家住在鹿城的老城区，小区对面就是个人工湖和小公园，一大早便有人在那咿咿呀呀地唱戏吊嗓子。

应太太听得跟着打了好几下拍子，“教师家庭就是不一样，住的地方都雅气。”

上了楼，还没到家门口，就听到里面隐约传来的二胡声。一个带点儿沙哑的女声温柔唱着：“未婚夫妻初相逢，有话不知诉何从。只见他一身穿戴是我送，我心中暗喜脸发红……”[①]

应太太是懂戏的人，一直到唱段最后一句收尾结束了，才让应峤去敲门。

来开门的是许漫，嘴角还叼着块威化饼，看到应家四口，猛地瞪大眼睛，一口气把饼干全吞了下去，咳半天才挤出一句：“爸、妈、小叔叔、队长，你们怎么来了？！”

许爸许妈也听到了动静，一个披着大披肩当水袖，一个拿着二胡。两人看到应峤和应泽两兄弟拎了一大堆礼物进来，后面还跟着一看就是同辈人的夫妻俩，赶紧放下东西到玄关来迎接。

“您二位是小应的父母吧？太客气了，带什么礼物呢！”

“要的要的，”应太太羡慕地打量许妈妈，“您这戚派唱得可真是绝了！尤其那句‘一旦荣归得功名，那时再提旧时婚’唱得真好，我怎么都学不好！”

人逢知己话便多，巧的是应太太还会唱毕派小生。两位妈妈聊着聊着，便拿这客厅当小戏台，仍旧由许峰伴奏，把这段戚毕经典唱段《花园会》从头到尾唱了一遍。

许漫给应家父子三人泡了茶，然后四人一字排开坐在沙发上。她紧挨着应峤坐着，小声问：“你们要来，怎么不提前和我说呀。”

“想给你个惊喜。”应峤轻声答道，顺便握住了她柔软的手掌，却摸到不少细小的伤口和新茧。

“你的手怎么了？”

---

① 越剧《血手印·花园会》唱段

许漫眨巴了下眼睛，心虚道：“最近在玩攀岩。”

一曲唱毕，都已经到了午饭的点。许峰放下二胡去厨房忙碌，应太太要去帮忙，被许妈妈一把拉住：“我书房里还有戚雅仙早年唱的《梁祝》唱片，要不要去看看？”

“真是难得，当然要饱饱眼福！”

……

应绍杭无奈，示意应峤跟过去帮忙。应峤走了，许漫冲应绍杭父子俩粲然一笑，也立刻跟了进去。

到了吃饭的时候，应太太和许妈妈简直好成了失散多年的姐妹。一顿饭从民国越剧名伶，聊到现代越剧的几大流派，简直有说不完的话。

“一会儿吃完了饭，你们收拾几件衣服，去我家住几天，咱们姐妹俩好好聊聊！我那也攒了不少宝贝，还有尹桂芳和袁雪芬当年唱《山河恋》的录音配像。”应太太抛出撒手锏，许妈妈立刻就沦陷了。

“那肯定要去看看的！”

许峰哪里还来得及阻止，只默默地给妻子的杯子里加满了冰饮料。冷静下来啊，这个速度发展下去是不是马上就要订婚了？！

吃罢饭，许妈妈果然领头开始收拾东西。许峰暗暗叹气，进了屋才小声嘀咕道：“你可想好了，这一去，孩子的事儿就算答应下来了。”

“这样好的亲家，你去哪儿找？”许妈妈一旦想通了，也是相当开明的，“我看小应这孩子也挺好的，刚吃饭时候，一直给咱们漫漫夹菜呢。”

许峰叹气，认命地去收拾衣服。许漫也回自己屋里去收拾，应峤跟了进去。

她尖叫一声，弯腰把床上凌乱的被子往床头一推，再把椅子上挂着的衣服、围巾抱起来，飞也似的塞进衣柜里：“坐这儿坐这儿！”

应峤哭笑不得地看着她忙碌地跑来跑去：“不用藏了，我都看到了，又不嫌弃你。”

许漫这才停手，脸红红地开始整理行李。她衣服拿得倒是不多，倒是将自己深藏在柜子里的潜水装备给搬了出来。

应峤随口问：“无线电呼号下来了？”

“下来了。”

“那要不要把手台也带上？”

“好！”

待到两人推着三个大箱子，慢慢悠悠地来到客厅时，应绍杭和应太太等人都目瞪口呆。

这是把房间搬空了？打算直接住过去？婚前同居？！

许妈妈把女儿拉到一边：“收拾几件换洗的衣服就好了，你这是干吗呢？！女孩子矜持点！”

“不是，我这箱子里都是潜水装备，”许漫解释道，“队长家里有潜水池，我可以跟着他温习温习技术。”

她的声音不算低，全屋子的人都听到了。应泽小声嘲笑自己哥哥道：“你谈恋爱都和别人不一样嘛，人家是夏天带女朋友去海边穿热辣比基尼，你大冬天带女朋友在家门口潜水？那池子今天早上可还结冰了。”

“我起码能带人回去，”应峤瞥了他一眼，“你呢？”

应泽气绝。

应泽和应峤一人一台车，将两家人拉回了应家的小别墅。应太太怕亲家母不喜欢女儿和婆婆住，早在路上就开始嘀咕：“这里主要是我们两个老的住，他们图方便也就都住这儿。要是结婚了，他们自己搬去自己那儿住，我们俩也落得清净……”

几个人闲聊着进了屋，许妈妈才发现，应太太早把客房收拾好了。她由衷地和许峰感慨：“亲家姐姐做事，真是体贴。”

“你怎么就没有看到本质呢？”许峰道，“四个人开两台车，客房提前准备了两间——人家一早就打好了主意，要把咱们哄过来！”

许妈妈愣住，既觉得自家老公聪明，又有点忧虑应家的套路，最后还是真善美占了上风：“不管怎么说，人家对咱们姑娘，是真上心！”

许妈妈这话倒是没有说错，衣食住行应太太全安排妥当了，甚至连家门口的潜水池，也临时联系了工人打算安装加热设置，被应峤一口回绝。

“不用了，我们的潜水服本身有保暖功能，正好也可以在极端环境下锻炼锻炼。”

许漫也是一脸赞同：“对对！救援任务来了，可不管冬天还是夏天！”

“呸呸呸，童言无忌童言无忌，大冬天可千万别再出什么事儿了。”应太太和许妈妈一齐打断她。

应泽在阳台上瞄了下面的人半晌，眼珠子一转，给林持瀚发了条消息：老林，我哥接女朋友一家来玩了。

几秒钟之后，林持瀚回复了：我爷爷承蒙邻里照顾，晚上来和叔叔和阿姨拜个早年。

晚饭应太太原本是打算出去吃的——无他，显得隆重而已。

应泽生怕林持瀚来了见不到人，一个劲撺掇母亲在家吃饭：“你去别人家，别人亲自下厨给你做。好不容易把人请来了，你还带出去敷衍？”

应太太觉得有理，终于还是打消了出门的念头。

晚饭后闲聊得正酣畅，祝阿姨过来道：“应董、邱校长，林家爷爷来拜早年了。”

“哪里的林家爷爷？”应绍杭一时还没回过神。

应太太撞了他肩膀一下：“糊涂了，林间科技的老爷子嘛。”

阿姨已经把客人迎到客厅了，他们一行人过去，便见老人坐在轮椅上，正侧头和孙子林持瀚说着悄悄话，脚边放了一堆礼物。

“林董您好，怎么好意思叫您来给我们拜年，该我们上门去才对！”应绍杭客气道。

“应该的，”林爷爷笑盈盈的，“我这孙子的命都是你家大公子的救援队给救回来的，我早就应该来拜访了。”

……

大家客套着落座，林持瀚还抽空和应峤等人打了个招呼：“应队，漫漫，又见面了。”

应许两家意外地道：“小林总还认识漫漫呀？”

“我那时候就只剩下半条命了，”林持瀚有点不好意思，“多亏漫漫背我出来。”

“是啊是啊，”林爷爷接腔道，“漫漫真是个乖孩子，见我身体不好，还经常来探望。”

许妈妈和许峰对视一眼，都露出了恍然大悟的表情。原来，是那个送“美女救英雄，缘分天注定”锦旗的小子！果然一看就是娇养出来的公子哥！

应绍杭和应太太可不知这些，他们见林老先生对儿子和准儿媳赞赏有加，完全是喜不自禁。以至于，见林持瀚帮着许漫削了个苹果，都没意识到危险性。

毕竟，他还给自家祖父也削了一个嘛。

应峤可看出来不对了，他随手拿了个杧果，三两下切开划好，递给许漫：“吃杧果。”

“哦，谢谢队长！”许漫嘴里的苹果都还没全咽下去呢，赶紧腾出手来接杧果。

应泽在一边没憋住笑，应峤狠瞪了他一眼，回头见林持瀚开始剥橙子，立刻继续将手伸向菠萝……

这几小时的闲聊，许漫真吃了不少。她摸着撑满水果的肚子，挥挥手往自己房间走：“我求求你们了，不要再给我弄水果了。”

许妈妈和许峰，则都有了主意。

有了奶油蛋糕似的林持瀚的对比，应峤一下子显得稳重可靠了起来。当女婿，完全没问题嘛！

再说，女儿都收了人家镯子了，人家孩子上门两次，见面礼还没给，说不过去嘛！

许妈妈包了个大红包，找了个机会塞给准女婿：“以后我们漫漫啊，就要请你多多照顾了。”

“谢、谢谢妈！”应峤虽然没什么恋爱经验，长辈送红包的意思还是懂的。

他把红包揣在兜里，在房里溜达了半圈，悄悄走到许漫房门口敲门。

许漫拉开门，一见到他，脸色就大变："不行，我看到你的脸就想到那个巨大的菠萝！巨大的波罗蜜！巨大的榴梿！"

应峤："……"

隔壁也适时传来了许妈妈的提醒："漫漫、小应，忙了一天了，都回自己房间好好休息吧。"

"自己房间"被她咬得极重，应峤脸都被她说红了。

许漫于是指指自己桌上的无线电手台，做了个打电话的手势。应峤会意，挥手告别。

所谓手台，官方称呼为无线手持对讲机。有了呼号的人，手台便算是有了合法身份，能上正规公共对讲频率找人聊天了。

作为一名刚入门的"火腿HAM"[①]，许漫原来的无线电使用经验，仅限于出任务时野蜂利用通讯指挥车自己架设的短波频道。拿到呼号之后，她也在家"守听"过一段时间公共频段，却没有和熟悉的朋友联通过。

应峤很快发了频段过来，许漫按着频段进去，却听到了两个完全陌生的声音正在联通。

"BG5SWF，这里是BH5EIR，我想询问您玩无线电几年了？"

"BH5EIR，我已经是七年老火腿了。"

……

她守听了一阵，手机再次振动，应峤又发了消息："换个频段。"

"好！"

不知是不是过节的缘故，今晚寂寞的"火腿"特别地多，他们连换了好几个频段都有人在联通。最后，应峤还是带着她进了野蜂自己的频段，才算终于成功过上了二人世界。

---

① HAM，业余无线电通信的英语名字是"Amateur Radio"，符合国际电信联盟组织ITU定义的业余无线电爱好者的英文名称则是"Radio Amateur"，缩写为HAM，与英文火腿"ham"一样，故拥有呼号的无线电爱好者自称为"火腿"或"HAM"。

许漫一进去，便连说了好几声“CQ”[①]，生怕再有陌生声音插入。手台里传来应峤沉闷的笑声：“我刚已经确认过了，没人。”

许漫这才放松下来，调侃道：“这样算不算以权谋私呀，不是说工作频段不能随意使用吗？”

“现在没任务。”应峤沉默了一会儿，到底还是没忍住，“刚才，你妈妈送了个大红包给我。”

“我就说我爸妈会喜欢你的！”

应峤“嗯”了一声，又问：“这边住得习惯吗？”

“习惯！”

“我自己的房子在野蜂附近，明年打算装修起来，你喜欢什么风格的？”

“我啊——”

“我天，直接拿婚房求婚？是不是太直接了？”

“就是啊，小嫂子到婚龄了吗？”

频段里突然冒出两个陌生的声音，吓得许漫把桌上的水杯都打翻了。

半晌，应峤才有些阴森地问道：“欧阳，闵涛？”频段里一片寂静。

“都不说话？你们私自进入工作频段，不打招呼直接插入，一点联通规矩都不讲……”

“哎呀，队长，你们也在呀……呵呵呵，高楠、林中磷、祝小美、郭伟伟……”欧阳畅想一口气卖了一串人，“大家都在守听啊！”

话音一落，陆续有人开始报自己的呼号喊“73”[②]表示自己要下线了。许漫默默数了数，三分之一的队员，都差不多凑齐了。

热闹的频段渐渐安静下来，许漫正犹豫着要不要说话，应峤再一次开口道：“BA5wdf，抄收到信号请回答。”

半晌之后，林中磷的声音幽幽响起：“守听也不行啊？你都拿工作频段谈恋爱了。”

---

① CQ，没有特地联通对象时候的广泛呼叫用语，一般会连续重复三遍。

② 73，联通结束用语，表示送去祝福。

许漫：“……”

“BG5OIU！”

“抄、抄收……”

“BH5ADK！”

“抄收……队长，你这样真的有点只许州官放火欸……”

许漫与男友的初次联通体验，便在这群牛皮癣一般的守听党的搅和下，默默结束了。

林持瀚一大早就接了七八个电话，饭都没吃，就开电脑看秘书发过来的合同和企划书。

林爷爷欣慰不已，欣慰完了又觉得心疼，让阿姨送早餐过来。可惜这顿早餐也没好好吃，八点钟他还排着两个视频会议——那头在汇报呢，他总不好捧着豆浆夹着油条边听边吃。

开完会，他又急急忙忙去换了衣服，西装革履，出来时还带了个不小的行李箱。林爷爷倚在楼梯边问：“晚上回来吗？”

“不回来了，”林持瀚拎着箱子一边下楼，一边头也不回地挥手，“下午有个庆典要参加，晚上出差。”

“那应家呢，不去了？”林爷爷探出头问道。

林持瀚人都走远了，又退回来几步：“我去那儿干吗？人姑娘又没嫁进去——指不定哪天，她就发现我的好，自动自发地从他家搬咱们家来了。”

说完，一看时间，大步往门外跑去。林爷爷愣了好一会儿，大笑出声。

林间科技是做平台起家的互联网公司，互联网类的企业竞争一向激烈，它也只是在其中奋斗的中等规模公司而已。

而这个冬天，林间科技一口气裁撤整改了好几个业绩不好的部门，引入全新的管理模式，外包部分外卖相关的业务，在出行、住宿等业务上进行扩张。短短半年，营收飞涨，隐约显露出“超级平台”的构架雏形。

那些狐朋狗友圈的纨绔二代们，也很少见到林持瀚了。偶尔谈论起他，都是同样不可思议的口吻：听说，林家少爷情场失意，这才回去继承家业，大杀四方？！

传得多了，添油加醋的细节也越来越丰富。传到本人耳朵里时，他已经是被狠狠抛弃还差点喜当爹的悲催绿帽王了。

林持瀚本欲一笑置之，无奈八卦群众不肯配合。胆子小的也就是私下议论，胆子大的，直接就问到他面前来了。

彼时芒种刚过，南方正值梅雨季。林持瀚认认真真地听完，扭头望向窗外淅淅沥沥的雨："是啊，可惜我还是放不下，一直等她回心转意呢。"

正经不过几秒钟，他又换了副嬉皮笑脸的模样："所以，王总就再让一个百分点嘛，就当安慰我咯。"

这个娇撒得分外及时，王总笑得"花枝乱颤"："不行不行，你这种卖惨的招数我可不吃。"她嘴里说着不吃这套，到了最后签订协议的时候，还真给让了利。

林持瀚忙碌且快乐着，再回想年少时的轻狂与颓废，恍如隔世。仿佛，他原本就应该这样圆滑而精明的。

他不再穿得一身白，如今拉开衣柜一水的沉稳配色。白色衬衣必定搭配深色西裤，打领带时会配领带夹同款的袖扣，口袋里常备格子手帕，却一次也没有掏出来为谁用过。

一次在机场候机，大屏幕上播到近期降水太多，造成多处洪灾的新闻。那张他所熟悉的脸庞突然自浑浊的污水中冒头——她脱了头盔，虎牙依旧俏皮，一边吐掉嘴里的泥沙，一边艰难地朝着几个被困的灾民走去。

林持瀚浑身一震，下意识伸手握住了兜里的手帕，却终究没有掏出来。马上就要登机了，他们即将相隔千里，掏手帕又有什么用呢？

同行的客户问他怎么了，他沉默了半晌，带着点儿骄傲道："看到我喜欢的女孩还是那么漂亮，有点激动。"

这位客户当然也听说过小林总那惨绝人寰的爱情传说，他立刻起身张望，找了半天也没找到那位绝世佳人。

▼

第11章

— 未来尚可期 —

屏幕上的新闻，也已经毫不留恋地换上了新的一条。

大三这一年的寒假，许漫过得尤其忙碌。一边出救援任务一边还要找老海和耗子学开通道下废墟的技术。

一个冬天过完，人瘦了，也黑了。连小圆都忍不住嘀咕："我说许哥，大冬天的你去哪儿晒的美黑效果啊？"

许漫扎紧麻雀屁股似的短马尾，有些骄傲地看了看自己胳膊上的擦伤。付出意味着收获，收获则带来喜悦。

今年的汛期来得尤其早，五月下旬就入梅，连续下了一个月的大雨还不见停歇，降水量较往年多了差不多整整一倍，却仍没有出梅的苗头。

浦江大堤和各大水库都多次泄洪，兰田山等地的滑坡和泥石流也频频发生。浦州等地附近，最惨的就要数璇玑山附近的震区灾民了。

野蜂的队伍是跟着防汛办和应急局的人一起进去的，他们是增援的抢险人员，也是民间物资捐赠者和灾民间的桥梁。官方给予的更多是规范的引导和大型救灾设备如冲锋舟、摩托艇的调配，以及灾后防疫工作的提前准备。

这近一年的时间，也让许漫有了不少成长——她终于不再急着傻乎乎地往前冲，在进入内涝严重区域时，甚至学会了考量自己和队友是否能应对。

应峤将这一切看在眼里，他的女孩，终于成长了。

转移重建区的村民，用了三天的时间。将最后一个孩子套上救生衣，送上橡皮艇时，舟上突然有人伸手拉住了应峤。那手粗壮而有力——那人挤了半天，才和怀里的孩子一起挤到船边。

“老板娘，小豆苗！”这种场合见到故人，总是叫人惊喜和感慨的。老板娘一脸喜悦，轻拍了一下小豆苗的屁股蛋：“快谢谢叔叔阿姨！”

“谢谢叔叔，谢谢姐姐，谢谢把我们救出来的眼镜哥哥！”小豆苗说话奶声奶气的，可比去年有条理多了。

“小豆苗真乖！”

许漫调侃道：“队长，你的气势，比老王老孙都像孩子长辈。”

转移完这边的村民，他们紧跟着要去风车山。风车山地势够高，倒不害怕水淹。但那疏松的土质，却又造成了好几次滑坡，正在山上检修风电机的工人们便被困住了。

另外，建材市场附近因地势低洼，内涝非常严重，已经有两人死亡。被困居民近一百人，其中还有不少老人小孩。

许漫和老海通完话，和应峤反馈道：“老海的表哥也被困在建材市场里。”

挤在指挥台里的应峤“嗯”了一声，在区域地图上，挨个标出已知被困人群的位置。车子很快就又开不进去了，徐安和运载冲锋舟的卡车司机一起，将车停在高洼地段。

野蜂的队员和民兵营的人一起将冲锋舟从卡车上搬了下来——洪水汇聚在低洼处，从高处往低处走，其中一大段路，船都是要扛在身上的。

许漫个子矮，力气也比不上这些男的，便和随队而来的医护人员走在一起。

“你们也辛苦了。”看着小护士被雨水浸泡到有些发黄的护士服，许漫由衷道。

“大家都一样，”小护士紧了紧药箱背带，“早上有个小哥，为了把被困的孩子抱出来，胳膊被玻璃划出好大一道口子，幸亏我们正在附近，这要是失血过多或者感染了，可要出大事儿了。”

护士瞥了一眼她的队服：“那人你应该认识吧，我看他胸口印着的队徽，和你衣服上绣的一模一样。”

许漫愣了一下，追问道：“他在哪？” 护士环顾四周，往前指了指：“喏，就是那一个，这还没下火线呢。”

许漫循着她的手指头看过去，正看到一个熟悉的背影扛着冲锋舟在往前走。

“马小南！”她大喊了一声，那人影停滞了一下，走得更急了——带得扛舟的四人小分队都加快了行进的速度。

离开野蜂后，马小南又开始了没有目标懒散的生活，甚至还去大西北浪荡了一圈。可一闭上眼睛，还是那张血肉模糊的脸。

梦里自己带着Black去爬山，狗跑得比他快，远远地甩开他，利索地冲上山巅。它像狼一样地仰头长啸，黑色的毛发简直和黑夜融为了一体。

他跟在后面，奋力地想要爬上去，却怎么也找不到上山的路。然后，他又看到了那些被压在废墟下的人。他们冲他哭泣，冲他哀号。

除夕那天中午，他偷偷摸摸回了一趟记忆中的震区。震区，或者说是重建区，却并没有他预想中的哀痛和悲惨。

大部分帐篷已经被撤掉了，废墟旧址上耸立起坚固的水泥建筑，家家户户门口都贴着春联，组团来慰问的部门正在挨家挨户派发油米。

有孩子绕着房屋奔跑欢笑，有老人靠在躺椅上晒冬日的暖阳，亦有年轻人抬着成箱的年货吆喝着“让开让开”。

他们比他想的更加坚强，虽然有人永远留在了那一天，但更多的人活了下来，走了出来，迎来了新春，热切而满怀希望地渴望着未来。

马小南呆呆地看了很久，胸中的阴霾也终于被风吹动。他走了很远，一直走到确信不会有人看到，才孩子似的痛哭出声。哭他狼狈逃走的这几个月，哭那些被他记住了脸庞的亡者，也哭这些灼热到要烫伤他眼睛的从头再来。

他一直以为自己充当的是拯救者的角色，这一刻，却清楚地认识到，自己被他们救赎了。他们那勃勃的生机和勇气，让他曾经的付出有了伟大的意义。他以为的无能为力，原来已经萌发盛开了这样多的鲜妍花朵。

可他没脸去见应峤，更没脸去见野蜂的兄弟姐妹们。民兵预备营成了他的新家。

许漫那一声“马小南”，惊得他差点把冲锋舟给摔了。他也不能扔了船跑走，便只能任由身后的脚步声愈来愈响，溅起的水花越来越大，最后被许漫一把拉住。

“你回来了，怎么不归队？！”

马小南红着脸挣脱了她的手掌，蚊子似的低哼道：“你认错人了。”

“我认错了？好，我喊队长来认认！”许漫说完就要往前去追应峤等人。马小南一把拉住她，到底还是屈服了：“这里忙，回去说吧……”

毕竟是在救援一线，应峤也腾不出空来和他聊天谈心。许漫答应了下来，却叮嘱道：“这回可别跑了！”

马小南红着脸点了点头。

大家忙碌到深夜，才将建材市场附近的人员全部撤出，收队。

所谓收队，其实也不过是冒雨简单地吃个饭，再奔赴下一个救援现场。他们虽然都穿了雨衣，身上衣服却早就湿透了。雨水浇在盒饭上，饭菜也被泡凉了。

几个好心的脱困市民自发来帮他们撑伞，怎么劝都不肯走。

“你们快吃，吃完了我们就走了！”

马小南被遮挡在一顶大红色的直柄伞下面，吃着吃着，就又哭了出来。他哭得那样伤心，把撑伞的姑娘都哭得不好意思了，扭头去看茫茫的雨雾。

应峤看到他时，便是这么个尴尬而有些狼狈的情景。

多年以后，马小南回想起来，还是有些不平——他的好队长，怎么就没有在他背着灾民，英勇无畏的时候出现呢？！

应峤张嘴想要说些什么，被许漫一把拉到她的伞下，往他手里塞了包压缩饼干：“没吃饭吧？饭菜都凉了，你吃这个。”

“我不喜欢吃这种干巴巴的东西，”许漫解释道，“你不挑嘴你吃吧，还是很扛饿的。”

应峤知道她在瞎编借口，但还是把饼干拆开了，塞进嘴里。

一线救援危机四伏，也总是来去匆匆。他们学会了照顾对方，也习惯了接受对方的照顾——不逞强，敢于示弱，总比出了危险后悔来得好。

吃完饭，负责在风车山救电工的老海那边也来了电话。

“我们这边也收队了！感谢你们把我哥带出来，野蜂效率就是高啊——”老海感慨道，“我现在理解你为什么派小许这么个小丫头来跟我学废墟救援了，你们整个队的训练强度就是大，走精悍强干路线嘛……”

电话里的声音还在絮絮叨叨说着，应峤却把目光投向了许漫。老海声音那么大，许漫当然也听到了，心虚地挤了个笑容出来。

“你去老海那，怎么不告诉我？”

“想给你个惊喜嘛，”许漫往他这边坐了坐，小声解释道，“万一没学好，我也很没面子呀。”

应峤瞪了她半晌，到底还是放轻了语调：“以后不许再骗我了。”他握住她手掌，在那些细碎的伤口上轻轻摩挲了两下。

许漫点着头往他怀里蹭了下，身后的欧阳等人立刻叫了起来：“没人性！大家都这么累了，你们居然还秀恩爱？！”

许漫正想反驳，坐在他们右侧的方勤突然拿起了电话：“喂，妈妈……水库决堤了？爸爸还在工厂……”

方勤家小区的地势是挺高的，但是方爸爸公司的生产基地却不在那个方向，而是靠近郊区的工业园区。

强降雨带来的洪水冲垮了附近的水库堤坝，工业园区受灾严重，经济损失不说，人员伤亡也十分惨烈。

应峤等人赶到时，整个园区已经变成了一片汪洋。生活垃圾、塑胶大桶、汽车、门板……一切大家能想到可浮起的，不可浮起的东西，统统在浊黄的洪水中沉浮、漂荡。

他们驾驶着摩托艇在水面上穿行，不断将伸着手求救的群众救起。

方勤和宋繁缕驾驶着橡皮艇，朝着她所熟悉的公司基地驶去。方家做的是新型材料生意，生产基地大门口高高耸立着只钢铁铸就的铁马。

大水几乎将大半厂区都淹没了，那只四蹄飞奔着的黑色铁马只剩大半个身体露出水面，马背上却似乎多了不少东西。

橡皮艇越驶越近，他们才发现上面竟然趴着好几个工人。宋繁缕把船靠近，扶着工人一个个“下马”。

“救命呀！里面还有不少人！”

厂门大开着，橡皮艇没什么障碍地驶了进去——经过那几个工人的指点，他们在三米开外处发现了另一批被困在叉车上的工人。

橡皮艇很快被装满了，不得不往外撤出。方勤揪心地看着工厂距离自己越来越远，最后铁马也变成了渺小的一个黑点。

送大家上岸的时候，宋繁缕把方勤也推了上去：“你放心交给我，我一定把爸爸找回来。”

方勤咬着牙，点了下头。她不会开船，水性也一般，坐在船上，也就白占一个生的机会而已。

橡皮艇再一次出发了，在浊黄的水面上留下雪白的一道水痕。有认识方勤的工人递了矿泉水过来：“方小姐，你别担心，方总一直在组织大家往高处躲，还进车间催我们离开，他一定吉人自有天相。”

“对对，好人有好报。”

方勤忍着眼泪冲他们笑了下，指甲抠进掌心里。宋繁缕的橡皮艇又运了两船工人回来，之后便没再出现。

即便是他救出来的零星被困人员，也是托别的船捎回来的。

那几个被困人员都表示，车间内还有人，宋繁缕砸破了车间大门，划着船往里面寻人去了。

方勤试着打了宋繁缕两个电话，果然没有人接听。

凌晨天蒙蒙亮的时候，岸上的人员关掉了用于照明的探照灯。水面上那些狼藉被日光照亮，显得分外触目惊心。

救援人员开始陆续上岸，回来的橡皮艇上逐渐出现了空位，有些船只则开始了捞尸作业。

应峤和许漫因为水性好，一赶到附近就被分配了封闭区域的救援和打捞工作，一直到六点左右才上岸。

得知方爸爸一直没有消息，宋繁缕也失踪了，他们也吃了一惊：“欧阳，你捎上小勤，咱们再去看看。”

应峤连潜水服都没脱，便重新坐上了冲锋舟。许漫也跟着上了船，应峤想要拒绝，她看了方勤一眼，压低声音道：“万一需要潜水，我不去，谁当你的潜伴？谁给你做替补？”

应峤无奈点头。

两艘小船朝着铁马雕塑驶去，远处的地平线已经泛起了霞光，绯红一片。染红了昏黄的水面，也染红了水面上漂浮着的柜子、物料桶、排椅……偶尔遇上被污水泡得青灰浮肿的尸体，应峤便电话通知捞尸队具体位置。

那铁马越来越清晰，方勤也越来越紧张，最后干脆把脸埋进了许漫怀里。

按着那位工人的提示，他们找到了被宋繁缕暴力拆卸掉的车间大门——许是里面机器太多，他的橡皮艇才划进去没多远就搁浅在那边，底部破了大洞，显然不能再用了。

船上没有人，水里也没有人。

应峤喊了两声，没得到应答，下水往里游了一段。许漫很快跟了上来，还带着个防水的强光手电。

应峤接过来四下扫了扫，终于在一根管道上发现了宋繁缕拿小刀刻的箭头。两人循着箭头往里游去，很快发现了第二个、第三个……

游到织造车间时，不少棉丝废料漂浮在水面上，织机全部都被淹没了，只一根根天线似的剑杆还矗立着。

靠近中央的剑杆织造机上，漂浮着一具穿着操作服的尸体，背脊朝上，随着水波的晃动，一下一下轻轻撞击着剑杆。

许漫不敢再看，跟着应峤一起小心地绕开，游入定型车间。甫一进去，就看到了高大定型机顶上蹲着的两个人。

“哎呀！阿峤，我们在这儿！”宋繁缕激动地喊了一声，“小方妹爸爸也在，他不会游泳！你们快想想办法，弄个游泳圈进来呀！”

蹲在一边的方爸爸没吭声，但看那表情，也是十分欣喜的。

洪水来袭时，方爸爸正在厂区视察。他一看形势不对，立刻就催促大家往高处爬。制造车间和定型车间正在例行检修，虽然没有挡车工跟拉布工，却还有几个机修工在里面维修设备。

他拿着喇叭冲到定型车间通知，水很快汹涌地漫了进来。

那几个机修工都会水，都按照方爸爸的意思，游到外面的车间等待救援去了。只有方爸爸一个不会游泳的，独自等在定型车间。也多亏了那几个机修工的指点，宋繁缕才得以找到人。

他进定型车间的时候，方爸爸正坐在定型机顶上，带着哭腔用喇叭号了一声：“救命啊——”

双方照面，都有些激动。

一个不负所托，终于找到了老丈人；一个仁义换得回报，终于等到了救援。

方爸爸没有见过宋繁缕，一听是应峤那个救援队的人，握着他的手，热泪盈眶道：“叔叔谢谢你们！你们都是英雄！”

宋繁缕在方妈妈那从来就没讨到过好，这时也颇为激动。他试了两次发现没办法凭一己之力将老丈人带出去，橡皮艇又破了，便决定陪着一起等待救援。

“您放心，增援马上来了！”宋繁缕说完，掏出装在防水袋里的手机，手还没摁下去呢，脚下一滑，连人带手机都掉进了洪水里。

这黑暗里漫长的等待，倒也给了翁婿俩交流的机会。方爸爸原来只听妻子抱怨女儿找了个养狗的流氓，理所当然地跟着妻子站队。如今和宋繁缕这一接触，意外发现他不但不是流氓，居然还挺有奉献精神的。

登时，就对他的印象大大改观了。

应峤回去取了游泳圈和救生衣过来，让方爸爸穿着救生衣和游泳圈，由他们几个护送着，沿着来路往外游去。

经过织造车间的时候，宋繁缕和应峤同时游到了他的右边，想要遮掩住方爸爸的视线。

旭日却已升起，天光从车间两侧的玻璃窗透入，照亮了车间里的一切。方爸爸盯着那具尸体看了半晌，蓦然出声道：“那是不是42号机？”没人回答，他自言自语似的重复了一遍，语调笃定地道，“那是42号机啊，我跟他说了不要修了啊！”

他呜咽了一声，拉住了应峤的袖子：“阿峤，把他也带出去吧，这孩子才十八岁，实习期都没过。”

他再也说不下去，手扶着应峤的肩膀，眼泪断线似的落了下来。

洪水来得快，去得却缓慢。造成的影响，也不是一朝一夕能轻易恢复的。但汛期毕竟过去了，出梅之后的天空，也久违地明亮了起来。

宋繁缕最近频频往工业园区跑，修补厂房、防疫消毒、与保险公司交涉、抚恤职工……无论能不能帮上忙，总之人是一次都没有缺席。

大部分时间，当然都陪在方爸爸身边。就连送那位亡故的年轻工人入墓安葬，他也陪着方勤一家去了。

大暑那天，他驯犬基地的东德牧羊犬生了一窝小东德。一窝灰色的小狗崽子里，只有一只是纯黑的。那奶凶奶凶的模样，像极了Black小时候。

应峤过来看了几回，便对这只小狗上了心。

“喜欢你就抱走！”宋繁缕一边嚷嚷，一边还不忘提一嘴方勤，“谁叫咱们是亲戚呢。”应峤瞥了他一眼，果然将狗抱了起来。

许漫也摸了两下小狗，问他：“叫什么名字好呀？”

应峤看着小狗呆了好一会儿，才道：“就叫平安吧。”①

小平安虽然长得像Black，脾气性格可一点儿都不像。甚至，有点儿

① 黑色东德牧羊犬平安，原型为曙光搜救犬黑豹的继任者东德犬平安。

太过顽劣，还爱狗仗人势地欺负一下过往的猫猫狗狗，完全看不出一点搜救犬的潜力品格。

应峤却去哪儿都带着它，有空就教它一些简单的口令。一人一狗，一高一矮，颇有些父子情深的感觉。

偶尔去许漫的爱心社串门，一旦遇上孔雀，场面立刻就剑拔弩张起来。狗要扑鸡，鸡也奋勇反抗。

应峤用德语口令喝止，停下来的往往是训练有素的孔雀。连许漫都忍不住忧虑："咱们野蜂未来的搜救犬，似乎还不如一只鸡呀。"

应峤于是带着狗回去找宋繁缕帮忙。宋繁缕正和方勤煲电话粥讨论怎么给岳母过生日呢，捂着话筒不耐烦地把两人赶了出去："带它去看看Black，让它瞻仰一下英雄的伟岸形象，好好熏陶一下。"

许漫："……"

应峤："……

应峤当然不可能相信宋繁缕的胡说八道，但是扫墓，他确实经常去。宠物墓地就在黑蜂射击馆的对面小山丘上，他有时候心情烦躁了，便也去那边走一走。

还有一个人的忌日，距离夏天更近。

应峤说要去逛街买礼物的时候，许漫还没联想到什么。但等两人一起进了花店，买了一大束白菊，她蓦然就猜到了。

晨光的墓地并不在浦州，而是在瓯江对面，能望见入海口的一处小山丘上。墓地前栽满了万年青，一年四季都是碧绿的。

应峤一手抱着白菊，一手拉着许漫，低头看着平安绕着许漫的脚边蹿来蹿去，跳个不停，牵引绳都被它玩得缠了好几个死结，随着它的动作一晃一晃的。

"Black刚抱回来的时候，也只有这么大。"应峤往前走了两步，笑道，"晨光那时候喊它黑炭，每喊一次，它就拉一次肚子。后来，就只好改了个英文名。"

许漫被逗笑了："那Black小时候，也这么爱闹？"

应峤点了点头，又摇头：“比它更闹一点，也比它听话一点。”

活泼好动，服从性强，正是搜救犬必备的好品质。小平安似是知道自己被嫌弃了，蓦然扑倒道边的一株蒲公英，张嘴咬下一截草茎，恶狠狠地吐在地上。

一只粉白色的蝴蝶从它爪间溜了出来，像飞舞的纸片一般往墓地深处飞去，平安跟着追了几步，便被许漫拉着牵引绳给拽了回来。

“汪汪汪！汪汪汪！”它不悦地吠叫了两声，然后被应峤喝止。

“不要闹了，平安。”应峤说着话，目光却投向了远处。

一整排的墓碑前，只最中央的一座前站着个人。那人穿了一身黑，手插着兜，唇上留着点须髯，也正朝着他们看过来。

应峤停了片刻，随后加快脚步往前走去。许漫被他牵着手，也只好跟上。

平安兴奋地蹦跳着往前奔跑，每一下都抓起道边的一点草叶。

那人便这样静静站着，任凭山风将他脚下的百合花吹乱。

“你回来了？”应峤问道。那人摇头，低头笑了下，然后道：“回来办移民手续，顺便来看看你们。”

应峤沉默。

那人看了许漫一眼，脸上的笑意更浓了点：“不介绍一下？”

应峤深深地看了他一眼，将白菊在晨光的墓前放下，郑重道：“这是我女朋友许漫漫——漫漫，这位是穆歌，我们野蜂救援队最初始的四名成员之一，算是你前辈了。”

许漫愣了一下，脑海中蓦然闪现了那张泛黄的四人合照。

“别这么煽情啊，”穆歌摸了摸鼻子，不好意思道，“我们都是普通人，很多事情没必要搞那么复杂的。”

他见许漫一直盯着自己，又解释了句：“小妹妹，别听他瞎忽悠，我瞎混了一年左右就退出了，一直在帮爸妈经营生意，算不上什么前辈……”

“老穆！”

“好了，不说了。”穆歌摆手，“我知道你和老宋怎么想我的——

但有什么办法呢？”

他伸手抚了抚墓碑，自言自语似的说道：“我注定没有晨光勇敢，也没有你们坚强。你们一直不相信，但我做一个普通商人，其实还挺成功的。”

应峤没再打断他，一直等到他说完转身打算走了，才又一次开口：“去年四月那笔匿名的赈灾款，是你打的吧？”

穆歌的脚步顿了一下，继续往前走去。他不回答，应峤也没再问。只有绵长如河流的山风，自他们耳畔、发梢，轻轻拂过。

野蜂收到的匿名赈灾款，其实远不止一笔。上一周，还有人不声不响地在射击馆门口放了台调好参数的人体热成像仪。

那些“懦弱”的普通人，不曾亲历灾难，也不曾经历亲人丧生，却总能因为一张照片、一条新闻、一句话语而夜不能寐，泪如雨下。他们用他们的方式，默默地支持着走在他们前面的那群人。

许漫没再见过这个穆歌，也始终无法将他和照片里那个噙着浅笑的圆脸男孩联系在一起。

数月之后，她却再一次看到了他的名字。

暑假将要结束的一个午后，她正趴在射击馆的收银台前小憩。

木质的收银台，突然摇晃了两下。

许是因为经历过一次地震的洗礼了，射击馆里的众人都立刻警惕了起来。大家不顾火辣辣太阳的直射，飞速地跑出了房子，会聚到了停车场的空地上。

“哪里地震了？”

“肯定又是璇玑山！”

大家一边七嘴八舌地议论，一边开始掏出手机打电话、翻网页。

浦州有震感，鹿城有震感，瓯江也有震感……网上乱成了一团，从南到北到处都有震感，似乎整个中国都在摇晃。

舒县两个字初次出现在大家视野里的时候，不少人甚至没有听过这么个地名。很快有人确定了具体位置，西南一隅，正是横断山脉以东。

这样的地方，和浦州鹿城相隔近2000公里，隔着大半个中国，地震波能影响到这么远？

大家很快意识到了事情的严重性，网上的即时新闻，也终于开始更新出有用的讯息。

7.6级里氏震级，14公里的震源深度，让野蜂乃至整个浦州的公益救援圈子，都沉寂了下来。

不知是哪一个人最先开始行动的，大家不约而同开始往家里赶——收拾行李、发动募捐、寄存宠物……经历过了璇玑山地震，他们在这一瞬间无比清楚地明白即将面对的困难和危险，也猜测到了震区那些灾民的艰难处境。

不知有多少房屋倒塌，不知有多少人被压在楼板之下无力挣扎，不知有多少孩子失去父母乃至自己的生命……

各家队伍的指挥车从车库开了出来，拉上了巨大鲜红的“抗震救灾”横幅，一辆辆运送物资的卡车被装满，列队待行。

许漫甚至想象不出，这么多物资，是怎么在这么短的时间内被筹集出来的。

捐赠的名单更是密密麻麻，翻都翻不到尽头。匆匆一瞥的过程中，她似隐约看到了“穆歌”的名字。

但名单实在太长了，册子又实在太多，而她身后的马小南，也正催着她上车。

她抓着指挥车的车门爬了上去，车窗之外，赫然可见对面已经开出的，悬挂着青穹三蛇杖标志的越野货车。

他们跟在青穹车队后面，算是第二梯队的队伍。

许漫靠窗坐着，每当拐弯时，便能看到后面绵延的车队。一眼望去，没有尽头一般。

她甚至没来得及抱一抱满脸忧虑的母亲，踏上归队的公交时，连许峰都红了眼眶。但是，他们到底没有开口阻拦。

二十分钟之后，车队开始通过跨海大桥，那个收费岗亭却早早地将横杆抬起，标枪一般笔直地朝天而立。

许漫觉得奇怪，开车的徐安却没有一丝停留，紧跟着前面的车，稳步前行。

车过岗亭的瞬间，许漫看到了那个穿着制服的收费小哥。他没在岗亭里，端正地戴着帽子，站得笔直，左手紧贴裤缝，右手平举至太阳穴的位置，目光灼灼地凝视着他们。

那张满是热汗的脸庞转瞬就被抛到了身后，可那饱含期望的眼神，却一路追随着他们。

每当经过枢纽交会处，总有同他们一样挂了“抗震救灾”等字样横幅的车辆汇入。

奔驰在畅通如健康血管的高速公路，许漫有一瞬，觉得自己仿佛成了祖国大地上奔流的热血的一部分。

虽然渺小，却也与大家血脉相连，休戚与共。

为着自己的同胞，奔波千里，共赴这一场应许之约。

后记

在接触和认识那些救援队员之前，《赴你应许之约》只是我一个年少时的中二幻想故事，被收藏在硬盘深处。那时“野蜂”还叫“黑蜂”，队员们涉湖渡江、丛林探险，只为了对抗兽侵区变异的野兽。

故事里有为了混入纯男性队伍而不惜理成平头的倔强勇敢的少女，也有不抱着狙击枪就无法入眠的神枪手……他们雷厉风行，酷勇无敌，却总缺少一股能和现实搭上线的“地气”。

故而，它被搁置了。

2018年，是汶川地震十周年。早在周年纪念日到来之前，便有无数的与救援相关的声音开始在网络上出现。

似乎是在一个晴朗的清晨，又或是午后，在我看了无数个或哀恸或感动的故事之后，那个深埋在记忆里的故事，突然就变得鲜活了起来。

残酷的大自然与密林深处莫名凶狠的野兽对上了号，而那些勇敢的角色，也和地震救援队员一样，拥有着一副副疲惫而坚韧的面孔。

我几乎是迫不及待地从电脑里翻找出旧文档，流畅而迅速地开始修改——修完开篇几章之后，我联系了责编阿燎，激动地和她讲述脑海里徘徊着的故事。阿燎耐心地听完之后，回报了我同样的热忱。

书写这样一群人的温暖故事，除了需要百分之一百二十的严谨态度，还有什么可顾虑的呢?

在我忙碌而近乎虔诚地搜罗各种救援相关的资料时，阿燎带给我另一个好消息——华云总裁汪海英的好朋友高剑巍，正是厦门曙光救援队的教官。得知我在写民间公益救援队相关的故事，汪总立刻联系了远在厦门的高教官，安排了此次令我终生难忘的实地调研。

厦门曙光救援队不仅参与了缅甸果敢战争难民救援、尼泊尔地震西藏日喀则受灾区救援、厄瓜多尔地震救援、安徽水灾救援、邢台宁晋水灾救援、莫兰蒂台风紧急救援……日常，他们还帮助厦门市民寻找各类失踪人员，搜寻劝导轻生意向人员，收殓意外死亡人员尸体，维持马拉松等运动的安全秩序等。

我们到达厦门那天，曙光救援队刚刚完成一个搜寻离家出走孩童的任务。救援队仓库和院子里满满的都是搜救艇、救援车、老仔钩、潜水装备、担架、登山包等物资，墙上和屋顶上悬空挂满了鲜红的锦旗。

说起为什么义务去做这样的工作，队长王刚很坦然：汶川地震发生时，他们正在西南地区旅行，在新闻上看到地震的惨况之后，义无反顾地参加了义务救援行动。自此，便一直坚守在救援前线。

然而前线并不好坚守，2014年云南鲁甸地震，他们九个人却戴了四种头盔。王刚队长戴的是唯一一顶PETZL盔，绳索教官“阿土”陈小冬副队长戴的是一顶碳纤盔，“孤狼”陈彬的头盔是借的，其他队员的电工盔也是借来的……而运往灾区的物资车，每辆都有十几米长。

除了紧巴巴的物资条件，危险的工作环境，获得家人的理解也相当困难。陈小冬副队长一家勉强接受了他的救援工作，但每每看到现场的照片和视频，总忍不住叹气。

在听王刚队长介绍无线电在救援行动中的应用时，我留意到他左耳一直戴着小巧的黑色蓝牙耳机。他有些不好意思地解释：“手机连着救援热线，怕漏接就一直戴着，习惯了。”

相对于王刚队长的仗义和直爽，高剑巍教官更加文质彬彬，也更加细腻。他向我们描述成功救下轻生女孩的快乐，也讲述救援失败的灰暗心情。《应许》故事里产后抑郁，带着孩子轻生的母亲，在现实里当真带走了那条幼小的生命。

曙光救援队的队员能那样坦然地面对震区的危险，却在冰冷的婴儿尸体前流泪不止。他们不止一次地自责、懊悔：如果能早点接到求助电话，如果能早点搜寻到，如果能早点赶到……善良太过，成了压在胸口上的沉重负担。

我看到了他们对着黑色的裹尸袋认真说“兄弟，我们带你回家”，看到了他们拿矿泉水一遍遍冲洗溺亡儿童脸颊，更看到了他们担心死者家属轻生，站在寒风中默默守护数个小时。

潜水教官洪铭伟是曙光里的水域救援专家，他花在潜水上的钱足有好几百万，说起潜水相关的话题，立刻从温柔羞涩的大男孩变成了滔滔不绝的专家。他和大部分适婚年龄的年轻男女一样，也逃脱不了被父母催婚、介绍相亲的命运，囊中羞涩时，便厚着脸皮靠着配合“相亲”，从父母那儿赚点赞助资金，用来支付高昂的潜水费用乃至救援费用。

王友鹏教官是曙光救援队里的“动物专家”，他训练的探嗅犬不但在曙光搜救时出力，还能帮助消防队、缉毒队等探查毒品、寻找煤气泄露源。《应许》故事里的“孔雀”，原型便是他成功训练出的受灾鸡“坚强”。甚至，他的探嗅犬训练场还承接全国各地探嗅犬的培训工作。

我在他的指引下躲进了训练场的搜救箱中，不到一分钟，就被拿过国际标准搜救犬大赛废墟搜索亚军的搜救犬哈根找到了。

离开厦门后，在我辗转难眠时，高教官在朋友圈发了个短视频。

长长的跨海大桥上，两个穿着藏青色曙光救援服的“硬汉”陪着失意的女孩，一边慢慢散步，一边温柔地开导她。

身后，是无声跟随的巨大白色救援车。

虎嗅蔷薇，温柔如斯。

感谢他们，那么勇敢地背负起了他人的生命与苦难，我也终于明白，我应该书写的是怎样的一群人，怎样的一个故事。